살아있는 고전문학 교과서 **3**

살아있는 고전문학 교과서

교과서

3 고전문학, 나를 깨우다

권 순 긍

신 동 흔

이 형 대

정 출 헌

조 현 설

진 재 교

Humanist

열두 가지 삶의 주제로 읽는
고전 문학 이야기

우리는 지금부터 옛사람들이 남긴 고전 문학의 세계로 여행을 떠나고자 합니다. '고전'이라는 말이 왠지 낡고 고리타분하게 느껴질지도 모르겠습니다. 하지만 우리의 여행은 시간의 간극을 훌쩍 뛰어넘어 옛사람들의 마음을 만나는 흥미로운 경험을 제공할 것입니다. 어떤 사람들은 고전을 '오래된 미래'라고 부르지요. 오래된 것이지만 미래를 열어 주는 옛사람의 지혜를 담고 있다는 뜻이겠지요. 이것을 공자는 온고지신溫故知新이라고 표현하였고, 박지원은 법고창신法古創新이라고 말하였습니다. 옛것을 잘 알아야 새것을 만들어 낼 수 있다는 의미입니다.

그래서일까요? 어떤 미래가 펼쳐질지 한 치 앞도 예측하기 어려운 최첨단 과학 문명 시대인 요즘, 고전에 대한 관심이 부쩍 늘고 있습니다. 불안한 현대를 넘어서는 지혜를 고전에서 발견할 수 있을 거라는 믿음 때문이겠지요. 그 기대처럼 옛사람들이 남긴 고전 문학이란 음풍농월의 도구에 불과한 것이 아니었습니다. 한시는 최고 인재를 선발하는 과거 시험의 필수 교과이자 사대부로서의 교양 수준을 가늠하는 잣대였습니다. 그 때문에 사대부들은 한시에 자신의 생활과 사유의 정수를 담아내기 위해 애썼습니다. 또한 모내기나 김매기를 할 때 부르던 노동요들은 어떤가요? 여기에는 땀 흘려 일하던 민중의 절절한 애환이 한 올 한 올 진솔하게 담겨 있습니다. 이처럼 옛사람에게 시를 짓고 노래를 부르는 일은 삶의 일부였습니다.

오영순이라는 할머니는 임종 직전에 자신이 즐겨 읽던 〈흥부전〉을 함께 묻어 달라는 유언을 남겼다고 합니다. 할머니에게 〈흥부전〉은 한낱 소설나부랭이가 아니라 여자로서 걸어야 했던 힘겨운 길을 견디게 해 준 삶의 동반자였던 것입니다. 그뿐만 아닙니다. 고전 소설의 경우 같은 작품에 여러 이본異本이 있는데, 〈춘향전〉은 무려 400여 종의 이본이 남아 있습니다. 춘향과 이 도령의 이야기를 따라가는 독자들이 수동적인 책 읽기에 머무르지 않고 자신의 생각에 맞게 줄거리를 고쳐 가며 읽었던 까닭입니다. 고전의 시대에 작자와 작품, 나아가 작자와 독자는 이렇 듯 하나였던 것입니다.

옛사람들의 삶 속에서 살아 꿈틀대던 고전 문학을 요즘 우리는 어떻게 읽고 어떻게 배우고 있나요? 난해한 어휘 풀이에 대부분의 시간을 보낸다거나 작가, 창작 시기, 시대적 배경, 주제를 달달 외우고 있는 것은 아닌가요? 그렇게 해서는 옛사 람들의 삶과 그 생생한 기록인 고전 문학이 지금의 우리에게 도무지 공감할 수 없 는 난해한 그 무엇이 될 따름입니다. 이 책의 집필진들은 고전 문학을 우리가 발 딛고 있는 시대로 끌어와 함께 호흡하기 위해 기존의 교과서와는 전혀 다른 체제 를 택하기로 의견을 모았습니다.

많은 교과서가 고전 문학 작품을 시대에 따라 나열하거나 갈래로 나누어 설명하 는 데 익숙해져 있습니다. 하지만 이 책에서는 '지금 여기'에 살고 있는 우리가 절 실하게 생각하는 열두 개의 주제를 뽑아, 그에 적합한 고전 문학 작품을 선정하고 재구성하였습니다. 꿈과 환상, 삶과 죽음, 이상향, 나라 밖 다른 세계와의 만남, 소 수자, 갈등과 투쟁, 노동, 풍류와 놀이, 나, 가족, 사랑, 사회적 관계가 그것입니다. 이를 다시 천지인天地人, 즉 하늘과 땅과 사람의 이야기로 나누어 '고전 문학, 저 너머를 상상하다', '고전 문학, 시대에 말 걸다', '고전 문학, 나를 깨우다'라는 주 제 아래 세 권으로 묶어 보았습니다.

고전 문학과 오늘의 문제의식을 접목시키는 우리의 노력은 이런 새로운 체제의 도입에 그치지 않았습니다. 기존 교과서에서 상투적으로 다루어지는 유명 작품에 만 주목하지 않고 새롭게 음미해 볼 만한 작품들을 대거 발굴하였기에, 독자들은 고전 문학의 폭과 깊이가 얼마나 드넓고도 두터운지를 실감할 수 있을 것입니다. 엄선하고 엄선했음에도 불구하고 여기에서 다루어진 작품이 300편이 넘을 정도이니 말입니다. 박제화된 고전 읽기가 아니라 오늘날의 문제와 끊임없이 연계하여 읽고 해석하는 과정에서 우리는 옛사람들의 굴곡진 삶과 분투를 목격하고 그들에게 공감하기도 할 것입니다. 그뿐만 아니라 물질문명에 오염되지 않은 옛사람들의 소박한 정감을 체험하고 싱그러운 상상력에 감탄하기도 할 겁니다.

3년이 넘는 시간 동안 다양한 분야의 고전 문학 전공자들이 이 흥미로운 작업을 함께했습니다. 각자 책임을 맡아 집필한 글을 서로 돌려 읽으며 다듬었습니다. 그럼에도 불구하고 한 사람이 쓴 글에 비해 통일성이 다소 떨어진다는 느낌을 받을지도 모르겠습니다. 집필자마다 작품을 읽는 관점과 글쓰기 방식이 다를 수 있기 때문입니다. 하지만 공동 작업이 갖는 이 같은 한계가 오히려 장점이 되기도 합니다. 다양한 주제를 다채로운 방식으로 풀어 가는 집필자들의 개성적인 독법을 접할 수 있기 때문입니다. 이 과정에서 여러분도 또 다른 빛깔로 우리 고전 문학을 읽고 가슴 깊숙이 간직하게 되겠지요. 그렇다면 우리가 함께하는 고전 문학 세계로의 여행이 참으로 값진 경험이 되리라 생각합니다. 《살아있는 고전문학 교과서》와 함께 여러분의 삶이 깊어지기를 바랍니다.

2011년 봄을 맞으며

권순긍 신동흔 이형대 정출헌 조현설 진재교

살아있는
고전문학
교과서
3

차례

나와 너,
그리고 우리의 이야기

문학은 인간관계에 대한 언어화 작업이라고 보는 견해가 있다. 문학이란 삶에 대한 진술이고, 그 삶이란 수많은 타인과 관계를 맺어 나가는 일이니 일견 타당한 말이다. 하지만 그 관계들의 바탕에는 언제나 한 명의 개별자로서 '나 자신'이 존재한다. 관계 속에서 나 자신을 발견하고 실현하는 일이야말로 삶의 과정이자 문학이 지향하는 바라고 할 수 있다.

오늘날에도 그렇지만 옛날에는 타인과의 관계를 매우 중요시했다. 교류의 폭이 적은 대신 사람과 사람 사이가 더욱 끈끈했고 그로부터 빚어지는 애환도 애틋했다. 어찌 보면 개개인이 그러한 관계 속에서 짓눌린 것이 아닐까 생각할지도 모르겠으나, 그렇지 않다. 타인과의 각별한 관계는 사람들로 하여금 '나는 누구인가', '나는 어떻게 살아야 하는가'를 끝없이 되묻게 하는 바탕이 되었다.

옛사람들이 삶 속에서 경험한 인간관계에 얽힌 애환 짙은 사연과 그 속에서 '나 자신'을 발견하기 위해 고민했던 자취들은 우리 고전 문학 속에 다양한 형태로 깃들어 있다. 어느 지역, 어느 시대나 사람살이에는 공통 요소가 있는 법. 우리 고전이 펼쳐 내는 관계의 형상들은 오늘날 우리에게 인간과 삶을 새롭게 발견하는 재미와 깨우침을 전해 준다. 수백 년 또는 천여 년 전에 살았던 사람들의 형상에서 우리 자신의 모습을 발견하는 것은 즐겁고도 흥분되는 일이다.

이 책에서는 '고전 문학, 나를 깨우다'라는 화두 아래 나, 가족, 사랑, 사회적 관계 등 네 가지 주제를 놓고 고전 문학에 그려진 인간과 삶의 모습을 살필 것이다. 자아를 기본 축으로 놓고 원초적인 관계로서 가족 문제를 다루고, 타자와의 만남의 표상으로서 남녀 간의 사랑을 다루며, 나아가 사회 차원에서 다양한 관계를 고찰하려고 한다. 그 관계들 속에 희로애락喜怒哀樂과 애오욕愛惡慾의 수많은 사연과 감정이 얽히거니와, 이것이 바로 고전 문학의 주요 내용인 만큼 이 책은 고전의 핵심을 담고 있는 셈이다.

나. 흔히 개인의 발견은 근대 이후에 이루어졌다고 한다. 봉건 체제의 붕괴와 자본의 축적이 개인의 성장을 가능하게 했다는 것이다. 하지만 근대 이전의 '고전 시대'에도 자아를 찾기 위한 노력은 계속되었다. 우리 고전 문학에서 자아를 발견하고 실현하기 위한 모색과 그 길을 당당하게 연 사연을 담고 있는 작품을 찾기는 어렵지 않다. 특히 전통 사회에서 소외와 억압의 대상이었던 여성들이 자기를 발견하고 실현하려는 노력을 담은 작품들은 더 주목하게 된다. 그 누구보다도 절실하고 치열했던 그들의 삶과 고뇌가 시공간을 초월하여 우리에게 울림을 주기 때문이다. 고전 속 인물이 나타내 보이는 자기 발견과 각성의 놀라운 외침은 현대의 그것보다 더 소중하고 값지다. 자아실현이 일상적 화두가 된 오늘날과 달리, 예전에는 억압과 편견에 맞선 길고 어려운 싸움이 필요하였기 때문이다. 거기에 인간 본연의 진정한 모습이 깃들어 있는 것은 결코 우연이 아니다.

가족. 가족 간의 관계는 인간관계 중에서도 기본이다. 그중에서도 가장 근원적인 것은 부모와 자식의 관계라 할 수 있다. 태어나기 전 배 속에서부터 시작된, 끊으려야 끊을 수 없는 원초적 관계가 부모와 자식 사이이다. 이 관계가 본질적으로 수직적인 것이라면, 가족 가운데 부부 간의 관계와 형제자매 간의 관계는 상대적으로 수평적이다. 가족 관계를 제대로 맺지 못하는 사람은 밖에 나가서도 온전한 관계를 이루기 어렵다. 가족 관계를 어떻게 풀어 나가느냐에 따라 삶이 행복해질 수도, 불행해질 수도 있다. 이것은 오늘날 또한 마찬가지이다. 예전에 비해 그 중요성이 상대적으로 축소되었다고는 하지만, 가족이 지니는 의미는 여전히 막중하다. TV 드라마만 보더라도 가족을 빼면 이야기가 되지 않을 정도이다. 고전 문학을 통해 가족의 참모습과 만나는 것은 우리의 삶을 돌아보는 데에 중요한 지침이된다.

사랑. 사람들이 맺는 인간관계에서는 타인과 새롭게 맺는 관계가 한 축을 이룬다. 그 전형적인 표상이 무엇인가 하면 남녀 간의 사랑이다. 타인이었던 두 사람사이에 사랑이 싹트는 과정에는 삶의 오묘한 이치가 깃들어 있다. 예나 지금이나사랑은 흥미롭고 경이로운 주제임이 분명하다. 옛날에도 진정한 사랑이 있었을까생각할 수도 있으나, 오히려 지금보다 더 진지하고 밀도 있는 사랑을 고전 속에서만날 수 있다. 사랑의 기회가 적은 만큼 사랑에 대한 동경이 컸고, 사랑을 지키고자 하는 욕망이 강렬하였다. 멀리 있는 사람을 그리워하는 애타는 사랑, 이루어질수 없는 인연에 모든 것을 거는 아픈 사랑, 본능적 욕구가 발현된 농도 짙은 성애,그리고 삶과 죽음의 경계를 뛰어넘는 초월적 사랑까지 고전 문학이 펼쳐 내는 사랑의 풍경은 우리를 압도한다. 그 사랑과의 만남은 고전은 고루한 것이라는 선입견을 단박에 깨뜨려 줄 것이다.

관계. 나 자신과 가족, 남녀 간의 사랑 말고도 세상에는 수많은 관계가 있다. 친구 사이의 관계가 있고 스승과 제자의 관계가 있으며, 직업적·사회적·국가적 차원의 여러 관계가 있다. 어디 그뿐인가. 인간관계를 넘어서 자연으로 상징되는 우주

와의 관계 또한 삶에서 형성하는 관계의 한 축을 이룬다. 전통 사회에서는 사람들의 사회적 역할과 사회적 관계의 법도를 매우 중요시했다. 고전 문학 속에서 그려 내고 있는 관계의 서사에는 인간과 세상에 대한 옛사람들의 철학이 깃들어 있다. 그로부터 우리는 '나'를 일깨울 수 있는 다양한 실마리를 찾을 수 있다.

인간은 혼자서 존재할 수 없다. 개인의 존재 가치는 타자와의 관계 속에서 비로소 실현될 수 있다. '인간人間'이라는 말 자체가 고립된 개인이 아닌 '사람 사이의 관계'를 뜻하고 있음은 심상한 일이 아니다. 고전 문학이 펼쳐 보이는 참다운 관계 맺기에 대한 모색이 오늘날 우리에게 전해 주는 의의는 남다르다. 이제 몸과 마음을 열고 오랜 세월에 걸쳐 오늘날까지 전해진 인간과 세상에 대한 깊고도 치열한 성찰들과 만나 보자.

1 나를 찾아서

갈래 이야기 **영웅 소설, 조선 시대 사람들이 가장 즐겨 읽던 이야기책**

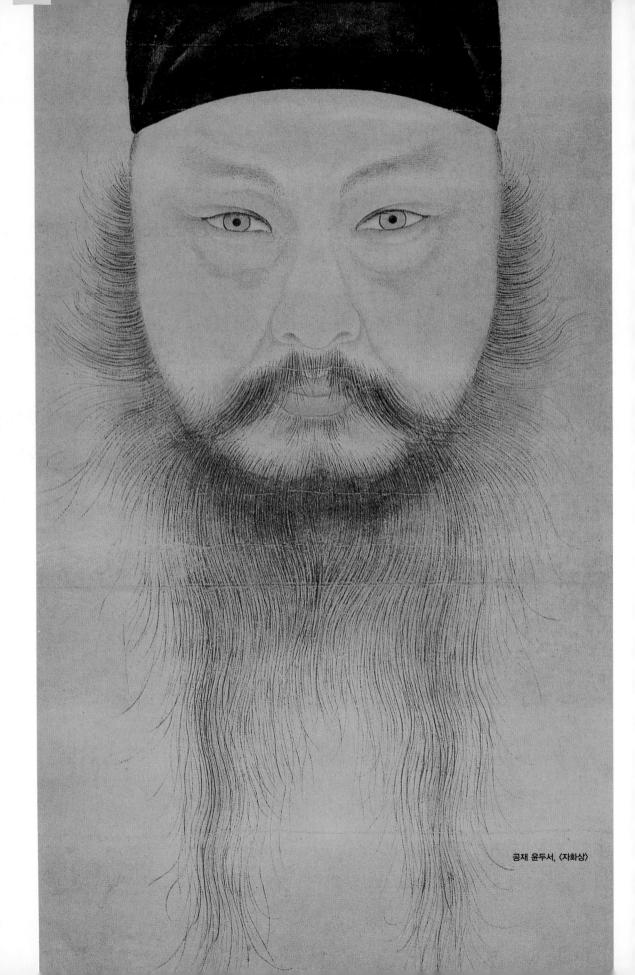

공재 윤두서, 〈자화상〉

나 의 이 름 을 기 억 한 다 는 것

'나는 누구인가?'

'나는 어디에서 왔는가?'

'나는 어떻게 살아가야 할 것인가?'

청소년기에 누구나 한 번쯤 이런 고민을 한다. 하지만 해답은 쉽게 찾아지지 않는다. 바로 자신의 정체성에 관한 질문이기 때문이다. 어쩌면 평생을 고민하고 생각해야 할 문제인지도 모른다.

이 거대한 우주의 중심은 바로 자신이라고 한다. 자신의 존재가 없다면 다른 것들이 무슨 의미가 있겠는가. 어쩌면 우리가 살면서 하게 되는 모든 생각과 말과 행위들은 이 거대한 우주에 던져진 자신의 존재를 증명하기 위한 몸부림과 다름없다.

일본에서 무려 304억 엔(한화로 약 4조 2560억 원)의 최고 흥행 기록을 세운 미야자키 하야오의 애니메이션 〈센과 치히로의 행방불명〉을 보면 자신의 정체성을 잃어버리지 않는 것이 얼마나 중요한 일인가를 알게 된다. '치히로'는 부모와 같이 유원지에 놀러갔다가 부모는 그곳의 음식을 먹고 동물로 변하고, 자신은 알 수 없는 다른 세계로 끌려간다. 그리곤 살아남기 위해 마녀 유바바에 의해 '센'이라는 이름이 부여되어 정령과 요괴가 우글거리는 온천장의 종업원이 된다. 인간인 치히로가 마녀에 의해 센이 된 것이다. 센은 인간으로 돌아가고 싶지만 불가능한 일이다. 온갖 고난을 겪으며 인간 세계로 돌아가고자 고군분투하는 센에게 요괴 친구가 이렇게 말한다.

"치히로라는 이름을 잃어버리지 않는다면 너는 언젠가 인간 세계로 돌아갈 수 있어."

그의 말처럼 센은 결국 치히로가 되어 인간 세계로 귀환하고 그립던 부모님도 만난다.

그렇다. 이처럼 자신의 이름을 잃어버리지 않는 것은 중요하다. 자신의 이름을 잃어버린다는 것은 바로 자신의 정체성을 잃어버리는 것과 같기 때문이다.

흔히 '자신'에 대한 자각은 근대에 들어와 생긴 것이라 한다. 그 이전에는 개인보다 공동체를 중시했다. 나보다는 집안을, 집안보다는 자신이 속한 집단을, 집단보다는 나라를 더 중요하게 여겼다. 그럼으로써 왕을 정점으로 하는 봉건 국가를 유지시킬 수 있었던 것이다. 저마다 자신의 소중함을 깨닫고 개인의 자유와 행복을 추구하려 했다면, 어떻게 거대한 봉건 국가가 온전히 유지될 수 있었겠는가?

각각의 개인을 엄격한 신분 질서 속에 가두어 그 테두리를 벗어나지 못하게 했다. 이를 '명분名分'이라고 하였다. '명'은 이름이고, '분'은 처지이니, 명분이란 자신의 처지에 맞게 지켜야 할 도리를 뜻한다. 그래서 "임금은 임금답고, 신하는 신하답고, 부모는 부모답고, 자식은 자식다워야 한다."고 강조하였다.

명분을 중시하는 모습은 우리 고전 문학 속에 그대로 드러나 있다. 〈홍길동전〉에서 서얼 출신인 홍길동이 자신의 처지를 깨닫고 "그 부친을 부친이라 못하옵고, 그 형을 형이라 못하오니, 어찌 사람이라 하오리까?"(경판 24장본) 하자, 아버지인 홍 판서가 "재상가 천비 소생이 비단 너뿐이 아니거든 네 어찌 방자함이 이 같으냐?"라고 꾸짖는다. 이것은 이런 자각에 대한 경고인 셈이다. 기계의 부속품처럼 자신의 처지에 걸맞은 역할을 수행하기만을 요구한 것이다. 여기에 독자적이고 개성을 가진 자아는 찾아보기 어렵다. 임금과 신하, 부모와 자식, 지아비와 지어미, 어른과 아이의 엄격한 질서 속에 개인이 존재할 뿐이었다.

말하자면 자신을 중심에 놓고 세상을 보는 것이 아니라 세상의 질서 속에 개인을 위치시켜 희생과 봉사를 강요했던 것이다. 그러기에 이런 시대에 생산되었던 우리의 고전에서 '나'를 찾는 것, 즉 개인을 발견하는 것이 중요하다. 그 시대에는 자신의 정체성을 확인하고 자신을 통해 세상을 보는 것이 중요하지만 쉽지 않았기 때문이다.

그러나 〈홍길동전〉의 예에서처럼 우리 고전에서도 '나는 누구인가?'의 문제를 끊임없이 고민하고 해결하고자 노력했던 흔적을 찾아볼 수 있다. 그것은 개인보다는 공동체와 국가를 중요시했던 봉건 사회였지만 '수신제가치국평천하'라는 말에서처럼, 그 시대가 한편으로는 자신의 본성을 찾아 닦는 것을 모든 공부의 출발점으로 여겼기 때문이다.

여기서는 나를 찾는 것에서부터 나를 성장·발전시키고 또 당당하게 자신의 길을 가는 고전 작품들을 살펴볼 것이다. 특히 여성들이 자기를 발견하고 주체적으로 살아가는 모습은 별도로 절을 마련하였다. 중세 봉건 시대의 여성들이 자신의 참모습을 찾고 주체적인 삶을 살아가기가 거의 불가능했기 때문이다.

1 나는 누구인가

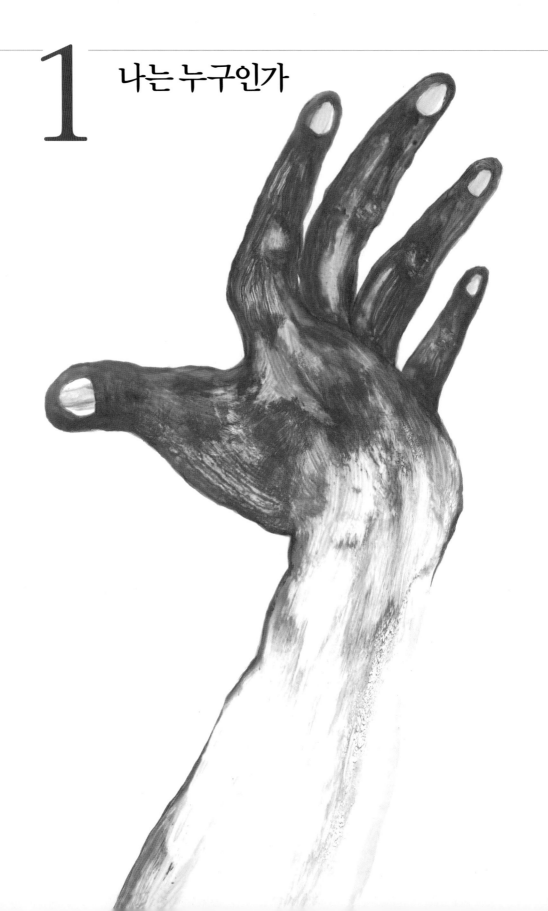

이 세상을 이해하려면 먼저 내가 누구인지를 알아야 한다. 나를 찾는 것, 나의 정체성을 확인하는 것이야말로 모든 인식과 행위의 출발점이 된다. 그래서인지 우리 고전 작품에서도 자신의 뿌리를 찾고, 자아를 찾아가는 여정을 다룬 작품이 많다. 나를 찾아가는 과정에서 얻는 바는 각기 다를 수 있다. 소중한 자아를 발견하고 감격하는가 하면 시대와 불화할 수밖에 없는 자신의 모습에 고뇌와 고통을 느끼기도 한다.

나를 찾아가는 힘든 여정

연암燕巖 박지원朴趾源(1737~1805)의 〈염재기念齋記〉에는 자신을 잃어버린 송욱의 흥미로운 일화가 나온다. 어느 날 일어나 보니 자신이 사라진 것이다. 정확히 말하면 자신의 육신이 없어진 것이다.

송욱이 술에 취해서 스러져 자다가 아침 해가 중천에 떠서야 겨우 깨었다. 누운 채로 들으니 하늘에서는 솔개가 울고 까치가 짖으며 집 밖에는 수레 소리와 말 울음이 시끄럽고, 집 안에서는 울타리 밑의 방아 찧는 소리와 부엌의 그릇 씻는 소리가 들렸다. 늙은이의 부르는 소리, 어린아이의 웃는 소리, 비복들을 꾸짖는 소리, 기침 소리 등등 무릇 창문 밖에서 일어나는 일을 분별하지 못할 것이 없건만 유독 자신의 소리만은 들리지 않았다.

이에 몽롱한 정신으로 "집안사람은 모두 있는데 나는 어찌해서 없단 말인가?" 하고는 눈을 두리번거리며 살펴보았다. 저고리는 옷걸이에 있고 아랫도리는 횃대에 있으며, 삿갓은 벽에 걸렸고 허리띠는 횃대 끝에 걸려 있었다. 책갑은 책상에 있고, 거문고는 뉘어 놓은 채로 있고, 비파는 세워 둔 채로 있으며, 거미줄은 들보에 얽혀 있고, 쉬파리는 바라지˙에 붙어 있었다.

무릇 방안에 있던 물건은 모두 그대로 있건만 유독 제 몸뚱어리는 보이지 않았다. 화들짝 일어나서 제가 자던 곳을 보니, 베개는 남쪽으로 하여 자리를 폈고 이불은 들추어져 속이 내보였다. 그제야 송욱이 발광을 하여 벌거벗은 몸으로 집을 나가 버렸다고 여기고는 몹시도 슬프고 불쌍한 생각이 들어 욕도 했다가 웃음을 터드리기도 했다. 이윽고 송욱의 의관을 챙겨 가지고 그를 찾아 입히려고 이 길 저 길을 두루두루 찾았으나

바라지 햇빛을 들게 하기 위해 방의 벽 위쪽에 낸 작은 창.

송욱은 보이지 않았다.

카프카Franz Kafka
현대인의 우울과 불안을 독특한 기법
으로 소설화하였다. 〈변신〉은 이런
현대인의 불안을 그린 작품이다.

송욱이 사라진 이 장면은 그레고르가 어느 날 일어나 보니 자신이 흉측한 벌레로 변해 버렸다는 카프카의 〈변신〉을 연상케 한다. 그러나 벌레로 변해 버려 모든 관계가 혼란스러워지는 〈변신〉과는 달리, 〈염재기〉에서는 아예 육신이 사라진다. 둘 다 자신의 정체성이 사라지거나 심각하게 훼손된 것이다. 이처럼 자신의 정체성을 상실하고 다른 모습으로 바뀌었다면 이미 자신이 아니다. 이럴 때 과연 '나'는 어떻게 해야 하는가?

〈염재기〉에서 송욱은 자신의 육신을 찾기 위하여 여기저기를 다니다가 결국 판수에게 점을 쳐서 과거에서 높은 등급으로 붙으리라는 점괘를 얻어 낸다. 그리고 매번 과거 시험장에 가서 자기 손으로 답지를 채점하는 해프닝을 벌인다. 육신이 없으니, 실체가 없는 혼이 그리한 것이다. 그래서 서울 속담에 일이 성사되지 못한 것을 두고 "송욱의 과거 보기"라 한다고 했다. 이 모든 행위가 자신의 정체성이 사라졌기 때문에 겪는 갈등과 고통이다.

박지원은 〈염재기〉에서 봉건적 시대 상황 속에 매몰되어 자신의 창조적 자아를 제대로 찾을 수 없는 선비들의 모습을 풍자하였다. 봉건적 시대가 요구하는 꽉 짜인 규범과 형식 속에서 살아야 했던 당시의 선비들에게 창조적 자아, 개성적 자아를 찾는 것은 불가능한 일이었다. 자신을 잃어버린 송욱처럼 살아야만 했던 것이다.

자신을 잃어버렸다고 느꼈을 때에는 어떻게 될까? 과거 시험장에 가서 해프닝을 벌였던 송욱처럼 미쳐 버릴 수밖에 없는 것이다. 박지원은 〈염재기〉에서 군자의 말을 빌려 "미쳤다고 한다면

미쳤다고 할 수 있을 것이나, 참으로 선비로구나! 그는 과장에는 갔지만 과거 시험에 뜻을 두지 않는 사람이로다."고 하면서 미친 사람이 오히려 정상적이라고 역설한다. 이렇듯 〈염재기〉에서는 어느 날 갑자기 자신의 정체성을 잃어버린 송욱을 통해 암울한 중세 봉건 사회에서 창조적 자아를 찾고 이를 지켜나가는 것이 얼마나 어려운 일인지를 의미심장하게 보여 주고 있다.

나의 소중함, 진정한 자아의 발견

자신의 본 모습을 찾는 것은 이렇듯 힘들고도 고달픈 여정이지만 그 여행의 끝에 찾아낸 자아는 소중하고 귀한 존재이다. 그 소중하고 귀한 자아를 발견한 이야기가 바로 〈은진미륵과 쥐〉*이다.

은진미륵과 쥐 설화로도 널리 알려져 있으며, 홍만종洪萬宗(1643~1725)이 엮은 《순오지旬五志》에는 〈두더지의 결혼野鼠婚〉으로 실려 있다.

두더지가 자식을 위하여 높은 혼처를 고르려고 하였다. 처음에는 하늘이 가장 존귀하다고 생각하고 하늘에서 혼처를 구했다. 그러자 하늘이 말하였다.

"나는 비록 만물을 감싸 안기는 하지만 해와 달이 아니라면 내 덕을 드러낼 수 없지."

그러자 두더지가 해와 달에서 혼처를 구했다.

"나는 비록 널리 비치기는 하지만 구름이 가려 버리니 구름이 내 위에 있도다."

이번에는 두더지가 구름에서 혼처를 구했다.

"나는 비록 해와 달로 하여금 빛을 잃게 할 수는 있지만, 오직 바람이 불면 흩어지고 말아. 그가 내 위에 있도다."

그래서 두더지가 바람에서 혼처를 구했다.

"나는 구름을 흩어 버릴 수는 있지만 오직 밭 가운데의 돌부처는 불어도 넘어가지 않으니 그가 내 위에 있도다."

할 수 없이 두더지가 돌부처에서 혼처를 구했다.

"나는 바람을 두려워하지는 않지. 그러나 두더지가 내 발 밑을 뚫으면 넘어지고 말아. 그가 내 위에 있어."

두더지가 이에 으쓱하며 말하였다.

"세상에서 귀하기론 우리만 한 게 없군."

그러고는 마침내 같은 두더지와 결혼을 시켰다.

좋은 혼처를 구하기 위해 자신보다 훨씬 나은 존재라고 생각되는 하늘, 해와 달, 구름, 바람, 돌부처를 차례로 찾아가지만 결국 두더지인 자신들이 이들보다 더 귀하다는 결론에 이른다. 진정한 자아, 즉 '나의 소중함'을 발견한 것이다. 그동안 모르거나 잊고 살았던 자신의 존재 가치를 비로소 발견한 것이다.

하지만 그 자아의 발견이 반드시 소중하고 감격스러운 것만은 아니다. 때로는 자신의 모습과 처지가 시대와 어울리지 못해 실망하고 분노하기도 한다. 이런 정황을 잘 그린 작품이 최치원崔致遠(857~?)의 한시 〈촉규화蜀葵花〉이다.

이른바 '동국문종東國文宗'으로 불리며 당시 우리 한문학의 수준을 중국과 대등하게 만들었다는 최치원의 문학사적 업적은 그의 한시를 볼 때 분명해진다. 그는 수많은 절창*을 남겼지만 당대의 실상과 자신의 처지를 가장 뛰어나게 형상화한 한시로 〈촉규화〉를 꼽을 수 있다.

절창絕唱 뛰어나게 잘 지은 시.

적막하고 거친 밭가에	寂寞荒田側
무성한 꽃이 부드러운 가질 눌렀네.	繁花壓柔枝
장맛비 그치자 꽃향기 날리고	香經梅雨歇
보리바람에 꽃 그림자 길게 드리우네.	影帶麥風敧
수레와 말 탄 자들 그 누가 와서 보리	車馬誰見賞
벌 나비만 부질없이 기웃거리네.	蜂蝶徒相窺
부끄럽구나! 이 천한 땅에 태어나	自慙生地賤
사람들에게 버림받고도 참고 견딤이	堪恨人棄遺

이 시는 최치원이 당나라에 있을 때에 지은 것이라고도 하지만, 고국

촉규화
촉규화는 접시꽃을 말한다. 최치원은 적막하고 거친 밭가에 무성하게 피어 있는 접시꽃을 자신의 불우한 상황에 비유하였다.

신라에 돌아온 뒤 자신의 신세를 빗댄 작품으로 봐야 옳다. '적막하고 거친 밭'은 바로 아무런 희망도 심을 수 없는, 망해 가는 신라의 모습이다. 그런데 시인의 모습은 가지가 찢어질 정도로 무성하게 핀 촉규화에 비유된다. 황량한 밭과 화려한 꽃의 비유, 이 기막힌 보색 대비를 통해 시인은 이미 결론을 준비하고 있다.

잘 알다시피 최치원은 당나라에서 귀국하여 진성 여왕에게 〈시무책 10여 조〉를 지어 올리는 등 자신의 기량을 펼치려 했다. 그러나 그는 집권층인 진골 귀족의 배척을 받아 함양군 등 변방의 태수로 전전하면서 망해 가는 조국을 지켜보아야 했다. 그 처절한 절망, 아무것도 할 수 없는 절망의 순간에 자신의 진정한 모습을 발견한 것이다. 소중한 자신의 모습을 너무 잘 알고 있었지만 시대가 너무 불행했기에 자신의 재능을 꽃 피울 수 없었던 것이다. 재능을 뽐내며 화려하게 핀 꽃이 천한 땅에 태어나 사람들에게 버림받게 되는 과정이 이 시의 핵심이다. 이렇게 볼 때 그 꽃은 최치원 자신의 처지와 동일한 궤적을 그리고 있다. 그 과정을 자세하게 형상화한 〈촉규화〉를 다시 한 번 음미해 보자.

시인은 먼저 무성한 꽃이 얼마나 대단한가를 말하고 있다. 장맛비 그치자 꽃향기를 날리고, 보리 바람에 꽃 그림자를 대지에 드리운다. 누렇게 팬 보리밭을 쓸며 불어오는 바람, 그 바람에 흔들리는 꽃의 모습을 긴 그림자가 대신한다. 아마도 오후였으리라. 화려한 꽃과 대비되어 대지에 드리운 긴 그림자는 이미 기울어져 가는 퇴락의 이미지로 환기되지만, 또한 위대한 인물의 자취로도 해석될 수 있다. 이미 몰락을 예견하고 있는 셈이다. 그럼에도 불구하고 수레와 말 탄 귀족들은 아무도 거들떠보지 않고 기껏 벌과 나비만 윙윙거릴 뿐이다. 세상에 인정받지 못하는 고통과 절망……. 최치원 시의 핵심은 여기에 있다.

그렇다고 여기에 맞설 수 있는 대안이 있었던 것도 아니다. 그저 절망할 뿐이다. 최승우˚나 최언위처럼 신흥 세력인 고려나 후백제를 선택할 수도 없었다. 절망을 뚫고 일어설 힘이 남아 있지 않던 그는 말년에 가야

˚최승우 최치원, 최언위와 함께 신라 3대 천재로 알려진 유학자. 최언위가 고려 태조를 따라간 반면 그는 후백제를 일으킨 견훤을 따라갔다.

산 해인사로 들어갔지만, 그곳도 세상의 축소판에 불과함을 느끼고 결국 어디론가 종적을 감출 수밖에 없었다. 설화에는 그가 가야산의 신선이 되었다고 전하고 있다.

진정한 자아를 발견하는 일은 자신의 소중함을 찾는 것이어서 대부분 자긍심을 동반하지만 시대가 그것을 용납하지 않을 때 소외와 절망을 느끼기도 한다. 시대를 너무 앞서 간 천재는 그래서 불행했다. 이처럼 〈촉규화〉에는 비할 수 없을 정도로 화려한 자신의 참모습을 발견했지만, 시대의 한계 속에서 자긍심을 느끼기보다는 자신과 태어난 곳에 절망하고 자신을 저주할 수밖에 없었던 최치원의 처참한 처지가 잘 드러나 있다.

나를 넘어 사람들의 관계 속으로

자신을 찾는 방법 중에는 부모를 통해 그 뿌리를 확인하는 방법이 있다. 그럼으로써 자신이 어디서 왔는지를 확인할 수 있기 때문이다. 우리의 숱한 신화와 전설에서는 '버려진 아이'에 대한 화소話素가 등장한다. 아이가 부모를 찾아가 자신이 누구인가를 확인하는 것이다. 제주도 무속 신화 〈원천강본풀이〉는 바로 그런 부모를 찾아가는 이야기이다.

오늘이
부모를 찾아 떠난 오늘이가 길에서 만난 연꽃과 대화하는 장면이다. 사진은 애니메이션 〈오늘이〉(2003)의 한 장면.

아득한 옛날 적막한 들에 예쁜 여자아이 하나가 살고 있었다. 그 아이는 부모도 이름도 성도 나이도 모르고, 그냥 이 들에서 태어나 살아왔다. 하늘에서 학이 날아와 날개로 덮어 주고 먹을 것을 가져다주어 살아올 수 있었다. 마을 사람들이 그 아이를 보고 "그렇다면 네가 오늘 우리를 만났으니 오늘을 생일로 삼고 이름도 오늘이라고 하자꾸나." 라고 하여 '오늘'이라는 이름을 얻게 되었다.

오늘이의 간절한 소망은 부모를 만나 보는 일이었다. 원천강에 산다는 말을 듣고 부모를 만나기 위해서 길을 나섰다. 가는 길에 매일 글만 읽고 있는 장상이와 매일이,

맨 윗가지에만 꽃이 피는 연꽃, 용이 되고 싶어 하는 뱀, 밑 빠진 두레박으로 물을 긷는 선녀 등을 만나 이들의 부탁을 들어 주고, 드디어 원천강에 가서 부모를 만났다.

부모를 만나 자신의 존재를 찾은 오늘이는 주저 없이 돌아서 자신이 살던 마을로 향한다. 그리고 그 길을 다시 거슬러 장상이와 매일이, 연꽃나무, 큰 뱀의 소원을 이루어주고 마을로 돌아온다.

(줄거리 요약)

이 신화는 '나'의 존재를 확인하는 여행담이다. 빈 들판에 버려진 아이는 바로 이 거대한 세계에 던져진 우리 자신의 존재와도 같다. 흔히 실존철학에서 말하는 '기투企投'된 존재, 즉 세계에 내던져진 존재인 것이다. 그 고독한 존재가 부모를 찾기 위해 길을 떠난 것이다. 말하자면 자신의 근원을 찾아가는 여행이다.

그 과정에서 수많은 사람들을 만난다. 마을 사람들로부터 장상이와 매일이, 연꽃나무, 큰 뱀, 선녀 등을 만나 이들에게 도움을 받기도 하고 이들의 과제를 해결해 주기도 한다. 고립된 나를 벗어나 사회적 관계를 맺은 것이다. 그러나 그 존재들은 모두가 한 가지씩 결핍을 지니고 있다. 장상이와 매일이는 하염없이 글만 읽고, 연꽃나무는 위에만 꽃을 피우고, 큰 뱀은 여의주를 세 개나 물고 있지만 하늘로 올라가지 못하고, 선녀들은 밑 빠진 두레박으로 계속해 물을 푸기만 한다. 어쩌면 인간이 지니고 있는 슬픈 운명과도 같다.

하지만 자신의 것을 나누면 그 결핍들에서 벗어날 수 있다. 장상이는 같이 글을 읽는 매일이를 자기의 짝으로 맞이하고, 연꽃나무는 위에 핀 꽃을 오늘이에게 줌으로써 다른 가지에도 꽃이 만발하게 되며, 여의주 세 개를 물고 있는 뱀은 두 개를 뱉어 오늘이에게 줌으로써 비로소 용이 되어 승천한다. 사회적 관계 속에서 자신의 것을 남에게 나누어 줌으로써 비로소 자신만의 틀에서 벗어난 것이다. '소아小我'를 버리고 사회적 관계 속의 '대아大我'로 나아간 것이다.

우리의 삶도 그러하다. 자신에 대한 집착을 버리고 여러 사람의 관계

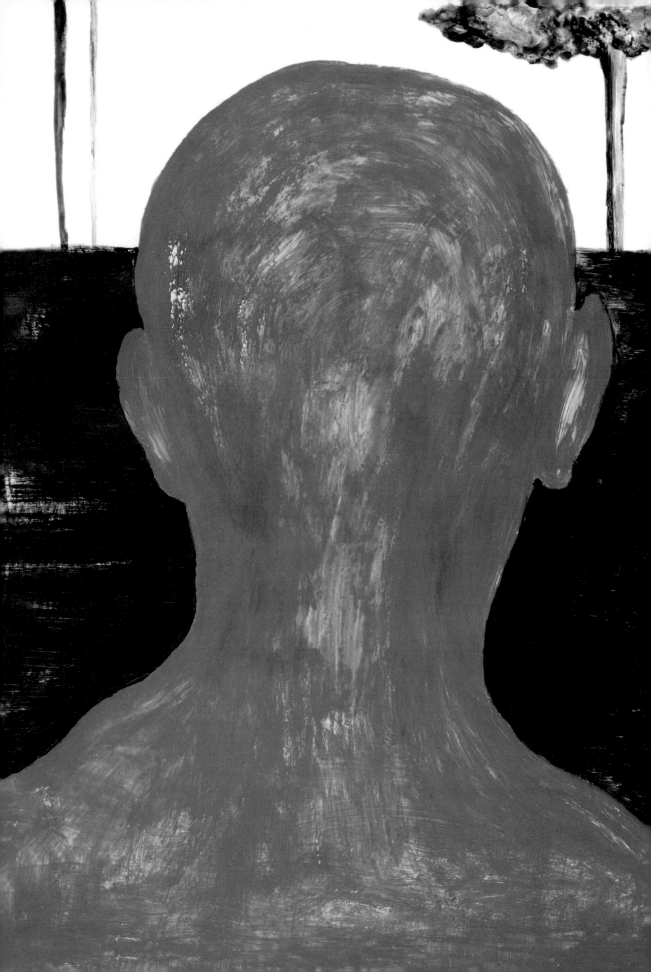

속으로 들어갈 때 비로소 자신의 존재를 찾을 수 있는 것처럼 말이다. 우리가 흔히 말하는 인간人間이란 말도 고독한 자신의 존재를 뜻하는 것이 아니라 '사람 사이' 곧 '인간의 관계'를 의미한다. 그래서 매일이도 부모를 찾아 자신의 존재를 확인하고 다시 마을로 돌아가 사람들과 함께 한다. 그럼으로써 이제 독립된 한 개인으로 성장한 것이다.

인용 작품

염재기 21쪽
작가 박지원
갈래 한문 산문
연대 18세기

은진미륵과 쥐 24쪽
작가 미상
갈래 설화
연대 미상

촉규화 25쪽
작가 최치원
갈래 한시
연대 신라 시대

원천강본풀이 27쪽
작가 미상
갈래 무가(무속 신화)
연대 미상

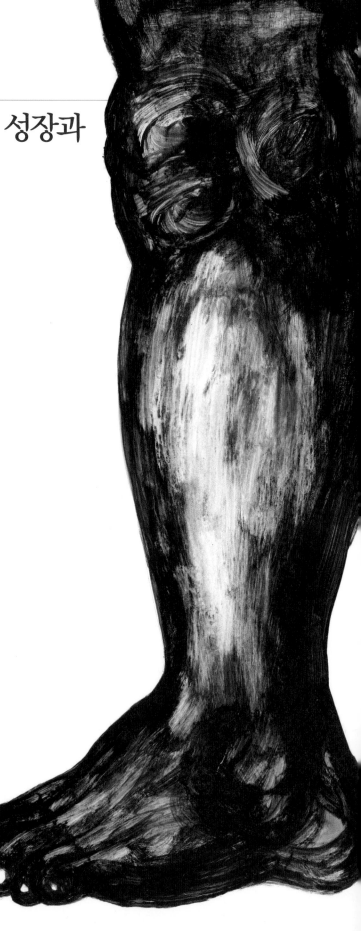

2 자아의 성장과 변모

자아는 한 개인으로 머물러 있기도 하지만 대부분 사회적 관계 속에서 자신을 발견하고 더 넓은 사회를 향하여 나아간다. 그래서 수많은 사람들을 만나 관계를 맺기도 하고 사회 속에서 자신이 꿈꾸었던 이상을 실현하기도 한다. 그럼으로써 개인적 존재에서 벗어나 사회적 존재로 우뚝 서게 된다. 우리 고전에서도 자아의 성장을 다루는 작품들을 만나게 되는데, 주로 신분제의 모순이 그 계기가 된다. 서얼의 문제를 담은 작품이나 노비들의 성장과 변모의 모습을 담은 '추노담'이 대표적이다.

자아의 각성과 성장

최치원을 모델로 하여 17세기에 지어졌으리라고 추정되는 〈최고운전崔孤雲傳〉은 최치원의 실제 삶과는 많은 차이가 있다. 실제와 비슷한 부분은 중국 당나라에 가서 글로써 이름을 떨치고 황소의 난이 일어나자 〈토황소격문討黃巢檄文〉을 지어 제압했다는 것과 말년에 식구들을 거느리고 가야산에 들어갔다는 것 정도이다. 나머지는 대부분이 허구이다. 작품의 많은 부분은 중국과의 재주 대결에서 천자를 꼼짝 못하게 하고 우리 민족의 자존심을 살린다는 내용이다. 우선 〈최고운전〉의 줄거리를 보자.

최치원의 부친인 최충이 문창 수령이 되어 그 부인과 같이 부임했는데, 아내를 잃어버리는 변이 있다고 하여 아내의 손에 붉은 실을 묶어 놓았다. 과연 어느 날 천지가 어둑해지고 우레가 일어나더니 아내가 종적 없이 사라졌다. 밤이 되어 붉은 실을 따라 바위 틈으로 들어가니 아내가 금 돼지와 같이 거기에 있었다. 최충의 아내는 기지를 발휘해 사슴가죽으로 금 돼지를 죽이고 거기 갇혀 있던 옛 수령의 아내들도 구출하였다.

그 후 아내는 아이를 낳았는데, 최충이 금 돼지의 자식이라 하여 해변가에 버렸다. 하지만 천녀가 하늘에서 내려와 젖을 먹여 키우니 이 이야기를 듣고 아내가 다시 아이를 데려오자 하나 아이가 한사코 이를 거절하였다.

최충이 할 수 없어 아이를 위해 해도에 월영대月影臺와 망경루望景樓를 지어 주고, 쇠지팡이를 주고 돌아왔다. 닷새가 지나자 선비 수천이 하늘에서 내려와 아이에게 글을 가르쳐 주어 드디어 문장을 이루게 되었다.

중국의 황제가 아이의 시 읊는 소리를 듣고 그 재주를 시험하고자 문사를 보냈으나 대적할 수가 없었다. 신라에 글을 잘하는 선비들이 많아 중원의 학사들이 대적할 수 없다는 말에 화가 난 중국 황제는, 신라를 침공하고자 석함에 달걀을 넣고, 이 물건을 알아내어 시를 바치라고 새서璽書* 를 내린다.

새서璽書 황제의 옥새가 찍혀 있는 문서.

계림국에서는 이를 알아낼 사람을 구하는데, 마침 해도에 있던 아이도 이 소문을 듣고 세상으로 나가 승상 나업의 집에 종으로 들어가 석함에 들어 있는 물건을 맞추겠다 하여 그 딸과 혼인을 하기에 이른다. 승상의 사위가 된 아이는 중국을 향하면서 '최치원'이란 이름을 스스로 짓고 왕에게 50자 정도되는 긴 모자를 요구하여 이를 쓰고 중원으로 들어간다.

중원으로 가는 길에 용왕의 아들 이목을 만나 용궁에 초대되고 그의 신통력을 빌려 가뭄이 심한 위이도에 비를 내리게 하기도 한다. 또한 절강折江에서 노파의 도움으로 장에 적신 솜을 얻고 닷새 후에 물가의 천녀에게 여러 개의 부서符書를 얻어 각기 문에 이르러 던지라는 주문을 받는다.

드디어 천자가 있는 곳에 도착하여 천녀의 부적으로 여러 가지 시험을 통과하고, 함 속에 든 물건을 알아맞히어 후한 대접을 받는다. 더불어 과거에 장원 급제하여 문신후에 봉해지는 영광을 얻기도 한다. 한편 황소의 난이 일어나자 토벌대장으로 참가하여 한 폭의 시로써 적을 제압해 황제의 은총을 각별히 받는다. 그러나 이로 말미암아 참소*가 무수히 일어나 남해로 유배되지만 노파가 준 솜 덕분에 위기를 모면하고 중국을 떠나 신라로 돌아온다.

참소讒訴 남을 헐뜯어서 죄가 있는 것처럼 꾸며 윗사람에게 고하여 바침.

하지만 신라 왕은 최치원이 중국에서 놀다 이제 돌아왔다고 하여 심하게 꾸짖고 내쫓아, 마침내 가족들을 이끌고 가야산으로 들어갔다.　　　　　　　　(줄거리 요약)

이상의 줄거리를 통해 두드러진 사실은 최치원이 신이한 능력을 발휘해 여러 이적을 행하고 중국의 천자를 제압했음에도 불구하고 부모와 조국 신라로부터 버림받았다는 것이다. 모두에게 버림받은 인생인 것이다.

그러나 특이한 점은 그런 가운데서도 자신을 지키고 성장시켜 나갔다는 사실이다. 〈최고운전〉에서 부모에게 버림받는 부분을 보자.

처음 금 돼지의 자식이라 버리고 나중에 그것이 아님을 알고 병을 칭해서 아이를 불러오려고 부하들을 보냈지만 아이는 이를 완강히 거절하며

"부모께서는 처음 나를 금 돼지의 아들이라 이름하여 여기에 버리시더니 어찌 조금도 부끄러워하지 않으시고 이제 와서 나를 보고자 하십니까?"

하고 금 돼지의 자식이 아님을 열거한 다음

"그는 잔인하고 박행한 사람입니다. 내가 지금 무슨 면목으로 가서 부모를 보겠습니까? 나를 강제로 데려가고자 한다면 나는 당장 이 바다에 빠져 죽어 버리겠습니다."

라고 강경하게 대응한다.

그때의 나이가 겨우 세 살이니 현실성은 희박하지만 자신을 버린 부모에 대한 원한이 얼마나 깊었는가를 짐작할 수 있는 대목이다. 말하자면 어린아이가 부모의 보살핌 없이 이 거대한 세계와 홀로 맞섰던 것이다. 그뿐만 아니라 그는 그런 상황 속에서도 자신을 혹독하게 단련시킨다. 하늘에서 수천의 선비가 내려와 글을 가르쳐 마침내 문리를 깨쳐 문장을 이루었다. 길이가 세 척이나 되는 쇠막대로 모래 바닥에 글을 하도 열심히 써서 나중엔 쇠막대가 닳아 거의 반 척밖에 남지 않을 정도로 자신을 성장시켰던 것이다.

〈계원필경집서桂苑筆耕集序〉에 따르면, 최치원은 열두 살의 어린 나이에 당나라로 건너가 "네가 10년 공부하여 진사에 급제하지 못하면 내 아들이라 하지 말아라. 나도 아들을 두었다고 하지 않겠다."는 아버지의 훈계를 새기며 잠을 쫓으려고 "쉴 새 없이 머리를 묶고 다리를 찌르며" 드디어 6년 만에 당나라의 과거에 급제했다고 전한다.

사신으로 중국에 들어가면서 그는 비로소 '신라 문장가 최치원'이라는 자신의 이름을 짓는다. 이름은 곧 자신의 정체성이다. 대부분 부모로부터 그 이름을 받는다. 그럼으로써 자신이 어디서 왔는지를 확인하는 것이다. 하지만 최치원은 자신의 이름을 스스로 지음으로써 스스로 정체성을 확보한다. 자기가 누구인지를 자신이 규정하는 것이다. 지나칠 정도

최치원
〈촉규화〉에서 보았듯이, "천한 땅에 태어나 사람들에게 버림받음을 참고 견딤이" 얼마나 고통스럽고 처참한지를 〈최고운전〉에서도 절실하게 보여 준다. 이 작품은 철저하게 소외된 최치원의 삶을 소설화한 것이리라.

로 자존심을 표출한 것처럼 보이지만 한 개인이 이 거대한 세계와 맞서는 처절한 몸부림으로도 읽힌다.

이렇듯 〈최고운전〉을 통해 드러나는 최치원의 각성과 성장은 이 거대한 세계와 홀로 싸워 얻어진 것이다. 문장을 이룬 것도, 승상 나업의 딸을 배필로 맞이한 것도, 중국에 사신으로 가면서 스스로 이름을 짓는 것도 그렇다.

자아실현, 멀고도 험난한 길

〈최고운전〉에서 확인할 수 있듯이 자아를 발견하고 성장시켜 나가는 것은 어려운 일이다. 부모도 없이 홀로 세계와 맞서야 했기 때문이다. 그러나 실제로 중세 사회에서 자아의 성장을 가로막는 것은 신분의 제약이었다. 신분제는 중세 사회를 지탱하는 중요한 기반이었기 때문에 그 신분의 벽을 뛰어넘기란 거의 불가능에 가까웠다. 여기 얼자孼子*로 태어나 신분의 벽을 절감하고 자아를 실현시키고자 몸부림을 친 사람이 있다. 그가 바로 〈홍길동전〉의 주인공 홍길동이다. 얼자로 태어나 '호부호형' 조차 하지 못하고 유일한 출셋길인 과거에도 나갈 수 없었던 홍길동. 그는 어떻게 자아를 실현시켰는가를 〈홍길동전〉 속으로 들어가 보자.

일반적으로 〈홍길동전〉은 세 부분으로 나눌 수 있는데, 첫째 부분은 가정 내에서의 적서 차별을, 둘째 부분은 봉건 수탈에 대항하는 활빈당 활동을, 셋째 부분은 이상국 건설을 그 내용으로 하고 있다. 이 세 부분을 아우르는 공통적인 문제의식 혹은 주제는 무엇일까? 그것은 바로 '자아실현'이다. 즉 얼자로 태어나 벼슬을 할 수 없는 한恨이 활빈당 행수로, 병조판서로 나아가게 했으며, 결국 율도왕으로까지 이어진 것이다. 〈홍길동전〉을 관통하고 있는 문제의식은 바로 이 '얼자'로서의 한이다.

홍길동은 이미 어린 시절부터 "대장부가 세상에 나서 공자·맹자를 본받지 못할 바에야, 차라리 병법이라도 익혀 대장인大將印을 허리에 비스듬히 차고 동정서벌東征西伐하여 나라에 큰 공을 세우고 이름을 오래도록

얼자孼子 보통 서얼庶孼이라고 함. 서자의 어머니는 양인이거나 그보다 높은 신분이었고, 얼자의 어머니는 천인 신분이었다.

빛내는 것이 장부의 통쾌한 일이 아니겠는가! 나는 어찌하여 이 한 몸 적막하여, 부형이 있는데도 아버지를 '아버지'라 부르지 못하고, 형을 '형'이라 부르지 못하니 심장이 터질지라. 이 어찌 통탄할 일이 아니겠는가!"라며 얼자라는 이유로 벼슬길이 막힌 것을 통탄해하고 있다. 출세하는 길이 과거밖에 없는 상황에서 과거길이 막히니 자신의 존재를 드러낼 아무런 방법이 없었던 것이다. 그런 막막한 상황에서 홍길동은 결국 가출을 결행한다. 그러나 직접적인 원인은 자객인 특재와 관상녀를 죽였기 때문이다. 즉 자신을 없애려 한 불의한 사람들을 죽이고 범법자가 되어 망명도생亡命圖生을 결행한 것이다. 그에게 이제 남은 길은, 〈수호전〉의 영웅들이 그렇듯이, 도적이 되는 것뿐이다.

도적굴은 범법자들에게는 일종의 해방구이다. 거기에는 세상의 법률이 미치지 않는 그들만의 명분이 있다. 바로 백성들을 수탈하는 탐관오리와 불의한 사람들을 징치懲治 하고 가난한 사람들을 도와주는 의적으로서의 명분이 바로 그것이다. 그래서 대부분의 의적들은 어느 정도 세력이 갖춰지면 이런 의적으로서의 명명식을 거행한다. 〈홍길동전〉에서도 그들 집단을 '가난한 사람들을 살리는 당'인 '활빈당活貧黨'으로 이름붙이고, 행동 규약을 정하는 장면이 등장한다.

그런데 홍길동은 활빈당 행수로서의 역할을 계속 수행하지 않고 '병조판서'가 되고자 한다. 활빈당 우두머리로서 도적들을 이끌고 봉건 사회에 대항했던 위치에서 봉건 사회의 병권을 휘두르는 자리인 병조판서가 되길 원한 것이다. 신출귀몰한 자신을 잡지 못하자 "길동은 아무리 하여도 잡지 못할 것이오니, 병조판서 벼슬을 내리시면 잡히리이다."라는 방을 써 붙인다.

실상 홍길동은 어린 시절부터 문관이나 무관으로 나가고자 했으나 얼자여서 그 길이 막혔다. 어쩔 수 없이 활빈당 행수의 역할을 했지만 본래 의도한 바는 아니었음이 분명하다. 〈홍길동전〉뿐 아니라 의협심이 강한 선비들이 군도의 우두머리가 되었다가 다시 자신의 위치로 돌아오

징치懲治 징계하여 다스림.

는 조선 후기의 숱한 '군도담'에서 확인할 수 있듯이 홍길동의 바람은 오직 얼자의 한을 풀고 벼슬길로 나가 자신의 이름을 빛내는 것이었다. 이런 홍길동의 생각은 조선을 떠나면서 임금에게 자신의 처지를 진술하는 대목에서 분명히 드러난다.

신이 전하를 받들어 만세를 모실까 했으나, 제가 천한 종의 몸에서 태어났기 때문에 문文으로는 홍문관이나 예문관 벼슬길이 막혀 있고, 무武로는 선전관 벼슬길이 막혔습니다. 이런 까닭으로 사방을 멋대로 떠돌아다니면서 관청에 폐를 끼치고 조정에 죄를 지었던 것이온데, 이는 전하로 하여금 아시게 하려 함이었습니다.

이처럼 얼자로서의 한이 결국 활빈당 행수가 되게 하였고, 벼슬하고자 하는 소원이 병조판서까지 제수받게 한 것이다. 여기서 우리는 홍길동이 너무 개인적인 출세에만 집착한 것이 아니냐고 반문할 수 있다. 하지만 오직 과거를 통해서만 자신의 존재를 증명할 수 있었던 상황에서 그 길이 원천적으로 막혀 있으니 오죽했겠는가.

이제 홍길동이 병조판서가 되었으니 모든 문제가 해결될까? 절대 아니다. 조정에서 병조판서를 제수한 것이 자신을 죽이기 위함임을 홍길동은 알고 있었다. 그래서 "소신의 죄악이 지중하온데, 도리어 은혜를 입사와 평생의 한을 품고 돌아가 전하와 영원히 작별하오니, 부디 만수무강하소서."라고 직책을 수행할 뜻이 없음을 밝힌다. 병조판서를 제수해 달라는 요구는 일종의 한풀이며 상징적인 의미였을 뿐, 그 직책을 지속적으로 수행하고자 했던 것은 아니었다.

이런 상황에서 홍길동은 진정한 자아실현을 위해 조선이라는 테두리를 벗어날 수밖에 없었다. 얼자라는 신분도 도적 떼의 대장이었다는 전력도 필요 없는 '율도국律島國'은 홍길동에게는 신대륙과 다름없었다. 홍길동은 거기서 자신들만의 유토피아를 건설한 것이다.

하지만 율도국은 많은 사람들이 꿈꾸던 이상향이었을까는 여러모로 생각해 봐야 한다. 이상향으로 설정된 율도국은 새로운 정치 형태를 보여 주지는 못하고, 그저 조선과 다름없는 이상적인 왕도 정치를 실현하는 공간으로 위치한다. "왕이 나라를 다스린 지 3년에 산에는 도적이 없고 길에는 떨어진 물건을 주워가지 않으니 태평 세계"라 할 뿐이다. 엄밀히 따져 보면 율도국 역시 봉건적 테두리를 벗어나지 못한 한계를 지니고 있음이 분명하다.

홍길동은 이처럼 자아실현의 험난한 과정을 겪으면서 얼자에서 활빈당 행수로, 다시 병조판서로, 그리고 마지막으로 율도왕까지 자신을 최고의 지위까지 올려놓았다. 이런 자아실현의 지난한 과정을 누가 개인적이고 이기적이라고 비난할 수 있겠는가.

신분제의 동요와 개인의 성장

조선 후기에 조선 사회를 지탱하고 있던 신분제가 흔들리면서 그동안 양반들의 지배에 순응하던 하층민도 자신들의 처지를 자각하고 나름대로의 대응을 모색하기 시작하였다. 이런 시대적 상황을 드러낸 것이 도망한 노비들의 이야기를 다룬 '추노담推奴談'이다. 신분제가 흔들리면서 외거 노비는 내거 노비에 비해 상대적으로 경제적 지위를 향상시킬 수 있는 기회가 많았고 이러한 경제적 부를 바탕으로 신분적 질곡에서 벗어나 다른 삶을 도모하기도 하였다. 이 노비들의 주인인 양반들은 도망친 노비들을 잡아오기도 하고 몸값을 대신 받기도 하였다. 그 과정에서 양반들과 노비들의 대립과 갈등이 두드러지는 바, 추노담은 바로 이런 대립을 통해 부쩍 성장한 하층민의 모습을 보여 준 작품들이다. 그중에서 성장한 노비들의 모습을 가장 잘 보여 주는 작품이 《청구야담靑丘野談》에 실려 있는 〈구복막동舊僕莫同〉이다. 이 작품의 줄거리는 이렇다.

추노
외거 노비는 주인집에 거주하지 않고 독립된 가정을 이루며 자기의 재산을 소유할 수는 있었으나, 주인의 토지를 경작하면서 세금을 바쳤다. 사진은 도망친 노비와 이를 쫓는 노비 사냥꾼의 이야기를 다룬 드라마 〈추노〉(2010) 포스터.

집안 형편이 어려워진 선비 송생이 친붕이 있던 강원도의 어느 원에게 몸을 의탁하려고 길을 가다 고성에서 최 승지의 집에 묵게 되었는데, 그는 옛날 자기 집의 종이었던 막동이었다. 남의 종노릇을 하지 않으려고 집에서 도망쳐 나와 우선 돈을 모으고 그 다음엔 글을 읽어서 과거에 급제해 정삼품에 해당하는 동부승지同副承旨라는 벼슬에까지 이르렀고, 지금은 벼슬에서 물러나와 전원에 은거하면서 유유자적 살아가는 중이었다. 최 승지는 옛 주인집이 어려운 것을 알고 돕고 싶었지만 자신의 신분이 드러날까 한탄하던 차에 이렇게 만나게 되었다며 오히려 용서를 구했다. 그리고 낮에는 인척간으로 행세하고 밤에는 주인과 종의 관계로 돌아가자고 제안해 송생은 여기에 응낙한다. 그 대가로 송생은 돌아갈 때 1만 냥의 돈을 받아 졸지에 부자가 되었다.

그런데 그만 술김에 부랑아인 종제에게 이런 사실을 발설하게 되고, 부랑아는 형의 치욕을 씻겠다고 최 승지를 찾아간다. 송생은 자신이 실수한 것을 깨닫고 급히 사람을 보내 동생이 내려가 행패를 부릴 거라는 사실을 알렸다. 막동이는 사람들에게 미친 놈이 온다고 소문을 내고 그를 붙잡아 침을 놓아 가며 타협하기에 이르고, 결국은 이 기세에 굴복한 부랑아는 순순히 막동이의 제안에 승복한다. 부랑아는 다음 날 사람들에게 행패를 부려 미안하다고 하며 3000냥을 받아 가 평생 이 일을 입 밖에 내지 않았다 한다. (줄거리 요약)

이 야담에서 주목할 것은 노비였던 막동이의 성장 과정과 그의 현실 대처 방식이다. 평생 남의 종노릇 하는 천한 신세로 늙지 않으리라 맹세하고 자신을 깨우치고 성장시킨 것이다. 그의 출세 과정을 보자.

우선 가짜 최씨로 행세하였는데, 최문은 한다한 양반으로 당시 후사가 없었던 집이었다오. 처음 서울에 살면서 돈벌이를 하여 수년 사이에 몇 천 냥을 모은 다음 영평으로 낙향했습니다. 그때부터 두문불출하고 글을 읽으며 조신을 하여서 사부의 행실이 분명하다는 향리의 평을 얻었고, 또한 재물을 흩어 빈민들의 환심을 사고 접대를 후하게 해서 부호들의 입을 틀어막았지요. 한편으로 서울의 한량 오입쟁이들로 하여금 말과 노복을 화려하게 꾸며 연락부절 내왕케 하되 유명한 분들의 성함을 모칭하여서 고을 사람들이 더욱 신빙하게 하였지요. 다시 4, 5년 후에는 철원으로 이사를 하였고, 거기서도 영평에서처럼 행실을 닦아 일향의 사족으로 대접을 받은 것입니다.

그때서야 한 무변의 딸을 맞아들여 재취라 칭하였지요. 아들딸 낳고 잘 살았지만, 혹 일이 발각될까 걱정이 되어 다시 회양으로 이사를 하였고, 얼마 후에는 또 여기 고성으로 옮아온 것이지요. 회양 사람들은 철원 사람들에게 묻고 고성 사람들은 회양 사람들에게 물어 이런 식으로 말이 전해져서 그만 갑족甲族으로 추대된 것입니다. 그리고 소인이 명경과明經科에 요행으로 등제를 해서 승문원承文院에 들어갔다가 정언正言*, 지평持平*을 거쳐 대홍려大鴻臚로서 통정으로 병조참지兵曹參知*와 동부승지同副承旨에까지 이르렀습니다.

그의 출세 과정은 정말 집요하고도 철저하다. 노비 신분으로서의 한이 막동을 이렇게 정삼품 벼슬까지 이르게 한 것이다. 경제적인 부가 그런 일을 가능케 했음은 물론이다. 이런 막동이의 경우가 당시 일반적인 형태라 부르기는 어렵지만 적어도 불가능한 일은 아니었기에 야담으로 전해질 수 있었을 것이다. 여기서 우리는 사회의 최하층 계급으로서 스스로의 노력으로 신분적 속박에서 벗어난 막동이를 만날 수 있다. 종이 아닌 한 인간으로서 존엄성을 자각하고 자신을 철저하게 단련시킨 결과이다.

이런 삶의 자세와 대처 능력은 부랑아인 종제가 찾아와 행패를 부릴 때 여지없이 드러난다. 형의 얘기를 들은 부랑아는 치욕을 씻고자 "아무개는 우리 집 하인이라네."라고 고함지르며 다니지만 아무도 귀 기울이지 않고 오히려 미친 사람으로 여긴다. 밤중에 막동이는 미친병을 치료한다고 광에 가둔 부랑아에게 가서 다음과 같이 꾸짖는다.

내가 너의 종형에게 본분을 지켜 먼저 나의 내력을 토로하였으니 너도 마땅히 좋게 나를 대해야 옳지 않느냐? 이제 굳이 나의 험을 적발하여 나를 기어이 파멸시키고 말려 하느냐? 내가 바닥에서 맨손으로 이만한 기틀을 세운 사람인데 너같이 용렬한 놈에게 실패를 볼 성싶으냐? 당초에는 중로에 자객을 보내 너를 해치우려 하였다. 허나 선세의 은정을 생각해서 우선 생명은 남겨 둔 것이다. 만약에 네가 마음을 고치고 뜻을 달리한다면 너를 부자가 되게 할 수도 있지만, 불량한 심사를 고집한다면 너를 죽

명경과明經科 조선 시대, 문과 초시에서 사경四經을 중심으로 시험을 보던 분과.

정언正言 조선 시대 사간원에 속한 정육품 벼슬.

지평持平 조선 시대 사헌부에 속한 정오품 벼슬.

병조참지兵曹參知 조선 시대 육조의 하나인 병조의 정삼품 벼슬.

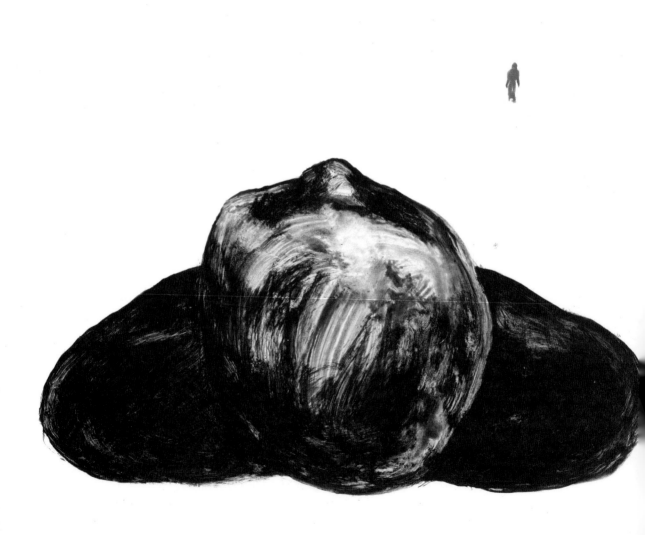

이고 말 것이다. 나는 기껏 실수해서 사람을 죽인 서투른 의원밖에 더 되겠느냐? 너 좋을 대로 정하여라.

산전수전 다 겪은 막동 앞에 양반인 부랑아는 무력할 수밖에 없었다. 양반의 명분과 처지가 경제적 부를 통해 부쩍 성장한 민중 앞에 여지없이 무너진 것이다.

하층민으로서 자신의 처지를 자각하고 새롭게 자신을 변모시킨 또 다른 경우를 〈배비장전裵裨將傳〉*의 방자*를 통해 확인할 수 있다. 〈춘향전〉에서의 방자가 자신의 목소리를 내지는 않고, 그저 이몽룡의 조연으로서 약간의 웃음을 유발하는 역할에 만족하지만, 〈배비장전〉의 방자는 훨씬 발전된 모습을 보인다. 배비장과 내기를 주도하기도 하고 풍자의 주체로서 배비장을 꼼짝 못하게 몰아붙이기까지 한다. 우선 〈배비장전〉에서 배비장과 애랑을 사이에 두고 내기를 제안하는 대목을 보자.

배비장전裵裨將傳 18세기 이전에 불리던 판소리 〈배비장 타령〉에서 비롯된 판소리계 소설이다. 현재 전하는 소설은 20세기 이후 만들어진 것이며, 현재 판소리 전승은 끊어진 상태이다.

방자房子 지방 관아에서 잡일을 하던 남자 하인.

방자놈 코웃음치며 여쭈오되
"나으리도 남의 말씀 쉽게 듣지 마옵소서. 애랑의 은은한 태도와 아리따운 얼굴을 보시면 치마폭에 움막을 짓고 게다가 살림을 차리리다."
배비장 안색을 바로 하고 방자를 꾸짖는 말이,
"이놈, 네가 양반의 격조와 멋을 어찌 알고 경솔히 말을 하느냐."
"그러하오면 황송하오나 소인과 내기를 하옵시다."

방자는 아름다운 여자를 대하면 혹할 수밖에 없는 인간의 본성을 말하는 데 비해 배비장은 양반의 격조와 멋을 들먹거리며 방자를 꾸짖는다. 여기서 풍자가 발생할 수 있는 요건이 성립된다. 바로 '위선'이다. 속으로는 원하지만 겉으로는 양반의 처지를 내세워 무시하는 위선적 태도가 문제 되는 것이다. 이러한 인물은 마땅히 그 정체가 폭로되어야 한다고 느끼기에 풍자가 발생한다. 숨길 것 없는 악인은 풍자의 대상이 될 수 없지만 위선자는 모든 걸 숨겨야 하기에 풍자의 대상으로 적합하기 때문이다.

그런데 여기서 주목할 것은 단순히 인간 본성에 대한 문제뿐 아니라 양반의 신분을 들먹거리며 위세를 떠는 데 대하여 신분적 대립이 보인다는 점이다. 그래서 애랑이 목욕하는 장면을 훔쳐보는 대목에서는 방자와의 신분적 대립이 날카롭게 드러난다.

> "예, 나는 나리께서 무엇을 보시고 그리하시나 하셨지요. 옳소이다. 저 건너 목욕하는 여인 말씀이오니까?"
> "옳다! 보았단 말이냐? 쌍놈의 눈이라 양반의 눈보다 대단히 무디구나."
> "예, 눈은 양반 쌍놈이 다르니까 소인의 눈이 나리의 눈보다 무디어 저런 예의가 아닌 것은 아니 뵈옵니다마는, 마음도 양반과 쌍놈이 달라 나리 마음은 소인보단 컴컴하고 음탕하여 남녀유별 체면도 모르고 규중처녀 은근히 목욕하는 것을 욕심내어 눈을 쏘아 구경한단 말씀이오니까? 근래 서울 양반들 양반 세력 빙자하여 계집이라면 체면 없이, 욕심 낼 데 아니 낼 데 분간 없이 함부로 덤벙이다 봉변도 많이 당합니다."

이 대화는 〈춘향전〉에서 춘향이 그네 뛰는 장면을 보고 이몽룡과 방자가 주고받는 말과 비슷하지만 통렬한 풍자가 들어 있는 것이 다르다. 양반의 눈보다 쌍놈의 눈이 대단히 무디다고 하는 말을 되받아 눈이 다르니 마음까지 달라 당신은 컴컴하고 음탕하냐는 반문은 단번에 양반의 위세를 거꾸러뜨리는 묘미가 있다. 풍자가 무엇인가? 적어도 도덕적 우위를 차지했을 때 가능한 것이 아닌가. 양반의 지위를 들먹거리다 여색에 혹하여 정신을 못 차리는 상전에 비해 방자의 태도는 훨씬 당당하게 보인다.

그 뒤 방자는 배비장을 애랑에게 혹하게 하여 모든 것이 벗겨지고 조롱당하도록 일련의 사건을 주도한다. 〈춘향전〉의 방자보다 훨씬 적극적인 모습을 보인다. 거의 연출자인 셈이다. 처음 배비장과 내기를 제안한 것도 방자이거니와 풍자·조롱하는 주체가 된다는 점에서 제주목사가 주도하는 방식과는 달리 방자와 같은 수많은 민중이 양반을 풍자하고 조롱하는 데 동참하게 된다.

이렇듯 〈최고운전〉과 〈홍길동전〉에서는 개인의 각성을 통해 자신을 세계의 중심으로 성장시키는 모습을, 〈구복막동〉과 같은 '추노담'에서는 경제적 부를 통해 성장한 민중의 모습을 확인시켜 준다. 이런 추세 속에서 관청의 하인이었던 방자도 〈배비장전〉에 오면 훨씬 성장하여 양반을 풍자하고 비판하는 데 주역을 담당한다.

인용 작품

최고운전 33, 35쪽
작가 미상
갈래 고전 소설(한문)
연대 17세기(추정)

홍길동전(경판본) 40쪽
작가 허균
갈래 고전 소설(국문)
연대 17세기

구복막동 41~45쪽
작가 미상
갈래 야담
연대 19세기

배비장전 45쪽(아래), 46쪽
작가 미상
갈래 고전 소설(판소리계)
연대 20세기

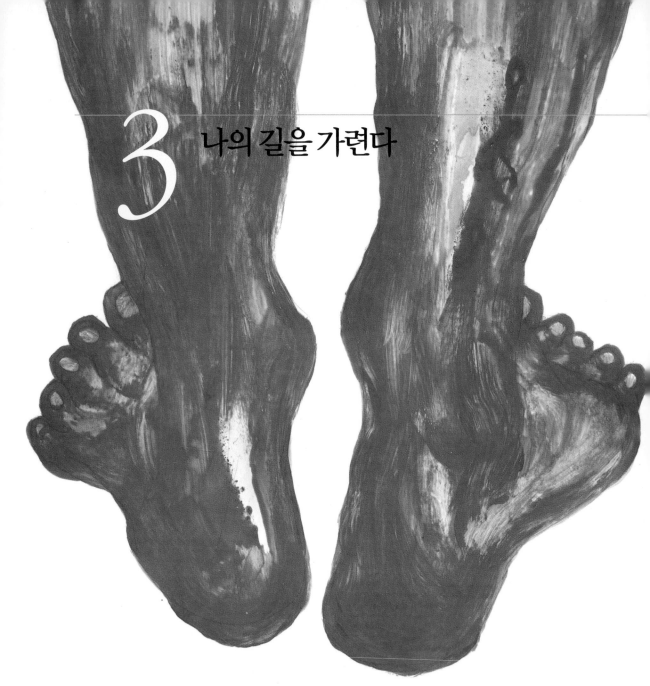

3 나의 길을 가련다

자신의 소중함을 자각하면 자연히 주체적 삶을 살게 된다. 그 삶이 비록 보잘것없다 할지라도 자신의 길을 가게 된다. 명분을 중시한 중세 사회에서도 세상과 타협하지 않고 자신의 길을 꿋꿋하게 걸어간 이들이 적지 않다. 강직한 선비의 기품을 잃지 않았던 김시습을 비롯하여 명분에 구애되지 않고 자신의 삶을 개척한 시정인들과 사회의 밑바닥에서 힘겨운 삶을 산 하층민들을 만나 본다.

고독한 방외인(方外人)의 초상

우리 문학사에서 최초의 소설 《금오신화金鰲新話》를 비롯하여 2180여 수의 시를 남긴 김시습金時習(1435~1493). 그는 뛰어난 문학 작품뿐만 아니라 상식을 뛰어넘는 기행奇行으로 사람들의 주의를 끈다.

그의 기행이란 세조의 왕위 찬탈에 반발하여 머리를 깎고 중이 되어 평생을 떠돌아다니면서 벌인 행각을 말한다. 자신의 친구인 정창손·서거정·신숙주·김수온 등이 쿠데타의 공신으로 높은 벼슬에 있을 때 김시습은 거지 행색을 하고 백주대로에서 이들을 꾸짖었으며, 사육신이 노량진에서 처형당했을 때 아무도 무서워 나서지 못하는 상황에서 홀로 나서서 그들의 시체를 묻어 주었다.*

그런가 하면 홀로 산속에 거처하면서 나무를 희게 깎아 시를 쓰고 읊조리다가 갑자기 통곡하며 그것을 꺾어 버리기도 했고, 달 밝은 밤이면 흐르는 시냇가에 앉아 수천 장의 종이에 시를 쓰고 그것을 물에 띄워 보내며 목 놓아 울기도 했으며, 나무로 농부가 밭 갈고 김 매는 형상을 조각하여 죽 늘어놓고 물끄러미 바라보다가 또 다시 통곡하며 불살라 버렸고, 자신이 농사 지은 조가 무성하여 이삭이 팬 것을 술을 먹고 들어와 낫을 휘둘러 모조리 땅에 베어 넘기고 통곡했다고 한다.

세상과 타협하지 않는 강직한 선비의 기품과, 달밤이면 눈물을 흘리는 여리디 여린 시인의 감성을 동시에 지녔던 사람. 달과 매화를 지극히 좋아해 휘영청 달 밝은 밤이면 소상강에 몸을 던진 초나라 충신 굴원의 〈이소경離騷經〉을 외우며 눈물을 흘린 이가 바로 매월당 김시습이다. 그

생육신生六臣 생육신은 세조의 왕위 찬탈에 반발하여 절개를 지켜 벼슬하지 않은 여섯 사람, 즉 이맹전, 조여, 원호, 김시습, 성담수, 남효온을 일컫는다.

의 호인 '매월당'에서도 그가 매화와 달을 얼마나 좋아했는지를 느낄 수가 있다. 〈금오신화를 지으면서題金鰲新話〉라는 시를 보자.

| 작은 집 푸른 담요에 따뜻함이 넘치는데, | 矮屋靑氈暖有餘 |
| 창에 가득 매화 그림자 달이 밝아 오는 때라 | 滿窓梅影月明初 |

이 시에서 '매梅'와 '월月'을 취해 호를 지었다고 한다.

달이 떠오를 무렵 달빛을 받아 창문에 어른거리는 매화 그림자. 그 장면에서 절개와 동시에 슬프리만치 고독한 그 모습을 자신의 호로 삼은 것은 참으로 절묘하다. 그의 호에서도 불의한 세상과의 타협을 거부하고 방랑으로 일생을 보낸 고독한 낭만주의자의 초상을 그대로 느낄 수 있다.

매월당의 한 많은 삶은 그가 양양부사였던 유자한에게 보낸 편지글 〈유양양에게 드리는 진정서上柳襄陽陳情書〉를 통해 짐작할 수 있다. 매월당은 자서전과 같은 이 글의 서두에 자신의 실상을 숨김없이 서술하고자 하는 의도를 밝히고 있다.

저의 실상을 감히 숨김없이 진술한다면 자긍自矜과 자손自損으로 칭찬을 남에게 요구하고자 함이 아니었습니다. 제가 비록 자긍하지 않더라도 온 나라가 다 그것이 허명임을 알 것이요, 제가 비록 자손하지 않더라도 온 나라가 다 그것이 어리석고 졸렬함을 알고 있을 터인데, 다시 무엇 때문에 오늘날 상국 앞에 자긍과 자손을 한 뒤에야 드러내겠습니까.

선비는 자신과 세상에 어긋나면

김시습이 활동한 시기는 15세기 후반이다. 이때는 봉건 사회가 그 모순을 드러내기 시작한 무렵이었다. 조정은 여러 정변을 겪으면서 지배 계

김시습의 자사진찬自寫眞贊
그는 생전에 늙고, 젊은 두 폭의 자화상을 그렸는데, 그 여백에 자신을 저주하는 '화상찬'(그대의 모습은 지극히 작고, 그대의 말은 매우 어리석으니, 마땅히 그대를 언덕과 구렁 속에 버려 두리라.)을 써놓기도 했다. 두타형(중의 머리 모양) 머리를 하고 세상을 매섭게 응시하는 김시습의 모습을 느낄 수 있다. 《매월당 시사유록》에 수록되어 있다.

층에게 공신전을 남발했고, 지배 계층인 양반들은 이를 토대로 토지겸병*을 확대해 나갔다. 이로 인하여 농민들의 생활은 더욱 어려워졌고, 양반 지주와 농민 사이의 모순이 첨예하게 드러났다. 김시습이 쓴 〈농부의 말을 적노라記農夫語〉에서 이런 사정을 잘 알 수 있다.

토지겸병 양반이나 토호들에 의한 대토지 소유를 뜻한다. 처음에는 국가가 토지를 소유하고, 관리들에게 급여 대신 토지를 지급하다가(고려 시대의 직전제) 점차 변질되어 토지의 영속성을 인정하게 되었다. 토지를 소유하게 된 양반들은 인근의 소농 경영 토지를 매매나 고리대금의 형식으로 흡수, 병합하여 대지주가 되었는데, 이를 토지겸병이라고 한다. 이는 조선 후기로 갈수록 더욱 심화되었다.

굶주려 우는 아낙과 아이들 길바닥에 쓰러지고	婦兒啼飢號路傍
길 가던 나그네는 한숨만 짓고 가네.	路傍觀者爲歎息
사채, 관가 조세 밤낮으로 성화건만	私債官租日夜督
얽매인 종살이 도망도 못할 신세	況我難逃白丁役
이 한 몸에 온갖 부담 지웠으니	一身丁役亂於麻
이리 떼고 저리 찢어 참혹도 할사.	東侵西擾多煩酷

(중략)

해마다 흉년 드니 살길이 전혀 없어	饑饉連年無可活
나에게도 기름진 땅 수십 뙈기 있었건만	我有油田數十畝
지난해 권세 있는 양반들이 다 빼앗아 갔고	去年已爲豪强奪
힘센 장정 농사를 지을 일손도 있었으나	亦有壯雇服耕耘
군역에 쪼들려 포보 살러 뽑혀 갔네.	昔年作保充軍額
발가숭이 어린 자식 옆에서 울부짖어	赤子在左叫紛紛
밥 달라 날 조르나 듣고도 못 들은 척	交痛適我如不聞

그런가 하면 왕실 내부의 권력 쟁탈전으로 인해 지배 계층 내의 모순이 심화되고 있었다. 이것이 폭발된 것이 바로 세조의 왕위 찬탈이다. 김시습이 살았던 시대는 이렇듯 지배 계층과 민중 사이의, 지배 계층 내부의 모순이 표출되던 시기였다. 혼란의 시대이자 폭력의 시대였다. 드라마의 단골 소재로 등장하는, 피비린내 나는 왕권 쟁탈전의 시대가 바로 이때이다. 김시습의 글이나 율곡 이이가 지은 〈김시습본전金詩習本傳〉을 토대로 그의 삶을 구성해 본다.

김시습은 1435년(세종 17) 서울 성균관 북쪽에서 태어났다. 한미한 무관의 집안에서 태어났지만, 생후 8개월부터 글을 깨칠 정도로 뛰어난 글재주를 지녔다. 시습時習이라는 그의 이름도 이런 까닭으로 지어졌다.

그가 다섯 살 때 운명을 결정짓는 중대한 사건이 일어났다. 김시습이 신동이라는 소문이 세종의 귀에까지 들어가 임금이 친히 보자고 한 것이다. 세종은 도승지 박이창을 시켜 김시습의 글재주를 시험하였다. 박이창이 먼저 "동자의 학문이 흰 학이 푸른 소나무 끝에서 춤추는 것과 같도다."라고 하자, 김시습이 서슴지 않고 "임금님의 덕은 누런 용이 푸른 바다 한가운데서 꿈틀거리는 것 같습니다."라고 대구하였다.

감탄한 세종은 김시습에게 나이가 들어 학문이 이루어지면 불러다 크게 쓰겠노라고 약속하고, 세자(문종)와 세손(단종)을 가리키면서 "저 두 사람이 너의 임금이 될 것이다. 잘 기억해 두어라."고 했다. 이 때문에 김시습은 '오세五歲'*라는 이름으로 불리게 되었다.

김시습을 기특히 여긴 세종은 상으로 비단 여러 필을 내렸는데, 어린 신동은 한 쪽 끝을 허리에 감더니 둘둘 풀면서 가져가는 기지를 발휘하기도 했다. 한미한 집안에서 태어난 김시습으로서는 대단한 영광이었다. 하지만 누가 예측이나 했을까. 이런 화려한 출발과 부푼 기대가 그의 인생을 방랑과 좌절로 몰고 가리라는 것을……

영광은 짧고 고통은 길었다. 열세 살에 어머니를 여의고 아버지는 병으로 집안을 돌볼 수 없었다. 남효례의 딸을 맞아 결혼도 했지만 집안을 일으키기는 역부족이었다. 입신출세의 꿈은 세종, 문종이 잇달아 죽자 점점 희미해졌다. 김시습은 책을 싸서 삼각산 중흥사로 들어갔다. 훗날, 당시의 심정을 "높은 벼슬에 오를 마음은 적어만 가고 / 구름과 숲 속을 노닐 생각만 가득했으니 / 오로지 세상을 잊어버릴 생각뿐"이라 했다. 끝없는 방랑의 전주곡인 셈이었다.

김시습은 스물한 살 되던 해 봄에 세조 쿠데타의 슬픈 소식을 접했다. 김시습은 문을 닫고 나오지 않더니 사흘 만에 크게 통곡하고, 공부하던 책을 모조리 불사르며, 미쳐 날뛰다 더러운 뒷간에 빠졌다. 그리곤 머리를 깎고 중이 되었다. 중의 이름은 설잠雪岑이라 지었다. 연연해 있던 세상과의 인연을 끊은 것이다. 그러면서도 수염은 깎지 않았다. "머리를 깎은 것은 세상을 피하고자 함이요, 수염을 남긴 것은 장부임을 나타내고자" 했기 때문이다.

이때부터 그의 긴 방랑이 시작된다. 나라 안의 산천을 두루 돌아다니다가 좋은 곳을 만나면 거기서 몇 해씩 머물곤 했다. 김시습이 양양부사인 유자한에게 보낸 편지를 보면 "선비는 자신과 세상이 어긋나면 물러나 거하면서 스스로 즐거워하는 것이 그 본분이거늘 어찌 남의 비웃음과 비방을 받아 가면서 억지로 세상에 머물러 있을 수 있겠습니까?"라며 그때의 심정을 술회하고 있다. 즐거워하는 여생이라지만 실은 고통과 슬픔뿐인 방랑 생활이었다. 그의 방랑 생활은 관서 지방에서 시작하여 평양을 거쳐 만주 벌판까지 이르렀다. "푸른 벼랑 일만 길에 단풍잎은 붉은데 / 나그네 바람처럼 지팡이 짚고 길 떠나네"라고 노래했지만 당시의 현실은 비참하기 짝이 없었다.

3~4년 동안 관서 지방을 여행하면서 지은 시를 《유관서록遊關西錄》으로 묶은 다음, 스물네 살 되던 해에 관동 지방으로 발길을 돌렸다. 관동 지방은 명산이 많아 금강산, 오대산, 설악산 등을 돌며 시를 짓고, 스물여섯 살이 되던 해 《유관동록遊關東錄》으로 시를 묶은 다음, 호남으로 향했다. 호남의 풍부한 물산과 인정을 보고 겪으면서, 이때 지은 시를 《유호남록遊湖南錄》으로 묶었다. 관서·관동·호남 지방을 떠돌고 나니 10년의 세월이 훌쩍 흘러가 버렸다.

이때 김시습의 나이 서른한 살로 20대의 젊음은 방랑의 세월 속에 묻혀 버렸다. 어딘가에 안주하고 싶었다. 그래서 그가 정착한 곳이 경주의 금오산이다. 용장사라는 절에 집을 짓고 그 집을 '매월당'이라 불렀다. 10년의 방랑 끝에 정착 생활을 시작한 것이다. 이때부터 7년 동안이 그에게 가장 안정된 시기였다. 여기서 《금오신화》가 탄생한 것이다.

용장사 터

김시습이 10년 방랑 생활을 끝낸 후 정착하여 《금오신화》를 쓴 곳이다. 그는 평생을 방랑했지만 금오산(남산의 한 봉우리)에서 《금오신화》를 썼던 7년간의 기간이 가장 행복했다고 한다. 사진은 경주 남산에 있는 용장사 터.

서른일곱 살 되던 해, 드디어 서울로 돌아왔다. 성동 수락산 기슭에 폭천정사를 짓고 밭을 갈며 자연과 벗삼아 살려 했지만 가난은 늘 그를 괴롭혔다. 더욱이 세조의 편에 붙었던 친구들은 모두 높은 벼슬아치가 되어 있었다. 지조를 팔아 부귀영화를 누리는 친구들이 아니꼽기 그지없었다. 그러다 보니 그의 행동은 상식의 범위를 벗어나기 시작했다.

술을 마시고 길을 가다가 당시 영의정이 된 정창손을 보고 "저놈은 꺼져야 마땅하다!"고 소리를 지를 정도였다. 서거정에게도 그랬고, 신숙주도 예외가 아니었다. 주위 사람들이 높은 대신을 욕보였기 때문에 죄를 주어야 된다고 했지만 "이 사람을 죄 준다면 두고두고 나의 이름이 더럽혀질 것이오."라고 거절했다. 미친 척하고 기괴한 행동을 했어도 친구들은 그의 속마음을 인정해 준 것이다.

한번은 신숙주가 김시습이 서울에 왔단 말을 듣고 술에 취하게 한 다음 자기의 집으로 데려온 적이 있었다. 술이 깨자, 신숙주가 그의 손을 잡고 "열경(매월당의 자)은 어찌하여 한 마디도 말을 아니 하오?"라고 하니 김시습이 입을 다물고 옷깃을 끊어 버리고 돌아갔다고 한다.

친구들이 벼슬을 권했지만 끝까지 뜻을 굽히지 않았다. 미친 척하는 정도는 점점 심해졌다. 저자거리를 지나다니다가 한 곳을 뚫어지게 바라보며 가만히 서 있기도 했고, 길거리에다 오줌을 누며 남이 보는 것을 피하지도 않았다. 미친 사람이라고 아이들이 놀리며 돌멩이를 던질 지경에 이르렀다.

한번은 이런 적도 있었다. 세조 쿠데타의 일등 공신 한명회가 한강가에 압구정˚을 짓고, 그 현판시에 이렇게 써 붙였다.

압구정˙기러기, 갈매기와 벗삼아 자연에 묻히겠다는 의미로 붙여진 이름.

청춘엔 사직을 붙들었고   靑春扶社稷
늙어서는 강호에 누웠노라.   白首臥江湖

김시습은 부扶 자를 위危 자로 고치고, 와臥 자를 오汚 자로 고쳐 놓고 갔다. 그 뜻을 풀면 "청춘엔 사직을 위태롭게 했고, 늙어서는 강호를 더럽혔다."이니, 실로 기막힌 풍자이다.

마흔일곱 살 되던 해, 환속하여 머리를 기르고 안씨의 딸을 아내로 맞이했다. 하지만 이미 세상의 재미를 맛보기에는 맺힌 한이 너무 깊었고, 나이 또한 많았다. 불행하게도 그나마 늦게 얻은 아내마저 병들어 죽게 되자, 김시습은 다시 머리를 깎고 어쩌면 다시 돌아오지 못할 마지막 방랑의 길을 떠난다. 이때가 마흔아홉 살 되던 해이다.

주로 다닌 곳은 설악·한계·양양 등 관동 지방이었다. 그래서 지금 김시습의 자취가 가장 많이 남아 있는 곳이 설악산이다. 백담사나 오세암도 김시습이 거쳐 간 곳이고, 한계에 와서는 목 놓아 울었다고 '울내'라는 이름이 생기기도 했다. 거기서 밭을 일구며 상당한 기간을 살았다.

양반 자제들이 그의 학문이 높음을 알고 글 배우기를 청하면 반드시 김매고 농사짓는 힘든 일을 시키는 까닭에 끝까지 학업을 계속하는 사람이 적었다. 농민의 고통을 함께하고자 했음이리라.

양양부사였던 유자한이 그를 존경해 때때로 음식과 의복을 보내 주었으며, 벼슬을 권하기도 했다. 그러자 김시습은 "자신의 넋을 떨어뜨리고 세상을 살기보다는 소요하면서 일생을 보내는 것이 어떻겠습니까. 천년 뒤에나 나의 본래의 뜻을 알아주기 바랄 뿐입니다."라고 대답했다. 한가롭게 소요하면서 일생을 보내길 바랐지만 그의 삶은 가난과 고통, 방랑과 눈물뿐이었다. 한번은 양양부사 유자한이 보낸 관비가 김시습의 사는 모양을 보고 도저히 같이 못 살겠다고 산을 내려간 적이 있었다.

〈병들어 앓으며譴病〉에서 그는 이렇게 자신의 방랑 생활을 적고 있다.

일생을 방랑하며 산수 간에 떠도니	十年放浪遊山水
궂은 비 흐린 날씨 시름도 많아라.	瘴雨蠻煙多惱人
강기슭에 밤새우니 바람은 뼈를 에고	露宿江村風前骨
바위틈 굴살이로 추위에 몸이 어네.	星居巖竇冷侵身
어느덧 귀밑의 검은 머리 희어지고	唯看兩鬢年添白
해마다 양미간에 주름살만 늘었구나.	不覺雙眉日漸皺
옛 약방문 찾아도 백약이 무효로다.	披閱古方無寸效
두어라 타고난 벼 덩 대로 살아가리.	也宜看箇本來眞

김시습의 무량사 부도
김시습의 유언에 따라 시신을 화장 하지 않고 그냥 두었는데, 3년 뒤에 장사 지내려고 보니 얼굴빛이 생전 과 똑같아 모두 놀라, 부처라 여기며 불교 의식에 따라 화장했다고 한다. 죽어서까지 그 깊은 한이 남아서일 까? 지금 그의 유골은 무량사의 부도 에 간직되어 있다.

1493년(성종 24), 충남 부여군 홍산의 무량사에서 봄비 내리는 가운데 한 많은 생을 마감하니 그의 나이 쉰아홉 살이었다. 40년 가까이를 떠돌아다닌 셈이다.

매월당 김시습은 자신이 선택한 이념과 삶을 지키기 위해 평생을 방랑했던 인물이다. 방외인이 되어 스스로 몸을 세상 밖으로 던져 고통 속에서 살았던 것이다. 자신의 숙명처럼 방외인의 길을 걸어갔으며, 어느 누구도 그에게 그 길을 강요하지 않았지만 그가 선택한 길이기에 온갖 고통을 감내해야 했다.

스스로 목숨을 끊는다면 그것은 이 세상과의 싸움에서 패배를 인정하는 셈이 된다. 〈이생규장전李生窺牆傳〉에 등장하는 여주인공의 독백처럼 "절의는 중하고 목숨은 가볍"기에 그 절의를 지키려고 고난의 삶을 선택한 것이다. 그리기에 그의 삶은 고통으로서 완성되는, 혹은 고통으로서 더욱 빛나는 것이 된다.

김시습의 삶을 살피다 보면 문득 20~30년간이나 감옥 생활을 하는 장기수들의 삶이 떠오른다. '전향서'를 쓰면 쉽게 풀려날 수 있는데도 거기에 동의하지 않고 대부분 감옥 생활을 택한다. 그러나 자신이 선택한 것은 이미 오래전에 폐기 처분된 낡은 이념일 뿐이다. 가족들이 찾아와 전향을 요구해도 한사코 거부한다. 왜 그럴까? 그건 자신이 선택한 이념에 대해 약속을 지키겠다는 것이다. 말하자면 공지영의 소설 제목처럼 '인간에 대한 예의'인 것이다. 본능이나 이해관계에 따라 움직이는 것이 아닌 고귀한 인간의 판단과 결정을 존중한 것이다. 이 경우야말로 김시습의 삶처럼 누구에게도 구애받지 않고 자신의 길을 걸어간 예라 하겠다.

시정인의 진취적인 삶

종로 거리에 광문廣文 혹은 달문達文이라고 부르는 거지가 살고 있었다. 얼굴은 못생겼지만 신의가 있어 약국 점원도 하고 금융 거래의 중개인, 보증인 노릇을 하기도 했으며 기생들의 '매니저' 같은 일을 보기도 했다. 시정市井의 한가운데서 특이한 인생 철학을 가지고 자유롭게 살아가는 인물이었다.

이규상李圭象(1727~1799)이 지은 《병세재언록幷世才言錄》 중 〈방기록方伎錄〉 편에는 달문이 이렇게 그려져 있다.

병세재언록幷世才言錄 18세기 인물지人物志로 영·정조 때의 문화 부흥기를 이끈 인물들이 소개되어 있다. 그중 〈방기록〉은 각 방면의 재인들을 모아 소개하고 있다.

각전各廛 여러 가게.

달문이란 사람은 성씨를 알지 못하는데, 서울 종루 거리의 걸인이다. 의협을 숭상했으며 얼굴이 크고 이마가 넓었고 입이 커서 주먹이 들락거렸다. 그는 늘그막에도 상투를 틀지 않고 총각머리를 하였으며, 온통 기운 옷을 입고 성한 옷이 없었다. 매일 밤에 각전各廛의 상직上直을 보았는데, 각전 주인들이 다투어 달문을 찾아서 상직을 시키면 마음을 놓았다. 서울의 여각旅閣 주인들 또한 달문을 다투어 불러다가 각 고을 사람들이 보관한 귀중한 물화들을 맡아서 지키게 하였다.

달문은 서울 저자에 앉아 있었으나, 팔도에 통하는 큰 장사처로 막중한 상권을 잡은 자리도 그의 말을 받들어 그 말대로 좇지 않는 것이 없었다. 대개 전적으로 신의를 가지고 일을 처리했기 때문이다. 비록 큰 장사치와 통하였지만, 물화 하나라도 가까이 하지 않고 자기 몸은 매양 걸인 무리에서 벗어나지 않았다.

나이가 더욱 늙어서는 어디로 갔는지 알지 못하였다. 영남으로 내려가 여관에 고용되어 있다고도 한다. 그는 용모가 질박하고 말수가 적어 자기의 재능을 자랑하지 않았다고 한다.

이 실존 인물인 달문을 연암 박지원이 〈광문자전廣文者傳〉으로 소설화했다. 그는 서문에서 "광문은 궁한 거지였다. 명성이 사실보다 지나쳤던 느낌이 없지 않았지만, 이름을 좋아하는 사람이 아니었는데 오히려 형벌을 면치 못했다. 하물며 명성을 훔쳐 거짓을 가지고 서로 다투려 할 것인가?"라고 하였다. 당당하고 의롭게 살아가는 광문을 통해 명성을 얻으려고 애쓰는 사대부들을 풍자한 것이다. 헛된 명성에 사로잡힌 사대부들이 그 인격에서는 종로의 거지보다도 못하다고 한 것이다. 그래서 〈광문자전〉은 광문이 얼마나 신의를 존중하며 또 당당하게 살아가려고 하는지를 집중적으로 다루고 있다.

종로 거지의 우두머리로 있었던 광문이 병든 거지를 위해 밥을 빌어 왔지만, 그 거지가 죽어 살인자로 오해를 받았다. 하지만 죽은 거지의 시체를 남몰래 지고 가서 공동묘지에 묻어 주었고, 그 일이 계기가 되어 약국의 점원으로 일하게 되었지만, 돈을 훔쳤다고 의심받기에 이른다. 마침 주인의 처조카가 그 돈을 가져갔다가 갚으러 와서 내막을 알게 되었고, 이에 주인은 광문을 친구들에게 의로운 사람이라 적극 추천하여 "몇 달 사이에 서울 양반들이 모두 광문을 마치 옛날 사람의 이야기인 양 듣게 되어" 심지어는 "광문이 사람들을 위해 보증을 서면 전당을 잡히지 않고도 한 번에 1000냥을 빌려 주기도 했다."고 한다. 광문이 얼마나 신의가 있는 인물인가를 여러 일화를 통해 보여 주고 있는 것이다.

게다가 사람들이 광문에게 장가들라고 하면, "대저 미색을 다들 좋아하는데, 비단 남자만 그러는 것이 아니고 여자도 또한 마찬가지란다. 나는 못생겼기 때문에 누구의 마음을 끌 수가 없지."라고 말하고, 집을 갖기를 권하면, "나는 부모 형제도 처자도 없는 몸인데 무엇 하러 집을 갖겠나. 나는 아침이면 시전으로 노래를 부르며 다니다가, 날이 저물어 부잣집의 문 아래서 잠자면 그만이지. 서울 성중 8만 호에 내가 매일 자는 집을 바꾸더라도 내 일생 동안 다 다니질 못할 것이다." 하고 거절했다고 한다.

광문은 부귀와 공명을 하찮게 여기고 자신에게 맞는 삶을 충실하게 살았던 것이다. 어디에도 구애받지 않는 바람처럼 자유로운 인생이었다. 연암은 이런 시정인들의 당당하고 자유로운 삶에 긍정적 가치를 부여했다.

18세기에 이르러 상품 화폐 경제의 발전과 도시의 융성에 따라 경제적인 부를 바탕으로 한 중간 계층이 등장하였는데, 이들은 유교적 인습과 형식에 갇힌 고루한 사대부들과 달리 진취적이고 적극적인 삶의 자세를 보여 주었다. 이들 중간 계층이 도시의 시정인 층을 형성했던 바, 광문도 바로 그런 부류였던 셈이다.

연암 박지원의 전傳 중에 광문과 같은 부류의 시정인이 등장하는데, 바로 〈예덕선생전穢德先生傳〉의 주인공 엄행수嚴行首이다. 엄행수는 똥을 치는 천인 역부인데 양반인 선귤자蟬橘子가 그와 사귀자 제자들이 왜 그같은 천한 사람을 사귀냐고 항의한다. 이에 대해 선귤자는 오히려 엄행수를 치켜세운다.

엄행수는 똥을 쳐서 밥을 먹고 있으니 지극히 불결하다 하겠으나 그가 밥벌이 하는 일의 내용을 따져 보자면 지극히 향기로운 것이다. 그리고 그의 몸가짐은 더럽기 짝이 없지만 의로움을 지키는 자세는 가장 깨끗하다. 그러한 뜻을 확대해 나간다면 비록 만종의 녹봉을 받게 되더라도 지조를 바꾸지 않을 것이다. 이 점에서 보면 깨끗한 가운데 불결한 것이 있고 더러운 가운데 청결한 것이 있는 것이다.

엄행수가 비록 똥을 치는 더러운 일을 하지만 건강한 삶의 자세 때문에 그의 일은 지극히 고상한 것이라는 의미이다. 그래서 "더러움 속에 덕이 있다."는 '예덕선생穢德先生'의 칭호를 바친 것이다.

여항인閻巷人
백성의 살림집이 많이 모여 사는 곳을 여염, 여리 또는 여항이라고 한다. 따라서 여항인이란 벼슬을 하지 않는 일반 백성을 말한다.

양반들은 시대의 변화 속에서 자신의 정체성을 찾지 못하는 반면, 오히려 여항인閻巷人들은 역사의 주역으로 당당하게 자신의 삶을 가꾸어 나갔다. 〈양반전兩班傳〉의 천부는 쌀 1000석을 주고 산 양반의 지위를 '도둑놈' 같다며 당당히 거절하고 자신의 원래 자리로 돌아갔으며, 〈마장전馬駔傳〉의 세 친구는 소위 마음이 없는 '군자의 사귐'은 않겠다고 다짐했다. 〈민옹전閔翁傳〉의 민옹은 "내가 보니 종로의 길을 메운 것이 모두 커다란 황충인데, 키가 7척에다 머리는 새까맣고 눈이 반짝반짝하고 입은 커서 주먹이 들랑거리는 것들이 무엇이라 조잘대며 떼 지어 다녀 발꿈치가 닿고 궁둥이를 잇대지 않았던가. 곡식을 축내기로야 이것들보다 더한 것이 없지. 내가 이것들을 잡아 버리고 싶은데 커다란 바가지가 없는 것이 한일세."라고 개탄했다. 또한 엄행수는 "이익을 독점해도 의롭지 못하거나 아무리 탐다무득貪多務得해도 양보할 줄 모른다거나 하는 말을 듣지 않는다."고 했다. 노동의 신성함과 더불어 여기서 비롯된 이윤 추구를 긍정했기 때문이다.

양반과는 신분에 차이가 나는 여항인들을 주인공으로 하여 이들의 긍정적이고 건강한 삶의 자세와 가치관을 통해 거꾸로 양반을 풍자케 한 것이다. 그 속에서 우리는 〈양반전〉의 천부나 〈예덕선생전〉의 엄행수처럼 새로운 시대의 역사적 주역을 만나게 된다. 이들은 〈흥부전興夫傳〉의 놀부와는 정반대로 자본의 긍정적인 힘을 보여 준다. 이들의 모습 속에서 중세 신분제 사회가 무너지고 근대 자본주의 사회가 다가오고 있음을 어렴풋하게 느낄 수 있다.

그렇다고 이들은 서구에서처럼 '시민bourgeois'으로 단정 짓기는 쉽지 않다. 당시 근대 자본주의 사회로 이행할 정도의 자본 축적이 이루어졌다고 보기 어렵기 때문이다. 다만 여항인들을 시민적 모습의 단초가 되었다고는 볼 수 있다. 작품에서의 활약은 미약하지만 중세의 무거운 빗장을 열고 근대로 나아가려는 인물로 주의 깊게 살펴볼 필요는 있을 것이다.

연암은 서울에서 나고 자랐다. 서울 서소문 밖 반송방盤松坊 야동冶洞에서 태어나 종로의 백탑白塔˚과 전의감동典醫監洞˚에서 주로 살았기에 서울의 활발한 도시적 분위기에 익숙해 있었다. 당시 18세기 서울은 가구 수가 무려 4만 호를 넘을 정도로 거대한 도시를 이루고 있었고, 연암이 살던 종로는 이현梨峴·칠패七牌와 더불어 '3대 시장'으로 활기를 띠고 있었다.

이 때문에 연암을 중심으로 한 북학파北學派 혹은 이용 후생학파利用厚生學派의 실학적 경향도 이런 도시의 움직임 속에서 배태되어 상공업 발전의 필요성을 통감하고, 유통의 확대 내지 기술적 혁신으로 인한 생산력의 발전을 촉진시킬 것을 주장하게 된다. 상공업의 장려와 시장의 발달을 통해 도시 서민층의 시민적 생활 욕구를 충족시키는 데 주력했던 셈이다.

연암이 당시 하찮게 여겼던 '패사소품稗史小品'˚인 소설과 산문을 통해 도시의 활발한 움직임과 인간 군상들을 기막히게 그려 낸 것도 결코 우연이 아니다. 그 도시의 움직임 속에서 긍정적인 시정인市井人 혹은 여항인들을 발견하게 된 것이다.

《방경각외전》에 실린 한문 단편의 주인공들이 바로 이들이다. 이들의 신분과 직업을 정리하면, 〈양반전〉의 천부賤富는 자영농, 〈마장전〉의 송욱宋旭은 시정배, 〈예덕선생전〉의 엄행수嚴行首는 천인 역부, 〈민옹전〉의 민옹閔翁은 무변 출신의 불평기인, 〈김신선전〉의 김신선金神仙은 떠돌이, 〈광문자전〉의 광문廣文은 종로 거지, 〈우상전〉의 우상虞裳은 역관이다.

이들은 양반이 아닌 중인 이하의 사람들이다. 그럼에도 불구하고 이들은 새로운 삶의 자세와 가치관을 통해 역사의 새로운 주역으로 등장한

백탑白塔 지금의 서울 탑골 공원.

전의감동典醫監洞 지금의 서울 인사동 입구.

남대문 밖 칠패시
당시가 대가족 중심인 것을 고려하여 가구당 10명씩만 잡아도 무려 40만 명이 넘는 인구이다. 칠패는 지금의 남대문 시장으로, 조선 후기에 꽤 상업이 발달했음을 알 수 있다.

패사소품稗史小品 '패사'는 소설, '소품'은 소품문이라 하여 신변잡기를 적은 수필을 일컬음.

것이다. 이들 여항인들은 고루한 양반과 달리 진취적이고
적극적인 삶의 자세를 보여준 반면, 여기에 대비되는 양반은
형편없어 보인다.

연암이 《방경각외전》에서 이들을 주인공으로 삼아 양반
사회를 풍자한 것은 여항인들을 중심으로 한 도시의
활발한 동태 속에서 역사의 발전 방향을 찾을 수 있었기
때문이다. 물론 연암은 상공업자도 중인도 아니었지만
도시의 자유로운 공기를 호흡하면서 여항인들의 움직임을
주목했기에 가능한 것이었다. 〈자소집서自笑集序〉에서 연암은
"슬프다 잃어버린 예법을 찾으려면 여항에서 구해야 할
것"이라고 했을 정도이다. 연암은 이들의 진취적인
생활 자세와 가치관 속에서 새로운 역사의 움직임을
감지했던 것이다.

하층민의 고난 극복과 주체적인 삶

자신의 주체적인 삶을 개척하는 데는 하층민이라고
예외일 수가 없다. 오히려 사회에서 천대받고 무시
당하는 그들이었기 때문에 자신의 삶이 더 소중할
수밖에 없다. 이런 하층민들의 고난과 이를
극복하고 주체적인 삶을 개척하는 모습을 보여
주는 작품이 바로 〈장끼전〉이다.

장끼 내외가 동지섣달에 아홉 아들, 열두 딸을 데리고 벌판에
서 먹을 것을 찾아 돌아다니다가 붉은 콩 한 개를 발견한다.
까투리는 사람 자취가 있으니 그 콩을 먹지 말라고 하지만,
장끼는 별다른 일이 없을 거라고 우긴다. 까투리는 몹시
안타까워하며 간밤의 불길한 꿈 이야기를 한다. 그러면

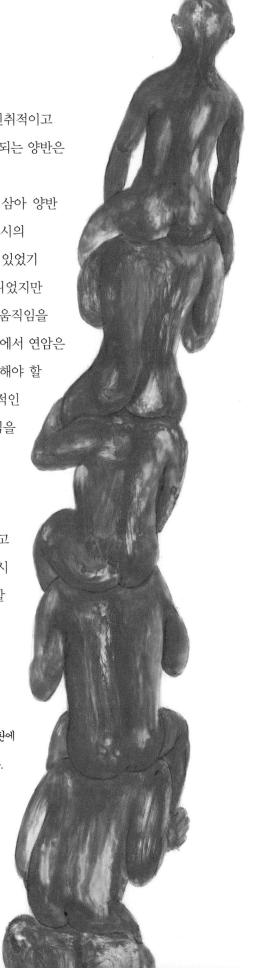

그럴수록 장끼는 자기만이 세상일을 다 아는 척한다. 장끼는 기어이 그 콩을 먹으려다가 덫에 걸리는 신세가 된다.

덫에 걸려 죽어 가는 남편을 보면서 까투리는 자기의 신세를 한탄하니, 장끼는 오히려 "에라 이년, 요란하다. 호환을 미리 알면 산에 갈 이 뉘 있으리." 하면서 "내 얼굴 못 보아 서러워 말고 자네 몸 수절하여 정열부인 되어 달라."고 부탁한다.

장끼가 죽자 까투리는 장례식을 벌여 놓고 두루미, 제비, 앵무새, 따오기 등을 청한다. 설상가상으로 장례식을 채 마치기도 전에 수리개*가 꿩 새끼 하나를 채 간다. 이런 북새통에 갈가마귀, 부엉이, 물오리 등이 염치없이 과부가 된 까투리에게 백년가약을 맺자고 청한다. 까투리는 여러 이유를 들어 이들을 거절한다. 그런데 마침 홀아비가 된 장끼 한 마리가 조문하러 왔다가 청혼하자, 유유상종이라고 하였으니 백년해로하여 보자고 그 자리에서 응낙한다. 그리고 그들은 새로운 삶을 찾아 떠난다. (줄거리 요약)

이 작품은 민중의 시각에서 '과부의 개가'라는 당시에는 민감한 문제를 제기하고 있어 놀랍지만, 작품의 중심 내용은 고난에 찬 유랑민의 삶과 이를 극복하고 새로운 삶을 찾는 과정을 보여 주고 있다. 특히 과부가 된 까투리에게 갈가마귀를 비롯한 여러 새가 날아오고, 이를 까투리가 거절하는 과정에서 하층민들의 주체적인 삶의 모습을 엿볼 수 있다. 제일 먼저 혼자 된 까투리를 찾아온 것은 태백산 갈가마귀이다.

오늘 이 말을 하기가 체면에는 좀 무엇하오마는, 옛말에 이르기를 '장수 나면 용마 나고, 문장 나면 명필 난다.' 하였은즉, 아주머니가 과부가 되자 나도 요망한 제집을 내쫓았으니, 이것이 하늘에서 정해 준 연분이 아니고 무엇이겠소? 꽃 본 나비 불을 헤아리며 물 본 기러기 고기잡이를 두려워합디까? 내가 이 집을 알고 이 집도 나를 아니, 우리 둘이 백년동락하면 어떠하리요?

이 말을 들은 까투리는 오히려 갈가마귀가 한심하고 불쌍해 "여북하면* '송장 본 갈가마귀 떼'라는 말까지 생겨났을까"라며 핀잔을 준다. 옛

수리개 솔개의 함경도 방언.

여북하면 얼마나 안타까우면.

글에도 있듯이 '구름은 용을 따르고 바람은 범을 따른다.' 하였지만 아무리 미물인들 아무나 따를 수야 없지요."라며 매몰차게 거절한다. 시집을 가더라도 자신이 원하는 사람에게 가겠다는 당당한 선언이다.

마침 부엉이가 와서 갈가마귀와 옥신각신 다투는 와중에 물수리가 물오리 신랑을 데리고 와서 결혼하라고 강요한다. 까투리는 기가 차서 "아무리 과부가 만만한들 궁합도 안 보고 억지 혼사를 하려고 하니 이런 무례할 데가 어디 있소?"라며 이 억지 결혼을 거절한다.

마침 산지기 장끼가 칡뿌리를 캐 와서 장끼에게 주며 "내 처는 잡혀가서 부잣집 잔칫상에 올랐고, 이 집 장끼는 아내 말 듣지 않고 고집 부리다 덫에 치여 고을 원님 밥상에 올랐다니 이런 원통할 데가 또 있으리오. 허나 과부 설움은 홀아비가 안다고 불쌍한 우리네 설움도 서로 알아주고 의지하며 살아갑시다." 하자 까투리는 이 구혼을 선뜻 받아들인다.

죽은 낭군 생각하면 이 집을 떠날 마음이 없으나 오는 그대의 고마운 말을 듣고 나니 마다하기가 어렵구려. 내가 이 집을 떠나면 지붕대던 왈패들이 찧고 까불며 갖은 험담을 다하겠지만 할 테면 하라지요. 구더기 무서워 장 못 담그겠소? 유유상종이라 하였으니 까투리가 장끼를 의지하여 살아감이 무슨 허물이겠소. 우리 서로 의지하여 험한 세상 넘어갑시다.

까투리는 장끼를 가르켜 "범이 달려들려고 할 때 황소가 지켜 주는 것" 같다며 구혼을 받아들인다. 반면 가부장적 권위를 내세운 갈가마귀와 부엉이, 물오리의 구혼은 거절한다. 까투리의 혼인 승낙은, 유유상종에서 비롯된 것이지만, 장끼가 늘 챙겨 주고 살갑게 대해 주었기에 가능했다. 진정으로 아끼고 사랑한 것이다. 한편 까투리의 혼인 거절은 양반들이 내세우는 명분보다 서로의 마음이 더 중요함을 시사한 것이라고 볼 수 있다. 이러한 까투리의 주체적 결단과 삶의 자세는 중세 사회의 신분 질서 속에서 비록 하찮은 하층민일지라도 자신들의 삶이 얼마나 소중한

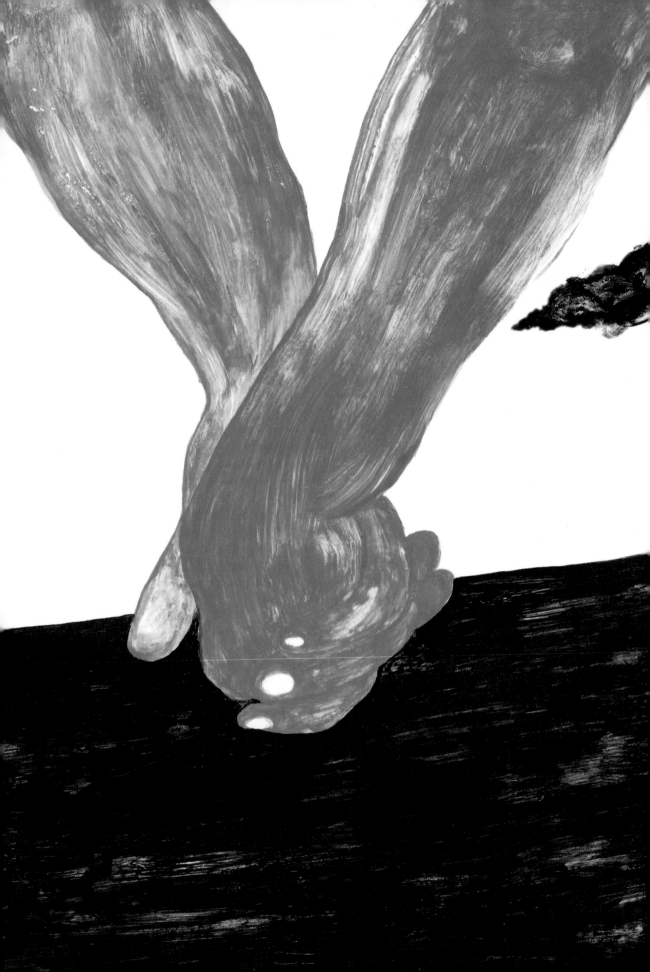

것인가를 일깨워 주고 있다. 특히 남편을 잃고 험난한 삶을 살아야 했던 까투리를 중심으로 이 작품을 보면, 하층 유랑민의 주체적인 삶이 한층 두드러져 보인다.

험난한 세상살이의 고난 속에서 상처받은 두 영혼인 장끼와 까투리가 서로를 의지하며 새로운 삶을 향해서 떠나는 마지막 부분은 찰리 채플린의 영화 〈모던 타임즈〉의 마지막 장면을 연상케 한다. 실직한 가난한 노동자와 배고픈 고아 소녀가 만나 여러 어려움을 겪지만, 이를 이기고 서로 사랑하며 내일의 삶을 약속한다. 가진 것 없는 하층민들이 험한 세상살이 속에서 서로 의지하며 고난의 고개를 넘어가는 그 실루엣이야말로 희망의 상징이기도 하다.

4 여성의 자아 찾기

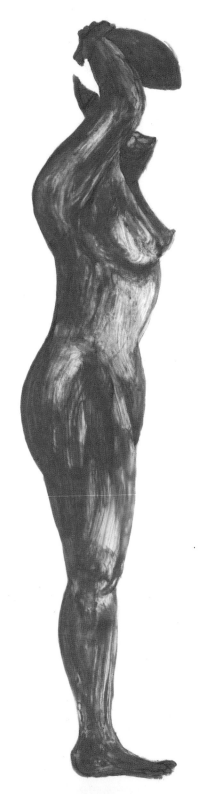

중세 봉건 사회에서 여성들의 사회적 진출은 허용되지 않았다. 규중에 갇힌 존재로서 집안을 돌보는 일에 전념해야 했을 뿐 남성들에 의해 지배되고 소외되었던 셈이다. 그런데도 규방에 갇혀 있던 여성들은 자신의 소중함을 자각하고 자신들의 목소리를 문학 작품에 담아 냈다. 봉건 시대 가장 자유로운 인간적 삶을 살고자 했던 허난설헌의 작품에서부터 황진이를 비롯하여 구속을 거부하고 주체적인 삶을 살았던 여성들의 이야기까지 따라가 보자.

가장 자유로운, 그러나 가장 불행했던 여자

봉건 시대 여성들 가운데 가장 자유로웠던 이는 누구일까? 관점에 따라 다양한 인물이 거론되겠지만 아마도 허균의 누이이자 허성, 허봉의 동생인 허난설헌許蘭雪軒(1563~1589)이 아닐까 한다.

봉건 시대 여성에게는 이름이 없었다. 어려서는 부모에게, 자라서는 남편에게, 늙어서는 자식에게 몸을 의탁했기에 이름이 필요치 않았기 때문이다. 그러나 이름은 곧 자신의 정체성이다. 이름이 없다는 것은 자신의 주체성이 없는 것이나 다름없다. 그렇게 봉건 시대 여성들은 이름도 없이 남자의 부속물로 살았다. 대신 사임당이나 의유당처럼 집 이름을 따서 당호를 지었을 뿐이다. 수원댁, 강릉댁 하듯이 그렇게 부른 것이다.

하지만 난설헌은 초희楚姬라는 이름을 가지고 있었다. 그 하나만으로도 허초희는 대단한 여자임이 분명하다. 초희는 초나라 장왕莊王의 현명한 아내 번희樊姬를 가리킨다. "초 장왕이 패주가 될 수 있었던 것은 바로 초희의 공로이다."라고 할 만큼 대단한 여자였다. 초희는 그런 인물이 되라고 붙여 준 이름이다. 그래서 어릴 때 부르는 이름인 자가 경번景樊이다. "번희를 우러러본다."는 뜻이다.

일찍이 명문 대가에서 태어나 귀여움을 받고 자랐으며 조선 시대를 통틀어 으뜸가는 문장의 집안답게 어려서부터 본격적으로 글을 배워 뛰어난 솜씨를 보였다. 더군다나 난설헌의 문명이 중국에까지 알려져 조선으로 오는 명나라 사신들은 난설헌 시집을 구해 달라는 부탁을 받기가 일쑤였다고 한다.

허난설헌
매천 황현은 허봉, 허초희, 허균을 일러 "초당 집안의 세 그루 보배로운 나무"라며 이들 세 남매를 뛰어난 문장가로 평가하였다. 그러나 그들의 삶은 평탄치 못했다. 특히 허난설헌은 스물일곱 나이에 생을 마쳤다. 사진은 허난설헌의 영정.

하지만 난설헌의 재주도 결혼을 하면서 꺾이기 시작했다. 남편 김성립은 여러 면에서 도저히 난설헌과 어울릴 수 있는 상대가 아니었으며, 그나마 과거 공부를 한다고 빈번히 집을 비우기까지 하였다. 더군다나 시어머니와의 사이도 좋지 않았다. 허균은 누이에 대해 "어질고 문장이 높았으나 시어머니에게 사랑받지 못했다."고 술회했다. 난설헌도 자신의 결혼 생활을 "어찌하여 오동가지에 도리어 올빼미와 솔개만 깃들이는지"라며 한탄하기도 했다.

봉건 사회에서 여자로 살아간다는 것, 그것도 재주 있는 여자이기에 겪어야 하는 고통은 엄청난 것이었다. 허난설헌의 시가 신선 세계를 동경하고 몽환적인 이유는 바로 그러한 고통에서 연유한다. 그런 의미에서 그녀는 이 땅에서 여자로 살아간다는 것의 고통을 아마도 가장 처절하게 느꼈던 최초의 사람이리라. 그녀 스스로도 "조선에 여자로 태어나 김성립의 아내로 살아야 한다는 것이 세 가지 한이라."고 했을 정도이니 말이다.

그런데 실상 그가 겪은 고통은 자식의 죽음에 비하면 아무것도 아니다. 그녀는 딸에 이어 아들까지 잃는 고통을 겪는다. 이 기막힌 사연을 어떻게 표현해야 할까? 그녀의 시 〈죽은 자식을 위해 곡함哭子〉을 보자.

지난해에는 사랑하는 딸을 잃더니	去年喪愛女
올해에는 하나 남은 아들마저 잃었네.	今年喪愛子
슬프고 슬프구나 광릉의 땅이여	哀哀廣陵土
두 무덤 나란히 마주 보고 섰구나.	雙墳相對起
쓸쓸한 바람이 사시나무 가지에 불고	簫簫白楊風
도깨비 불은 숲 속에서 반짝인다.	鬼火明松楸
지전을 날리며 너의 영혼을 부르고	紙錢招汝魂
너희 무덤 위에 술잔을 붓노라.	玄酒尊汝丘
너희 남매의 가여운 넋들이	應知弟兄魂

밤마다 밤마다 서로 따르며 노는 줄을	夜夜相追遊
비록 뱃속에 아이가 있다지만	縱有腹中孩
어찌 제대로 자랄 수 있으랴.	安何冀長成
하염없이 슬픈 노래 부르며	浪吟黃臺詞
피눈물 울음을 속으로 삼기리라.	血泣悲吞聲

앙간비금도
여성적 자아가 투영된 작품으로 평가받는 허난설헌의 《앙간비금도》이다. 아버지와 딸이 뜰에 서 있는 모습으로, 어린 딸은 저 멀리 산 위로 날아가는 새를 바라보고 있다.

사대부들의 소위 '품격 높은' 시로는 도저히 흉내 낼 수 없는 절실함이 이 시에는 있다. 묘하게도 연달아 죽은 두 남매의 무덤이 어두운 숲 속에 짝을 이루고 있는 것이다. 어린 자식을 차가운 땅속에 묻어야 하는 어머니의 심정은 어떤 것일까? 가슴은 걷잡을 수 없이 무너져 내리고, 뻥 뚫린 가슴으로 쓸쓸한 바람이 불어온다. 도깨비불이 반짝이는 어두운 숲 속에 아이들을 그대로 둘 수 없다고 여기지만 달리 방법이 없다. 그나마 위로가 되는 건 그 가여운 넋들이 밤마다 서로 따르며 논다는 사실이다. 아이들의 맑은 영혼이 서로 의지하고 깔깔대며 뛰노는 장면을 상상해 보라. 서로 웃고 쫓아가며 뛰놀지만 실상은 이 세상 사람이 아니다. 아이들이 죽은 현실을 인정하지 않으려는 고도의 환상……. 이토록 처절한 장면이 또 어디 있겠는가.

이제 이들을 위해서 무슨 노래를 불러야 할까? 슬픈 노래를 읊조리지만 피눈물 속에 삼켜 버린다. 통곡할 수조차 없는 그래서 피눈물을 삼켜야 하는 그 처절한 진혼곡이다. 별다른 기교도 부리지 않은, 어찌 보면 담담하기까지 한 이 작품은 어미의 가슴속에 응어리진 피눈물로 써 내려간 시이다.

난설헌은 스물일곱 살의 젊은 나이로 세상을 떠났다. 삶을 이어가기에는 고통이 너무 많았던 탓일까. 동생 허균은 《학산초담鶴山樵談》에서 죽은 그의 누이에 대하여 "오호라! 살아 있을 때는 부부의 사이가 좋지 않더니, 죽어서도 제사를 받들어 줄 아들 하나도 없이 되었구나. 아름다운 구슬이 깨어졌으니 그 슬픔이 어찌 끝나리오."라고 말하였다. 여성으로서 부자유한 봉건 시대에 너무나 재주가 많고 자유롭게 살고자 했기에 어찌 보면 가장 불행한 삶을 살았던 것이리라.

허구적 인물 '박씨'의 잠재된 힘

자신을 자각하고 주체적이고 자유롭게 살고자 했던 여성들의 바람과 시도가 허난설헌의 경우처럼 봉건 시대의 벽에 부딪혀 좌절된 것만은 아니다. 규중에 갇혀 지냈지만 자신의 목소리를 내며 남성 못지않은 활약을 한 사람들도 있다. 비록 허구의 방식을 빌렸지만 〈박씨전朴氏傳〉에는 그런 여성들의 목소리와 활약이 잘 드러나 있다.

사실 〈박씨전〉은 1936년(인조 14)에 일어났던 병자호란의 시대적 배경 속에서 탄생하였다. 현실에서는 치욕적인 패배를 당했으나 허구를 통해 이를 설욕하고자 박씨라는 허구적 인물을 내세워 그 역할을 맡긴 것이다.

작품은 전반부와 후반부로 나누어지는데, 전반부에서는 박씨는 역사의 전면에 부각되지 않는다. 다만 추녀인 박씨로 하여금 신통력을 발휘하게 하여 그 능력을 보여 줄 뿐이다. 하룻밤 만에 시아버지의 조복朝服을 만든다거나, 명마名馬를 알아보고 키워 재물을 얻는다거나, 꿈에 본 백옥 연적으로 남편 이시백을 장원 급제하게 한다거나, 피화당避禍堂을 짓고 나무를 심어 앞날의 변란을 대비한다거나 하는 등의 일이 그것이다. 말하자면 본격적인 활약에 앞서 준비를 하는 셈이다.

작품 후반부에 이르면 추녀인 박씨가 드디어 허물을 벗고 절세 미녀로 거듭나 본격적인 활약을 보여 준다. "계화가 보니 추하고 더러운 아씨가 허물을 벗고 옥 같은 얼굴이며 달 같은 태도로 사람을 놀래며 향기가 방 안에 가득한지라. 도리어 정신을 진정하여 보고 또 다시 보니 그 아름답고 고운 태도는 옛날 서시西施와 양귀비楊貴妃라도 미치지 못하겠더라."

고 작품은 전한다. 박대하던 시어머니와 잠자리조차 같이 하지 않았던 남편은 물론 집안의 모든 사람들이 박씨를 따른다. 허물을 벗고 미녀가 됨으로써 많은 능력을 얻은 것이다. 여자의 능력을 드러내는 중요한 지표가 미美인 것은 예나 지금이나 문학적 관습으로 굳어진 것 같다.

박씨의 첫 번째 활약은 청나라 자객 기룡대(혹은 기홍대)와의 대결이다. 병자호란을 일으키기 전 이미 신인神人의 존재를 일찍부터 주목하고 박씨를 제거하고자 청나라에서 자객을 보낸 것이다. "요사이 천기天機를 보니, 조선 장안에 신인이 있어 비쳤으니, 임경업이 없더라도 도모키 어려운지라. 청컨대 이 신인을 없애면 경업은 두렵지 아니"하여 없애고자 한 것이다. 하지만 박씨는 이를 미리 알고 준비하여 기룡대를 제압한다. 역사의 전면에 부각하여 이제 본격적으로 활약을 보이려 한 것이다. 그러니 청나라에서도 부담스러운 존재로 여겼던 것이다.

병자호란의 경과를 보면 분명한 건 우리가 청나라에 패했다는 사실이다. 작품에서도 이런 역사적 사실을 뒤집지는 못한다. 그러기에 다른 방식으로 설욕을 한다. 그것은 소설 속의 허구를 활용하는 방법이다. 강화의 주도적 인물인 청나라 장수 용골대의 동생 용율대(혹은 용휼대)를 등장시켜 피화당을 침범하다 죽게 한 것이다. 용골대는 역사적 실존 인물이기 때문에 죽이지 못하고 대신 허구적 인물로 동생을 등장시켜 패배하도록 한 것이다. 그 장면을 보자.

율대가 그 말을 듣고 크게 노하여 칼을 들고 계화를 치려하되, 순식간에 칼 든 팔이 힘이 없어 놀릴 길이 없는 지라. 하는 수 없이 하늘을 우러러 탄식하기를,

"대장부가 세상에 나서 만리타국에 큰 공을 바라고 왔다가, 오늘 조그마한 계집 손에 죽을 줄 어찌 알았으리오."

계화가 웃으며,

"불쌍코 가련하다. 세상에 장부라 이름하고 나 같은 여자를 당치 못하느냐. 네 왕놈이 하늘의 뜻을 모르고 예의지국을 침범코자 하여 너 같은 어린애를 보냈거니와, 오늘은

네 목숨이 내 손에 달렸으니, 바삐 목을 늘이어 내 칼을 받으라."

하니 율대 하늘을 우러러 탄식하며,

"하늘의 뜻이로다."

하고 자결하더라. 계화가 율대의 머리를 베어 문밖에 다니, 이윽고 풍운이 그치며 천지가 맑아지더라.

남한산성에서는 청나라의 대공세에 밀려 왕이 삼전도에 나아가 머리를 조아리는 치욕적인 항복을 했지만 〈박씨전〉의 피화당에서는 박씨의 시녀인 계화가 청나라 장수를 꼼짝 못하게 하여 죽게 만들고 그 목을 베어 문밖에 걸어 둔다. 참으로 통쾌한 승리의 장면이다. 물론 허구의 공간이니까 가능했지만 말이다.

용골대가 그렇게 죽은 후 다음은 조선의 항복을 받은 청의 장수 용골대가 등장한다. 동생의 복수를 위해 수차례 피화당을 공격하지만 피해만 입고 물러난다. 결국에는 피화당 앞에 꿇어앉아 동생의 머리를 돌려달라는 부탁을 하기에 이른다. 하지만 박씨는 이마저도 매몰차게 거절한다.

박씨가 웃으며 일변 꾸짖기를,

"그리는 못하리로다. 옛날 조양자趙襄子는 지백知伯의 머리를 칠하여 술잔을 만들어 진양성晉陽城의 분함을 씻어 천추만세에 유전하였으니, 이제 우리는 너의 아우 머리를 칠하여 남한산성에 패한 분을 씻으리라.

이 장면은 삼전도에서 청나라에 당한 치욕의 역전된 모습이어서 참으로 흥미롭다. 허구의 공간을 확장시켜 설욕한 것이다.

게다가 소현세자, 봉림대군, 조정 중신을 끌고 가는 역사적 사실에 왕대비를 추가하여 이를 저지하는 것으로 허구를 만들어 박씨의 신통력을 보이기도 했다. 청나라 장수들이 "이미 화친을 받았으나, 왕대비는 아니

삼전도비
오랑캐라 무시했던 청나라에 '군신의 예'를 갖춰 세 번 절하고 아홉 번 이마를 땅에 찧었으니 그 치욕이 오죽했겠는가. 사진은 청 태종이 인조의 항복을 받고 자신의 공덕을 자랑하기 위해 세운 전승비로, 서울 송파구 석촌호수 부근에 있다.

모셔 갈 것이니, 박 부인 덕택에 살려 주옵소서."라고 무릎을 꿇고 애걸했다고 한다.

그런데 이처럼 청나라 대군을 꼼짝 못하게 한 박씨가 왜 병자호란의 정세를 바꾸지 못했을까? 작품을 보면 충분히 능력이 있음에도 불구하고 '하늘의 뜻天意' 혹은 '하늘의 이치天時'를 생각하여 그러지 못했다 한다. "너희 등을 씨 없이 죽일 것이로되, 천시天時를 생각하고 십분 용서하거니와" 하거나 "너희 등을 씨 없이 함몰하자 하였더니, 내 인명을 살해함을 좋아 아니하기로 십분 용서하나니, 그도 또한 천의天意를 좇아 거역치 못한"다고 한다. 문학적 허구의 한계인 셈이다. 즉 기존의 역사적 사실을 바꾸지는 못하기에 병자호란의 패배를 하늘의 뜻이나 이치로 설명한 것이다. 임진왜란을 다룬 〈임진록壬辰錄〉에서는 왜왕의 항복을 받는 등 역사와 다른 일이 일어나는 데 반해 〈박씨전〉에서는 역사적 사실의 흐름 속에서 사건이 일어나고 해결된다. 역사적 사실의 큰 줄기 속에 허구적 인물, 허구적 공간을 설정하여 치욕을 설욕하는 것이다.

그런데 그 치욕을 설욕하는 영웅이 여성인 점이 흥미롭다. 왜 하필 규방에 갇혀 무시당하던 여성이었을까? 여기에는 분명 전쟁의 가장 큰 피해자인 여성들의 원망이 깔려 있다.

전쟁에 패한 후 50만 명에 이르는 백성들이 청나라로 끌려가 노예로 팔리게 됐는데, 여성들이 훨씬 많았다. 〈박씨전〉에서도 "오랑캐 장수들이 장안의 재물과 부인들을 잡아갈 새, 잡혀가는 부인네들이 박씨를 향하여 울며, '슬프다. 우리는 이제 가면 생사를 모를지라. 언제 고국산천을 다시 볼까?' 하며 대성통곡"했다고 한다. 이들 조선의 여성들은 노예로 여기저기를 전전하다가 겨우 목숨을 보존해 살아 돌아왔지만 몸을 더럽혔다는 죄목으로 질타를 받아야 했다. 이들이 바로 '환향녀還鄕女', 곧 '고향에 돌아온 여자'인 것인데, '화냥년'이라는 치욕스런 이름으로 남게 되었으니, 조선판 '주홍글씨'인 셈이다. 양반 집안에서는 이들을 식구로 따뜻하게 맞이하지 않고 내침으로써 사람보다 정절을 더 중요시했으니 이들이 당한 고통은 이루 다 말로 할 수 없는 것이었다.

여자들이 잡혀간 것은 남자들이 힘이 없었기 때문이다. 그럼에도 불구하고 잡혀간 후 온갖 고통을 당하다가 천신만고 끝에 살아서 돌아온 여자들을 오히려 욕함으로써 자신들의 무능함을 덮으려 한 것이다. 이야말로 적반하장賊反荷杖인 셈이다.

병자호란 후에 나타난 여성들의 이런 원망과 분노가 〈박씨전〉에는 녹아 있다. 주인공인 박씨가 여성 영웅인 것은 물론 피화당에서 화를 피하고 청나라와 대적했던 사람들은 모두 여성이었다. 박씨 부인과 그의 시비인 계화를 비롯하여 일가친척 부인들이 모두 피화당에 모인 사람들이었다. 이런 점에서 보면 〈박씨전〉은 조선의 여성들과 청나라의 전쟁을 그리고 있는 셈이다. 이 전쟁에서 유일하게 활약하는 남성은 임경업 밖에 없다. 그래서 박씨도 병조판서이던 남편 이시백에게 "낭군 같은 남자들은 조금도 부럽지 않습니다."라고 당당하게 말할 정도였다.

결국 임금도 박씨를 인정할 수밖에 없어 조서를 내린다.

짐이 밝지 못하여 충렬忠烈의 선견지명과 나라를 위한 충언을 쓰지 아니한 탓으로 국가가 망극하여 이 지경이 되었으니 정렬貞烈에게 조서함이 오히려 무료하도다.
정렬의 덕행충효는 이미 아는 바이라. 규중에 있어 나라의 위엄을 빛내고 왕비의 위태함을 구하였으니 다시 정렬의 충성을 일컫는 바가 없거니와 오직 나라도 더불어 영화고락을 같이함을 그윽히 바라노라.

박씨는 한편으로는 청나라 대군과 싸웠지만 다른 한편으로는 남성의 권위와도 싸운 것이다.

〈박씨전〉은 일종의 판타지이다. 단순한 비현실적 요소가 아니라 역사적 사실을 바탕으로 허구적 요소를 교묘하게 결합시킨 판타지이다. 그러기에 현실에 대한 저항이자 전복으로서 의미를 갖게 된다. 〈박씨전〉은 이 판타지를 통해 한 축으로는 병자호란의 패배를 설욕해 민족정기를 세

우고, 다른 한 축으로는 규방에 갇혀 소외되고 무시당하던 여성들의 목소리를 대변하고 있는 것이다.

가부장적 권위에 대한 저항

봉건 시대 여성들이 가장 힘들었던 점은 봉건적 윤리에 기반한 가부장적 권위이다. '칠거지악'과 '삼종지례'로 대표되는 남성 지배의 사회 속에서 여성들은 주체성을 찾지 못하고 남성의 보조적 역할로 만족해야 했다. 그런데 아주 드물게 이런 남성 지배에 저항하는 목소리를 내는 작품이 등장했으니 그 대표적인 작품이 바로 〈이춘풍전李春風傳〉이다. 줄거리는 대략 이렇다.

> 이춘풍은 부모로부터 수만금을 물려받은 거부였으나 주색잡기에 빠져 돈을 다 날리고, 아내가 갖은 고생을 하며 돈을 모으자 다시 옛날 버릇이 발동하여 호조 돈 2000냥을 빌려 평양으로 장사를 떠난다. 하지만 장사는 뒷전이고 평양 기생 추월에게 빠져 돈을 다 허비하고 기생집 사환으로 전락하기에 이른다. 이 소식을 들은 춘풍의 아내는 평양감사로 내려가는 사람에게 줄을 대 남장을 하고 회계 비장이 되어 돈도 찾고 춘풍도 구해 낸다. 한편 춘풍은 자신을 구해 준 사람이 아내라는 사실을 모른 채 집으로 돌아와 거드름을 피우다가 회계 비장으로 변장한 아내에게 여지없이 조롱을 당한다.

이 작품의 핵심은 남성 위주의 가부장적 권위에 대해 신랄한 풍자이다. 넓게 본다면 19세기의 방탕한 유흥 세태에 대한 풍자일 수도 있으나 그릇된 가부장적 권위에 대한 풍자와 비판이다.

평양으로 장삿길 가는 춘풍을 아내가 말리자 "천리 원정 장삿길에 요망한 계집년이 잔말"을 했다는 이유로 "어질고 착한 아내 머리채를 선전 시전 비단 감듯, 상전 시전 연줄 감듯, 사월 파일 등대 감듯, 뱃사공의 닻줄 감듯 휘휘 칭칭 감아쥐고 이리 치고 저리 쳤다."고 한다. 춘풍은 실제로는 유흥에 탐닉하고자 한 것이다. 이런 본질을 간파한 아내가 극구

이춘풍전李春風傳 고전 소설사의 마지막 시기를 장식한 작품으로, 19세기 당시의 풍속과 세태를 다룬 '세태 소설'이다. 한량인 이춘풍이 파멸해 가는 과정과 아내의 기지로 개과천선하는 내용을 다룬 것이다.

회계 비장 돈의 출납을 관리하는 비장.

선전 시전 비단을 전문으로 파는 가게.

상전 시전 일상 생활에 필요한 여러 가지 잡화를 파는 가게.

만류하지만 춘풍은 남자가 하는 일에 여자가 간섭하지 말아야 한다는 알량한 자존심을 내세워 아내를 두들겨 팬다. 이것은 곧 왜곡된 가부장적 권위이고, 춘풍의 그릇된 행실을 받쳐 주는 이념이 된 것이다. 결국 춘풍에 대한 풍자는 표면적으로는 경박한 유흥 풍조를 겨냥하고 있지만, 사실은 왜곡된 가부장적 권위를 비판하고 있는 셈이다.

서울로 돌아온 춘풍이 알량한 가부장적 권위를 내세우는 옛날 버릇을 고치지 못하고 거드름을 피우자, 그의 아내는 회계 비장으로 다시 변장해 음식을 내오게 하고 먹다 남은 음식을 먹게까지 함으로써 남편을 비참한 지경으로 전락시킨다. 이런 아내의 행위를 통해 이 작품이 풍자하고자 하는 것이 알량한 가장의 권위임을 짐작할 수 있다.

그럼에도 불구하고 이렇게 심하게 남편을 조롱한 것은 그릇된 남성적 권위와 가부장적 권위를 철저하게 깨뜨리겠다는 의도가 깔려 있는 것이다. 더 이상 내려갈 수 없는 마지막 지점까지 춘풍을 떨어뜨려 조롱하고 풍자함으로써 반격의 여지를 없애는 것이다.

〈이춘풍전〉은 우리 고전 소설사에서 드물게 페미니즘적 시각이 강한 소설이라 할 수 있는데, 어떻게 이것이 가능했을까? 우선 조선 후기의 세태를 잘 반영한 야담에서 발견되듯이, 개성적이고 주체적인 삶을 사는 여성들의 모습이 이 시기에 나타나기 시작했다는 점이다. 이것은 이를 가능케 해 주는 물적 토대가 확보되었기 때문인데, 춘풍의 아내가 돈을 모은 내력에서 확인해 보자.

침재 길쌈 능난하다. 오 푼 받고 새 버선 짓기, 서 푼 받고 새깁볼 박기, 두 푼 받고 한 삼 짓기, 헌 옷 깁기, 너 돈 받고 창옷 짓기, 단돈 받고 도포하기, 엿돈 받고 천익 짓기, 일곱 돈 받고 금침하기, 한 량 받고 돌찌누비, 삼 량 받고 긴옷 누비, 두 량 받고 바지누비, 사 량 받고 관복지며, 겨울이면 무명나이, 여름이면 삼베길쌈, 가을이면 염색하기, 이렁성 사시장철 주야로 쉴 새 없이 사오 년을 모은 돈을 장변이며 월수 일수 놓아 수천금을 모았구나.

춘풍 아내의 주업은 침선과 길쌈이지만 그 돈을 고리대를 통해 불리는 수완을 발휘한다. 지독한 절약과 근면으로 돈을 모은 셈이다. 물론 춘풍 아내가 축적한 부가 애초에 희망했던 것처럼 농업에 힘써서 치산한 것은 아니지만 치밀하고도 성실한 삶의 자세에서 비롯된 것임은 부인할 수 없다. 이런 경제력을 바탕으로 중세적 권위에 도전할 수 있는 힘을 가질 수 있었던 것이다.

이춘풍의 경우 부모로부터 물려받은 소비 자본 내지 유흥 자본의 성격이 강한 데 비해, 아내의 경우는 스스로 노력해서 축적한 생산적 자본이다. 이는 19세기의 시정 세태와 밀접한 관련이 있다. 곧 상품·화폐 경제의 발전은 한편으로는 봉건제를 무너뜨리는 동력이었지만 다른 한편으로는 경박한 유흥 풍조를 만연시키기도 했다. 그 한쪽에 이춘풍이 있었다면 그 반대편에 춘풍의 아내가 있다. 춘풍의 아내가 춘풍을 몰아붙일 수 있었던 까닭도 그런 건전한 부富에 근거하고 있기 때문이다. 아내의 승리와 춘풍의 몰락은 긍정적인 역사 발전에 대한 향유층의 지지인 셈이다.

구속을 거부하는 자유로운 여성들

봉건 시대의 여성은 남성에게 매인 존재였다. 이른바 '삼종지례'라 하여 자신의 주체적인 삶은 생각할 수도 없었다. 얼마 전까지도 여성을 호주로 인정하지 않았으니 봉건 시대야 오죽했겠는가. 국가와 사회를 지탱하는 모든 중요한 일은 남성들의 몫이었고 여성들은 그저 규방에 갇혀 남성들을 위한 보조적인 삶으로 만족해야 했고, 육아와 가사에 전념해야 했다.

그러나 그런 상황 속에서도 자신의 주체적인 삶을 영위한 여성들이 있었으니, 그중에는 사대부가의 여성들보다 기생 같은 하층민들이 많았다. 대표적으로 송도의 명기인 황진이가 있는데, 유몽인柳夢寅(1559~1623)이 지은 《어우야담於于野譚》는 황진이에 대한 흥미로운 일화가 있다. 그중

삼종지례 조선 시대 여성은 어려서는 아버지에게, 결혼해서는 남편에게, 늙어서는 자식에게 의탁해야 했다.

하나는 재상가의 아들인 이생과의 금강산 여행이다.

이생에게 종들을 따르지 못하게 하고 또한 베옷에 초립을 쓰고 몸소 양식을 짊어지게 하고, 진이는 스스로 겨우살이로 만든 둥근 모자를 쓰고 칡베 적삼에 베치마를 입고 짚신에 대지팡이를 짚고, 그를 따라 금강산에 들어가 깊은 곳까지 이르지 않은 데가 없었다. 여러 절에서 걸식을 하고 어떤 때에는 스스로 몸을 팔아 중에게 음식을 구했는데, 이생은 허물로 여기지 않았다.

정말 철저한 자유 여행이다. 아무런 치장과 격식을 차리지 않고 인간 본연의 모습으로 금강산을 떠돌아다니는 황진이야말로 자유로움 그 자체이다. 숱한 영화와 드라마에서 섹슈얼리티에 경도된 모습으로 만났던 황진이와는 전혀 다른 모습이다. 황진이의 진면목은 바로 이런 모든 구속을 거부하는 자유로움에 있다. 거기에는 한 여성으로서의 주체성을 지키고자 하는 몸부림이 있는 것이다.

또 다른 일화는 가곡을 잘 부르는 선전관 이사종과의 '계약 결혼'이다. 결혼은 집안과 집안의 결합이기에 요즘도 파격적인데, 당시에는 상상할 수조차 없는 일이었으리라. 그 부분을 살펴보자.

황진이는 그를 자기 집으로 안내하여 며칠을 머무르게 한 뒤 그에게 말하였다.
"당신과 6년을 함께 살겠습니다."
다음 날 집안 살림을 모두 옮겨 3년간 이사종 집의 살림 밑천을 모두 댔는데, 이사종의 부모를 모시고 그의 처자식을 기르는 비용을 모두 그녀의 집에서 마련했다. 자기 손수 일하기 간편한 소매 짧은 옷을 입고 첩의 예를 다했다. 사종의 집안사람들에게는 조금도 돕지 못하게 했다.
이미 3년이 지나자 이번에는 이사종이 황진이의 일가를 먹여 살렸는데, 진이가 사종에게 한 것처럼 똑같이 했다. 그녀에게 보답하는 것이 3년이 지나자 진이가 말하였다.
"서로의 일을 이미 이루었고, 약속한 기한이 찼습니다."

드디어 하직을 하고 가 버렸다.

사대부 남성들을 접대해야 하는 '말하는 꽃'인 기생으로서 황진이는 자신과 마음이 맞는 남자를 만나 결혼이라는 것을 해보고 싶었을 것이다. 호방한 이사종이 계약 결혼이 성사되었지만 그렇다고 가사를 돌보며 영원히 살아가기는 불가능한 일이다. 그래서 6년을 기한으로 서로 부부가 되어 살았던 것이다. 그 삶은 한번 마음에 드는 남자와 살아 보고 싶은 것이었을 뿐 가정에 구속되고 싶지는 않았던 것이리라. 여기서 우리는 어디에도 구속되지 않는 바람처럼 자유로운 인간, 황진이를 만나게 된다.

황진이처럼 자유롭고도 호쾌한 기상을 가진 여인을 다룬 이야기가 안석경安錫儆(1717~1774)의 《삽교별집霅橋別集》에 실린 〈검녀劍女〉이다. 한 여종이 그녀의 주인댁 처녀와 함께 검술을 익혀 원수를 갚은 다음, 삼남에서 명성이 높은 소응천이라는 사람의 소실이 되었다가 그가 명성에 부합되지 못하는 인물임을 알고는 따끔한 충고를 남기고 훌쩍 떠나 버린다는 내용이다. 먼저 그녀의 충고를 들어 보자.

그러나 선생님께서 잘하는 바를 가만히 엿보니 문장의 잔재주와 천문, 역술, 율학, 산학, 사주, 점, 부적, 도참 등 하찮은 잡술뿐이고, 마음을 닦고 몸을 지키는 큰 방도와 세상을 다스려서 후세의 모범이 될 높은 도리 같은 것은 까마득히 못 미칩니다. '기사'라는 이름을 얻은 것이 너무나 지나친 것 아닙니까? 무릇 실상보다 지나친 이름을 얻은 자는 비록 태평한 세상에서도 스스로 화를 면하기 어려운데 하물며 어지러운 세상에서야 어떻겠습니까? 선생은 조심하셔도 제 명을 보존하기가 반드시 쉽지 않을 것입니다.

한 여종이 명성이 자자한 선비를 따끔하게 충고하지만 그는 그녀의 기세에 눌려 입이 얼어붙어 한 마디 말도 못하고 주는 술잔만 받아 마실 뿐

이다. 여자는 남자에게 거듭 술을 권해 말술을 마시게 하고 떠나기에 앞서 그에게 칼춤을 보여 준다.

사뿐히 나는 것이 물 찬 제비 같더니, 별안간 공중으로 칼이 날자 몸을 솟구쳐 그것을 옆구리에 끼었다. 처음에는 사방으로 흩어져 꽃잎이 떨어지고, 얼음이 부서지고, 중간에는 둥글게 모여서 눈이 녹고, 번개가 번쩍이더니, 끝에는 훨훨 날아올라서 고니와 학처럼 나는데, 이미 사람을 볼 수 없으니 또한 칼을 볼 수 있으랴! 다만 한 가닥 하얀빛이 동쪽을 치고, 서쪽에 부딪치며, 남쪽에서 번뜩이고, 북쪽에서 번뜩하여, 휙휙 바람이 나고, 싸늘한 빛이 하늘에 얼어붙는 것이 보였다. 잠시 후, 외마디 소리를 부르짖으니 휙 하고 뜰에 있던 나무가 베이고는, 칼을 던지고 사람이 우뚝 섰다. 나머지 빛과 못 다한 기운이 싸늘하게 사람을 감고 돌았다.

장관이 따로 없다. 이 검녀의 행동은 바람처럼 거침없다. 어디에도 구속되지 않는 담대하고 호쾌한 기상이 넘친다. "어찌 다시 여자로서 음식을 장만하고 바느질하는 일에 얽매여 지내겠습니까?"라는 말처럼 한 남자에게 예속되길 거부하고, 한 인간으로서, 한 주체적 여성으로서 스스로 판단하고 자유롭게 행동하는 독특한 면모를 보여 준다.

영웅 소설, 조선 시대 사람들이 가장 즐겨 읽던 이야기책

조선 후기에 국문 소설이 본격적으로 출현하면서 다양한 형태의 소설이 나타났다. 상품·화폐 경제의 발전에 따른 독자들의 요구에 의해 소설도 하나의 상품으로 등장했기 때문이다. 손으로 베낀 필사본의 형태가 대부분이었지만 그중에서 인기 있는 작품은 목판을 판각한 '방각본'의 형태로 등장하기도 했다. 말하자면 목판 인쇄를 통한 상업 출판인 셈이었다. 지금까지 대략 60종가량이 방각본의 형태로 남아 있는데 그중에서 가장 많이 출판된 것은 영웅 소설 혹은 군담 소설이었다.

'영웅 소설'은 특히 고귀한 혈통과 비범한 능력을 지닌 주인공이 온갖 어려움을 극복하고 승리자가 된다는 '영웅의 일대기' 구조에 바탕을 두고 쓰였으며, 군담 소설은 주로 '전쟁'을 소재로 하여 쓰였다. 이 소설들은 주인공의 출세와 공을 세우는 과정을 다루었기에 남성 독자들이 더 많이 읽었을 것으로 보인다. 영웅 소설은 고난을 극복하는 주인공의 신분에 따라 귀족적 영웅 소설과 민중적 영웅 소설로 나뉘며, 군담 소설은 국내를 무대로 한 역사 군담 소설과 중국을 무대로 하여 가공적 인물이 등장하는 창작 군담 소설로 나누기도 한다.

민중적 영웅 소설 혹은 역사 군담 소설의 대표적인 작품은 허균이 지은 〈홍길동전〉으로, 우리 소설사에서 이론의 여지가 없는 최고의 영웅 소설이며 사회 소설이다. 얼자로 태어난 홍길동이 온갖 어려움을 극복하고 활빈당 행수로, 병조판서로, 나중에는 율도국 왕으로 자기를 성장시키고 실현시켜 나가는 과정이 잘 그려져 있다. 이와 비슷한 작품이 〈전우치전〉이다. 도술을 통해 백성들의 어려움을 드러내어 정치적인 문제를 제기했지만 사회의 근본적인 문제를 해결하는 데에는 한계를 드러냈다.

임진왜란과 병자호란을 배경으로 다룬 역사 군담 소설에는 〈임진록〉, 〈박씨전〉, 〈임경업전〉 등이 있는데, 그중 역사적 사실과 허구가 잘 어우러진 작품은 〈박씨전〉이다. 역사적 사실과 허구를 적절히 섞어서 병자호란의 치욕을 설욕했으며, 여성 영웅을 형상화한 점에서 중요한 의미가 있다. 남성 중심의 사회에서 여성이 나서서 온 나라를 유린한 청나라 대군을 꼼짝 못하게 했으니 여성의 저력을 느끼게 하는 작품이다. 〈임진록〉은 당시의 설화를 집대성한 작품으로, 두드러진 활약을 보였던 여러 실존 인물을 등장시켜 역사적 사실을 바탕으로 허구의 세계를 확장하여 임진

홍길동전 소설 〈홍길동전〉은 당시 많은 사랑을 받았다.
사진은 목판으로 인쇄한 방각본 〈홍길동전〉이다.

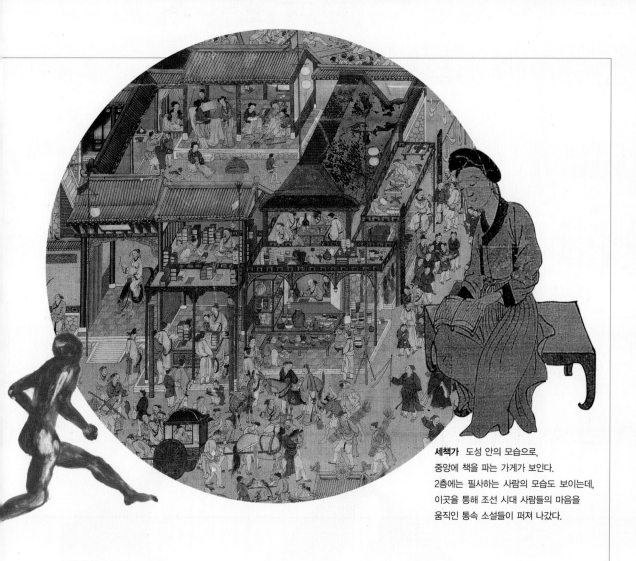

세책가 도성 안의 모습으로, 중앙에 책을 파는 가게가 보인다. 2층에는 필사하는 사람의 모습도 보이는데, 이곳을 통해 조선 시대 사람들의 마음을 움직인 통속 소설들이 퍼져 나갔다.

왜란의 분풀이를 하고자 했다. 사명당이 일본에 건너가 도술을 부려 일본 왕에게 항복을 받아 내는 부분이 그러하다. 반면 〈임경업전〉은 비교적 역사적 사실에 충실한 작품으로, 청나라에 저항한 임경업을 민족 영웅으로 그리고 있다.

창작 군담 소설인 〈유충렬전〉·〈조웅전〉·〈소대성전〉은 귀족적 영웅 소설의 전형적인 작품으로 일찍부터 많이 읽혀 왔다. 대부분 충신의 후예로 태어난 천상계 인물이 간신의 모함을 받아 어려움을 겪지만 이를 극복하고 집안과 국가를 위기에서 구해 낸다는 내용이다. 영웅 소설의 인기가 높아짐에 따라 새로운 형태의 소설들이 나타났는데, 주인공을 여자로 바꾼 작품이 〈정수경전〉, 〈홍계월전〉이다. 여자가 장수가 되어 동정서벌하고 공을 세우는 한편 능력이 뒤떨어지는 남편과 벌이는 여러 가지 충돌을 흥미진진하게 그렸다. 한편 국내를 배경으로 하여 위기에 빠진 중국을 도와주는 해외 원정 군담 소설이 등장하기도 했다. 대표적인 작품은 〈신유복전〉으로, 위기에 빠진 중국을 구원한다는 데서 나름대로 민족의식을 드러내 보여 준다.

가시는고 지나

수니 수히 자내 흐

려간 또 자내 향

리엄 수니 안보래

수니 이내 안흐

틀고 자내 흐

라이내 유 부

이리셩 뇌

내스믜이 복

자내 빈 거시

그리사라 비

아배 흐라 흐

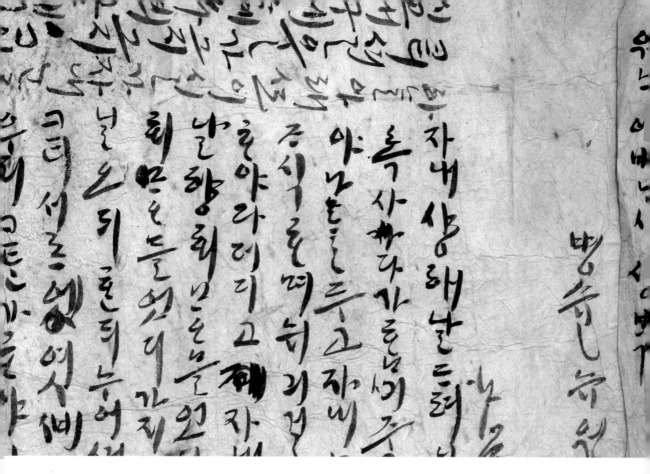

2 가족의 재발견

갈래 이야기 설화와 옛 노래, 그 공존과 어우러짐의 기원

1960년대 가족사진

가 족 에   숨 겨 진   비 밀

　이런 공상 과학 만화를 본 적이 있다. 몇백 년 후, 그때는 가족이란 제
도가 사라져 버린 시대이다. 여성들은 지긋지긋한 가사 노동뿐 아니라
아이를 낳는 고통으로부터도 완전히 해방된다. 아이는 어머니가 낳지 않
고, 공장에서 인공 수정으로 대신한다. 어느 날, 공장에서 만들어진 아이
가 낡은 책갈피 속에서 우연히 사진 한 장을 발견한다. 성인 남자와 여
자, 그리고 어린 아기를 함께 찍은 사진이다. 아이는 세 사람이 무슨 까
닭으로 함께 사진을 찍었는지 궁금하다. 그래서 고고학자를 찾아간다.
그리하여 고고학자로부터 그게 가족사진이란 걸 알게 된다.

　그 아이는 '가족'이 뭔지 알 리가 없다. 그래서 가족이 뭐냐고 묻는다.
고고학자는 가족이란 무엇인지, 그리고 지금은 왜 없어졌는가를 설명하
느라 진땀을 흘린다. 아버지는 권위로 가족 위에 군림하려 들고, 어머니
는 출산과 가사 노동으로 고통받고, 아이는 부모의 간섭에 기를 펴지 못
하는 등 가족이란 참으로 불평등한 제도이어서 없어졌다는 점을 자세하
게 가르쳐 준다. 설명을 들은 아이는 정말 그럴 수 있겠다고 생각하지만
문득 다른 궁금증이 일어난다. 지긋지긋한 가족 제도라는 질곡 아래 살
면서도 사진 속의 그들 세 사람 모습은 한없이 행복해 보였기 때문이다.
기나긴 고통 속에서 잠시 취한 행복한 포즈일까? 죽지 못해 살던 노예도
하품하거나 웃을 때가 있었을 테니 그럴 수도 있겠다. 정말 그런 걸까?
아이는 이유를 알 수가 없다. 가족 없이 자란 고고학자도 웃고 있는 까닭
을 모르기는 마찬가지이다.

　짤막한 한 편의 만화 속에는 가족에 대한 많은 비밀이 감춰져 있다. 가

족이란 우리를 따뜻하게 감싸 안는, 세상에서 더할 나위 없이 행복한 보금자리라고 믿는다. 하지만 어느 때는 그렇지 않다. 원수처럼 싸우다 갈라서는 부부도 있고, 그로 인해 부모 없는 설움을 평생 품고 살아가야 하는 아이도 있다. 어디 그뿐인가? 늙고 힘없는 부모를 구박하거나 살해하는 비정한 자식은 물론, 부모가 물려준 재산을 더 많이 차지하려고 서로 싸우는 형제들도 종종 보게 된다. 그쯤 되면, 사랑으로 가득하다는 가족에 대한 우리의 믿음은 산산조각 나고 만다.

그렇다면 부자, 부부, 형제는 언제나 서로 사랑하고 의지하는 관계가 아닐지도 모른다. 때론 미워하고, 때론 다투고, 때론 등지는 관계가 얼마나 많은가? 어쩌면 가족이란 사랑과 미움이 공존하는 관계일지도 모른다. 하긴, 가장 친한 친구가 가장 많이 다투는 친구이기도 한 것을 생각하면 이해가 될 법하다. 사랑과 미움, 곧 애증愛憎은 언제나 함께하기 때문이다. 가족도 마찬가지이다. 가장 가깝지만, 가장 섭섭해지기 쉬운 존재가 바로 가족이다. 그래서 예전 어른들은 사람이 지켜야 할 도리 가운데 가족 간의 도리를 그토록 강조했던 것이다.

옛사람들이 규정한 인간 간의 도리에는 크게 다섯 가지가 있다. 임금과 신하, 부모와 자식, 남편과 부인, 어른과 어린이(또는 형과 아우), 그리고 친구 사이에 지켜야 할 도리가 그것이다. 우리는 이를 오륜五倫이라 부른다. 그 가운데 군신유의君臣有義와 붕우유신朋友有信은 사회에서 지켜야 할 도리이고, 부자유친父子有親, 부부유별夫婦有別, 형우제공兄友弟恭은 가족 간에 지켜야 할 도리이다. 부모와 자식 사이에는 친함, 남편과 아내 사이에는 구별, 형과 아우 사이에는 우애가 가장 중요하다는 뜻이다.

그런 가족 간의 관계를 따질 때, 옛사람들은 부부는 무촌無寸, 부자는 일촌, 형제는 이촌이라고 규정했다. 부모-자식 간은 한 뼘 정도밖에 안 되는 거리에 있는 친밀한 관계이고, 형제-자매는 그보다 조금 멀어 두 뼘 거리에 있는 관계로 보았던 것이다. 그럴 법하다. 아무래도 형제 간보다는 부모-자식 사이가 더 가까울 것이다. 그 가운데 재미있는 관계는 부부이다. 부부는 촌수가 없는 무촌인데, 그 말은 거리를 재기 어렵다는 뜻일 것이다. 사이가 좋을 때는 두 몸이 한 몸과 같지만, 헤어지면 곧바로 남남이 되기 때문이다.

부부 사이에서 분명하게 드러나듯, 이렇듯 세상에서 가장 가까운 가족은 때론 가장 먼 존재가 되고 마는 경우가 적지 않다. 그게 두렵고 귀찮기 때문일까? 요즘은 결혼하지 않고 독신으로 살겠다는 젊은 세대가 늘고 있다. 또 결혼했다 하더라도 부부는 일심동체一心同體라는 하나 되는 관계보다는 각자의 개성을 존중해 주길 서로가 원한다. 심지어 내 인생을 위해 자식을 낳지 않겠다는 부부도 점차 늘고 있다. 그래서 소설을 원작으로 하는 〈결혼은 미친 짓이다〉라든가 〈아내가 결혼했다〉는 도발적인 제목의 영화가 만들어져 인기를 끌었을 것이다. 이쯤 되면, 가족이란 불필요한 제도일 수도 있겠다.

과연 나에게 가족이란 무엇인가, 한번 생각해 보자. 부모는, 형제는, 그리고 뒷날 낳게 된다면 자식들은? 아니, 어쩌면 행복에 겨운 투정일 수 있겠다. 먼 이국땅에 입양되어 자신을 곱게 길러 준 양부모에게 고마움을 느끼면서도 자기를 낳아 준 친부모를 한 번이라도 만나고 싶다며 애타게 찾는, 또는 어릴 때 헤어져 이름도 모르고 얼굴도 기억나지 않는 부모 형제를 만나 보고 싶다며 TV프로그램에 나와서 눈물 흘리는 이들을 보면 가족이란 이성이나 논리로 판단할 수 있는 관계가 아닌 듯하다. 매일같이 잔소리하던 어머니가 어느 날 갑자기 사라진다면, 그럼 정말 행복할까? 그런 가족 관계를 옛사람들은 문학에서 어떻게 다루었는지 궁금하지 않은가?

1 육친의 정에서 우러나온 효심

어느 날, 제자 재아가 공자에게 부모가 돌아가시면 왜 굳이 삼년상을 치러야 하느냐고 물었다. 이에 공자는 부모가 자식을 낳으면 처음 3년 동안 품에 안고 키워 주었기 때문에 돌아가신 뒤 3년 동안 부모를 가슴에 품고 사는 게 인간으로서의 도리라고 답한다. 단순하지만 명쾌하다. 효행이란 본디 그런 부자 간의 마음에서 우러나오는 것이다. 그래서 다른 어떤 이야기보다 읽으면 읽을수록 가슴이 짠하다.

부모를 그리워하는 자식의 마음

부모와 자식은 혈육으로 맺어진 관계이다. 세상 그 누구도 이들보다 끈끈한 정으로 맺어진 관계는 있을 수 없다. 그래서 그런 걸까? 부모를 그리워하는 마음을 노래한 작품이 참으로 많다. 그 가운데 〈사모곡思母曲〉은 고려 가요의 절창으로 손꼽힌다.

호미도 날이자마는 낫같이 들 리도 없으녀이다.
아버님도 어버이자마는 어머님같이 괴시리 없어라.
아소 님하, 어머님같이 괴시리 없어라.

'사모곡'이란 어머니를 그리워하는 노래라는 뜻이다. 여기에서 어머니를 그리워하고 있는 작중 화자는 아버지의 사랑을 호미, 어머니의 사랑을 낫에 비유하고 있다. 호미와 낫 모두 날을 갖고 있지만, 호미의 무딘 날을 낫의 예리한 날에 감히 견줄 수는 없다. 그것처럼 아버지에 대한 그리움보다 어머니를 향한 그리움이 더욱 사무친다는 말이다. 이런 말을 들으면, 아버지들은 좀 섭섭할지도 모르겠다. 하지만 화자가 말하고자 하는 바는 아버지에 대한 정과 어머니에 대한 정을 굳이 비교하자는 게 아니다. 열 달 동안 몸 속에 품고, 끔찍한 산통을 참으며 낳고, 젖을 먹여 키워 준 어머니와의 원초적인 관계는 아버지가 결코 대신할 수 없는 것이다. 어머니란 바로 그런 존재이다.

더욱이 전체 분위기를 고려할 때, 〈사모곡〉은 돌아가신 어머니를 그리며 부르던 노래인 듯싶다. 그렇다면 이 노래를 부르던 자식은, 어머니 살아계실 때 제대도 모시지 못한 일들이 떠올라 가슴을 치며 흐느끼고 있었을 게 분명하다. 가장 소중한 사람은 곁에서 떠나 버리고 난 뒤, 그 소중함을 뒤늦게 깨닫기 마련이다. 그래서 그런 걸까? 부모-자식 간의 관계를 다룬 작품들 가운데는 부모를 정성껏 봉양했던 눈물겨운 사연이 유독 많다. 아마도 그런 작품의 효시는 김부식이 편찬한 《삼국사기三國史記》 〈열전〉에 실려 있는 지은知恩이라는 효녀 이야기일 것이다. 지은이란 이름은 '부모의 은혜恩를 안다知'는 뜻이니, 그 효행이 범상치 않았음을 짐작할 수 있다. 게다가 같은 사연이 《삼국유사三國遺事》에 〈가난한 여인이 어머니를 봉양하다貧女養母〉라는 제목으로 실려 있는 걸 보면, 신라 시대에 가장 유명했던 효녀 이야기였음을 알 수 있다.

효종랑孝宗郎이 남산南山 포석정鮑石亭에서 놀고 있을 때, 문객門客들이 모두 모여들었다. 그런데 두 사람만이 뒤늦게 왔으므로 효종랑이 그 까닭을 물었다. 그들이 대답하였다.

"분황사 동쪽 마을에 한 여인이 살고 있었는데, 나이는 스무 살쯤 되었습니다. 그녀가 눈먼 어머니를 껴안고 통곡하고 있어 마을 사람들에게 그 까닭을 물었습니다. 그들이 말하기를 '이 여자는 집이 가난해서 구걸하여 어머니를 봉양한 지 여러 해가 되었습니다. 그런데 전국에 흉년이 들어 구걸해 살기도 어렵게 되었습니다. 하는 수 없어 곡식 30석에 남의 집 종으로 팔려 그걸 주인집에 맡겨 놓고 일을 해 왔습니다. 날이 저물면 쌀을 가지고 와 밥을 지어 드리고, 새벽이면 다시 주인집에 가서 일을 했습니다. 이렇게 한 지 며칠이 되었습니다. 하루는 어머니가 물었습니다. 예전에는 거친 음식을 먹어도 마음이 편하더니, 요새는 좋은 쌀밥을 먹는데도 마치 창자를 찌르는 것 같아 마음이 편안치 못하니 어찌된 일이냐고 물었습니다. 여인이 사실대로 말했더니 어머니가 통곡하는 것이었습니다. 이에 여인은 자기가 다만 어머니를 배부름으로만 봉양하고 마음을 살피지는 못했다고 탄식하여 서로 껴안고 울고 있는 것입니다.'라고 하였습니다. 그래서 이것을 보고 오느라고 늦었습니다."

효종랑은 이 말을 듣고 눈물을 흘리면서 곡식 100석을 보냈다. 효종랑의 부모도 옷 한 벌을 보냈으며, 수많은 낭郎의 부하들도 곡식 1000석을 거두어 보내 주었다.

이 사연이 궁궐에까지 알려졌다. 진성 여왕眞聖女王은 곡식 500석과 집 한 채를 내려 주고, 군사들을 보내서 그 집을 호위하여 도둑을 막도록 했다. 또한 그 마을을 표창해서 효양리孝養里라 했다. 그 뒤에 그 집을 내놓아 절을 삼고 절 이름을 양존사兩尊寺라 했다.

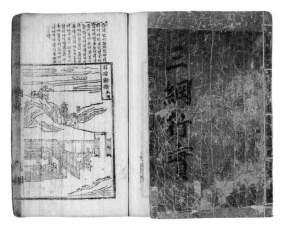

삼강행실도
조선 시대 간행된 책으로 충신, 효자, 열녀의 행실을 담고 있다. 사진은 효자도 중 하나인 〈석진단지〉이다. 유석진이 병든 아버지를 위해 손가락을 잘라 봉양하는 내용이다. 《삼강행실도》는 백성들에게 효를 교화하기 위해 만들어졌으나, 〈효녀 지은〉의 이야기에서 보듯이 효란 교화의 대상이거나 일방적인 것이 아니라 부모와 자식의 관계 속에서 비롯한다.

여기에 그려진 모녀간의 사연은 애절하지만 무척 간결하다. 딸은 자기 몸을 팔아서라도 앞 못 보는 어머니를 봉양하고 싶어 했고, 어머니는 자기 때문에 그런 고생을 하고 있는 딸을 보고 가슴 아파했다는 것이다. 참으로 가련한 모녀간의 사연이다. 하지만 그뿐이다. 그럼에도 불구하고 이런 사연이 화랑과 임금에게 포상을 받고, 《삼국사기》, 《삼국유사》와 같은 역사서에 실려 신라 최고의 효녀로 길이 전하게 된 까닭은 무엇일까? 그 이유가 그녀의 희생적인 효행을 기리는 데만 있지 않았을 것이다. 당시 얼마나 많은 딸자식들이 종살이를 했겠는가? 지은만 그러했던 것이 아니다. 그런데도 지은이 주목받았던 까닭은 그들 모녀의 아름다운 마음 때문이다. 지은은 가슴 아파하는 어머니를 보면서 자신의 봉양이 배부르게 해 드리는 데에만 머물고 있었음을 깨닫는다. 진정한 효도란 어머니의 마음을 편하게 해 드려야 하는 것임에도 자신은 그렇게 하지 못했다는 것이다.

우리가 주의 깊게 보아야 할 대목은 바로 그 지점이다. 효도란 물질에 있는 것이 아니라 마음에 있다는 것을 말하고 싶었음이다. 그리고 보면, 이들의 사연을 읽으면서 납득하기 어려운 대목이 하나 있다. 어머니는 딸이 품팔이로 팔려 간 사정을 알고 있지 못했다. 그런데도 어떻게 밥맛만 가지고 딸의 극심한 고생을 느꼈던 걸까? 눈먼 어머니는 맛난 음식을 먹으면서도 속이 찌르듯 아팠다는 것으로 짐작했다고 하지만, 정말 그런 일이 가능할까? 어떤 사람들은 터무니없는 비약이라 할 지도 모른다. 하지만 모성적 본능은 현실의 논리만 가지고 설명할 수 없을 때가 많다. 육친肉親의 직감은 놀랍도록 무서운 까닭이다. 그리고 진정한 효도란 이런 육친의 정감에서 우러나오는 자연스런 마음인 것이다. 김부식과 일연이 지은의 마음에서 읽었던 것은 바로 그 점이고, 그녀를 효녀라는 이름으로 역사서에 올린 근거이다.

눈먼 아비를 위해 몸을 판 심청

효녀 지은의 일화에서 보았듯, '부모-자식'은 뗄 수 없는 정으로 묶인 혈연 관계이다. 우리 고전 문학 가운데 이런 관계를 가장 눈물겹게 그려 냄으로써 많은 사람들의 사랑을 받은 작품은 〈심청전沈淸傳〉일 것이다. 어떤 연구자는 〈심청전〉을 〈효녀 지은〉과 같은 효행담에서 연유한 것으로 보기도 하는데, 그 줄거리는 누구나 알 정도로 유명하다. 심청은 아비의 눈을 뜨게 하기 위해 인당수에 몸을 던지고, 심 봉사는 맹인 잔치에서 딸 만난 기쁨에 눈을 떴다는 동화 같은 이야기! 황당한 이야기임에도 불구하고 우리를 감동시킨다. 감동은 어디로부터 오는가? 심청이 보여 준 눈물겨운 사연일 것이다. 어미를 여의고 눈먼 아비와 둘이서 험난한 삶을 견뎌 내야 했던 심청은, 자신을 고난으로 몰아가는 광포한 세계를 향해 한번도 투정을 부리거나 악쓰며 대들지 않는다. 대신 자기 앞에 놓인 운명을 고분고분 받아들일 따름이다. 그뿐만 아니라 작품에는 심청을 괴롭히거나 방해하는 인물도 없다. 주인공과 대립하는 적대적 인물이 없기에 인물 간의 갈등도 존재하지 않는다.

이런 서사적 성격은 참으로 특이하다. 잘 알려진 것처럼, 소설은 등장인물 간의 팽팽한 갈등과 대립을 통해 이야기를 풀어 가는 갈래이다. 적대자가 없는 소설이 과연 얼마나 되겠는가? 그런데도 〈심청전〉은 많은 사랑을 받았다. 갈등 구조가 없이 전개되는 작품을 흥미롭게 읽을 수 있었던 근거는 무엇일까? 적대자가 등장하지 않는 대신 주인공을 마구 휘둘러 대는 세계의 횡포, 다시 말해 절대적 궁핍에 내던져진 부녀의 가련한 운명과 그 극복 과정이 흥미의 요체이다. 생각해 보라. 눈먼 아비의 딸로 태어난 죄로 목숨을 팔아야만 했던 심청, 그리고 의지할 데 없는 고립으로 전락해 버린 심 봉사! 그들 부녀가 마주하고 있던 세계는 이처럼 가혹하기 그지없었다.

그때 심청이는 뱃사람을 따라간다. 끌리는 치맛자락 거듬거듬 걷어 안고, 흐트러진 머리채는 두 귀 밑에 와 늘어졌구나. 비와 같이 흐르는 눈물, 옷깃에 모두 다 사무친다. 엎더지며 자빠지며 천방지축 따라간다. 건넌 마을 바라보며, "이 진사댁 작은 아가, 작년 오월 단옷 날에 앵두 따고 놀던 일을 네가 행여 잊었느냐? '너희들'은 팔자 좋아 부모 모시고 잘 있어라, '나'는 오늘 우리 부친 이별하고 죽으러 가는 길이로다."
동네 남녀노소 없이 눈이 붓게 모두 울어 하느님이 아신 바라. 흰 해는 어디 가고 어둔 구름이 자욱한데, 푸른 산도 찡그리는 듯, 시냇물은 슬피 울며, 휘 늘어졌던 곱던 꽃이 이울어져 빛을 잃고, 하늘거리던 버드나무 조는 듯이 늘어졌구나.

남경 상인에게 팔려 가기로 약속한 날 아침, 심청이 뱃사람을 따라가던 정경이다. 이곳에서 심청이가 흐느끼며 내뱉던 "너희들은 팔자 좋아 부모 모시고 잘 있어라, 나는 오늘 우리 부친 이별하고 죽으러 가는 길이로다."라던 탄식은 듣는 이의 가슴을 뭉클하게 만든다. 심청은, 자신과 친구를 '나'와 '너희들'로 명확하게 구분하고 있다. '나'와 '너희들', 그것은 단수와 복수의 차이이기도 하다. 동네 사람들의 사랑과 보호를 받으며 길러졌다고 하지만, 심청은 집에 돌아오면 눈먼 아비와 '함께' 혼자였다. 그러면서 자신의 힘으로 자기의 기구한 운명을 개척할 수밖에 없다는 이치를 조금씩 깨쳐 나갔을 게 분명하다.

우리는 심청의 이런 상황을 좀 더 자세하게 따져볼 필요가 있다. 작품에는 도화동 사람들이 젖도 주고 밥도 주며 따뜻하게 대해 준 것으로 그려져 있다. 정말 그렇기만 했던 걸까? 다 알고 있듯이, 인간이란 가련한 이웃을 사랑으로만 감싸 주는 존재가 결코 아니다. 그래서 힘없는 자를 짓밟고, 나약한 자를 멸시하고, 어수룩한 자를 등쳐먹는 일이 비일비재하다. 〈심청전〉에도 그런 냉혹한 인간 현실이 언뜻언뜻 내비친다. 오랜 시간에 걸친 심 봉사 부녀의 구걸 생활은, 정말이지 이웃 사람들로부터 심한 멸시를 받으며 지낸 고통의 세월이기도 했다. 믿기 어렵다면, 다음의 대목을 보라.

이튿날 아침부터 심청이 거동 보소. 밥을 빌러 가려 할 제, 추운 날에 다 떨어진 마포 적삼, 말기만 남은 헌 치마를 가닥가닥 부여잡아 살을 겨우 가려 입고, 뒤축 없는 헌 짚신을 샅발거리에 잡아매고, 귀 떨어진 헌 바가지 손에 들고 밥을 빌러 가는 거동 어찌 아니 가련하며, 부질없는 염치를 생각할까? 설상가상 찬바람에 흩날리는 눈은 제 머리 위에 떨어지고, 손발조차 시리구나. 아침 연기 바라보고, 이 집 저 집 바라보며 기웃기웃 엿보면서 이 집 저 집 들어갈 제, 주저하여 한 옆에 비껴서서 아미蛾眉를 수이고서 애연히 간청하여 한 술 밥을 애걸하니 사정없고 몹쓸 년, 효녀 심청 몰라보고 괄세가 자심하다.
"귀찮다, 오지 마라. 보기 싫다, 나가거라."
한 술 밥을 아니 주고 모진 말로 쫓아내니 염치 있는 심청 마음 부끄럽기 측량없고 서럽기 그지없다. 목이 메어 돌아서며 눈물 흘리며 돌아올 제, 임자 같은 모진 개는 심청을 물려 하고 우둥그려 달려드니, 심청이 돌아서며,
"없다, 이 개야. 너의 주인이 괄세한들 너조차 물려 하느냐?"
문밖에 썩 나서며 한숨짓고 눈물 흘리니 일월이 빛을 잃으니 하늘인들 무심하랴?

심청은 일곱 살 되던 때, 늙고 앞 못 보는 아비를 대신하여 자기가 먹을 것을 구해 부친을 봉양하겠다고 한다. 심 봉사가

말렸지만 심청은 뜻을 굽히지 않는다. 위의 대목은 어린 심청이 이 집 저집 다니며 구걸하는 장면이다. 구걸에 나서는 심청의 가엾은 모습, 주저주저하던 심청의 어린 마음, 매몰차게 내쫓던 이웃집의 멸시, 게다가 물려고 달려드는 모진 개! 어찌 부끄럽고 서럽지 않으랴. 어떤 이웃은 밥을 주기는커녕 쪽박을 내던지며, "너의 아버지 심 맹인도 사흘 걸러 다니면서 얻어먹고 받아 가더니 내가 너희들에게 대체 무슨 신세를 졌느냐? 어찌 일생 밥을 달라느냐?"고 매몰차게 쫓아내기도 한다.

심청은 이런 천대와 멸시를 받으며 눈먼 부친을 봉양했다. 이런 모습이 너무 각박했던 것일까? 〈심청전〉은 후대로 갈수록 도화동 사람들이 가련하게 여겨 서로 도와주는 것으로 고쳐지기도 한다. 하지만 멸시와 동정은 동전의 양면과 같은 것이다. 그런데 여기서 중요한 사실은 심청이 모진 멸시에도 좌절하지 않았지만, 값싼 동정에도 길들여지지 않았다는 점이다. 대신 자기 운명은 자기 스스로 개척해 나갈 수밖에 없다는 삶의 이치를 깨닫고 이를 실천해 나가고자 한다. 심청은 열두 살이 되자 '더 이상 다른 사람들이 주는 공밥을 먹지 않겠다.'며 삯바느질을 하며 부친을 봉양한 것이다. 여기에 이르러 심청이 자신과 친구를 '나'와 '너희들'로 구분하여 부른 까닭을 이해할 수 있다. 아무리 친한 친구이지만, 자신이 가야 하는 인당수로의 길을 함께 갈 수 없다는 사실을 똑똑하게 알고 있었던 것이다.

그런 심청의 마음을 이해할 때, 비로소 장 승상댁 부인이 공양미 300석을 대신 내주겠다는 제의를 거절했던 심청이 태도도 이해할 수 있다. 부친을 위해 목숨을 판 것이 잘못이라고 비난하는 사람 가운데는, 장 승상 댁 부인의 제의를 거절한 것이야말로 가장 바보 같은 짓이라고 나무라곤 한다. 살길이 있는데도 눈먼 부친을 두고 죽음의 길을 택하다니, 그런 꾸지람을 들을 만도 하다. 하지만 심청의 처지를 이해하며 작품을 읽어 보면, 심청의 바보 같은 거절은 도리어 우리를 감동시킨다. 심청의 거절 이유는 이러하다.

뱃사람과 동네 사람들은 무안하고 할 말이 없어 그저 서 있고, 심청은 아버지를 말리며 위로한다. 장 승상댁 부인이 그제야 이런 소식을 듣고 급히 심청을 찾았다. 심청이 뱃사람들에게 잠시 허락을 받아 무릉촌으로 건너가니, 부인이 문밖으로 뛰어나와 손을 부여잡고 눈물로 꾸짖는다.

"이 무정한 아이야! 나는 너를 자식으로 알았는데, 너는 나를 어미로 여기지 않았구나. 쌀 300석에 몸을 팔았다 하니, 나와 진작 의논했더라면 내가 선뜻 주었을 것을 날 이리도 속였느냐? 이제라도 쌀 300석을 내줄 테니, 뱃사람들에게 돌려주고 가당치 않은 길 가지 마라."

"먼저 말씀드리지 못한 것을 이제 와서 후회한들 어쩌겠습니까? 그러나 부인께서 저를 아껴 주시고 은혜를 베풀어 주셨는데, 제가 그것을 믿고 부인께 염치없이 돈을 내놓으라 했다면 그것은 사람의 도리가 아닌 것 같습니다. 또한 부모를 위해 정성을 다할 때, 어찌 남의 재물에 의지하겠습니까? 게다가 뱃사람들과 이미 약속하였으니 이제 와서 말을 바꾸기는 차마 못할 일입니다. 저는 이미 마음을 정했고, 제 운명도 이미 정해졌사옵니다. 말씀은 고맙기 그지없으나 따르지는 못하겠나이다. 부인의 하늘 같은 은혜와 어진 말씀은 저승에 가서도 결코 잊지 않겠습니다."

심청은 눈물로 옷깃을 흠뻑 적시며, 진심으로 아뢰었다. 장 승상 부인은 심청의 엄숙한 태도에 더 말리지를 못하고 다만 손만 부여잡고 어루만진다.

심청을 딸처럼 아끼던 장 승상댁 부인은 심청이 공양미 300석에 몸을 팔았다는 걸 죽으러 가는 날 아침에서야 알게 된다. 그리하여 300석을 대신 내줄 테니 가지 말라고 만류한다. 죽음을 앞둔 절체절명의 순간, 구원자가 나타난 것이다. 하지만 심청은 구원의 손길을 뿌리친다. 이유는 세 가지이다. 첫째, 다른 사람의 명분 없는 도움을 받을 수 없다. 둘째, 정성이 없는 공양미를 바치는 것은 의미 없다. 셋째, 약속을 어겨 뱃사람들에게 낭패를 보게 해서는 안 된다. 죽음을 앞에 두고 내린 심청의 이런 거절은, 철없고 바보 같은 선택이다.

그러나 이런 정도의 바보짓은 아무나 할 수 있는 게 아니다. 자신의 운명을 자신의 힘으로 감당하려는 굳은 의지가 없다면 절대 불가능한 것이다. 심청은 열두 살 되던 해, 다른 사람의 공밥을 먹지 않겠다고 마음먹고, 삯바느질로 부친을 봉양하며 생계를 꾸려 갔다고 했다. 그때의 결심을, 심청은 죽음을 눈앞에 둔 순간에도 결코 잊지 않았던 것이다. 참으로 놀랍다. 그토록 굳은 심청의 다짐은. 눈앞의 이익을 위해 자신의 태도를 수시로 뒤집으며 사는 보통의 우리네와 얼마나 다른가? 그건 우리가 심청을 고전 소설의 주인공들 가운데 가장 인상적인 인물로 기억하는, 아니 바다에 빠져 죽었어도 옥황상제의 힘을 빌려 되살려 내고 싶은 인물로 기억하는 진정한 이유이다. 여러분 같으면, 그런 심청을 그냥 죽게 내버려두고 싶겠는가? 아닐 거라고 믿는다. 그렇게 기적을 통해서라도 심청을 환생시키고 싶었다면, 눈먼 맹인이 눈뜨는 '황당한' 결말도 이해 못할 일은 아니다.

인위적인 효와 자연적인 정

인당수에 빠져 죽었던 심청이 환생하고, 눈먼 심 봉사가 눈을 뜬 기적을

심청가 창극
심청이 인당수에 뛰어들기 전 뱃전에서의 모습이다. 사진은 창극 〈십오 세나 십육 세 처녀〉(2006)의 한 장면이다. 심청이 인당수에 뛰어든 것이 십오 세 때였으니, 타인을 위해 삶이냐 죽음이냐를 선택해야 하는 혹독한 시련 앞에 서기에는 참 가혹한 나이이다.

소설적 보상이라 이해한다고 하더라도, 많은 사람들은 〈심청전〉을 읽고 난 뒤 착잡함을 떨쳐 버릴 수 없다. 심청이 보여 준 효행에 대한 판단 때문이다. 그건, "목숨을 버리면서까지 효를 실천하는 것이 올바른 선택인가?"라는 질문으로 되돌아온다. 정말이지 눈먼 아비를 남겨 두고 죽는 것보다는 살아서 봉양하는 것이 옳다는 생각이 든다. 그렇다면 죽음을 선택했던 심청의 행위를 효라고 부를 수 있을까? 이에 답하기 위해, 심청이 인당수에 뛰어들던 장면으로 함께 가 보도록 하자.

우두머리 뱃사람은 제문 읽기를 마치고는 북을 둥둥 울리고 심청을 쳐다보며 성화같이 재촉한다.

"여보게, 심 낭자! 시간이 늦어 가니, 어서 급히 물에 들라."

심청이 이 말 듣고, 정신이 혼미해졌다. 겨우 뱃전을 붙들고서 손발을 벌벌 떤다. 그래도 부친 생각에,

"여보시오, 선인님네. 우리 부친 계신 도화동이 어느 쪽이오?"

뱃사람이 손을 들어 멀리 도화동을 가리킨다.

"저기 허공이 적막하고 흰 구름이 담담한 곳, 그 아래가 도화동일세!"

심청이 그곳을 바라보며 두 손을 합장한 채 뱃전에 꿇어 엎드린다.

"아이고, 아버지! 심청은 죽거니와 아버지는 눈을 떠 천지만물을 보옵소서. 나 같은 불효 여식을 생각지 마옵소서. 나 죽기는 섧지 않으나, 혈혈단신 우리 아버지 누구를 의지하실꼬?"

가슴을 뚜드리며 애걸복통하다 자세를 고쳐 앉아 하느님께 비는구나.

"비나이다, 비나이다. 하느님 전 비나이다. 부친의 깊은 한을 생전에 풀려 하고 이 죽음을 받사오니, 부디 아비 눈을 뜨게 하여 주옵소서."

그러고는 뱃사람들을 돌아보며,

"여러 선인님네, 남은 길을 평안히 가옵소서. 억만금 이익을 남겨 이곳을 오고 갈 때, 나의 혼백 불러내어 부친 소식이라도 전해 주오."

"그것일랑 걱정 말고, 어서 급히 물에 드소."

심청이 뱃머리에 서서 물결을 굽어본다. 태산 같은 파도가 뱃전을 두드리고, 풍랑은 우르르르 들이쳐 물거품이 북적인다. 심청이 물로 뛰어들려다가 겁이 나서 뒷걸음질 치다가 뒤로 벌떡 자빠진다. 망연자실 앉았다가, 바람 맞은 사람처럼 이리 비틀 저리 비틀 뱃전으로 다가가서 다시 한 번 생각한다.

'내가 이리 겁을 내며 주저주저하는 것은 부친에 대한 정이 부족한 때문이라. 이래서야 자식 도리 되겠느냐?'

마음을 다잡고서 치맛폭을 뒤집어쓰고, 두 눈을 딱 감았다. 그러고는 뱃전으로 우루루루루 달려 나가 손 한 번 헤치고 넘실거리는 바다 속으로 몸을 던지면서,

"아이고, 아버지! 나는 죽으오."

뱃머리에서 거꾸러져 깊은 물로 풍 —

인당수에 몸을 던지는 이 대목을 사람들은 〈심청가〉의 '눈'이라 일컫는다. 가장 감동적이라는 뜻이겠다. 그러나 우리가 진정 감동하게 되는 까닭은, 그녀 역시 죽는 순간에는 인간적인 두려움에 떨고 있었다는 데 있지 않을까? 부친의 눈을 뜨게 하기 위해 자기 한 몸 죽어도 좋다고 생각하는 심청도 막상 눈앞에서 넘실거리는 검푸른 파도를 보면 무서워 뒷걸음질치다 나자빠지는 나약한 인간이다.

그때, 심청은 이렇게 되묻고 있다. '내가 이리 겁을 내며 주저주저하는 것은 부친에 대한 정이 부족한 때문'이 아닌가 하고. 참으로 눈물겹다. 심 봉사가 누구던가? 핏덩어리 자신을 안고 여기저기 동네 아낙들을 찾아다니며 젖동냥으로 키워 준 그 아비가 아니던가? 자신이 아무 탈 없이 자랄 수 있었던 것도 그런 아비의 눈물겨운 보살핌이 있었기에 가능한 것이다. 이제 늙어서 딸자식에게 의지하지 않고는 아무것도 할 수 없게 된 아비는 심청에게 고맙고도 가여운 사람이다. 그런 아비가 눈을 뜰 수 있다는 희망이 생겼을 때, 심청은 아비를 위해 자기 목숨을 버려도 아깝지 않다고 생각한다. 죽는 게 두렵지 않은 것이 아니라 자신을 고생하

며 길러 준 아비에 대한 고마움이 더 큰 것이다.

그렇기에 두려움에 떨던 자신의 마음을 다잡아 다시 바다에 몸을 던지는 그녀의 모습은 너무도 인간적이면서도 평범한 우리네의 일상을 훌쩍 넘어서기에 진한 감동으로 다가온다. 만약 심청이 인간적 두려움에 떨지 않고 곧바로 물에 뛰어들었다면, 그래서 효녀의 화신처럼 그려졌다면 감동이 아니라 끔찍한 기분이 들었을지도 모른다. 실제로 심청을 효녀의 화신처럼 만들고 싶었던 판소리 작가 신재효는 위의 대목을 못마땅해했다. 그래서 아무 두려움 없이 곧장 바다에 뛰어드는 것으로 고쳐 놓았다.

하지만 그리해서야 심청의 죽음이 우리에게 감동을 줄 리 없다. 이쯤에서 우리는 〈심청전〉의 주제인 '효'에 대해 다시 생각해 보아야 한다. 우리는 심청이 남다른 효를 실천한 것이라 여긴다. 그 점은 분명하다. 하지만 심청은 중세적 윤리였던 효를 실천하기 위해 자기 몸을 팔았던 것이 아니다. 인당수에 몸을 던지기까지, 전반은 눈먼 부친이 어린 심청을 길러 내고 후반은 철든 심청이 늙은 부친을 봉양한다. 세상에 의지할 데 하나 없던 가련한 이들 부녀는 진정 한마음, 한 몸이었던 것이다. 그러고 보면 심청이 일곱 살부터 구걸과 삯바느질로 부친을 봉양하다 마침내 부친을 위해 몸까지 판 행위는 어린 자신을 키워 낸 눈먼 아비에 대한 인간적 보답, 아니 부녀간에 싹튼 육친의 정리情理로 이해해야 옳다. 죽음을 앞둔 인간적 두려움을, 뱃전에 선 그녀는 아비에 대한 '정情'이 부족해서 그런 것이 아닌가 말하지 않았던가? 그런 그녀를 두고 "효녀네, 아니네.", "잘했네, 잘못했네." 하고 따지는 것은 애초부터 잘못된 트집 잡기였는지 모른다. 심청의 죽음이 감동으로 다가오는 까닭은, 고난의 시간을 함께한 육친의 관계에서 우러나온 자연스런 마음의 발로였기 때문이다. '인위적인 효행'과 '자연스런 마음'은 하늘과 땅처럼 다른 법이다.

늙고 병든 어머니를 봉양하기 위해 몸을 판 지은과 눈먼 아비를 위해 공양미 300석에 몸을 판 심청. 모두 효행으로 길이 기려지고 있는 자식들이다. 하지만 여기에서 눈여겨보아야 할 것은, 그들의 행위가 주변의 강요에 의하거나 남에게 잘 보이기 위한 행동이 아니라는 사실이다. 우리가 그들에게서 읽어야 하는 것은 그들의 진정이다. 때로는 지은과 심청의 이야기가 효행을 강조하기 위한 윤리 교과서처럼 활용되기도 하지만, 그건 지은과 심청의 본마음과는 거리가 먼 뒷사람들의 어리석은 행동이다. 우리가 바로 보아야 할 것은 뒷사람의 손에 왜곡되지 않은 그들의 본 마음이다.

인용 작품

사모곡 95쪽
작가 미상
갈래 고려 가요
연대 고려 시대

가난한 여인이 어머니를 봉양하다 96쪽
작가 일연
갈래 설화
연대 고려 후기

심청가 99, 103,105쪽
창본 한애순 본
갈래 판소리
연대 미상

심청전(19장본 필사본) 101쪽
작가 미상
갈래 고전 소설(판소리계)
연대 조선 후기

2 애증이 뒤얽힌 부자 관계

부모와 자식의 관계는 시간이 흘러감에 따라 점차 달라지는 법이다. 실제로 어린 시절 아버지는 참으로 무섭고도 커 보였다. 하지만 시간이 흐르고 문득 아버지의 모습이 왜소하게 보일 때가 있다. 자식이 아버지가 되어 그 아버지를 바라볼 때이다. 그런 변화를 잊고 여전히 예전의 관계만 고집할 때, 부자간의 애정은 미움으로 바뀌기도 한다. 고전 문학 작품에서도 이런 애증이 뒤얽힌 부자 관계가 종종 드러난다.

떠나 버린 아버지, 그리움 또는 금압의 이름

비록 '부모-자식' 관계는 혈연으로 맺어져 그 누구보다 진한 애정으로 연결되어 있다지만, 때론 그렇지 않은 순간도 있다. 애정이 아닌 애증으로 엮이는 경우도 적지 않다. 우리 고전 서사의 서막을 열어 준 〈주몽신화朱蒙神話〉를 비롯한 건국 신화에서 그런 단초를 발견하게 된다. 〈주몽신화〉는 고구려라는 강력한 고대 국가를 세운 건국 영웅 주몽의 일대기이다. 여기서는 그가 펼쳐 가는 흥미진진한 역정이 상당한 매력을 던져 주는데, 부자 관계도 그에 못지않게 흥미롭다. 주몽은 동부여의 태자인 대소의 살해 위협을 피해 어머니와 아내, 그리고 자식마저 버려둔 채 탈주하여 고구려라는 새로운 고대 국가를 건설한다.

우리는 그 점을 인상 깊게 기억한다. 하지만 영웅의 화려한 삶의 뒤편에 가려진 가족들의 운명에도 눈길을 주어야 마땅하다. 아들을 떠나보낸 어머니, 지아비를 잃어버린 아내의 아픔 말이다. 그런데도 신화에는 이들이 겪어야 했을 애끓는 사연은 한마디 언급도 없다. 다만 아비 없이 자라던 어린 아들의 가슴 저린 사연만 곡진하게 그려 보일 뿐이다. 〈주몽신화〉는 전적으로 아버지와 아들, 곧 주몽-유리로 이어지는 부자의 계보에만 초점을 맞추고 있다. 아들 유리는 아버지가 떠나 버린 동부여에서 홀어머니 손에 길러진다. 그러던 어느 날, 어린 유리는 어머니 앞에 엎드려 통곡을 한다.

유리가 어려서부터 기이한 기절이 있었다. 소년 때에 참새 쏘는 것을 업으로 삼았는데

한 부인이 물동이를 이고 가는 것을 보고 쏘아서 뚫었다. 그 부인이 화를 내며 꾸짖었다.

"아비도 없는 자식이 내 물동이를 쏘아 뚫었구나."

그 말을 들은 유리는 몹시 부끄러워 진흙 탄환을 쏘아 물동이 구멍을 막아 전과 같이 만들었다. 그러고는 집에 돌아와 어머니에게 물었다.

"제 아버지는 어디 계십니까?"

어머니는 유리가 나이 어리기 때문에 거짓으로 말하였다.

"너는 일정한 아버지가 없다."

유리가 울며 말하였다.

"사람이 일정한 아버지가 없으면 장차 무슨 면목으로 남을 보겠습니까?"

그러고는 스스로 목을 찔러 죽으려 하였다.

이웃집 아낙에게 '아비도 없는 자식'이라는 모욕을 들어야 했던 유리에게, 아버지라는 존재는 한없이 그리운 이름이었다. 목숨조차 끊으려 할 정도로 비통해하는 자식을 속일 수 없어, 어머니는 결국 아버지의 존재를 가르쳐 준다. 동부여와 적대적 관계에 있는 고구려를 세운 주몽이 바로 아버지라는 사실을. 탄생의 비밀을 알게 된 유리는 아버지가 남기고 간 수수께끼, 곧 주춧돌 밑에 감춰 두고 간 도막 난 칼을 찾아 곧바로 아버지를 찾아간다. 아버지 주몽이 그랬듯, 홀어머니를 그대로 남겨 둔 채 말이다. 〈주몽신화〉는 부자간의 극적 해후를 다음과 같이 그리고 있다.

주몽이 가지고 있던 부러진 칼 조각을 내어 합해 보니, 피가 나면서 이어져 완전한 칼이 되었다. 주몽이 유리에게 물었다.

"너는 진실로 내 아들이다. 그런데 무슨 신성한 능력을 가졌느냐?"

그러자 유리가 몸을 날려 공중으로 솟구쳐 창으로 비쳐드는 햇빛을 타는 신성한 능력을 보여 주었다. 주몽은 크게 기뻐하며 유리를 태자로 삼았다.

자신처럼 활을 잘 쏘고, 누구도 풀기 힘든 수수께끼를 풀고, 몸을 솟구쳐 햇빛을 타고 오르는 능력을 보인 유리는 영락없는 자신의 아들이다. 활을 잘 쏘아 주몽이란 이름을 얻고, 신이한 도움으로 강물을 건너는 기적을 보이며 내려와 나라를 세웠던 것처럼 부자는 서로 닮아 있었던 것이다. 유리의 이런 모습을 확인한 아버지 주몽은 마흔한 살이라는 젊은 나이에 승천해 버리고 만다. 아들에게 자신의 자리를 내주기 위한 배려였을 것이다. 그런 점에서 능력 있는 자식에게 주저 없이 왕위를 물려준 주몽은 현명한 아버지이자 진정한 영웅이었다.

반면에 이런 순리를 따르고 싶어 하지 않는 아버지가 있다. 자식이 자신보다 뛰어난 어른으로 커 주기를 바라는 간절한 소망 뒤에, 부쩍부쩍 자라나는 자식으로 인해 자신의 존재가 점차 왜소해질 때 느끼는 질투. 서구의 한 정신분석가는 부자간의 이런 관계를 '오이디푸스 콤플렉스'로 설명한 바 있다. 그래서 아버지라는 존재는 그리움의 대상인 동시에 금압禁壓의 표상이 되기도 한다. '아버지가 아들 죽이기' 또는 '아들이 아버지 죽이기'라는 비극적 갈등도 이 때문에 빚어진다. 태조 이성계가 자신을 닮은 아들 이방원을 죽이려 했던 역사적 사건이 그렇고, 유산을 물려받기 위해 늙은 아버지를 죽이려 했던 아들의 비정非情도 그런 부자 갈등의 생생한 증거이다.

주몽이 승천하고 난 뒤, 얼마 되지 않아 전개된 역사가 이런 비극적 부자 관계를 사실로 보여 주고 있다. 유리왕과 그의 아들 해명 태자解明太子에 얽힌 비화가 그것이다. 사연은 이러하다.

유리는 주몽에 이어 고구려의 두 번째 임금이 된다. 아비 없이 자란 설움을 경험한 유리왕이 아버지 노릇을 제대로 하리라 결심했던 것일까? 그는 자신을 계승할 해명 태자의 일거수일투족을 지도하고 가르친다. 아버지의 극진한 보호 아래 성장한 아들은 행복했을까? 유감스럽게도 그렇지 못했다. 유리왕은 아들 해명 태자와 화해할 수 없는 갈등으로 엮이고, 결국 아들을 죽이는 비극의 주인공이 된다. 비극의 씨앗은 정국 운영을 두고 생긴 이견이었다. 유리왕은 인접국과의 화해를 통해 고구려의

오이디푸스 콤플렉스 정신분석학자 프로이트에 의해 사용되기 시작한 용어로, 아버지에 대한 아들의 적대감과 경쟁심을 말한다.

안녕을 유지하려 했고, 아들 해명 태자는 반대로 무력을 통해 인접국에 게 고구려의 위엄을 보이고자 했다. 하지만 유리왕은 아들의 이런 태도 를 용납할 수 없었다. 결국 자신의 말을 따르지 않는 아들에게 죽음을 내린다.

유리왕은 사람을 보내어 해명 태자에게 말하였다.

"내가 수도를 옮긴 것은 백성을 안돈시켜 나라의 기틀을 견고하게 하기 위함이다. 그런 데 너는 내 말을 따르지 않고 힘센 것만을 믿어 주변국과 원한을 맺으니 자식된 도리가 어찌 이 같을 수 있느냐?"

그러고는 칼을 내려 스스로 목숨을 끊게 했다.

해명 태자는 주변 사람에게 말하였다.

"지난번 황룡왕黃龍王이 굳센 활을 보내 주었을 때, 나는 그가 우리 고구려를 가벼이 여 길까 염려하여 활을 꺾어 버린 것이다. 그런데 뜻밖에 아버지에게 꾸지람을 듣고, 이처 럼 불효자라 하여 검을 내려 자결케 하신다. 어찌 아버지의 명을 어길 수 있으랴?"

이에 여진礪津의 동쪽 들판에 가서 창을 땅에 꽂고 말을 달려 찔려 죽었다. 그때, 태자의 나이 스물한 살이었다.

부자간의 참혹한 비극이다. 스스로 목숨을 끊으라고 칼을 내려 주는 아버지 유리왕, 그리고 죽으라 했다고 진짜 죽어 버리는 아들 해명 태자! 아버지라는 이름으로 강요된 죽음이지만 잘못을 빌지 않은 채, 정말 죽 어 버리는 해명 태자에게서 우리는 아버지에 대한 불같은 반항을 읽는 다. 아버지라는 이름은 한없이 그리운 것이기도 하지만, 이처럼 화해할 수 없는 갈등의 대상이기도 했던 것이다.

그런데 부자 갈등이 주로 정치적 입장 또는 사회적 제도를 둘러싼 입 장 차이에서 빚어진다는 데 주목할 필요가 있다. 아버지와 자식이라는 혈연적 관계가 사회적·정치적 관계와 맞부딪치면서 갈등을 야기했던 것 이다. 다시 말해 유리왕과 해명 태자의 갈등은 안정을 희구하던 늙은 아버지 세대와 전쟁도 불사하던 젊은 아들 세대가 맞닥뜨릴 수밖에 없는, 곧 남성들 간의 정치 권력의 쟁패로 이어질 수밖에 없었다. 아들은 성장하면서 '낡은' 아버지를 넘어서서 자신이 '새로운' 아버지의 자리에 앉고 싶어 했지만, 아버지는 그런 자리바꿈을 흔쾌히 받아들이지 못했던 것이다. 애정으로 시작한 부자 관계가 애증으로 뒤얽히는 부자 갈등의 모티프가 후대 서사 문학에서 지속적으로 변주되는 것도 그런 까닭이다.

신분적 차별, 떠나간 아들의 아버지 찾기

건국 신화는 뒷날, 다양한 방식으로 서사 문학에 뚜렷한 흔적을 남기며 전승된다. 앞서 살핀 〈주몽신화〉는 조선 시대 가장 유행했던 영웅 소설로 서사적 계보˙를 이어 가고 있다. 특히 주인공이 보여 주는 영웅적 삶은 유사한 측면이 많다.

서사적 계보 비범한 과정을 거쳐 태어나고, 어린 시절 온갖 고난을 겪고, 구원자의 도움을 입어 힘을 기르고, 결국 화려한 승리를 쟁취한다는 영웅의 일대기 구조가 영웅 소설과 매우 흡사하다.

영웅 소설의 서막을 열었던 〈홍길동전洪吉童傳〉도 예외가 아니다. 오히려 "형을 형이라 부르지 못하고, 아비를 아비라 부르지 못한다."라는 말이 대변하듯, 〈홍길동전〉은 부자 갈등의 모티프를 전면에 내세운 〈주몽신화〉의 적자嫡子였던 것이다. 중세 봉건제 사회에서 천한 신분의 피를 타고 태어났다는 사실은, 원죄原罪처럼 따라 붙는 족쇄였다. 벼슬길에 나갈 수 없음은 물론 인간 대접조차 제대로 받지 못했던 것이다. 그리하여 홍길동은 차라리 장길산張吉山˙과 같은 도적이 되겠다고 결심하던 차, 아버지의 애첩 곡산모谷山母의 흉계로 가족의 굴레를 뛰쳐나오게 된다. 우리는 이 대목에서, 금와왕의 적자 대소의 시기와 모해를 견디지 못해 동부여를 탈출했던 주몽의 행위를 떠올려도 좋다.

장길산張吉山 조선 숙종 때 황해도 일대에서 활동한 도적의 우두머리이다. 그의 도적 활동에는 17세기 이후 혼란스러운 사회 속에서 하층민들의 새로운 사회에 대한 갈망이 반영되어 있다. 탈취한 재물을 가난한 백성을 구제하는 데 쓰는 등의 행위로 의적이라고도 한다.

하지만 홍길동의 탈주에는 보다 완강한 사회적 차별이란 이유가 있었던 만큼, 그의 행위에는 중세 가족 제도 및 신분 제도에 대한 반항의 의지가 뚜렷할 수밖에 없었다. 게다가 홍길동의 행위가 빛나는 것은 신분 모순의 희생자였던 자신의 울분을 개인의 차원에 한정시키지 않고 있다는 데 있다. 홍길동은 자신이 겪은 신분적 모순과 그로 말미암은 설움을,

절대적 궁핍과 그로 말미암은 도둑의 반항 정신과 연결 지을 수 있었다. 그리하여 활빈당活貧黨을 새롭게 조직했던 것이다.

그럼에도 불구하고 홍길동의 활동 이면에는 첩의 자식으로서 겪어야만 했던 쓸쓸한 그림자가 짙게 드리워져 있었음을 잊어서는 안 된다. 서얼 차별의 모순을 견디지 못해 부자의 인연을 끊고 의적 지도자로 성장했건만, 홍길동에게 아버지라는 이름은 끝내 지워지지 않았던 것이다. 자신의 처지에 대한 울분과 아버지에 대한 그리움이 뒤섞여 있는 홍길동의 말을 직접 들어 보자.

신의 팔자가 순탄치 못하여 홍 아무개의 천한 종의 배를 빌려 태어났사오나, 아비와 형을 마음대로 부르지 못하옵고, 겸하여 집 안에 시기하는 자가 있사와 견디어 내지 못하였습니다. 그래서 몸을 산림山林에 붙여 초목과 함께 늙자 하였더니, 하늘이 밉게 여겨서 적당賊黨에 빠졌습니다.

홍길동이 율도국으로 떠나기 직전 조선 국왕에게 털어놓은 고백에는, 궁핍한 백성을 구제하기 위한 활빈당 활동을 하는 가운데서도 자신이 이런 지경에 이르게 된 문제의 본질과 아버지에 대한 그리움이 촘촘히 박혀 있다. 그런 모습에 유의한다면 작품 후반부에서 부친이 죽자 그 시신을 율도국으로 옮겨 와 안장하는 대목에 주목하지 않을 수 없다. 그건 아버지를 아버지라 부르지 못했던 지난 시절, 천한 자식으로서의 설움을 씻어 버리려는 행위의 발로였다. 홍길동의 속내를 직접 들어 보자.

형 길현이 장례를 마치고 고국으로 돌아가고자 하니, 홍길동이 길 떠날 준비를 해 주고는 말하였다.

"형님을 다시 뵈올 날이 막막하옵니다. 저의 어미는 이미 여기 율도국에 오셨으니 모자 간의 정리情理에 차마 헤어질 수 없사옵니다. 또한 형님은 대감을 생전에 모셨사오니 한할 바가 없을 것입니다. 그러니 돌아가신 뒤의 제사는 소제小弟가 받들어서 불효 죄를

만분의 일이나 덜까 하옵니다."

적자인 형은 아버지가 살아 계셨을 때 많이 모셨으니 서얼인 자신은 돌아가신 뒤 모시겠다는 말은, 그토록 그립던 아버지를 자기가 잇겠다는 말과 다름없다. 더욱이 홍길동은 천첩으로 구박받던 자신의 생모 춘섬이 죽자 대왕대비에 봉한 뒤 부친과 함께 현덕릉에 모신다. 아버지를 완전한 자신의 아버지로 만들어 버린 것이다. 율도국의 왕이 되어 화려한 삶을 살게 되었으니 어린 시절 겪었던 서얼 차별의 설움 따위는 잊을 법도 하건만, 홍길동에게 그것은 끝내 지워지지 않는 기억으로 남아 있었다. 그리하여 죽은 부친이라도 자신의 부친으로 만들고야 말았던 것이다. 홍길동의 그 집요한 아버지 찾기! 그렇다. 아버지란 본디 그런 존재이다. 아무리 버리려 하고 아무리 지우려 해도 결코 쉽게 버려지거나 지워질 수 없는, 그런 아프도록 그리운 이름이다.

성적 차별, 버려진 딸의 아버지 찾기

부자 갈등을 다룬 서사 작품은 유리왕처럼 떠나간 아버지를 찾아간다거나 홍길동처럼 아버지로부터 뛰쳐나오는 정도에 머물지 않았다. 이보다 심한 경우도 여럿 있었으니, 아버지로부터 버려지는 자식 이야기가 그것이다. 그들은 왜 버려졌던 것인가? 정치적으로 맞선다거나 신분적인 문제가 있어서가 아니었다. 딸이라는 이유만으로 버림받았던 것이다. 서사 무가 가운데 가장 널리 알려진 〈바리 공주〉는 이런 부녀간의 애증을 대표하는 작품이다. 작품이 담고 있는 사연은 대략 다음과 같다.

아득한 옛날, 불라국이란 나라가 있었다. 그곳은 오구 대왕이 다스리고 있었는데, 길대 부인과 결혼한 그는 딸만 내리 일곱을 낳았다. 왕위를 물려줄 아들을 갈망하던 오구 대왕은 너무나 화가 났다. 딸만 일곱을 난 것이 부인 탓이 아니건만, 왕위를 물려줄 자식이 없는 죄를 온통 부인의 잘못으로 뒤집어씌운 것이다. 그러고도 화가 풀리지 않아 막내딸 바리 공주를 내다버리도록 시킨다. 가장의 지엄한 분부를 거역할 수 없던 길대 부인은 울면서 딸을 버린다. 너무나 끔찍한 이 대목에서 우리는 아들을 귀하게 여기던 남성 중심 사회에서 여자로 태어난다는 것이 얼마나 서러운 일이었던가를 생생하게 목도할 수 있다. 더욱이 자기 손으로 딸자식을 버려야 했던 어머니, 아니 같은 여자로서 그녀의 심경은 얼마나 참담했을까? 〈바리 공주〉의 그 장면을 보자.

굴 앞에 가서 칠 공주를 내려놓고 가랑잎을 이리저리 가져다가 뻥 둘러 깔았다. 거기에 칠 공주를 눕혀 놓고 돌아서려니 발이 안 떨어져 길대 부인이 소리 내어 통곡을 하는구나.
"애야, 내 딸아. 네가 이 세상에서 나와는 인연이 없는가 보다. 내가 이 세상에 아들자식이 없을 팔자인데, 너를 낳자 이틀 만에 너를 이리 깊은 산중에 갖다 버리는구나. 대왕님 분부가 그러하니, 할 수 없다, 할 수 없다. 너와 나는 이 시간부터 이별이다. 내 딸아, 내 딸아. 좋은 세상, 좋은 가문에서 아들자식으로 다시 태어나 고이고이 자라나길 바란다. 내 딸아, 고이고이 잠들어라."

딸이라는 이유로 바리데기를 버려야만 했던 대목이다. 가장의 엄한 분부를 거역할 수 없어서 낳은 지 이틀밖에 되지 않는 핏덩이 자식을 버려야 했던 길대 부인의 통곡 소리가 귀에 쟁쟁하다. "좋은 세상, 좋은 가문에 아들자식으로 다시 태어나 고이 자라나길 바란다."는 말에서 여자로 태어난다는 것이 얼마나 서러운 일이었는가를 실감할 수 있다. 자식을 버리는 어머니 길대 부인도, 버려지는 자식 바리데기도 모두 여자였던 것이다.

그 뒤, 바리 공주는 비리공덕 할멈 내외에게 구원을 받아 무럭무럭 길러진다. 하지만 사연이 여기서 그치는 것은 아니다. 그러던 중 바리 공주는 부친 오구 대왕이 병들어 죽게 되었다는 소식을 듣게 된다. 자기를 버린 비정한 아버지가 미울 만도 하건만, 바리데기는 죽어 가는 아버지를 외면하지 않는다. 한걸음에 달려가 아버지를 뵙고, 먼 서천 서역국으로 가서 생명수를 얻어 온다. 그리하여 그 사이 죽어 버린 부친을 회생시키기까지 한다. 기구한 운명을 갖고 태어나고, 구원자의 도움으로 살아나고, 결국 탁월한 공업을 이루어 나간 영웅 소설의 남성 주인공처럼, 바리데기는 여성의 몸으로 파란만장한 영웅의 삶을 밟아 나갔던 것이다.

우리는 여기에서 딸로 태어났다는 이유만으로 자기 자식조차 버리는 행동을 서슴지 않던, 그 지독한 남성 중심주의의 잔혹함을 통렬하게 꾸짖어야 마땅하다. 그럼에도 불구하고 깊이 음미해 보아야 할 점은, 어처구니없는 이유로 버려진 바리데기가 부친을 위해 숱한 고생을 해 가며 생명수를 얻어 부친의 목숨을 살려 냈다는 사실이다. 왜 이런 방식으로 이야기를 풀어 간 것일까? 가부장적 가족 질서가 여성·딸자식의 힘에 의해 회복된다는 결말은, 남성·가장의 권위와 무기력을 폭로하기 위한 고도의 전략일지도 모른다. 아무 소용이 없다고 버린 바리데기라는 어린 딸은, 기실 남성 중심적인 불라국에 새로운 생명을 되찾게 해 준 귀한 존재였다. 바리데기의 그런 행위는 신처럼 신성해 보였고, 그래서 많은 사람들은 그녀를 저승의 신으로 떠받들게 되었던 것이리라. 아마도 그런 사연을 접한 불라국 사람들은, 그 뒤로는 딸을 낳았다고 버리거나 차별하지 않았을지도 모른다. 불락국은 남녀를 동등하게 대하는 평등 사회로 거듭나게 되었거나 적어도 그런 세계를 꿈꾸는 마음을 간직하게 되었을 것이 분명하다. 여자로 태어났다는 이유로 버림받은 바리데기의 간절한 소망이 바로 그것이었기 때문이다.

역전된 부자 관계, 그것의 시대적 함의
우리 고전 문학에는 앞서 살핀 작품들 외에도 부자간의 문제를 다룬 작품이 무척 많다. 그 가운데 가장 많은 사람들의 사랑을 받은 영웅 소설도 흥미로운 부자 관계를 보여 준다. 〈홍길동전〉의 계보를 이어 조선 후기에 가장 유행했던 영웅 소설의 대표작 〈유충렬전劉忠烈傳〉에서는 이런 부자 관계의 양상을 전혀 다른 방식으로 그리고 있어 흥미롭다.

충렬을 붙들고 슬피 울며 말하기를,

"네 아비 무슨 죄로 만리 연경燕京으로 귀양을 간다는 말이냐? 너를 두고 가는 설움, 단산丹山에 나는 봉황을 두고 가는 듯, 북해北海 흑룡이 여의주를 버리고 가는 듯, 고통스럽고 서러운 마음을 한 입으로 다 말하기 어렵구나. 생각하니 기가 막혀 말할 길이 전혀 없고, 잠시나마 잊자 하니 가슴에 맺힌 한이 죽은들 잊을 수 있겠느냐? 너의 아비 생각 말고 너의 모친을 모셔 무사히 지내며, 봄풀이 푸르거든 아비와 자식이 서로 만날 줄 알고 있으라."

하며 소리를 놓아 통곡하고, 죽도竹刀를 끌러 충렬에게 채워 주면서 당부하였다.

"구천九泉에서 상봉할 때 부자간임을 알 수 있는 신표가 없어서야 되겠느냐? 이 칼을 부디 잊지 말고 부디 잘 간수하여 두어라."

처자를 이별하고 행장을 바삐 차려 문밖에 나오니 정신이 아득하였다.

비감한 부자간의 이별 대목이다. 그러나 이들의 슬픔은 주몽이 천제天帝의 후손으로 나라를 세우러 떠나는 영웅적 결별에서 비롯된 것도 아니고, 홍길동이 봉건적 가족제도의 모순을 견디지 못해 집을 뛰쳐나가는 비극적 결별에서 비롯된 것도 아니다. 게다가 슬피 흐느끼는 주인공은 아버지를 찾는 아들이 아니라 바로 당당해야 할 아버지였다. 뭔가 뒤바뀌었다. 이런 전도된 부자 관계는 〈유충렬전〉에서만 그런 게 아니다. 거의 모든 영웅 소설의 공통된 현상이다. 그런 점에 유념하면서 아버지 유심이 어린 아들 유충렬과 헤어질 때 신표로 주고 있는 대나무 칼竹刀에 주목해 보자. 부자 관계를 입증하는 신표는 〈주몽신화〉에서도 나타난 바 있다. 주몽이 아들 유리에게 남겨 두고 온 부러진 칼斷劍이 그것이다. 하지만 그것의 내적 기능은 완전히 다르다.

"네가 분명 충렬이냐? 충렬이 틀림없거든 10년 전 연경으로 귀양 갈 때 주었던 죽도를 갖고 있느냐?"

원수 유충렬이 급히 옷을 벗고 속적삼에 찬 죽도를 끌러 내어 두 손에 들고,

"여기 있습니다."

하니 주부 유심이 이 말을 듣고 토굴 문에 엎드려서 손을 내어 받아 보니, 소상강의 반죽
斑竹 다섯 마디에 '황강죽루'라는 글자가 불침으로 새겨 있었다. 유 주부가 저세상에 간
다고 한들 부자 신표를 모르겠는가?

<〈주몽신화〉에서는 아들 유리가 부러진 칼을 가지고 가서 아버지 주몽
을 만나 아들임을 인정받아 왕위를 이을 수 있었던 데 반해, 여기서는
죽을 지경에 처했던 아버지 유심이 자신을 구원하러 온 사람이 자신의
아들임을 확인시켜 주는 신표로 대나무칼이 기능하는 것이다. 아들의
아버지 찾아가기가 아니라, 반대로 아버지의 아들 찾아가기인 셈이다.
이러한 부자 확인의 전복은 무엇을 의미하는가? 적대자에 의해 한 가정
이 파탄되었을 때, 그걸 수습하는 역할을 더 이상 아버지가 할 수 없다
는 서사적 구도인 것이다. 〈주몽신화〉에서의 당당하던 아버지, 〈홍길동
전〉에서의 그립던 아버지, 그리고 영웅 소설에서의 도와주어야 하는 가
련한 아버지, 심지어 자신이 버린 딸에게 생명을 구원받아야 하는 초라
한 아버지……. 아버지라는 존재는 그렇게 한없이 추락하고 있었던 것이
다. 아마도 그건 기존의 권위가 무너져 내리던 조선 후기라는 시대적 추
이를 어느 정도 반영하고 있는 것으로 보인다. 늙은 아버지의 세대는 그
렇게 젊은 아들의 세대에게 밀려나고 있었던 것이다. 강물은 뒷 물이 앞
물을 밀어내며 흘러가는 법이다. 사람이 살고 있는 사회도 다르지 않다.
언제나 젊은이가 새롭게 만들어 가는 법이다.

인용 작품

주몽신화 111, 112쪽
작가 김부식
갈래 설화(신화)
연대 고려 전기

유리왕 114쪽
작가 김부식
갈래 설화(신화)
연대 고려 전기

홍길동전 116쪽
작가 허균
갈래 고전 소설(국문)
연대 17세기

바리 공주 119쪽
창본 김석출 본
갈래 무가(무속 신화)
연대 미상

유충렬전 121쪽
작가 미상
갈래 고전 소설(국문)
연대 18세기(추정)

3 애틋하고도 어려운 부부 사이

부부란 참으로 알다가도 모를 관계이다. 예전에는 얼굴조차 보지 못한 남녀가 부모가 정해 주는 대로 결혼을 했다. 혼례식에서 처음 만나 첫날밤을 같이하고, 검은 머리 파뿌리 될 때까지 살았다. 요즘 우리로선 상상하기 어려운 일이다. 그런데 흥미로운 것은, 서로 사랑해서 결혼한다는 요즘 사람들이 옛날보다 이혼하는 비율이 더 높다는 사실이다. 도대체 옛날 부부 관계는 어떠했기에 그렇게 낯설게 만나서도 금슬 좋게 살 수 있었던 것일까?

애틋한 기다림의 사연들

까치는 울타리 꽃가지에서 울고	鵲兒籬際躁花枝
거미는 상머리에서 줄을 늘이네.	蟢子床頭引網絲
그리운 님 머잖아 오시려는지	余美歸來應未遠
마음이 벌써 달려와 알려 주는가 보네.	精神早已報人知

위의 노래는 이제현李齊賢(1287~1367)이 고려 시대 민간에서 불리던 노래를 7언 절구의 한시 형식으로 채록한 소악부小樂府 가운데 하나이다. 작품 제목을 〈거사련居士戀〉이라 했는데, 뜻을 풀이하면 '남편에 대한 연모' 정도가 될 것이다. 이른 아침부터 까치가 울거나 거미가 줄을 타고 내려오면 반가운 손님이 찾아온다는 민간의 속설을 채용함으로써 토속적 정취가 물씬 풍기는 노래이다. 물론, 그런 가슴 설레는 기대감은 사랑하는 사람이 돌아올 것만 같은 예감에서 말미암은 것이다. 실제로 노래 뒤에는 창작 배경이 적혀 있는데, 부역에 나가 오래도록 돌아오지 않는 남편을 기다리던 아내가 부른 노래라고 한다.

사연이 그렇다고 한다면, 노래에 담긴 낭군을 기다리는 아내의 마음은 설렘보다는 돌아오지 못하면 어찌할까 하는 안타까움에 가깝다고 할 수 있다. 이외에도 돌아오지 않은 남편을 걱정하며 기다리는 아내의 노래는 많고도 많다. 고려 가요 〈정읍사井邑詞〉도 그런 노래이다.

달아 높이곰 돋으시어

어기야, 멀리곰 비치오시라

어기야 어강됴리 아으 다롱디리

어느 시장에 가 계신가요

어기야, 진 데를 디딜세라

어기야 어강됴리

어느이다 놓고시라

어기야, 내 님 가는 그곳 저물까 두려워라

어기야 어강됴리 아으 다롱디리

전주의 속현屬縣인 정읍에 살고 있던 장삿꾼의 아내가 높은 산에 올라 길 떠난 남편이 무사히 돌아오기를 바라는 마음을 담은 노래이다. 언덕에 올라 달을 바라보며, 남편이 혹여 '진 데'를 밟을지 모르니 길을 환히 밝혀 달라고 비는 대목에서 아낙의 걱정스런 마음을 읽을 수 있다. 〈거사련〉에 담긴 아내의 마음과 흡사한 것이다. 우리는 이런 노래를 통해 부부간의 애틋한 사연을 담은 기다림의 노래가 만들어진 기원을 더듬어 볼 수 있다. 기다림이란 청춘 남녀의 열렬한 사랑 노래의 전유물만은 아니었다. 국가의 부역 때문이든 가족의 생계를 위해서든 힘겹게 살았던 당대 서민 부부의 고단한 삶에서 배태된 것 또한 적지 않았던 것이다.

그 무엇으로도 빼앗지 못할 부부의 믿음

부부라는 관계, 예나 지금이나 그들은 이렇듯 애틋한 그리움의 대상인 동시에 서로에게 의지가 되는 삶의 동반자이다. 조선 시대 부부가 지켜야 할 도리를 노래에 담아 가르치고자 했던 정철鄭澈(1536~1593)은 〈훈민가訓民歌〉에서 이렇게 노래하였다.

한 몸 둘로 나누어 부부를 만든 것이니

있을 때 함께 늙고 죽으면 한 데 간다.

어디서 망령의 것이 흘기려 하는고

    부부는 본래 한 몸이었는데 둘로 나뉘어 부부로 태어났다는 것, 함께 늙고 함께 죽을 삶의 동반자라는 것, 그러니 서로가 서로에게 함부로 대해서는 안 된다는 것. 그것이 이 노래로 일깨우고자 했던 요점이다. 마지막 행의 망령되게 눈 흘기지 말라는 말은, 아무리 가까운 사이이지만 서로에게 깍듯한 예의를 갖추라는 가르침의 생동한 표현이다. 우리는 이런 부부 관계를 일심동체一心同體라 일컫는다. 비록 피 한 방울 섞이지 않은 남남이지만, 부부의 인연을 맺어 몸과 마음이 하나가 되었다는 뜻이다. 부부란 정말 그런 관계이다.

    그렇다면 부부에게 믿음보다 소중한 덕목이란 없다. 부부간의 믿음을 다루고 있는 고전 문학 작품이 많은 건 그런 이유에서이다. 부부가 지켜야 할 믿음을 지켜 낸 부부의 예로 《삼국사기》에 실린 〈도미전都彌傳〉을 꼽을 수 있다. 도미는 자신을 향한 아내의 믿음을 의심하지 않고, 아내는 한 치의 흔들림도 없이 남편에 대한 믿음을 지켜 냈다. 도미 부부의 믿음이 어느 정도였는지 직접 읽어 보기로 한다.

    도미都彌는 백제 사람이다. 비록 하찮은 백성이었지만 자못 의리를 알았다. 그의 아내는 아름답고 예뻤으며, 절조 있는 행실로 사람들의 칭찬을 받고 있었다. 개루왕蓋婁王이 이 말을 듣고 도미를 불러 말하였다.

    "대개 부인의 덕으로 지조를 내세우지만, 그윽하고 사람이 없는 곳에서 유혹하면 마음을 움직이지 않는 사람이 드물다."

    도미가 대답하였다.

    "사람의 정이란 헤아리기 어려운 법입니다. 그러나 저의 아내 같은 사람은 비록 죽더라도 두 마음을 갖지 않을 겁니다."

왕은 그 말을 시험해 보기 위하여, 도미에게 일을 시켜 궁궐에 잡아 두었다. 그러고는 가까운 신하로 하여금 왕의 복장을 하고 말을 타고 밤에 그 집에 가게 하였다. 사람을 시켜 왕이 왔다고 먼저 알리며 부인에게 말하였다.

"나는 오래전부터 네가 예쁘다는 소리를 들었는데, 도미와 내기를 하여 이겼다. 내일 너를 데려가 궁인宮人으로 삼기로 했으니, 지금부터 네 몸은 내 것이다."

드디어 음란한 행동을 하려 하자 부인이 말하였다.

"국왕께서는 헛말을 하지 않으실 것이니 어찌 따르지 않겠습니까? 대왕께서는 먼저 방에 들어가 계십시오. 옷을 갈아입고 오겠습니다."

물러나 계집종을 화려하게 치장시켜 들여보냈다. 왕이 뒤에 속임을 당한 것을 알고는 크게 노하였다. 왕을 속인 죄로 도미의 두 눈을 뺀 후 작은 나룻배에 실어 강물에 띄워 버렸다. 그러고 나서 아내를 끌어다가 강제로 음란한 행동을 하고자 하니, 부인이 말하였다.

"지금 남편을 이미 잃었으니 홀로 남은 몸을 지킬 수가 없습니다. 하물며 왕을 모시는 일이라면 어찌 감히 어길 수 있겠습니까? 다만 지금은 월경 중이라 몸이 더러우니 다음 날 목욕을 하고 오겠습니다."

왕이 믿고 허락하였다. 부인은 곧바로 도망쳐 강어귀에 갔으나 건널 수가 없었다. 하늘을 향해 통곡을 하니 문득 배 한 척이 물결에 밀려 이르렀다. 이를 타고 천성도泉城島에 다다라 남편을 만났는데 아직 죽지 않고 있었다. 풀뿌리를 캐 먹으며 함께 고구려의 산산蒜山 아래에 이르니 고구려 사람들이 불쌍히 여겼다. 부부는 옷과 음식을 구걸하며 구차하게 나그네로 일생을 마쳤다.

서로 굳게 믿고 있는 부부를 시험하고, 남의 부인을 빼앗기 위해 남편의 눈을 빼 버린 백제 개루왕의 횡포에 우리는 분노한다. 어찌 그토록 가혹할 수 있는가라고 말이다. 하지만 도미 이야기가 우리에게 들려주고자 했던 것은 개루왕에 대한 분노가 아니다. 오히려 도미 부부의 굳은 믿음을 보여 주기 위함이다. 개루왕의 달콤한 유혹과 무자비한 강압에도 어찌 그토록 굳세게 서로에 대한 믿음을 지켜 낼 수 있는가에 대해서 말하고 싶었던 것이다.

그렇다면 서로의 믿음을 지킬 수 있었던 힘은 무엇이었을까? 힘겨운 삶을 함께 일궈 온 배우자에 대한 사랑과 거기서 우러나온 깊은 신뢰가 뒷받침되지 않았다면 불가능했을 것이다. 작품에는 그런 과정이 섬세하게 그려져 있지 않다. 다만 《삼국사기》에 실린 글에서 도미 부

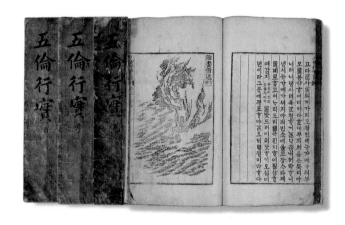

부가 가난한 삶을 살면서도 기쁜 일과 슬픈 일을 함께하는 동반자의 길을 걸었고, 그것이 두 사람을 혹독한 시련 앞에서도 흔들리지 않는 믿음으로 든든하게 묶어 주었음을 충분히 짐작할 수 있다. 그런 혹독한 시련을 거친 뒤에도 아내는 눈먼 지아비를 버리지 않고, 구걸로 지내다가 삶을 마쳤다고 하지 않았는가?

죽음도 갈라놓지 못한 부부의 정

〈도미전〉에서 보듯, 삶의 동반자로서 다져진 부부간의 믿음은 개루왕의 살해 위협으로도 결국 빼앗지 못했다. 하지만 그런 부부에게도 한평생을 살아가면서 겪어야 하는 위기와 이별의 순간이 수시로 찾아온다. 그건 〈도미전〉에서처럼 타인의 방해로 닥칠 수도 있지만, 보다 근원적인 방해에 의해 들이닥칠 수도 있다. 죽음에 의한 부부의 이별이 그것이다. 죽음이란 누구도 피해 갈 수 없는 법이고, 그리하여 떠난 자와 남은 자로 나뉠 수밖에 없다. 그때, 홀로 남겨진 배우자의 슬픔은 그 무슨 말로도 위로하기 어렵다.

그런데 얼마 전, 오래된 무덤에서 한 장의 편지가 발견되었다. 아내가 죽은 남편을 향한 서러운 마음을 담아 적은 한글 편지였다. 읽는 사람의 눈시울을 붉게 하는 사연은 이러하다. 〈원이 아버님께〉라고 이름 붙여진 그 편지의 전문을 보자.

원이 엄마의 편지

무덤에서는 이 편지와 함께 머리카락으로 짠 미투리와 배냇저고리가 발굴되었다고 한다. 원이 엄마는 남편의 병이 위독해지자 자신의 머리카락으로 미투리를 삼아 쾌유를 기원했건만, 남편은 아들 원이와 유복자를 남겨둔 채 숨을 거두고 말았다. 배냇저고리는 뱃속에 든 아이를 위해 만들어 둔 것으로 보인다.

원이 아버님께.

병술년 유월 초하룻날 집에서.

당신이 늘 나에게 이르되, 머리가 세도록 살다가 함께 죽자고 하시더니, 어찌하여 나를 두고 먼저 가셨나요? 나와 자식은 누구의 말을 들으며, 어떻게 살라고 다 버리고 당신 먼저 가셨나요? 당신은 나에게 마음을 어떻게 가져왔고, 나는 당신에게 어떻게 마음을 가져왔나요? 매번 함께 누워 당신에게 내가 이르되,

"남들도 우리같이 서로 어여삐 여기며 사랑할까요? 남들도 우리 같을까요?"

당신에게 그렇게 말했는데, 어찌 그런 일을 생각지 않고 나를 버리고 먼저 가셨나요? 당신을 여의고는 아무래도 살 수 없어요. 어서 당신 계신 곳에 가고자 하니 나를 데려가세요. 당신을 향한 마음은 이승에서 잊을 수가 없고, 서러운 생각 끝이 없어요. 이내 마음을 어디에 두고, 자식을 데리고 당신을 그리워하며 살 수 있을까요?

이따 편지 보시고, 내 꿈에 와서 자세히 말씀해 주세요. 내 꿈에 편지 보시고 하시는 말씀 자세히 듣고 싶어 이렇게 편지를 쓰는 거랍니다. 그러니 자세히 보시고 내게 일러주세요. 당신은 내가 밴 자식 낳거든 보고 싶다고 말하더니 그리 훌쩍 가셨으니, 자식이 태어나면 누구를 아버지라 부르게 하나요?

아무래도 내 마음 같을까요? 천지가 아득한 이런 일이 하늘 아래 또 있을까요? 당신은 한갓 그곳에 가 있을 뿐이니, 아무리 한들 내 마음같이 서러울까요? 안타깝고 끝이 없

어 다 못 쓰고 대강만 적습니다. 이 편지를 자세히 보시고 내 꿈에 와서 자세히 보여 주시고 자세히 말씀해 주세요. 나는 다만 당신 볼 것을 믿고 있으니 이따 몰래 와서 보여 주세요. 하고 싶은 말 그지없어서 이만 적습니다.

위에 인용한 글은 경북 안동에 살았던 이응태李應台(1556~1586)라는 사람의 묘에서 발견된 한글 편지이다. 편지를 쓴 사람은 다름 아닌 이응태의 부인, 곧 원이 엄마이다. 그녀는 먼저 죽은 남편에 대한 그리움과 견딜 수 없는 자신의 아픈 마음을 편지에 적어 죽은 남편의 품에 고이 넣어 묻었던 것이다.

우리가 이런 편지를 읽으며 감동받는 것은 그 사연도 애틋하기 그지없거니와, 편지가 쓰인 시대가 참으로 뜻밖이기 때문이다. 흔히 유교에 바탕을 둔 가부장제 아래에서 살다간 부부간에는 다정다감한 인간적 정감이 없을 것이라 생각하기 쉽다. 하지만 위의 편지글은 우리의 통념을 단박에 깨뜨려 버리고 만다. 그때의 부부도 오늘날의 우리와 마찬가지로 허물없는 애정 표현, 서로 아끼고 존중하는 마음, 그리고 죽음을 넘어 영원히 함께하고픈 마음을 지니고 있었던 것이다.

하지만 삶과 죽음으로 갈린 부부의 애끓는 정이 여자에게만 해당되겠는가? 남편들도 또한 그러했다. 근엄하기 짝이 없을 것만 같은 조선 시대 사대부 남성의 글에서도 그런 모습을 종종 발견하게 된다. 특히, 죽은 아내를 그리는 마음으로 지은 제문祭文에서 남편의 절절한 슬픔이 곡진하게 드러난다. 다음은 심노숭沈魯崇(1762~1837)이 지은 〈무덤에 나무를 심다新山種樹記〉의 마지막 대목이다.

오호라! 이건 참으로 오래된 계획이었소. 나는 남원南園을 버리고 파주로 내려와 약속을 지켰건만, 당신과는 하루도 함께 지내지 못하였소. 죽어 슬픔을 더하니, 사람이 구구하게 삶을 도모하고 스스로 오랜 계획을 세우는 것 또한 미혹된 짓이라오. 생각건대 나는 외롭고 약하며 실의에 빠져 스스로 의지할 수 없소. 남은 삶이 불과 30여 년밖에 안

되지만, 한번 죽으면 천백 년 다함이 없겠지요. 이에 선택할 바를 알았소. 살아서는 파주의 집에서 함께 지낼 수 없었지만, 죽어서는 파주의 산에서 영원히 함께 지낼 수 있을 것이니 즐거움도 끝이 없을 게요. 이것이 내가 새 무덤에 나무를 심는 까닭이라오.

집 안에 심기로 약속한 것 가운데 품종을 가려 무덤 곁에 옮겨 심었소. 나의 약속을 지키고, 나의 슬픔을 부치고, 나의 자손들로 하여금 내 마음을 알게 하려는 것이오. 그러니 감히 해치거나 손상시키지 마라. 누군가 내게 묻더군요.

"그대는 왜 삶을 도모하지 않고 죽은 뒤의 계책만을 세우는가? 죽으면 아무것도 모르는데, 무슨 계책을 세우는가?"

그래서 내가 말했소.

"죽으면 아무것도 모르게 된다는 말은, 내가 결코 참을 수 없는 말이다."

이토록 슬퍼하는 심노숭의 심경을 이해하기 위해서는 그 사연을 잠시 소개할 필요가 있다. 부침이 심한 조선 후기 정치 현실에 환멸을 느낀 심노숭은 서울 생활을 청산하고 고향으로 내려가 살기로 아내와 굳게 약속을 했다. 그곳으로 이사 가면 그토록 좋아하는 꽃나무를 정원 가득 심어 주겠노라는 약속과 함께. 얼마 뒤 약속한 대로 고향에 새집을 짓고 이사 갈 무렵, 아내는 그만 병에 걸리고 말았다. 결국 심노숭 자신은 살아서 고향으로 내려올 수 있었건만, 아내는 죽어서 관에 실려 고향으로 내려오게 되었던 것이다. 자신은 살아서 돌아왔는데, 아내는 죽어서 돌아왔으니 그 얼마나 안타까웠겠는가? 얄궂은 운명 앞에서 심노숭은 깊은 슬픔과 회한에 젖어들었다.

하지만 심노숭은 아내와 한 약속을 잊지 않았다. 약속처럼 새로 지은 집에 꽃나무를 심었다. 그렇다고 정원에만 심을 수 없었다. 아내가 잠들어 있는 무덤 주변에도 아내가 살아생전에 좋아하던 꽃나무를 심어 주며 이렇듯 애통해하고 있었던 것이다. 아내와의 약속을 지켰건만, 남편 심노숭의 마음이 어떠했을지 느껴지는가? 그는 이렇게 흐느끼고 있다. 내가 혼자 남아 사는 기간은 불과 30년도 안 되겠지만, 죽어서 아내와 함께 묻혀 지낼 날은 천백 년이 지나도 다하지 않을 것이라고! 죽으면 아무것도 모르게 된다는 말은 차마 인정할 수 없다고! 그 글을 읽는 우리의 심금을 울리는 말이다. 그것이 근엄하기 짝이 없을 법한 사대부 남성의 입에서 나왔다고 생각하니 더욱 그러하다. 정치적인 좌절을 맛보고 실의에 빠졌을 때마다 든든한 의지가 되어 주던 아내, 그녀의 죽음 앞에 바친 한 사대부 남성의 숨김없는 슬픔 앞에서 우리는 삶의 동반자로서 부부의 모습을 다시금 만나 보게 된다. 그 같은 부부의 미더움은 죽음도 결코 갈라놓을 수 없는 법이다.

부부의 도리, 그 힘겨운 시집살이

부부가 죽음조차 갈라놓지 못할 그리움의 대상 또는 미더운 동반자로만 지낼 수 있다면 얼마나 좋겠는가? 하지만 부부의 도리를 지키며 살아간다는 것이 그리 순탄치만은 않다. 결혼이란 두 남녀의 결합이지만, 크게는 낯선 두 가문의 결합이기도 하다. 보다 정확하게 표현한다면, 한 여성이 낯선 남성 가문의 일원으로 들어가게 된 것이라고 말할 수 있겠다. 때문에 여자란 결혼과 동시에 시집살이라는 고통스런 길을 감내해야만 했다. 조선 후기에 지어진 〈계녀사戒女辭〉라는 가사는 그런 힘겨운 나날을 이렇게 묘사하고 있다.

> 게엄할사 시아버니 암상할사 시어머니,
> 고자질에 시누이와 엄숙하기 맏동서라.
> 요악妖惡한 아우동서 여우 같은 시앗년에,
> 드세도다 남녀 노복奴僕 들며 나며 흠구덕에
> 남편이나 믿었더니 십벌지목十伐之木 되었어라.
> 여기저기 사설이요 구석구석 모함이라, 시집살이 못하겠네.
> 간숫병을 기울이며 치마 쓰고 써달기와
> 봇짐 싸고 도망질에 오락가락 못 견디어 승僧들이나 따라갈까.

엄한 시아버지, 표독스런 시어머니, 고자질 잘하는 시누이, 무서운 맏동서, 요사스런 아우동서, 여우 같은 첩, 드센 노복들 그리고 아무 의지가 되어 주지 못하는 한심한 남편! 사방을 둘러봐도 내 편 들어 줄 사람이라곤 하나도 없다. 그런 외롭고 힘든 시집살이를 예전 사람들은 '벙어리 삼 년, 귀머거리 삼 년, 장님 삼 년'으로 표현하기도 했다. 오죽 견디기 힘들었으면 양잿물을 먹거나 물에 빠져 죽어 버릴까 생각도 해 보고, 봇짐 싸들고 도망가거나 중을 따라 절에 가서 숨어 살까 생각했을까? 실제로 정약용은 강진에서 귀양살이할 때 그런 경험을 목격한 적이 있었다. 늙은 소경에게 시집간 여인이 고통스런 시집살이를 견디다 못해 절로 도망갔다 잡혀 오자, 그 아낙의 가련한 사연을 〈소경에게 시집간 여인〉이란 서사시로 담아냈던 것이다. 혹독한 시집살이를 견디다 못해 스스로 목숨을 끊거나 절로 달아나는 경우가 적지 않았음을 보여 주는 생생한 사례이다.

　이처럼 중세 사회에서 아내의 도리를 다하며 살아간다는 것은 쉽지 않은 일이었다. 그런 까닭에 부녀자의 고단한 삶을 소재로 한 작품이 많다. 감수성 예민한 한 사대부 남성이 여성의 다단한 삶과 정감을 절묘하게 포착한, 이옥李鈺(1760~1815)이 쓴 《이언俚言》도 그 가운데 하나이다. 다음 두 편을 직접 읽어 보기로 한다.

차라리 장사꾼의 아내 될지언정	寧爲商賈妻
난봉꾼 아내는 되지 마소.	莫作蕩子婦
밤마다 어딜 가는지	夜每何處去
아침에 돌아와 또 술타령.	朝歸又使酒
밤에 느티나무 아래 우물물 긷다가	夜汲槐下井
문득 스스로 섧고도 고달픈 생각나네.	輒自念悲苦
헤어져 혼자 살면 내 한 몸 편하겠지만	一身雖可樂

당상堂上에 아직 시부모님 계신다네.   堂上有公姥

이옥이 지은 《이언》은 오언 절구의 한시 40수로 이루어졌다. 위에 인용한 것은 난봉꾼을 남편으로 둔 아내가 겪어야 했던 설움을 짤막짤막하게 그려 나간 《이언》, '비조悱調'의 다섯 번째 작품과 마지막 작품이다. 장삿길을 떠나 전국을 돌아다니느라 일 년의 반은 생과부로 지내야 하는 장사꾼의 아내로 살아가는 것도 괴로운 일이지만, 난봉꾼의 아내는 그보다 더하니 난봉꾼의 아내는 되지 말라는 표현이 재미있다. 그 이유는 뻔하다. 난봉꾼이야 집에 있기는 하지만 밤이면 밤마다 어디론가 쏘다니다가 아침이 되어서야 어슬렁거리며 들어오고, 들어와서는 다시 술상 차려 오라 호통을 치는 한심한 남편! 그럴 바엔 차라리 집에 들어오지 않는 게 낫다는 것이다.

그런 부부에게 무슨 애틋함이 있고 무슨 미더움이 있겠는가? 하지만 여자로서의 비통함을 소재로 삼고 있으면서도 이를 가볍고 익살스럽게 표현하던 시상은 마지막 시에 이르면, 마침내 한없는 비감에 빠져들고 만다. 산더미처럼 쌓인 집안일과 바깥일을 마쳤다고 하루 일이 모두 끝나는 것은 아니다. 다시 내일을 준비해야 한다. 밤에 물을 길러 갔다는 내용이 그런 정황을 말해 준다. 이런 고달픈 신세가 어제오늘의 일이 아니건만, 밤에 물을 긷다가 울컥 밀려드는 서러움. 차라리 도망쳐 혼자 살아 볼까 하는 생각에 빠져들기도 하지만, 며느리만을 까맣게 기다리고 있을 집 안의 늙은 시부모 생각. 그리하여 흐트러진 심사를 다잡는 아낙의 다짐. 겨우 스물다섯 자로 고달픈 아낙의 일상과 심경을 이토록 섬세하게 그려 내기란 쉽지 않을 터이다. 아마도 그 아낙은 물동이를 머리에 인 채 울먹이며 집으로 돌아갔을 것이다. 터덜터덜.

처첩 갈등으로 빚어진 부부의 비극

남녀가 서로 만나 한 가정을 꾸리는 궁극적인 까닭은 무엇일까? 많은 사람들은 오순도순 살아가는 재미를 떠올릴지도 모른다. 그렇지만 자식을 낳아 새로운 가족을 이어 가는, 이른바 종족 보존이라는 생물학적 본능을 간과할 수는 없다. 어쩌면 그게 부부 관계를 맺어 온 근원적인 이유이기도 할 것이다. 좀 섬뜩하지만 중세 사회에서는 특히 그러했다. 아내가 짊어진 짐 가운데 가장 중요한 임무는 바로 자식을 낳아 남편 가문의 대를 이어 주는 일이었다.

만약 자식을 낳지 못한다면 어찌 되는가? 아내를 내칠 수 있는 이른바 칠거지악七去之惡* 가운데 '자식 낳지 못하는 것'이 들어 있는 것처럼, 그 대가는 참으로 혹독했다. 가문을 이어 갈 자식을 낳지 못해 부부 관계가 파탄 나고, 급기야 가문 전체가 그 소용돌이에 휩싸이게 된 사례란 이루 헤아릴 수 없을 정도로 많았다. 처첩 간의 갈등을 그리고 있는 김만중金萬重(1637~1692)의 〈사씨남정기謝氏南征記〉도 그중 하나이다. 현숙하기 그지없던 사씨 부인이 비극의 소용돌이에 휘말리게 된 까닭은, 나이 마흔이 되도록 자식을 낳지 못했다는 사실에서 비롯된 것이었다. 전전긍긍하던 사씨 부인은 하는 수 없이 자기 스스로 남편 유연수에게 첩을 얻으라고 권유하기에 이른다.

칠거지악七去之惡 옛날에 남편이 일방적으로 아내를 내쫓을 수 있었던 일곱 가지 이유로, 《공자가어》에 처음으로 이런 내용에 대한 언급이 나온다. 시부모에게 순종하지 않음, 아들이 없음, 음탕함, 질투함, 나쁜 병이 있음, 말이 많음, 도둑질을 함을 일컫는다.

그 무렵 한림 부부는 나이가 모두 스물에 살이었다. 그들이 성혼한 지도 또한 10년 가까이 흘러갔다. 하지만 아직 자녀가 없었다. 사씨는 마음속으로 몹시 근심하면서 홀로 생각했다. '체질이 허약하여 자녀를 생육할 수 없는가 보다.' 사씨가 조용히 한림에게 첩을 두라고 권고하였다.

"첩은 타고난 재질이 허약합니다. 하물며 일처일첩一妻一妾은 인륜의 당연한 도리입니다. 첩에게는 금슬 좋은 물수리 새와 같은 덕은 없습니다. 그렇지만 또한 세속 부녀자들의 투기하는 습속은 본받지 않을 것입니다."

사씨 부인은 남편에게 첩을 얻으라고 권유하는 데 그치지 않고 손수 예쁜 첩을 골라서 바치기까지 한다. 그녀가 바로 문제의 교씨 부인이다.

어떻게 이런 일이 있을 수 있을까? 요즘의 상식으로는 이해되지 않는다. 하지만 중세 사회에서 여자가 대를 잇지 못했다는 죄책감은 그만큼 큰 것이었다. 더 끔찍한 사실이 있다. 우리로선 납득할 수 없는 첩을 들이라는 권유를 본부인인 사씨가 자발적으로 할 수 있었던 것은, 어린 시절부터 여자가 걸어가야 할 길로 배웠기 때문이다. 흔히 좋은 며느릿감이라고 칭찬하는 '가정 교육 잘 받은 규수'란 바로 그런 훈련에 길들여진 여인을 말한다. 냉정하게 말한다면, 피로 단련된 훈육은 사씨 부인이라는 한 여성을 이토록 '현숙한 부인'으로 만들어 냈던 것이다. 이덕무李德懋 (1741~1793)가 쓴 〈사소절士小節〉을 보면, 사씨 부인이 어떤 교육을 통해 그런 정숙한 부인으로 변화해 갔는지 짐작할 수 있다.

남편이 첩을 두는 것은, 부인 자신이 고질이 있어 집안일을 손수하지 못하거나, 혹은 오래도록 아들이 없어 제사를 받들 수 없는 데서 연유한다. 이럴 경우, 남편이 설령 첩을 두고자 하지 않더라도 옛날 어진 아내들은 반드시 그 남편을 권하여 널리 현숙한 사람을 구해서 그녀를 잘 가르쳐 자신의 노고를 대신하게 하였으니, 어느 겨를에 질투했겠는가?

이덕무가 제시한 부인의 도리는, 사씨 부인이 몸소 실천한 길과 완벽하게 일치한다. 이덕무가 말하고 있듯, 어진 아내란 자신이 병이 들거나 자식을 나을 수 없으면, 현숙한 여인을 골라 자신의 임무를 대신하도록 해야만 했다. 그런 가르침을 받았기에 사씨도 교씨를 첩으로 골라 자신을 대신해 유씨 가문의 대를 이어 줄 자식을 낳도록 했던 것이다.

하지만 가부장적 가족 제도의 비극은 사씨라는 한 여성을 가부장제에 순응하는 여인으로 만들어 내는 데 그치지 않았다. 그런 가족 제도에서 살아남기 위해서는 또 다른 여인도 물불 안 가리는 사악한 인간으로 만들어 갔던 것이다. 가문을 이어 주는 소임을 다하기 위해 첩으로 들어왔다가 사씨를 몰아내고 정실의 자리에 오르고 싶었던, 그런 욕망을 위해서는 자기가 낳은 자식까지 죽이는 비정을 서슴지 않던 첩 교씨가 그런 과정을 생생하게 보여 준다. 악독한 여인의 화신으로 기억되는 교씨는 본래 그런 여자가 아니었다. 유연수의 첩으로 들어오기 전, 그녀는 참으로 명성이 자자하던 참한 여자였다.

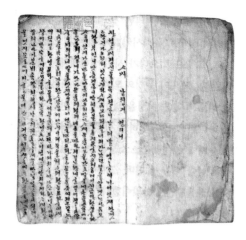

> 본시 선비의 집안으로서 부모가 일찍 죽었으므로 언니와 서로 의지하며 살고 있습니다. 나이는 방년 열여섯입니다. 그 여자의 미모는 하간河間 지방에서 유명합니다. 그리고 비단 부녀자들의 소임女工에 능할 뿐만이 아닙니다. 또한 능히 책을 읽어 예전 어진 사람古人의 행실도 본받았습니다. 고을 가운데에서 반드시 아름다운 사람佳人을 구하려 하신다면 아마도 그보다 나은 사람은 없을 것입니다.

사씨남정기
가부장제가 빚은 처첩 간의 갈등을 다룬 가정 소설이자 현실 정치에 대한 풍자 소설이다. 김만중은 장 희빈에게 빠진 숙종을 향해 사씨와 교씨의 이야기를 들려주고자 하였다.

미모가 뛰어나고, 여자의 본분을 잘 배우고, 옛사람의 바른 행실을 본받았다는 아름다운 사람佳人이 바로 교씨였다. 그러했던 교씨가 그토록 사악한 여인으로 변하게 된 까닭은 무엇이었던가? 그건 자신이 유연수 가문에 첩으로 들어온 이유를 너무도 잘 알고 있었기 때문이다. 본부인인 사씨를 대신하여 들어온 자신은 유씨 가문의 자식, 그것도 대를 이을 수 있는 아들을 낳아야만 했던 것이다. 만약 아들을 낳지 못한다면, 자신은 다시 내쳐질 것이라는 점도 분명하게 알고 있었다. 그래서 교씨는 유연수의 자식을 잉태한 기쁨도 잠시, 깊은 근심에 빠져 들지 않을 수 없었다.

> 그 후, 반년도 채 지나기 전에 교씨는 임신을 하였다. 한림과 사씨는 몹시 기뻐하였다. 그런데 교씨는 남자아이를 생산하지 못할까 두려웠다. 어떤 사람은 남자아이라 하고 어떤 사람은 여자아이라 하였다. 또 어떤 사람은 남자아이를 낳으면 흉한 일이 생기고, 여자아이를 낳으면 길한 일이 생기리라 하였다. 마침내 교씨는 근심에 빠져들고 말았다.

교씨는 임신을 했건만 잠시 기뻤을 뿐 전혀 행복하지 않았다. 오히려 깊은 근심에 빠져들고 말았다. 임신한 아이가 아들이 아니라면 아무 의미가 없기 때문이다. 임신이 한 생명을 잉태한 것이 아니라 한 가문의 대를 잇는 소임으로서만 의미를 가질 때, 그 여인은 어머니로서의 행복을 결코 찾을 수 없으니 말이다. 교씨도 그러했던 것이다. 이렇게 보면, 현숙한 여인의 전형인 사씨든 사악한 여인의 전형인 교씨든 그들 모두는 중세 사회의 가부장적 가족 제도가 만들어 낸 일그러진 부녀자의 모습과 다름없다. 사씨든 교씨든 모두 유씨 가문의 대를 이어 주는 데 목을 매지 않을 수 없었다. 그처럼 중세 사회의 부녀자들이 몸담고 있던 가부장적 가족 제도의 현실은 엄혹하기 그지없는 것이었다.

하지만 정작 중요한 것은 그런 가족 제도에 의해 희생되는 인물은 부녀자들만이 아니라는 사실이다. 희생의 대가는 가부장적 가족 제도 위에 군림하고 있던 가장 유연수에게도 고스란히 되돌아오고 있었다. 처첩 간 갈등의 소용돌이 속에서 가문 전체가 망가지고, 자신도 결국 교씨와 그의 정부情夫였던 동청의 모함으로 집에서 내쫓기는 지경에 이르고 만다. 따지고 보면, 유연수가 겪어야 했던 그 모든 고통의 원인은 아들로 가문을 이어 가야 한다는 가부장제에 대한 집착 때문이었다. 우리가 불평등한 제도를 고쳐 나가야만 하는 궁극적인 이유는, 그걸로 직접적 피해를 받는 특정 개인이나 부류를 위해서만이 아니다. 그 속에 몸담고 있는 우리 모두가 인간다운 존엄성을 지키기 위해서이다. 비인간적인 제도는 구성원 모두를 비인간적으로 만들고야 마는 법이다. 불평등한 남녀 관계, 불평등한 부부 관계도 마찬가지이다.

부부, 함께 고생한 삶이 깨우쳐 준 평등의 관계
〈사씨남정기〉를 읽다 보면, 가부장제가 강력하게 작동하던 중세 사회에서의 부부란 애틋하거나 미더운 동반자로서보다는 힘겨운 삶을 견뎌 나가야 했던 부녀자의 모습이 먼저 떠오른다. 조선 사회에서 평등한 부부 관계를 유지하며 산다는 것은 그만큼 쉽지 않은 일이었기 때문이다. 그럼에도 불구하고 문학 작품 속에서는, 현실에서는 가능하지 않을 법한 역전된 부부 관계를 종종 그려 내고 있다. 무능력한 가장·남성을 대신하여, 부인·여성이 슬기롭게 문제를 풀어 가는 주역으로 등장하곤 하는 것이다.

주색에 빠져 재산을 탕진한 가장과 이를 현명하게 해결하는 아내를 대비적으로 그리고 있는 〈이춘풍전〉은 그 대표적인 작품이다. 이 작품은 부정적 남편과 긍정적 아내라는 역전된 관계를 통해, 부부 문제를 풍자적인 시각에서 그려 내고 있다. 그런 만큼 한심한 가장에 대한 풍자가 통쾌하기 그지없다. 그럼에도 불구하고 바람직한 부부 관계를 정립하여 제시하는 데까지 이르지는 못하고 있다. 그런 점에서 사소하지만, 다음 〈생계를 잘 가꾸어 허공이 부자가 되다治産業許仲子成富〉라는 짧은 이야기는 의미심장한 부부 관계를 제시하고 있다는 점에서 주목할 만하다.

> 우리 형제는 재산 나누는 것을 더도 덜도 없이 의당 고르게 해야 할 것입니다. 다만 제 처가 거의 죽을 고생을 하여 이 살림을 이루었으니, 그 고생에 대한 보상이 없을 수 없습니다. 따로 구분해 줌이 있어야 하겠습니다.

몰락 양반 허공許拱 부부가 10년 기한을 정해 놓고 열심히 노력해 부자가 되는 과정을 다룬 〈생계를 잘 가꾸어 허공이 부자가 되다〉라는 야담의 한 대목이다. 여기에서 허공은 어렵게 모은 재산을 삼 형제가 똑같이 분배하기에 앞서, 열다섯 섬지기의 논 문서를 아내 몫으로 따로 떼어 놓자고 한다. 부부가 같이 고생해서 재물을 모은 것이니, 응당 아내에게도 그 몫을 먼저 나눠 주어야 한다는 것이다. 우리는 허공의 이런 행동에서 아내를, 곧 여자도 동등한 가치를 지닌 생활인으로 인정해 주는 남편의 모습을 발견하게 된다. 너무나 당연한 것처럼 보이는 여성의 노동에 대한 이런 대가의 지불은 그전의 우리 문학사에서는 거의 찾아볼 수 없었다.

이런 인식의 전환은 극한의 궁핍을 겪었던 남편이, 아내와 그 고난을 함께 헤쳐 가는 생활 속에서 깨달은 것으로 이해해야 한다. 허공은 성적 차별, 가부장적 질곡의 관습에서 벗어나 삶의 고난을 함께 극복해 가는 동반자로서 부부를 인식하고 있었던 것이다. 그런 다음에 이어지는 사연은 보다 극적이다. 얼마 뒤, 허공은 벼슬길에 오르게 된다. 그리하여 행복하게 살게 될 즈음, 아내는 그만 병이 들어 죽고 만다. 그때 남편 허공은 어찌했던가? 그는 "아내를 영광스럽게 만들어 주려고 벼슬살이를 하고 있었던 것인데, 이제 먼저 죽었거늘 무슨 까닭에 관직에 연연하겠는가?"라고 말하고는 벼슬자리를 그만두어 버린다. 이런 부부의 모습은 가부장적 규범으로부터 벗어나 수평적 부부 관계를 정립하려는 방향으로 나아가고 있다고 평가할 만하다. 그리고 그런 길은 함께 고생하면서 깨닫게 된, 부부간의 미더운 동반자적 삶에서 비롯된 것이 틀림없다.

인용 작품

거사련 125쪽
작가 이제현 갈래 소악부
연대 고려 시대

정읍사 126쪽
작가 미상 갈래 고려 가요
연대 고려 시대

훈민가 127쪽(위)
작가 정철 갈래 연시조
연대 16세기

도미전 127쪽(아래)
작가 김부식 갈래 전(설화)
연대 고려 전기

원이 아버님께 130쪽
작가 이응태 부인
갈래 국문 서간
연대 16세기

무덤에 나무를 심다 131쪽
작가 심노숭
갈래 한문 산문(제문)
연대 18세기

계녀사 134쪽
작가 미상 갈래 가사
연대 조선 후기

이언 135쪽
작가 이옥 갈래 한시
연대 18세기

사씨남정기 137, 139쪽
작가 김만중
갈래 고전 소설(국문)
연대 17세기

사소절 138쪽
작가 이덕무 갈래 한문 산문
연대 18세기

생계를 잘 가꾸어 허공이 부자가 되다 142쪽
작가 미상 갈래 야담
연대 조선 후기

4 정겹고도 깨지기 쉬운 형제애

우리네의 기억 밑바닥에 자리 잡고 있는 형제에 대한 정은 참으로 가슴 짠하다. "엄마야, 누나야, 강변 살자."라는 식으로 말이다. 요즘 세대는 형제가 없는 경우가 많으니 형제에 대한 기억이 아예 없을 수도 있겠다. 그렇지만 많은 형제들이 한데 어울려 친구가 되어 놀기도 하고 남남처럼 다투기도 했던 예전 사람들은 형제를 소재로 한 작품을 많이 남겼다.

형제의 우의, 불화의 틈새

조선 최고의 문장가를 한 사람만 들라 한다면, 많은 사람들이 연암燕巖 박지원朴趾源(1737~1805)을 꼽을 것이다. 사신으로 떠나는 8촌 형 박명원을 따라 청나라를 다녀와서 쓴 《열하일기熱河日記》는 박지원의 종횡무진하는 사유와 문장으로 큰 인기를 끌었다. 박지원의 장기는 산문이었지만 시 가운데도 뛰어난 게 많다. 그중 돌아가신 형을 그리며 쓴 시 〈연암에서 돌아가신 형을 그리다燕巖憶先兄〉는 그야말로 절창 가운데 절창이다.

우리 형님 얼굴과 수염 누구를 닮았는가	我兄顔髮曾誰似
돌아가신 아버님 생각날 때마다 우리 형님 쳐다봤지.	每憶先君看我兄
이제 형님 그리우면 어디에서 본단 말고	今日思兄何處見
두건 쓰고 도포 입고 나가 냇물에 비친 나를 보아야겠네.	自將巾袂映溪行

아버지의 얼굴 모습과 수염을 꼭 닮아 돌아가신 아버지가 보고 싶을 때마다 형님의 얼굴을 보았다는 1·2구. 하지만 그 형님마저 이젠 세상을 떠나고 없다. 더 이상 아버지의 모습을 떠올려 주던 형님이 가 버리고 없는 것이다. 연암 골짜기로 몸을 피해 있던 박지원은, 그런 형님이 문득 그리워졌다. 이제 형님의 모습을 어디에서 찾아볼 것인가? 그때, 형님과 자신이 닮았다는 생각이 떠올랐다. 그래서 의관을 정제하고 나가서 흐르는 냇물에 자신의 얼굴을 비춰 보며 형님의 자취를 찾아본다는 3·4구. 한 폭의 수채화처럼 부친과 자식, 형과 아우의 관계를 그려 내고 있다.

양천강과 공암진
양천강은 지금의 경기 김포 근처에 있는 강이며, 공암은 양천의 옛이름이다. 그림은 겸재 정선의 《경교명승첩》 중 〈공암층탑〉으로, 양천강과 공암의 옛모습을 엿볼 수 있다.

혈육이라고 하는 것이 무엇이기에, 그리도 생김새조차 쏙 빼닮고 나오는 것인지. 한 부모 아래에서 태어난 형제는 그토록 닮았고, 그래서 누구보다 정겨운 존재이다.

그런 까닭일까? 오래전부터 전해 내려오는 민담 가운데 형제에 얽힌 이야기는 적지 않다. 형제가 밤마다 몰래 볏단을 옮겨 주다가 만났다는 이야기는 널리 알려진 바이다. 형은 자기보다 가난한 동생을 도와주기 위해 자기 볏단을 갖다 주고, 동생은 식구가 많은 형을 생각하여 자기 볏단을 몰래 갖다 주었다는 그 이야기 말이다.

형제의 우애를 다룬 이야기라면, 《고려사》·《신증동국여지승람》과 같은 책에도 실려 전하는 이른바 〈형제가 금덩어리를 강물에 던져 버리다 兄弟投金說話〉를 빼놓을 수 없겠다. 형제가 길에서 금덩어리를 주었다가 다시 강물에 던져 버렸다는 이야기 말이다. 양천현陽川縣의 공암진孔巖津에서 일어난 일이라고 하지만, 실제 그런 일이 있었는지는 확인할 길이 없다. 다만, 전국에 널리 분포되어 있을 정도로 많은 사람의 입에 오르내린 유명한 이야기인 것만큼은 분명하다. 그 내용을 간추리면 이러하다.

고려 공민왕 때 형제가 길을 가다가 아우가 황금 두 덩어리를 주워서 하나를 형에게 주었다. 양천강陽川江 공암진孔巖津에 이르러 형제가 함께 배를 타고 건넜다. 그런데 아우가 갑자기 금덩어리를 강물에 던져 버렸다. 형이 놀라 이유를 묻자 아우가 대답했다.
"나는 평소에 형을 매우 사랑하였습니다. 하지만 지금 금덩어리를 갖고 보니 형이 미워지기 시작했어요. 이런 물건은 상서롭지 못한 물건이니, 강물에 던져 버려 잊는 게 낫겠습니다."
그 말을 들은 형도 말하였다.
"네 말이 과연 옳다."
그러고는 역시 금덩어리를 강물에 던져 버렸다.

한 번쯤은 들어 봤음 직한 이야기이다. 우리는 이런 일화에서 황금을 돌보다 가볍게 여긴, 이들 형제의 끈끈한 우애를 칭찬해 마지않는다. 하지만 이야기가 담은 메시지는 그렇듯 단순하지가 않다. 한번 생각해 보라. 공암진 나루를 건너며 강물에 값진 금덩어리를 던져 버리기까지 동생의 마음속에 오갔을 숱한 욕심과 갈등을……. 그건 동생도 스스로 고백했던 바이다. 형이 가진 것이 자기 것보다 크지 않을까 하는 의구심, 혼자서 몰래 다 가질 걸 괜히 나눠 가졌다는 후회, 만일 형이 없었다면 모두 자기 차지가 되었을 것이라는 욕심, 아니 형을 죽여 버리고 싶을 정도로 커지는 황금에 대한 탐욕에 괴로워했을지도 모른다.

그건 형도 다르지 않았다. 그래서 동생처럼 금덩어리를 강물에 버렸던 것이다. 그렇다면 이 이야기가 담고 있는 요점은 형제간의 우애를 마냥 칭찬하는 데 그치는 것이 아닐 수 있다. 형제간의 우애란 재물 앞에서 얼마나 깨지기 쉬운가를 암시하는 것이기도 하다. 형제를 소재로 한 노래들이 한결같이 형제간에 다투지 말라는 뜻을 담고 있는 것은 그런 까닭이다. 조선 중기에 주세붕周世鵬(1495~1554)과 정철이 지은 〈오륜가五倫歌〉와 〈훈민가〉 중 형제간의 도리를 노래한 작품을 보자.

형님 잡수신 젖을 내조차 먹었습니다.
아아, 우리 아우 어머님 너 사랑이야
형제 불화하면 개, 돝*이라 하리라.

형아 아우야 네 살을 만져 보아라,
뉘에게 태어났건대 모습조차 같으냐.
한 젖 먹고 길러 났으니 다툴 마음을 먹지 마라.

두 작품이 말하고자 하는 바는 비슷하다. 형제는 몸을 달리하는 개별적 존재이다. 그렇지만 어머니의 젖을 함께 먹고 자란 관계라는 점, 부모

* 돝 돼지의 옛말.

의 기운을 같이 받고 태어나 얼굴이 서로 닮았다는 점을 강조한다. 쉽게 공감할 수 있다. 그럼에도 불구하고 말하고자 하는 요점은 그게 아니다. 그런 친밀한 관계이니 종장에서 강조하고 있는 바 "불화하지 마라.", "다투는 마음을 먹지 마라."라는 경계가 진정으로 말하고 싶었던 요점이다. 우리는 그곳에서 형제간의 돈독한 우의, 그러나 그것이 얼마나 깨지기 쉬운 것임을 확인하게 된다. 형제간의 불화 또는 갈등의 이야기가 그것을 잘 보여 준다.

악한 형과 선한 동생, 기원과 결말

우리의 지난 역사를 되돌아보면, 형제간의 다툼은 너무도 많았다. 그 가운데 가장 잘 알려진 다툼은 아마 조선 건국 초에 벌어진 '왕자의 난'이 아닐까 싶다. 태조 이성계의 넷째 아들인 이방원이 왕위에 오르기 위해 어린 동생들을 무참하게 살육했던 일이다. 예로부터 권력은 부자간에도 나눠 갖기 어려운 것이라 했듯, 아버지의 뒤를 이은 형제간의 다툼은 끊인 적이 없었다. 막대한 재산을 남긴 재벌의 사후, 재산 상속을 둘러싼 자식들 사이의 소송은 이제 식상할 정도가 되었다. 이런 형제간의 다툼이 어디에서 비롯된 것인가는 명확하다. 유년의 정겹던 기억은 사라지고 권력과 재물에 대한 탐욕이 형제간의 우애를 무참하게 짓밟아 버리고 만 것이다.

그런 까닭에 형제를 다룬 문학 작품에는 이런 극단의 감정이 뒤얽혀 있는 경우가 많다. 왕위 계승을 둘러싼 형제간의 갈등을 다룬 〈적성의전赤聖儀傳〉이라든가 재물을 둘러싼 형제간의 갈등을 다룬 〈흥부전〉은 대표적인 고전 작품이다. 여기서는 〈적성의전〉의 줄거리를 간략하게 소개하고자 한다.

강남 안평국에 두 아들이 있는데, 항의抗義와 성의成義이다. 고전 소설은 등장인물의 이름으로 그 성격을 규정하는 경우가 많듯, 항의는 의를 거스른다는 뜻이니 못된 형이고, 성의는 의를 이룬다는 뜻이니 착한 동생이다. 동생 성의는 모친의 병환을 고치기 위해 서역으로 가서 여러 선인仙人의 도움으로 약을 구해 돌아온다. 그때, 형 악의는 그런 동생에게 부모의 사랑을 잃고 태자의 자리마저 빼앗길까 두려워한다. 그리하여 돌아오는 동생을 마중 나가 약을 빼앗아 공을 가로채고는 눈을 멀게 하여 바다에 빠뜨려 버린다. 성의는 구사일생으로 중국 호승상에게 도움을 받아 살아나고, 궁궐로 따라 들어가 채란 공주와 결혼을 하게 된다. 그 뒤, 모친의 편지를 받은 기쁨에 멀었던 눈을 다시 뜨게 되고, 마침내 고국으로 돌아와서 왕이 된다. (줄거리 요약)

내용은 간단하지만, 흥미롭게 볼 점이 있다. 본래 이 소설은 불경佛經에 실려 있는 설화를 소설로 변개한 것이다. 그런데 불경에 실려 있는 근원 설화에서는 형이 착하고 동생이 악한 인물이다. 그런데 우리 고전 소설에서는 형제간에 선악의 인물이 뒤바뀌어 있다. 이 작품뿐만 아니다. 우리나라에서 전승되는 설화나 소설을 보면 으레 형은 악하고 동생은 선하다. 〈흥부전〉도 그렇다. 〈흥부전〉 역시 몽고에서 전승되고 있는 〈방이설화〉에서 유래된 것이지만, 형과 동생의 선악 관계가 원 설화와 정반대였던 것이다. 그렇다면 우리나라에 오면 왜 형은 욕심이 많고 동생은 마음이 착한 것으로 변모하게 되는 것일까?

그건 조선 중기 이래의 가족 제도 변화와 밀접한 관련이 있는 것으로 보인다. 조선 전기까지만 해도 제사도 딸아들 구별 없이 돌아가면서 지냈고, 재산도 딸아들 구별 없이 똑같이 나눠 가졌다. 장자와 차자의 차별도 물론 없었다. 하지만 조선 중기에 접어들면서 제사의 계승과 재산의 상속은 아들, 그것도 장자 중심으로 이루어졌다. 장자에게 제사를 받들 의무가 주어지는 대신 부모의 재산 또한 장자에게 대부분 물려주었던 것이다. 그렇게 해서 형은 부모 재산을 물려받아 넉넉하게 살 수 있었던 반면, 동생은 대개 가난하게 지내야 했다. 이런 재산 상속 제도의 변화로 말미암아 형은 부자이면서 욕심 많고, 동생은 가난하면 착하다는 이미지가 굳어진 것이었다.

흥부전 판소리 열두 마당의 하나인 박타령(흥부타령, 흥부가, 흥보가)에서 비롯된 판소리계 소설을 일컬음.

그렇다면 〈흥부전〉도 새로운 각도에서 조망해 볼 여지가 많다. 조선 후기의 재산 상속 제도와 관련지어 해석할 필요가 있는 것이다. 잘 알려져 있듯, 사건의 발단은 형인 놀부가 아우인 흥부 가족을 엄동설한에 갑자기 내쫓았던 사건에서 비롯된다. 물론 놀부가 동생을 내쫓았던 것은 흥부 가족이 자신의 재산을 축내고 있다는 생각 때문이었다. 매일 빈둥빈둥 놀면서 자신의 재물을 축내는 흥부 가족이 미웠던 것이다. 많은 사람들은 놀부가 동생을 내쫓은 원인을 놀부의 우애심 부족으로 생각한다. 하지만 놀부는 우애심이 부족해서가 아니라 재물에 대한 욕심이 우애심보다 앞서서 동생을 내쫓았던 것이다. 두 가지가 비슷한 것처럼 보이지만, 작품을 해석하는 시각에서 큰 차이가 있다. 〈흥부전〉을 재물에 대한 탐욕이 형제간의 우애를 깨뜨린 것은 물론 조선 후기의 빈부 모순을 격화시킨 것으로 해석하는 기반을 확립할 수 있기 때문이다.

또 하나 분명하게 밝혀 둘 필요가 있는 게 있다. 많은 사람들은 욕심 많은 놀부보다 빈둥거리며 형에게 얹혀 지내던 흥부를 더 나무라곤 한다. 게으르고 의타적이라는 이유로 말이다. 하지만 그런 이유로 흥부를 비난하는 것은 옳지 않다. 그보다는 흥부가 형의 집에 살게 된 까닭과 놀부가 갑작스럽게 약속을 저버리게 된 까닭을 문제 삼아야 한다. 작품 서두에 그려진 것처럼, 놀부는 부모가 물려준 많은 전답을 독차지하였기에 떵떵거리며 잘살 수 있었던 것이다. 재산 상속 제도는 장자 중심으로 변화된 시대의 결과물이다. 부모 재산을 모두 물려받을 때 놀부는 동생 흥부를 보살피겠다는 의무도 함께 넘겨받았다. 하지만 시간이 흐름에 따라 놀부는 애초의 의무를 까맣게 잊어버리고 동생을 내쫓았다. 그렇다면 누가 옳고 그른가는 자명하다. 그런 놀부의 모습을 직접 보기로 하자.

"애고, 형님. 이것이 웬 말이요? 비나이다, 형님 전에 비나이다. 세 끼 굶어 누운 자식 살려 낼 길 전혀 없으니 쌀이 되나 벼가 되나 양단간에 주시면 품을

판들 못 갚으며, 일을 한들 공할 손가? 부디 옛일을 생각하여 사람을 살려 주오."

애걸하니 놀부 놈의 거동 보소. 성난 눈을 부릅뜨고, 열을 올려 호령한다.

"너도 염치없다. 내 말 들어 보아라. 하늘은 녹이 없는 사람을 내지 않고, 땅은 이름 없는 풀을 내지 않는 법이다. 네 복은 누구를 주고, 나를 이리 보채느냐? 쌀이 많이 있다 한들 너 주자고 노적 헐며, 벼가 많이 있다 한들 너 주자고 섬을 헐며, 돈이 많이 있다 한들 피목 궤에 가득 든 것을 문을 열며, 가루 되나 주자 한들 북고왕 염소 독에 가득 넣은 것을 독을 헐며, 의복이나 주자 한들 집안이 고루 벗었거든 너를 어찌 주며, 찬밥이나 주자 한들 새끼 낳은 검은 암캐 부엌에 누웠거든 너 주자고 개를 굶기며, 지게미나 주자 한들 구중방 우리 안에 새끼 낳은 돼지 누웠으니 너 주자고 돼지를 굶기며, 겨섬이나 주자 한들 큰 소가 네 필이니 너 주자고 소를 굶기랴? 염치없다, 흥부 놈아."

하고 주먹을 불끈 쥐어 뒤꼭지를 꽉 집으며 몽둥이를 지끈 꺾어 손 잰 중이 매질하듯, 원화승이 법고 치듯, 아주 쾅쾅 두드린다.

처참한 광경이다. 굶주린 동생이 양식을 구걸하러 오자 놀부는 도움은 커녕 매질하여 쫓아 보낸다. 하기는 동생으로서 형에게 맞는 것이야 참을 수 있었을지 모른다. 그러나 놀부에게 들었던 말은 결코 잊을 수 없었을 것이다. 개를 굶길 수 없어 찬밥도 줄 수 없다, 돼지를 먹이기 위해 지게미도 줄 수 없다, 소를 먹이기 위해 겨조차 줄 수 없다던 그 모욕을 어찌 잊을 수 있겠는가? 놀부는 동생보다 개·돼지·소를 더욱 소중하게 여기던 위인이었다. 판단 기준은 물론 '자신에게 이익이 되는가, 되지 않는가?'이다.

그러나 흥부는 그런 형을 미워하지 않는다. 박에서 쌀과 돈이 쏟아져 나오자 그는 이렇게 말한다. "얼씨고나 좋을시고. 둘째 놈아 말 듣거라. 건넌 마을 건너가서 너의 백부님 오시래라. 경사를 보아도 형제 볼란다. 얼씨고나 좋을시고. 지화자 좋을시고."라고. 그토록 무정했던 형이지만,

동생 흥부는 그 기쁨의 순간 형을 잊지 않았다. 놀부는 기쁨이든 슬픔이든 함께해야 할 형제였던 것이다. 그리하여 놀부가 박에서 나온 장비에게 곤욕을 치러 거의 죽을 지경에 이르렀다는 소문을 듣고 달려가서 애원한다.

놀부 기가 막히고 정신이 하나도 없어 죽은 듯이 되었을 적에 흥부가 이 소문을 풍편에 들었던가 보더라. 천방지축 건너와서 장군 앞에서 빈다.

"비나이다, 비나이다, 장군님께 비나이다. 우리 형님 지은 죄를 아우인 제가 대신 받겠사옵니다. 그러니 형님은 부디 살려 주옵소서. 만일 형님이 죽게 되면 동생인 저 혼자 살아 무엇하겠나이까? 우리 형님 살려 주시오. 우리 형님 살려 주면, 높고 높은 장군 은혜, 고향으로 돌아가서 만만세를 부르리다."

장군이 흥부의 간절한 애원에 감동을 하여,

"네 이놈, 놀부야. 네 죄를 생각하면 당장 죽이고 갈 일이로되, 너의 동생 어진 마음을 보아 살려 두고 가겠노라. 뒤에는 개과천선을 하겠느냐?"

놀부 겁을 내어,

"예, 그러고말고요. 장군님의 분부 대로 개과천선하여 착하고 우애 깊은 사람이 되겠나이다."

장수가 그 말을 듣더니,

"과연, 그리하여라. 만약 이 약속을 지키지 않으면 언제고 다시 찾아와 조그만 네 놈을 박살 내리라."

하고는 인홀불견 간 곳 없다.

그때, 흥부가 물을 떠다가 저의 형님 전에 드리고, 사지를 정성껏 주물러 일으켜 놓았다. 놀부가 그제사 정신을 차려,

"아이고, 동생! 내가 잘못했네."

"아이고 형님. 그게 무슨 소리입니까? 그간 곤욕이 심하셨지요!"

"아이고, 이 사람아, 동생. 내가 전에 했던 모든 게 허물되고 잘못된 것을 동생이 부디 용서하소. 내 다시는 그러지 않으리라."

"형님, 그게 무슨 말씀이오? 제가 잘못하여 그리 된 일이지요. 형님, 제 살림도 많사오니 서로 절반씩 나누어서 한 집에서 우애 있게 살아 봅시다. 형님."

"그렇게 해 준다면야 좋지만, 동생 볼 면목이 없네그려."

그리하여 놀부는 개과천선을 하고, 흥부 살림 반으로 나누어 형제간에 화목하게 지내더라.

여기서 보듯, 흥부는 장비에게 진정으로 애원하여 형의 잘못을 용서받아 낸다. 그리고 미안해하는 형을 위로하며 자신의 재산을 반으로 나누어 형제간의 화목을 되찾는 것으로 끝이 난다. 이런 결말이 전달하고자 하는 요점은 분명하다. 재물을 놓고 형제가 반목하거나 다투어서는 안 된다는 것이다. 이런 해피엔딩적 결말이 유치하다고 나무랄지 모른다. 하지만 우리는 또 다른 맥락에서 〈흥부전〉이 던져 주는 형제 화목의 메시지를 음미해 볼 수 있다. 〈흥부전〉에서 꿈꾸던 세상은 어떠했던가? 돈이란 형제 관계를 파괴하는 것에서 보듯, 인간 행위 모두를 지배하는 것처럼 보이기도 한다. 하지만 〈흥부전〉은 재물로 파괴된 형제간의 우의를 회복하고 있는데, 이는 인간 모두가 함께 더불어 살아야 한다는 문학적 상징과 다름 없다. 조금 거창하게 말하면 모든 사람이 함께 잘사는 '대동세계大同世界'를 꿈꾸는 것이었다.

하지만 요즘은 어떤가? 재산을 둘러싸고 형제들끼리 싸우고, 돈과 권력이 많은가 적은가에 따라 인간 관계가 좌우되는 모습은 여전하다. 아니 오히려 심해지고 있다. 놀부처럼 탐욕스런 자들의 횡포는 꺾일 줄 모르고 나날이 높아만 가는 것이다. 그래서 우리는 때로는 좌절하고 때로는 절망한다. 하지만 끝없는 탐욕으로 일군 재물과 그를 통해 만끽하는 향락적 삶은 자신을 파멸로 이끌 것이다. 〈흥부전〉에서 놀부를 통해 생생하게 보여 주지 않았던가. 우리는 놀부만이 아니라 놀부 같은 오늘날의 인간들도 물론 그렇게 되리라 믿는다. 그것이 〈흥부전〉이 꿈꾸던 세상이자 우리가 만들어 가야 할 '미완의 과제'인 것이다.

형제, 서로를 보듬어 주는 따뜻한 사이

이상에서 살펴본 것처럼, 형제란 아무리 우애 있게 지내라고 타일러도 다툼이 끊이지 않는 관계인 듯하다. 우리의 어린 시절을 회상할 때, 우애 있게 지냈던 기억보다는 다툼이 훨씬 더 많이 생각나는 것을 보면 말이다. 그 어린 다툼에 얼굴이 화끈거리기도 하고, 아련한 기억 때문에 가슴 저려오기도 한다. 그런데 그때마다 어린 시절 들었던 민담이 하나 생각난다. 그 이야기가 〈해와 달이 된 오누이〉라는 제목으로 불린다는 것은 나중에 안 사실이고, 그때는 '떡 하나 주면 안 잡아먹지'로 기억하고 있었다. 물론 다 아는 이야기이리라. 떡을 파는 어머니가 밤 늦게 산길을 걸어 집으로 돌아오는 길에 호랑이가 나타나, 떡 하나를 주면 안 잡아먹겠다기에 하나씩 하나씩 다 주어 버린다는 이야기 말이다.

그런데도 고개를 넘을 때마다 호랑이는 계속 나타나 결국 어머니의 두 팔, 두 다리, 머리, 그리고 몸통까지 요구하여 몽땅 먹어치운다. 지금 생각해도 끔찍한 이야기였다. 하지만 호랑이의 탐욕은 어머니를 잡아먹는 데서 멈추지 않는다. 어머니의 옷을 입고 어머니인 척 꾸민 뒤, 오누이가 기다리고 있는 산골 오두막집으로 찾아간다. 감기가 들어 목소리가 이상해졌다고 오누이를 안심시키고, 손에 밀가루를 묻혀서 오누이를 속이고는 집 안으로 들어간다. 집채만 한 호랑이가 어린 오누이를 향해 조금씩 다가가는 그 소름 돋는 이야기를 듣던 깜깜한 밤을 지금도 잊을 수 없다.

하지만 우리의 손에 정작 땀을 나게 하는 대목은, 그 뒤부터 본격화된다. 호랑이인 줄 알아챈 오누이는 몰래 도망쳐 나무 위로 올라가 숨는다. 나무 뒤에서 잠시 숨을 돌리고 안심하던 차, 철없는 누이동생은 나무 밑에서 빙빙 돌고 있는 호랑이에게 올라오는 방법을 가르쳐 주고 만다. 기름을 바르고 올라오면 안 되고, 도끼로 찍으면서 올라오면 된다고 말이다. 그 방법을 쓰며 나무를 오르는 호랑이, 그리하여 오누이는 더 도망칠 곳 없는 막다른 길과 맞닥뜨리게 된다. 하지만 또다시 일어나는 반전, "저희를 살려 주시려거든 튼튼한 동아줄을 내려 주시고, 저희를 죽이시려거든 썩은 동아줄을 내려 주십시오."라는 오누이와 호랑이의 반복되는 기원이 그것이다. 결국 오누이는 튼튼한 동아줄을 타고 하늘로 올라가고, 호랑이는 썩은 동아줄을 타고 올라가다 줄이 끊어져 수수밭에 떨어져 죽었다고 한다. 하늘은 결코 오누이를 죽게 내버려 두지 않았던 것이다.

형제간의 우애와 갈등을 다루는 자리에서 잘 알고 있는 이야기를 길게 소개한 이유는 간단하다. 거듭되는 호랑이의 위협에 맞서, 어린 오누이는 한 몸이 되어 그 위기를 모면해 간다. 어느 때는 호랑이의 술책에 속아 넘어가기도 하고, 어느 때는 호랑이에게 자신을 잡는 방법을 일러주는 어처구니없는 실수를 범하기도 한다. 그때 오누이는 서로를 탓하기는커녕 서로를 더욱 감싸 안으며 호랑이의 위협에서 벗어난다. 그리하여 결국 이겨 낸다. 오누이가 한 몸이 되어 시련을 이겨 낸 성공 사례라 부를 만하다.

하지만 우리를 진정으로 감동시키는 것은 그 뒤에 이어지는 사연이다. 하늘로 올라간 오빠는 달이 되고, 누이동생은 해가 되었다는 것으로 이야기는 끝을 맺는다. 어두운 밤이 무섭다는 누이동생을 대신하여, 오빠가 밤을 밝혀 주는 달이 되었다는 것이다. 비록 오빠라고 하지만 밤이 어찌 무섭지 않겠는가? 그래도 어린 누이동생을 위해 무서운 밤으로 선뜻 나선, 그리하여 밤과 낮을 환히 밝히며 서로가 서로를 위로해 주었을 오누이의 마음은 지금도 따스하기 그지없다. 형제 관계는 아무리 다투고 미워해도 본래 그런 것이다.

인용 작품

연암에서 돌아가신 형을 그리다 145쪽
작가 박지원
갈래 한시
연대 18세기

형제가 금덩어리를 강물에 던져 버리다 146쪽
작가 미상
갈래 설화
연대 미상

오륜가 147쪽(위)
작가 주세붕
갈래 시조
연대 16세기

훈민가 147쪽(아래)
작가 정철
갈래 연시조
연대 16세기

적성의전 149쪽
작가 미상
갈래 고전 소설(국문)
연대 조선 후기

박타령 152쪽
창본 박봉술 본
갈래 판소리
연대 미상

박타령 153쪽
창본 신재효 본
갈래 판소리
연대 미상

설화와 옛 노래, 그 공존과 어우러짐의 기원

문학에는 이야기, 노래, 말로 된 것이 있고, 몸짓과 관련된 것도 있다. 그래서 각각에 대해서 서사, 서정, 구술, 극이라는 이름을 붙이기도 한다. 그런데 이 갈래들은 서로 독립적이라기보다는 뒤섞여 나타난다. 문학사에서 그런 현상은 비일비재하다. 그렇다면 이야기와 노래의 관계는 어떠한가?

문학사의 첫 장을 여는 이야기를 흔히 설화라고 하는데, 그 첫 문을 여는 것은 신화이다. 신화는 사물의 기원을 밝히는 이야기인데, 신화를 이야기하는 집단은 그 기원을 신성하게 여긴다. 그래서 신화는 지금 여기 있는 나와 공동체의 삶을 규정하기도 한다. 고조선의 기원을 밝히고 있는 〈단군신화〉가 여전히 우리를 민족으로 묶어 주는 역할을 하고 있음을 생각해 보라. 그런데 신화에서 신성성을 잃어버리면 특정 사물의 기원을 설명하는 이야기나 흥미로운 이야깃거리가 된다. 본래 홍수 신화와 관련 있는 〈장자못 전설〉, 일월 기원 신화인 〈해와 달이 된 오누이〉 민담이 그 예이다. 물론 모든 전설, 민담이 신화의 유산은 아니다. 신화와 무관하게 후대에 생성된 것도 있다.

신화, 전설, 민담, 이 셋을 통칭하여 설화라고 부르는데, 설화는 이야기 문학의 한 형식이다. 이 형식의 특징은 문자 기록이 아니라 말로 구연한다는 데 있다. 이 구연되는 이야기는 멀리 신화에서부터 오늘날의 TV 코미디 프로그램의 재담에까지 이어지고 있다. 이렇게 구연되던 이야기는 문자의 사용으로 문헌 속에 정착된다. 고려 시대의 문헌인 《수이전》, 《삼국사기》, 《삼국유사》 등이 정착된 이야기의 모습을 잘 보여 주고 있다.

그런데 이들 자료를 살펴보면 이야기가 이야기로 독립되어 있지 않고 노래와 결합되어 있는 경우가 많다. 특히 삼국 시대 초기나 그 이전의 노래인 고대 가요, 신라의 향가에서 그런 모습을 찾을 수 있다.

삼국사기와 삼국유사　고려 시대에 편찬한 김부식의 《삼국사기》와 일연의 《삼국유사》에는 말로만 전해지던 수많은 설화가 기록되어 있다.

처용무 숙종 때 있었던 계회에서 처용무가 펼쳐지고 있다. 처용무는 처용 설화에서 만들어진 춤이다. 이처럼 노래·이야기·몸짓은 하나의 기원을 공유한다. 그림은 〈기사계첩〉.

우리가 고대 가요라고 분류하는 〈공무도하가〉에는 배경 설화가 있다. 어느 날 뱃사공 곽리자고가 강가에서 흰 머리를 풀어 헤친 사내가 물속으로 들어가고, 뒤에서 말리던 아내 역시 뒤따라 들어가는 것을 보았다는 것이다. 고구려 유리왕이 지었다는 〈황조가〉에는 치희와 화희라는 두 왕비의 갈등으로 유리왕과 치희가 이별한다는 배경 설화가 깔려 있다. 주지하듯이 유리왕은 주몽의 뒤를 이른 신화적 영웅이다. 가락국의 백성들이 왕을 맞이하는 과정에서 집단적으로 불렀다는 〈구지가〉의 배후에는 김수로왕의 건국 신화가 있다.

이런 사정은 향가의 경우도 마찬가지이다. 향가 가운데 배경 설화가 가장 널리 알려진 작품은 〈처용가〉일 것이다. 동해 용왕의 아들 처용의 결혼, 아내를 범한 역신, 역신을 물리치기 위해 처용의 얼굴을 그려 붙이는 신라의 민속 유래담이 그것이다. 〈서동요〉에는 백제의 서동과 신라 선화 공주의 사랑 이야기가 깔려 있고, 〈헌화가〉에는 수로 부인에게 절벽의 꽃을 꺾어 바친 정체 불명의 노인, 혹은 수로 부인을 흠모한 수룡의 납치극이 붙어 있다. 〈혜성가〉는 승려 융천사가 혜성의 괴변을 물리치기 위해 지어 불렀다는 향가이다.

이렇게 이야기와 노래는 일찍이 밀접한 관계를 맺고 있었다. 이야기는 기록으로 남아 그 실체를 가늠할 수 있지만, 노래는 한시·향찰 형식의 노랫말만 남아 있어 어떻게 불렸는지 알 수가 없다. 하지만 《악학궤범》, 《시용향악보》 등과 같은 조선 시대의 악보를 통해, 오늘날의 구전 민요를 통해 그 대강을 짐작할 수는 있다.

3 사랑은 나의 힘

갈래 이야기 애정 소설, 사랑에 울고 웃다

구스타프 클림트Gustav Klimt, 〈키스〉(1907~1908)

저마다의 사랑, 그 다양한 변주

'사랑'이라는 단어만큼 다양한 모습으로 변주되는 말도 없을 것이다. 누구나 다 아는 것 같지만 제각기 다른 모습으로 나타나 무엇으로도 규정할 수 없는 것이 사랑이다. 어떤 원칙도 없지만 그 모두가 다 인생에서 가장 소중한 경험으로 각인되는 것이 사랑이다. 그러기에 문학과 예술의 영원한 주제로 늘 사랑이 다루어지곤 했다.

우리 문학사에서도 멀리는 유리왕의 〈황조가〉에서부터 조선 시대의 〈춘향전〉을 거쳐 가까이는 우리가 쉽게 접하는 수많은 현대의 문학 작품에 이르기까지 사랑을 이야기하지 않은 것이 없을 정도이다. 왜 문학 작품에는 그토록 사랑이 많이 등장하는가? 그것은 누구나 겪게 되는 소중한 경험이기 때문이다. 외로운 존재인 인간들이 서로 간에 정情을 나누면서 그 진정성을 통해 우리의 삶을 아름답고 풍요롭게 만들어 주는 것이 바로 사랑이 아니던가.

상대방을 그리워하며 가슴 태우는 사랑이 있는가 하면 해서는 안 될, 도저히 이루어질 수 없는 사랑이 있다. 그러기에 더 안타깝고 애달픈지도 모르겠다. 또한 성性을 수반한 격렬한 사랑도 있다. 하지만 사랑에는 늘 방해자가 있는 법. 사랑을 이루기 위해서는 험난한 가시밭길을 통과해야만 한다. 때로는 방해자가 나타나기도 하고 서로의 비극적 운명 때문에 어긋나기도 한다. 그런가 하면 사랑의 대상이 바뀌어 고통을 겪기도 한다. 이런 고난을 통해 사랑이 비로소 완성되는 것이다.

한편 이승에서 못 다한 사랑을 죽어서라도 나누는 것이 있으니, 바로 산 자와 죽은 자의 사랑이다. 영화 〈사랑과 영혼〉은 죽은 남편의 영혼이 사랑하는 아내를 못 잊어 주위를 맴돈다는 이야기이다. 우리의 전기 소설傳奇小說에 이런 얘기는 수없이 많다. 그만큼 사랑의 염원이 간절했기 때문이리라.

남녀의 애정은 인간의 본능적 욕구를 반영하는 것이기에 많은 사람들에게 공감을 받아 왔다. 동서고금을 막론하고 많은 문학 작품과 예술의 보편적 주제로 애정 문제가 다루어진 것은 이 때문이다. 하지만 애정 문제를 다루는 구체적 양상은 시대와 계층에 따라 다르게 나타난다. 즉 역사적 구체성에 따라 애정의 양상이 달라진다고 할 수 있다.

애정의 양상은 결연結緣 과정, 수난 과정, 극복 과정으로 크게 나누어 볼 수 있다. 여기에 따라 애정의 구체적 양상을 살펴보면 작품에 따라 상당한 차이를 발견할 수 있다.

조선 초기 작품인 김시습의 〈이생규장전〉의 두 남녀는 자유로운 애정의 방식으로 결합하지만 홍건적의 칼날 앞에 사랑이 깨진다. 이는 개인의 힘으로는 도저히 극복할 수 없는 세계의 횡포이고 수난이다. 남자 주인공은 가능성을 찾지 못한 채 단절된 세계의 저편에서 이미 이승 사람이 아닌, 혼령이 된 여자 주인공을 맞이함으로써 '생의 단절'을 인정하지 않으려는 굳은 결의를 보인다. 이른바 '죽음도 갈라놓지 못하는 사랑'인 셈이다. 그래서 작품의 결말에서 "이 이야기를 들은 사람들은 모두 애처러워하고 슬퍼하여 그들의 절의를 사모하지 않는 사람이 없었다."고 한다. 이를 통해 김시습은 역사의 부당한 횡포에 저항하였던 것이리라.

하지만 조선 후기의 작품인 〈춘향전〉에서는 양반과 기생이라는 신분이 다른 두 남녀가 사랑을 맺고 거기에 따르는 여러 가지 수난을 극복해 부부로 행복하게 살아가게 된다. '양반의 노리개'에 불과한 기생이 자신의 인격적 존엄성을 찾아 분투한 끝에 중세의 신분적 질곡에서 벗어나 신분 해방을 이룬 것이다. 〈춘향전〉이 단순한 신분 상승을 다룬 '신데렐라 이야기'가 아닌 것은 이런 까닭이다.

한편 근대에 지어진 '새로운 고전'인 〈채봉감별곡〉에서는 여자 주인공이 자신을 세도가의 첩으로 주려는 아버지의 그릇된 명을 거역하고 야반도주하여 사랑의 약속을 맺었던 남자 주인공을 찾아간다. 그래서 기생이되어 자신의 노력으로 그 남자 주인공도 찾고 사랑도 이룬다.

이들 작품에서 확인할 수 있는 이런 차이는 애정의 조건을 규정하고있는 현실적 토대에서 비롯된다. 즉 중세 봉건 체제가 확고한 틀을 유지했던 15세기의 역사적 조건과 그것이 붕괴되었던 18~19세기의 역사적조건은 분명한 차이가 있고 애정의 방식도 달라진다고 할 수 있다.

어떤 그릇으로도 담을 수 없고, 어떤 자로도 잴 수 없을 정도로 광대무변한 것이 바로 사랑이다. 하늘에 떠 있는 별의 수만큼이나 변주되지만제각기 아름다운 빛을 발하는 것이 사랑이다. 무엇이라 말하랴, 그냥 저마다의 사랑인 것을……. 그 사랑의 다양한 변주와 고운 빛깔을 고전 문학 작품을 통해 살펴보자.

1 산 자와 죽은 자의 사랑

오늘날 너무 흔한 사랑 이야기는 예전에는 그리 흔한 이야기가 아니었다. 여성들이 규방에만 갇혀 있었기에 남녀가 만나 사랑을 나누는 것은 쉽지 않은 일이었다. 이야기는 우리가 겪는 현실과 달리 기이해야 한다고 생각했고 그래서 전기가 등장한 것이다. 특이하고 기이한 이야기가 필요했고, 거기에 동물이나 귀신이 등장한 것이다. 현실에서는 이룰 수 없는 사랑의 애절한 사연이 죽은 자나 동물의 몸을 빌려 나타난 것이다.

이승을 떠나지 못하는 혼

옛날 설화에는 귀신이 등장하는 이야기가 많다. 대개는 원한 때문에 저승으로 가지 못한 채 이승을 떠돌며 자신의 억울함을 호소하려 하지만 인간들이 받아들이지 않자 저주를 내리는 것으로 묘사된다. 〈아랑의 전설〉이나 〈장화홍련전〉의 원귀寃鬼가 그 대표적인 예일 것이다.

하지만 이런 원귀도 살아 있는 인간처럼 여러 가지 감정을 드러내는데, 심지어 살아 있는 사람과 사랑을 나누기도 한다. 홍콩 영화 〈천녀유혼天女幽魂〉으로 유명해진 《요재지이聊齋志異》 같은 경우가 그렇다. 죽은 처녀의 원귀가 살아 있는 남자를 만나 사랑을 나누고 결국 저승으로 가지 않고 다시 환생하여 그들의 사랑을 완성시킨다는 이야기이다.

우리 소설사에서 최초의 작품이라는 〈최치원崔致遠〉도 그런 이야기다. 《신라수이전新羅殊異傳》에 실린 〈최치원〉은 두 처녀 무덤인 쌍녀분雙女墳을 매개로 하여 살아 있는 남자 주인공인 최치원과 죽은 처녀 귀신의 하룻밤 사랑을 다루고 있다. 남자 주인공 최치원은 당나라의 과거에 급제하고 율수현위溧水縣尉가 되어 초현관招賢館에 놀러 갔다가 두 자매의 무덤인 쌍녀분을 보고 그들의 한을 위로하고자 시 한 수를 짓는다.

요재지이

《요재지이》는 중국 청나라 초기에 포송령이 쓴 괴이 소설집으로, '요재'가 기록한 기이한 이야기라는 뜻이다. 〈천녀유혼〉(1987)은 이 책에 나오는 〈섭소천〉 설화를 영화화한 것이다. 사진은 영화 〈천녀유혼〉의 한 장면.

낙신부 위나라의 조식曹植이 지은 산문부. 조정에 들어갔다가 자신의 봉지封地로 가는 도중 낙수를 지나면서 낙수의 여신을 생각하고 지었다. 작가와 낙수 여신이 만나서 서로 사랑하지만 각자 사람과 귀신인지라 가까이할 수 없는 한스러움을 표현하고 있다.

꽃다운 정이 저승의 꿈속에서도 통한다면	芳情儻許通幽夢
기나긴 밤인들 나그네 위로함에 어찌 방해가 될까.	永夜何妨慰旅人
외로운 여관에서 만약 운우지정을 나눈다면	孤館若逢雲雨會
그대와 더불어 〈낙신부洛神賦〉를 이어 부르리.	與君繼賦洛川神

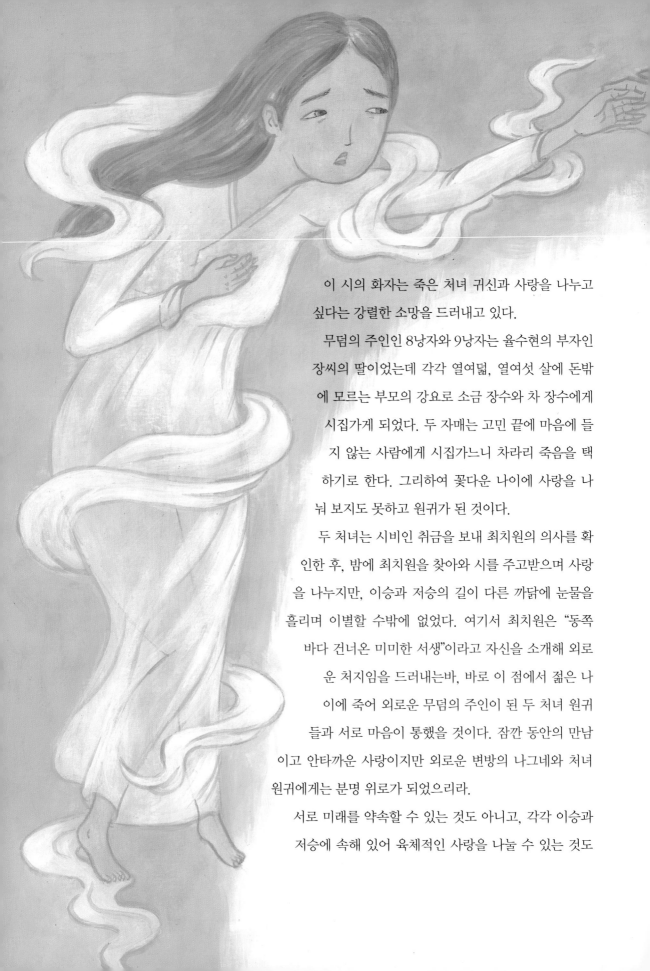

이 시의 화자는 죽은 처녀 귀신과 사랑을 나누고
싶다는 강렬한 소망을 드러내고 있다.

무덤의 주인인 8낭자와 9낭자는 율수현의 부자인
장씨의 딸이었는데 각각 열여덟, 열여섯 살에 돈밖
에 모르는 부모의 강요로 소금 장수와 차 장수에게
시집가게 되었다. 두 자매는 고민 끝에 마음에 들
지 않는 사람에게 시집가느니 차라리 죽음을 택
하기로 한다. 그리하여 꽃다운 나이에 사랑을 나
눠 보지도 못하고 원귀가 된 것이다.

두 처녀는 시비인 취금을 보내 최치원의 의사를 확
인한 후, 밤에 최치원을 찾아와 시를 주고받으며 사랑
을 나누지만, 이승과 저승의 길이 다른 까닭에 눈물을
흘리며 이별할 수밖에 없었다. 여기서 최치원은 "동쪽
바다 건너온 미미한 서생"이라고 자신을 소개해 외로
운 처지임을 드러내는바, 바로 이 점에서 젊은 나
이에 죽어 외로운 무덤의 주인이 된 두 처녀 원귀
들과 서로 마음이 통했을 것이다. 잠깐 동안의 만남
이고 안타까운 사랑이지만 외로운 변방의 나그네와 처녀
원귀에게는 분명 위로가 되었으리라.

서로 미래를 약속할 수 있는 것도 아니고, 각각 이승과
저승에 속해 있어 육체적인 사랑을 나눌 수 있는 것도

아니다. 그래서 서로의 마음을 시로 전달할 뿐이다.

최치원은 다음과 같이 자신의 외로움을 하소연한다.

금빛 물결 눈에 가득 창공에 넘쳐 흐르는데   金波滿目汎長空
천 리에 걸친 나그네 마음 머무를 곳이 없구나.   千里愁心處處同

8낭자 역시 꽃피지 못하고 죽은 자신의 처지를 안타까워한다.

달빛은 흘러들어 제 길을 잊지 않건만   輪影動無迷舊路
계수나무 꽃은 피되 봄바람 기다리지 않네.   桂花開不待春風

여기서는 그저 산 사람과 죽은 사람이 마음이 통해 서로에게 위로가
될 뿐 사랑의 감정은 그 이상의 발전을 보이지 않는다. 말하자면 아련히
스쳐 가는 안타까운 사랑인 것이다.

죽음을 뛰어넘는 사랑의 약속

이런 전기 소설傳奇小說의 연장선에 김시습의 《금오신화金鰲新話》가 있다.
그 가운데 '명혼 소설'이라 불리는 〈만복사저포기萬福寺樗蒲記〉와
〈이생규장전李生窺牆傳〉은 죽음까지도 뛰어넘는 사랑을 보여
주고 있어 더욱 애절하다. 김시습은 왜 이런 귀신과
산 사람의 사랑을 보여 주고자 했을까?

먼저 〈만복사저포기〉를 살펴보자.

전라도 남원에 사는 양생이라는 젊은이가 일찍 부모를 여의고 만복사에 홀로 거처하면서 달 밝은 밤이면 배필을 그리워하는 시를 지어 읊었다. 하루는 부처님과 저포놀이를 하여 이기게 되자 약속 대로 배필을 구해 달라고 한다. 그러자 한 아리따운 아가씨가 법당 안으로 들어오고, 불상 뒤에 숨어 그녀를 지켜보던 양생은 첫 눈에 반해 관계를 갖기에 이르지만 사실은 왜구의 칼날에 죽은 귀신이었다. 새벽이 되어 여귀가 사는 곳으로 함께 가던 중 그녀가 귀신인 걸 알았지만 양생은 개의치 않는다. 거기서 사흘을 보내고 일단 헤어진 다음 죽은 딸을 위해 제를 지내러 가는 부모를 만나고 다시 처녀 귀신과 만나 함께하지만 이승과 저승의 길이 다르기에 헤어진다. 양생은 여자를 위해 정성스레 장례를 치러 준 뒤 지리산으로 들어가 종적을 감춘다.　　　　　　　(줄거리 요약)

〈이생규장전〉도 유사한 내용인데 결혼하게 되는 과정이 보태져 있다.

송도에 사는 이생이 태학에 공부하러 다니던 길에 최씨 처녀를 만나 사랑의 시를 주고받으며 비밀스럽게 관계를 맺는다. 집에서 반대했지만 우여곡절 끝에 두 사람은 마침내 부부가 되기에 이른다. 하지만 행복도 잠시. 홍건적의 난리를 만나 부인은 죽음을 당하고, 폐허가 된 집에 돌아온 이생은 혼령이 된 아내를 맞이해 3년 동안 관계를 지속해 나간다. 3년이 지난 뒤 결국 아내는 떠날 수밖에 없었고, 이생도 아내를 따라 생을 마감한다.　　　　　　　(줄거리 요약)

이 작품들에서 산 자와 죽은 자의 사랑이 한순간의 만남으로 끝나지 않고 절절한 사랑으로 이어진다는 점에 주목해 보자. 비록 그것이 허구라 하더라도 어떻게 해서 그것이 가능할까? 사실 숱한 전설에서 보이듯이 원귀는 두려움의 대상일 뿐 애절한 사랑의 대상으로 발전하기가 쉽지 않다. 그렇다면 이 작품들의 사랑에는 분명 이유가 있을 터이다.

이 두 작품의 여자 주인공은 전란 중에 각각 왜구와 홍건적에게 죽음을 당해 귀신이 된다. 하지만 남자 주인공은 그것에 신경 쓰지 않는다. 다음 〈이생규장전〉을 보자.

> 이경二更이 되었을 무렵, 희미한 달빛이 지붕과 들보를 비춰 주는데, 멀리 복도에서 발소리가 들려왔다. 그 소리는 멀리서부터 점점 가까이 다가왔다. 다 이르러 바라보니 바로 사랑하는 아내가 거기에 있었다. 이생은 그녀가 이미 이 세상에 없는 사람임을 알고 있었으나 너무나 사랑하는 마음에 반가움이 앞서 의심도 하지 않고 말하였다.

귀신인 것을 알고 있음에도 오히려 반가워하는 것이다. 죽은 여자 주인공이 "제 환신도 이승에 되돌아와서 남은 인연을 거듭 맺으려" 한다며 "그대께서는 허락하시겠습니까?" 하자 이생은 "그것이 애당초 내 소원이오." 하고 흔쾌히 받아들인다. 죽음도 뛰어넘는 사랑이라고나 할까. 상대방이 산 사람이 아님에도 전혀 개의치 않는다. 게다가 그들은 산 자와 죽은 자임에도 관계를 3년 동안 이어 간다. 더 놀라운 건 사랑을 나누는 것이 "보통 사람과 조금도 다름이 없었다."고 하는 점이다.

여자 주인공은 왜구와 홍건적이라는 불의한 세계의 횡포에 의해 몸이 찢겨 죽은 목숨임에도 불구하고 남자 주인공은 이를 인정하지 않고 현실과 비현실의 경계선에서 사랑을 이어 나간다. 하지만 그 사랑은 현실의 공간에서 지속될 수가 없다. 이승과 저승의 길이 다르기에 약정된 기간이 지난 뒤 남자 주인공은 단절된 세계의 저편에서 저승으로 향하는 여자 주인공을 지켜볼 수밖에 없다. 그러고는 자신도 뒤를 따른다. 이제 이승에서의 삶은 의미가 없기에…….

7년 동안 경주의 금오산에 틀어박혀 김시습이 했던 작업은 '세조 정변'이라는 불의한 세계의 횡포에 저항해서 소설을 쓰는 일이었다. 왜구나 홍건적의 칼날 앞에 여자 주인공이 처참하게 살해되었듯이 단종을 폐위시킨 세조 정변도 김시습에게 그러했으리라.

어떻게 할 것인가? 그러나 홀로 거대한 세상을 상대하기에는 역부족이다. 가능한 방법은 허구의 세계를 구축하여 그로 하여금 부당한 세계의 횡포에 의하여 단절된 생을 이어 가 세상에 저항하게 하는 길이다. 즉 못 다한 인연을 끈질기게 이어 가게 하는 것이다. 비록 그것이 비현실의 공간이라 할지라도 작가인 김시습에게는 그것만이 세계의 부당한 횡포에 저항하는 유일한 대안인 것이다.

김시습이 판타지인 전기 소설에 주목한 것도 이 때문이다. 그래서 《전등신화剪燈新話》를 읽고 쓴 〈전등신화 뒤에 쓰다題剪燈新話後〉라는 시에서 "말이 세상 교화에 관계되면 괴이해도 무방하고 / 일이 사람을 감동시키면 허탄해도 기쁘니라."고 했다. 세상을 깨우치고 또한 감동을 줄 수만 있다면 그것이 비현실적이고 황당한 판타지라도 좋다는 것이다. 전기 소설의 특징이 바로 이런 비현실성과 낭만성이기에 부당한 현실의 횡포에 저항하는 방식으로 그 양식을 선택했던 것이다. 그래서 "나의 평생 뭉친 가슴을 쓸어 없애 주리라."고 했다. 《전등신화》를 읽고 나서, 자신이 하고 싶은 얘기를 담을 수 있어 전기 소설의 양식을 가져온 것이다.

하지만 《패관잡기稗官雜記》*에서 지적했듯이 "《전등신화》를 답습했지만 생각하는 것과 언어 표현이 보다 뛰어나니 어찌 청출어람에 그칠 것인가."라고 할 정도로 《금오신화》는 독창적이다. 《전등신화》의 대부분 작품은 행복한 결말로 끝나고 비현실적인 설정은 하나의 흥미 요소로 작용한다. 하지만 《금오신화》는 거의가 비극적이며, 그것은 부당한 세계의 횡포로 인한 생의 단절을 거부하려는 강한 의지에서 비롯된다.

그러기에 김시습은 그 아름답고 비극적인 이야기에서 '절의節義'를 드러낸다. 여자 주인공이 목숨을 버리고 정절을 지킨 것이나, 이들을 받아들여 남은 생을 이어 가다가 뒤를 따르는 남자 주인공의 행위에서 그것을 확인할 수 있다.

그런데 왜 사랑의 이야기에 어찌해서 군신君臣 관계에나 있을 법한 절의가 등장하는가? 김시습이 귀신과의 사랑의 이야기를 통해 말하고자 하는 것이 바로 이것이다. 죽음도 갈라놓을 수 없는 그 사랑의 약속! 그

전등신화
명나라 구우가 엮은 괴기 소설로, 전기 소설의 전범으로 불린다.

패관잡기稗官雜記 16세기에 조선 명종 때 학자 어숙권이 지은 패관문학서. 여기서 패관이란 옛날 중국에서 임금이 민간의 풍속을 살피기 위해 거리의 소문을 모아 기록하게 했는데, 이것을 맡아 하던 벼슬 이름이다. 나중에는 이야기를 짓는 사람도 패관이라 하였다.

것을 말하기 위해 산 자와 죽은 자의 사랑을 이야기한 것이리라. 그것이 사랑하는 사람이 아닌 군주이거나 자신이 신봉했던 이념이어도 관계없을 것이다. 아니 어쩌면 죽음으로써 완성되는 그런 것이리라. 그러기에 더 아름답고 처절한 것이다. 여자 주인공의 독백처럼 "절의는 중하고 목숨은 가볍다." 했으니, 그 굳은 맹세야말로 정말로 산 자와 죽은 자를 이어 주는 사랑의 믿음이 아니고 무엇이겠는가!

인용 작품

최치원 167, 169쪽
작가 미상
갈래 고전 소설(한문)
연대 신라 시대

만복사저포기 170쪽(위)
작가 김시습
갈래 고전 소설(한문/전기)
연대 15세기

이생규장전 170쪽(아래), 171쪽
작가 김시습
갈래 고전 소설(한문/전기)
연대 15세기

2 임의 부재,
그리움의 시간

사랑하게 되면 서로를 그리워하게 되지만 늘 함께 있을 수는 없다. 그러기에 임이 없는, 부재의 시간이 지속되면 그리움이 쌓이게 된다. 통신 수단이 발달하지 않았던 예전에는 지금처럼 즉각적인 소통이 불가능했다. 그저 기약도 없이 사랑하는 임과 만나기만을 손꼽아 기다릴 뿐, 쌓이고 쌓이는 그리움을 혼자 표현하거나 삭일 수밖에 없었다.

상사의 정

남녀가 사랑에 빠지면 늘 함께 있고 싶어 한다. 그러나 현실은 그럴 수 없다. 그래서일까. 사랑하는 사람들은 늘 함께 있고 싶어서 결혼을 한다고 말한다. 요즘 같으면 그리 어렵지 않은 일이지만 예전에는 남녀가 많은 시간을 함께 보낸다는 것이 더더욱 어려운 일이었다. 남녀의 만남 자체가 어려운 시절이기에 짧은 만남 뒤에는 으레 길고 긴 이별의 시간이 이어지곤 했다. '상사相思'라는 말은 바로 그런 그리움의 표현이다.

사랑을 노래한 시가 가운데 가장 많은 부분을 차지하는 것이 바로 이 이별과 그리움, 즉 상사相思의 노래이다. 멀리는 〈동동動動〉을 비롯한 고려 가요는 물론 조선 시대에 지어진 수많은 시조와 가사, 한시가 그런 그리움을 노래했다.

게다가 '충신연군지사忠臣戀君之詞'라 하여 임에게 버림받아 오매불망寤寐不忘 임을 그리워하는 여인의 심정으로 임금의 총애를 갈구하는 방식이 시가의 한 양식으로 자리 잡았으니, 송강松江 정철鄭澈(1536~1593)의 〈사미인곡思美人曲〉과 〈속미인곡續美人曲〉 등 이른바 '미인곡' 계열의 가사가 그렇다.

"인간 이별 만사 중에 / 독수공방獨守空房이 더욱 섧다."로 시작하는 〈상사별곡相思別曲〉은 이별의 아픔과 그리움의 정서를 아주 전형적으로 그려 내어 하나의 유형을 만들었다. 이를테면 "자나 깨나 깨나 자나 / 임을 못 보니 가슴이 답답 / 어린 양자樣姿 고운 소리 / 눈에 암암 귀에 쟁쟁 / 보고지고 임의 얼굴 / 듣고지고 임의 소리" 같은 식이다. 그리운 임의 모

사미인곡
정철이 임금에 대한 간절한 충정을 한 여인이 지아비를 사모하는 마음에 빗대어 우의적으로 표현한 가사이다. 사진은 〈사미인곡〉과 그 속편인 〈속미인곡〉이 실린 《송강가사》의 한 부분이다.

습과 소리가 눈에 보일 듯하고 귀에 들릴 듯한 정황을 실감나게 표현했다. 그리고 임을 찾아가 만나려 하지만 쉬운 일이 아님을 깨닫는다. 이 상사를 제목으로 내세운 가사 〈상사별곡〉을 이어서 보자.

이 버 상사 아르시면	님도 나를 그리리라
적적심야寂寂深夜 혼자 앉아	다만 한숨 버 벗이라
일촌간장一寸肝腸 구비 썩어	피어나니 가슴 답답
우는 눈물 받아 버면	배도 타고 아니 가랴
피는 불이 일어나면	님의 옷에 당기리라
사랑 겨워 우던 울음	생각하니 목이 메고
교태嬌態 겨워 웃던 우음	헤아리니 더욱 섧다

이 노래의 작중 화자는 확신할 수 없는 님의 사랑에 매달려 온몸을 던졌지만 돌아오는 것은 공허함뿐이라고 한탄한다. 그래서 "나며들며 빈 방으로/오락가락 혼자 서서/기다리고 바라보니/이 내 상사 허사로다." 고 체념하기에 이른다. 그러면서도 "아마도 네 정情이 있거든/다시 보게 삼기소서."라고 여운을 남겨 둔다.

이 노래는 이처럼 그리움을 잘 포장하여 많은 사람들의 공감을 불러일으켰기에 특히 기방에서 애창되었다고 한다. 이별의 한과 그리움은 그 일을 겪어야 하는 당사자들에게는 고통이지만 타인에게는 객관화되어 유흥의 대상이 되기 때문이다. 왜 대부분의 대중가요가 이별의 아픔과 그리움으로 채색되어 있는지 그 이유를 짐작할 수 있다.

기나긴 불면의 밤

돌아올 기약 없는 임을 기다리는 상사相思의 긴 시간은 대개 불면의 밤으로 이어진다. 임이 나를 생각하고 있는지, 혹은 임이 지금 무엇을 하고 있는지 생각이 꼬리에 꼬리를 물고 일어나 뒤척이며 잠을 이루지 못하는 것이다. 이른바 '전전불매轉不寐'가 그것이다.

평남 맹산의 기녀 강강월康江月(?~?)이 지었다는 시조를 보자.

전전불매轉不寐 누워서 몸을 이
리저리 뒤척이며 잠을 못 이룸.

기러기 우는 밤에 나 홀로 잠이 없어

잔등殘燈 돋위 켜고 전전불매하는 차에

창밖의 굵은 빗소리에 더욱 망연茫然하여라

임 생각에 잠은 오지 않는데 기러기는 울고 가고 창밖에는 비가 오니
처량하기 그지없다. 잠 못 이루는 밤의 기러기와 비는 처량한 배경으로
그만이다. 시조의 정조情調와 배경이 한 폭의 그림처럼 조화를 이루고 있
는 것이다.

비슷한 느낌을 주는 한시를 더 보자. 한시로 이름이 높은 전북 부안 기
생 매창梅窓(1573~1610)의 〈규중의 원망閨中怨〉과 〈가을밤秋夜〉이다.

배꽃 눈부시게 피고 두견새 우는 밤	瓊苑梨花杜宇啼
뜰에 가득 달빛 어려 더욱 서러워라.	滿庭蟾影更凄凄
님 그리워 꿈에서나 만나려 해도 잠은 오지 않고	相思欲夢還無寐
일어나 매화 핀 창에 기대니 새벽에 닭 울음소리 들리네.	起倚梅窓聽五鷄

이슬 버리고 푸른 하늘엔 별들이 성긴데	露濕靑空星散天
외마디 소리 내며 기러기 구름가를 나네.	一聲叫鷹塞雲邊
매화 가지 걸린 달이 난간까지 오도록	梅梢淡月移欄檻
거문고 뜯지만 잠은 오지 않네.	彈罷瑤箏眠不眠

첫 수는 배꽃이 서럽도록 하얗게 핀 봄밤에 잠 못 이루는 정경을 노래
한 것이고, 둘째 수는 기러기 울며 날아가는 가을밤에 잠 못 이루는 정황
을 그린 것이다. 첫 수에 나오는 배꽃, 달빛, 두견새 울음소리, 매화 등이

서럽도록 아름다운 봄밤을 수식하고 있다. 그렇다. 너무도 아름다운 봄밤에 같이 있어야 할 임이 없기 때문에 더욱 서글픈 것이다. 보색 대비처럼 봄밤이 아름답기에 임의 부재는 한층 더 두드러져 보인다. 백호白湖 임제林悌(1549~1587)의 시 〈이별의 말도 못하고無語別〉에 나오는 "배꽃에 걸린 달을 보고 눈물 흘리네.泣向梨花月"의 정서와 서로 통한다.

봄밤의 정경이 화사하다면 가을은 한층 쓸쓸하리라. 그래서 임이 더 그리운 것이다. 찬 이슬, 하늘에 성긴 별, 구름가를 나는 기러기는 그대로 허전하고 쓸쓸한 심정을 대변한다. 이 쓸쓸한 밤, 임은 떠나갔던 것이다. 그래서 매화 가지에 걸린 달이 난간에 이르도록 잠을 못 이루는 것이다. 거문고를 뜯으며 마음을 달래지만 임이 아니면 어떤 것도 위로가 되지 않을 것이다. 이 허전하고 쓸쓸한 가을밤 잠 못 이루는 여인의 모습은 그대로 가을의 풍경 속으로 들어가 그 일부가 된다.

임 그리워 잠 못 이루는 순간에도 임에게 자신의 이런 모습을 전하고 싶은 소망이 있다. 임이 자신을 가련하게 여겨 다시 찾아오길 바라는 마음에서이다. 진주 기녀 매화梅花(?~?)의 시조를 보자.

야심오경夜深五更토록 잠 못 이뤄 전전輾轉할 제
궂은비 떨어지는 소리에 상사로 단장斷腸이라.
뉘라서 이 행색行色 그려다가 님의 앞에

자신의 잠 못 이루는 심정을 누군가가 임에게 전해 주길 바라는 마음이 간절하다. 궂은비 소리에 임 그리워하는 고통이 창자가 끊어질 정도로 절절하다. 하지만 아무것도 요구하지 않고 그런 심정을 임이 알아주기만을 바라는 것이다.

홍랑洪娘(?~?)의 시조는 여기서 더 나아가 이러한 자신의 모습을 임에게 각인시키고자 한다.

묏버들 가려 꺾어 보내노라 님의 손에

주무시는 창窓 밖에 심어두고 보소서.

밤비에 새잎이라도 나거든 나인 듯이 여기소서.

　홍랑은 1673년 가을, 함경도 경성에 북도평사로 온, 삼당시인三唐詩人
의 한 사람인 최경창을 만나 군막에서 겨울을 함께 보낸다. 이듬해 봄 서
울로 부임하는 최경창을 함경도 영흥까지 따라가 배웅한 뒤 함관령에 이
르러 날은 어두워지는데 비까지 내리자 애달픈 사랑의 감정을 이기지 못
해 이 노래와 함께 버들을 꺾어 최경창에게 보냈다고 한다. 버드나무 가
지를 꺾어 여행을 떠나는 사람에게 선물하는 풍습은 버드나무의 강인한
생명력과 잡귀를 쫓아내는 힘을 빌려 무사히 여행하기를 기원하는 액막
이 주술에서 비롯되었다. 이 풍습이 보편화되면서 원래 의미는 퇴색되고
그 대신 이별의 비애를 상징하는 것으로, 때로는 버드나무에 상대를 묶
어서 머무르게 하려는 소망을 담은 것으로 변했다.

　홍랑이 바라는 것이 바로 그것이리라. 그러기에 버드나무 가지를 선물
하면서 자신의 모습을 보아 달라고 주문하는 것이다. 새로 난 버들잎이
라도 되어 임과 함께 있고자 하는 마음을 강하게 담고 있다.

그리움을 노래한 황진이의 시조와 한시

남녀가 만나서 사랑하다가 헤어지는 일은 보통 여염집 여자가 쉽게 경험
할 수 있는 일이 아니었다. 규중을 벗어나 남자를 만나는 일이 드물기 때
문이다. 하지만 기녀들은 수많은 남성들을 상대로 정을 주고 헤어지는
일이 다반사였다. 그 남성 중에 특별히 사랑하는 사람도 있을 것이기에
기녀들의 노래에는 이별의 한과 그리움의 정서가 유난히 많이 드러난다.
조선 중기에 문학으로 이름 높았던 황진이黃眞伊(?~?)의 시조와 한시를
보자.

어쳐 내 일이야 그럴 줄을 모르던가.

이시라 했다면 가라마는 제 구태여

보내고 그리는 정情은 나도 몰라 하노라.

당당하게 한 시대를 풍미했던 황진이라고 해서 사랑하는 정인情人도 없었을까? 짐짓 마음에 없는 척하며 이별을 주도했지만 그리워하는 마음을 속일 수는 없나 보다. 있으라고 했으면 가지 않았겠지만 구태여 보내고 나서 가슴앓이를 한다. 그래서 보내고 그리는 정은 자신의 의지와는 관계없이 일어나는 것이라 한다. 여기서는 임을 보내고 난 뒤 후회와 그리움이 뒤섞여 나타나 있다. 아직 시간이 경과한 것이 아니기에 그리움의 농도는 그리 진하지 않지만 잔잔한 호수에 파문이 일듯이 그리움이 피어나고 있다.

그 그리움이 구체적인 행동으로 나타나는 것은 다음 시조에 이르러서이다.

황진이
조선 시대의 이름난 기생으로, 본명은 진眞, 기명은 명월明月이다. 생몰 연대는 정확하지 않으나 중종 때 사람으로 여겨진다. 특히 야사에 전하는 일화가 많아 현대에도 드라마나 영화의 주인공으로 자주 등장한다. 사진은 영화 〈황진이〉(2007) 포스터.

내 언제 무신無信하여 님을 언제 속였관대

월침月沈 삼경三更에 온 뜻이 전혀 없네.

추풍秋風에 지는 잎 소리야 낸들 어이하리요.

자신은 신의를 어겨 본 적이 없는데 임은 온다고 하고 소식이 없다. 밤은 깊어 삼경이 되었는데도 올 낌새는 보이지 않는다. 이제 오지 않나 보다 체념하지만 가을바람에 나뭇잎 떨어지는 소리가 나면 행여 임이 왔는가 하여 내다보게 된다. 나뭇잎 하나 질 때마다 온 신경을 집중시킬 수밖에 없는 까닭은 바로 그리움 때문이다. 그러면서도 짐짓 "추풍에 지는 잎 소리야 낸들 어이하"겠느냐고 둘러댄다. 임을 기다리는 초조함과 이를 떨치려는 여유로움이 묘하게 어우러져 있다. 그러기에 더욱 진한 그리움을 느낄 수 있는 것이리라.

그 진한 그리움의 끝에서 다음과 같은 바람을 노래하기도 한다.

동짓달 기나긴 밤을 한 허리를 베어 벼어
춘풍春風 이불 아래 서리서리 넣었다가
어른님 오신 밤이어든 굽이굽이 펴리라.

임 그리워 오매불망 잠 못 이루는 기나긴 겨울밤을 따뜻한 봄 이불 속에 모아 두었다가 임이 오시는 날 펼쳐 내리라는 소망이다. 그 기나긴 밤의 시간은 바로 그리움의 세월이다. 그 그리움을 모아 두었다가 임에게 쏟아 내겠다는 것이다. 사랑하는 임과 동짓달 기나긴 밤을 같이 보내고 싶은 마음이 오죽했으면 이런 노래를 지었겠는가.

하지만 이런 그리움의 변주들이 한시 〈반달을 노래함詠半月〉에 이르러 절실한 가락으로 바뀐다.

곤륜산 서왕모가 살며 불사不死의 물이 흐른다는 중국 전설의 산.

누가 곤륜산*의 옥을 잘라서	誰斷崑崙玉
직녀의 빗을 만들었는가.	裁成織女梳
견우가 한 번 떠난 후에	牽牛一去後
수심 겨워 벽공에 던져 버렸네.	愁擲碧空虛

푸른 하늘에 떠 있는 반달을 직녀의 빗으로 환치한 다음 왜 직녀의 빗이 그곳에 있을까를 노래한 것이다. 1년에 한 번밖에 만날 수 없는 견우와 직녀의 재회를 통해 짧은 만남 뒤에 긴 이별의 시간을 감내해야 하는 직녀의 심정에 주목한 것이다. 직녀가 머리를 빗다가 문득 견우도 떠나고 없는데 누구를 위해서 이렇게 단장을 하는가 하며 저 푸른 허무의 공간으로 수심 겨워 빗을 던져 버렸다. 그것이 벽공에 떠 있는 반달인 것이다. 그 기나긴 기다림의 시간 속에서 몸부림치는 작중 화자의 모습을 느낄 수 있다.

당대 명기로 이름이 높았던 황진이에게 수많은 만남과 이별 속에서 서로 마음이 통했던 정인들이 얼마나 많았겠는가? 하지만 신분적 제약으로 그들과 삶을 같이하지 못하고 그저 잠깐 동안 정을 나누고 헤어져야만 했다. 한편으로 황진이는 가곡을 잘 부르는 선전관 이사종과 6년 동안 계약 결혼을 하는 파격적인 모습을 보이기도 했다. 3년은 황진이가 이사종 집에 가서 일가를 먹여 살렸고, 또 3년은 이사종이 황진이에게 와서 그렇게 하였다. 하지만 전 생애를 함께 해로하지는 않았다. 그러기에 황진이의 외로움과 그리움은 더했으리라. 황진이는 뭇 남성의 선망을 받으며 자유로운 삶을 살았지만 정작 자신과 삶을 함께 나눌 사람이 없는 절대적 외로움을 시조와 한시에 담아냈던 것이다. 오죽했으면 당대 풍류 남아로 이름이 높은 백호 임제가 송도에 있는 황진이의 무덤을 찾아가 "청초 우거진 골에 자느냐 누웠느냐 / 홍안紅顏은 어디 두고 백골만 묻혔느냐 / 잔 잡아 권할 이 없으니 그를 슬퍼하노라."고 황진이를 추모하며 노래를 바쳤겠는가.

기약 없는 기다림의 시간, 그리고 절망

홍콩 영화 〈동사서독東邪西毒〉은 인생의 허무함을 느낄 때 묘하게도 사람을 빨아들인다. 황량한 사막 위에서 모래바람처럼 풍화된, 그래서 이제는 돌이킬 수 없는 시간의 흐름 속에서 자신의 저주 받은 운명과 싸우는 무사들의 몸짓은 그대로 절망의 검무劍舞이다. 누구를 원망하고 누구를 탓할 것인가. 어긋난 시간과 저주받은 운명 때문인 것을.

인간을 가장 무력하게 하는 것은 시간의 흐름 혹은 세월이다. 어떻게 할 것인가. 다시 시작하기에는 이미 늦었다. 바위처럼 굳은 맹세는 시간의 풍화

작용 속에서 바람에 날리는 모래로 변했다. 풍화된 시간. 이 이미지를 잘 포착해 낸 시가 이옥봉李玉峰(?~?)의 〈자술自述〉이다.

근려 안부를 묻노니 어떠하신지요 .   近來安否問如何

달빛 비친 창가에서 첩의 한은 많습니다 .   月到紗窓妾恨多

만약 꿈속 내 영혼이 자취를 남긴다면   若使夢魂行有跡

문 앞 돌길이 반쯤은 모래가 됐을 겁니다 .   門前石路半成砂

첫 행은 오지 않는 임에 대한 그리움으로 시작한다. 하지만 그 그리움은 이내 원망으로 바뀐다. 동전의 양면처럼 그리움의 반대편에는 애초에 원망이 자리하기 마련이다. 오지 않을, 아니 올 가망이 전혀 없기에 그 원망은 점점 깊어진다. 잠 못 이루어 몸을 뒤척인다는 표현보다 "첩의 한은 많습니다."라는 표현은 얼마나 간결한가. 그 속에는 작중 화자가 하고 싶은 모든 말이 압축되어 있다. 여기서 무슨 말을 더 할 수 있겠는가.

그런데 시는 거기서 그치지 않는다. "만약 꿈속 내 영혼이 자취를 남긴다면 / 문 앞의 돌길이 반쯤은 모래가 됐을 겁니다."에 이르면 그 절망의 긴 터널 속에서 지르는 외마디 소리에 소스라치게 놀라게 된다. 쉽게 생각하면 그리움의 간절한 표현으로 이해할 수 있다. 그래서 밤마다 그리움에 사무친 영혼이 집 밖을 배회하는 애절함으로 해석된다. 하지만 집 앞의 돌길이 반은 모래로 변할 정도로 영혼의 배회가 반복되었음을 상기해 보자. 얼마나 간절했으면 임을 그리는 영혼이 단단한 돌길을 모래로 만들 정도로 배회했겠는가. 그 긴 심리적 시간 동안 임은 오지 않았다. 이제는 모래로 풍화된 그 긴 기다림의 시간. 단순히 그리움에 사무친다는 설명으로는 부족하다. 돌길이 모래로 변했다는 이 기막힌 구절은 절망의 세월 속에 내지르는 외마디 비명과 다름없다.

게다가 "반쯤은 모래로 변했다."라는 표현은 얼마나 시적인가. 모두 모래로 변했다면 다소 억지스러운 과장으로 들리겠지만 반이 모래로 변했다는 것은 그리움의 농도를 한층 강조해 주는 효과가 있다. 마치 서정주의 시 〈자화상〉에서 "나를 키운 건 팔할이 바람이었다."라는 구절과도 상통한다.

허균許筠(1569~1618)이 지은 시화집 《학산초담鶴山樵談》에 따르면, 이옥봉은 승지 벼슬을 하는 조원의 첩이며 "시가 매우 맑고도 굳세어서, 얼굴 단장이나 하는 부인들의 말투가 아니다."라고 한다. 〈자술〉은 이옥봉이 관가의 소장을 대신 써 준 것에 기인한 필화 사건에 연루되어 조원으로부터 소박맞은 후 남편의 부름을 기다리며 쓴 시이다. 하지만 조원은 끝내 옥봉을 부르지 않았다고 한다. 이 시에는 그 긴 기다림의 시간만큼 간절함이 들어 있다. 외유내강이라고나 할까. 한없이 여린 듯하면서도 내지르는 강함이 들어 있다.

시름에 잠겨
한 여성이 시름에 잠겨 담뱃대를 물고 있다. 어쩌면 오지 않는 임을 하염없이 기다리는지도 모르겠다. 조선 후기 이재관의 그림이다.

옥봉의 〈규정시閨情詩〉를 보더라도 그렇다.

약속을 해 놓고 님은 왜 이리 늦나.	有約郎何晩
뜰에 핀 매화는 떨어지려 하는데	庭梅欲謝時
갑자기 가지 위의 까치 울음소리 듣고는	忽聞枝上鵲
거울 쳐다보며 헛되이 눈썹만 그리네.	虛畫鏡中眉

언제 끝날지도 모르는 그 긴 기다림의 시간 속에서도 까치 울음소리를 듣고는 반가워 혹시나 임이 오지 않을까 하여 화장을 고친다. 하지만 임은 결코 오지 않는다. 그제서야 비로소 어리석은 자신을 깨닫는다. 이 시에서는 님이 오지 않을 걸 알면서도 기다릴 수밖에 없는, 그 기약 없는 기다림의 처절한 몸짓을 읽을 수 있다.

하지만 여성에게만 절망의 기다림이 천형天刑처럼 주어지는 것은 아니다. 사랑하는 사람을 위해 기약 없는 기다림에 안타까워하는 남성도 있었다. 드물기는 하지만 조선 후기 시인인 담정薄庭 김려金鑢(1766~1821)에게서 기다림의 모습을 찾을 수 있다.

김려는 성균관 유생 시절에 패사 소품稗史小品의 문체를 가졌다는 이유로 이른바 '문체 반정文體反政'과 관련해서 과거 응시가 금지되고 유배되는 비운을 겪는다. 게다가 유배 생활은 북쪽의 함경도 부령에서 남단의 진해에 이르기까지 무려 10여 년에 걸쳐 이어졌다. 그런데 부령에 있을 때 그곳의 기생인 연희蓮姬라는 여성과 사랑하는 사이가 되었다. 서로 오가면서 동등한 친구로서 사랑을 나누었고 서로를 위하여 수고를 아끼지 않았다. 연희는 담정을 위하여 철따라 의복을 지어 주고 그 부모의 제삿날에는 직접 제사상을 차려 주기도 하였다. 담정도 이런 연희를 위하여 〈연희언행록〉이라는 글과 수많은 시를 지었는데 안타까운 마음이 가장 잘 드러난 작품은 이렇다.

문체 반정文體反政 조선 정조 때 유행하기 시작한 참신한 문장을 잡문체라고 규정하고 정통 고문으로 회복하자는 주장. 이와 같은 관권의 개입으로 문학의 발전이 저해되었다고도 볼 수 있다.

무얼 생각하나.	問汝何所思
저 북쪽 바닷가	所思北海湄
연못에 붉은 연꽃 천만 송이 피었는데	塘裏蓮花紅萬藟
연희가 그리워 보고 또 본다네.	蓮姬之故亦愛爾
마음도 같고 생각도 같고 사랑 또한 같아서	同情同意又同憐
한 줄기에 난 두 송이 연꽃 부럽지 않았거늘	豈羨人間并蒂蓮
사랑하던 사람이 원망스런 사람 되고	百年歡家變寃家
좋은 인연이 나쁜 인연 되었구나	好因緣成惡因緣
하늘 끝 땅 끝에 산과 강 막혀 있어	地角天涯隔山河
허공 중에 그리운 노래 죽도록 불러 보네.	畢身空唱離恨歌
전생에 무슨 죄 지어 이런 고통 겪는 건지	前生罪過他生冤
연희야 연희야 어쩌면 좋으냐.	蓮兮蓮兮奈若何

이 시는 김려가 유배지를 부령에서 다시 남쪽 진해로 옮겼을 때 그곳에서 연희를 그리워하며 지은 것으로 290수의 연작시 《사유악부》에 들

어 있다. 이제는 도저히 만날 수 없는, 사랑하는 사람을 그리며 안타까운 심정을 토로하고 있다. 처음엔 만날 수 없음을 원망하다가 나중에는 그 고통에 몸부림치기도 한다. "연희야 연희야 어쩌면 좋으냐"에 이르면 차라리 비명에 가깝다. 도저히 만날 수 없는 사람을 그리워하면서 내지르는 절규인 것이다. 만날 기약이 없는 기다림과 그리움은 얼마나 절망적인가를 이 시는 잘 보여 준다.

임이 옆에 없기에 생기는 그리움과 상사의 정은 우리 고전에서 가장 빈번하게 등장하는 문학적 소재였다. 서로 소통할 수 있는 아무런 통신 수단도 가지지 못했기에 더욱 절실했는지도 모른다. 그러기에 그 절절한 그리움이 농축되고 발효되어 현대 문학에서는 찾기 어려운 독특한 '그리움의 미학'을 보여 준다. 절제 있으면서 내면에서 터져나오는 절실한 그리움의 모습을 확인할 수 있다.

3

금지된 사랑,
그 황홀한 고통

사랑은 모두 각기 다른 절절한 사연을 간직하고 있다. 그리움에 사무치기도 하고 가슴 저미는 아픔을 겪기도 하고 슬퍼 눈물짓기도 하지만 때로는 광란의 불꽃으로 타오르기도 하는, 그야말로 만인만색이다. 그중에서도 가장 안타까운 것은 아마도 이루어질 수 없는, 금지된 사랑이리라. 하지만 어쩌랴, 피할 수 없는 숙명인 것을……. 그러기에 가장 애절하고 아름다운 사랑인지도 모르겠다.

금지된 사랑의 연대기

1970년대 군사 독재 시절에 유행했던 대중가요 가운데 〈이루어질 수 없는 사랑〉이란 노래가 있다. "너의 침묵에 메마른 나의 입술 / 차가운 네 눈길에 얼어붙은 내 발자국"으로 시작되는 이 노래는 당시 엄혹한 시절의 정치적 함의로도 읽혔지만 도저히 이루어질 수 없는 사랑에 대한 절망적인 몸부림이 강하게 각인되어 있다. 이를테면 "가랑비야 내 얼굴을 거세게 때려 다오 / 슬픈 내 눈물이 감춰질 수 있도록" 같은 구절이 그렇다. 무엇이 이들을 이렇게 절망의 심연으로 몰고 갔을까? 거부할 수 없지만 해서는 안 되는 금지된 사랑 때문이리라. 그러기에 어쩌면 더욱 찬연한 불꽃으로 타올랐는지도 모른다.

이런 금지된 사랑의 얘기가 고전에도 있으니 서두를 장식하는 것은 《신라수이전新羅殊異傳》에 실려 있는 〈심화요탑心火繞塔〉이다. 한 미천한 역졸이 선덕 여왕을 너무 사모하여 결국 불귀신이 되었다는 이야기이다.

영묘사 암키와
경주 영묘사는 〈심화요탑〉의 배경이 되는 절이다. 현재 절은 남아 있지 않고 몇몇 유물들만 전해진다. 사진은 '영묘사'라는 글자가 새겨진 기와 조각이다.

지귀志鬼는 신라 활리活里에 살던 역졸이다. 선덕 여왕의 아름다움을 사모해 슬퍼하며 우느라 모습이 야위었다. 여왕이 절에 가서 향을 사를 때 그 소식을 듣고 지귀를 불렀다. 지귀는 절로 가 탑 아래에서 행차를 기다리다가 홀연 잠이 들었다. 여왕은 팔찌를 빼서 지귀의 가슴에 얹어 두고 궁으로 돌아갔다. 그 뒤에 잠이 깬 지귀는 한참 동안 번민하고 절망한 끝에 마음에 불이 일어나 그 탑을 돌다가 불귀신으로 변했다. 이에 여왕은 술사에게 명해 주문을 짓게 했으니 이르기를
"지귀의 마음속 불이 몸을 태워 불귀신이 되었구나. 푸른 바다 밖으로 흘려보내 보지도

않고 가까이 하지도 않으리."

했다. 그러므로 그때 풍속에서는 이 말을 문의 벽에 붙여 화재를 막았다.

여왕과 역졸은 도저히 사랑이 이루어질 수 없는 관계이다. 그럼에도 불구하고 역졸인 지귀는 아름다움에 반해서 넘볼 수 없는 여왕을 사모하게 되었다. 도저히 이루어질 수 없는 사랑이었지만 너무 사모한 나머지 스스로를 파멸로 몰고 가는 수밖에 없었다. 더구나 여왕을 만나야 하는 순간에 잠이 들어서 만나지 못한 것이었다. 그 슬픔과 고통이 어떠했겠는가? 여왕이 가슴에 얹어 준 팔찌를 징표 삼아 통제할 수 없는 사랑의 불꽃이 자신을 태워 버린 것이다.

이 이야기는 참으로 상징적이다. 실제 이야기에서 마음의 불心火이 나서 온몸을 태웠다고 하는데, 금지된 사랑의 열병이 바로 그것이 아니던가. 사랑하는 사람의 얼굴 외에는 아무것도 보이지 않고, 그 목소리 외에는 아무것도 들리지 않는, 그래서 아무것도 할 수 없는 지경에 이르러 결국 자신을 파멸로 몰고 간 것이다. 더군다나 이 세상에서는 이루어질 수 없는 사랑이니 오죽하겠는가.

〈심화요탑〉이 신분의 차이 때문에 이루어질 수 없는 안타까운 사랑을 다룬 반면 다른 종種과의 금지된 사랑을 다룬 작품들도 있다. 이런 비현실적이고 낭만적인 작품들은 '전기傳奇''라는 장르로 전하는데, 《신라수이전》에 실린 〈김현이 호랑이를 감동시키다金現感虎〉가 그렇다. 호랑이 처녀가 흥륜사興輪寺에서 탑돌이를 하다가 김현이라는 낭도를 만나 사랑에 빠지고 결국은 그에게 죽음을 당한다는 내용이다.

김현은 복을 빌기 위해 흥륜사에서 탑돌이를 하다가 한 처녀와 눈이 맞는다. 어느 날 김현이 처녀의 집을 찾아간다. 호랑이인 그 처녀와 노모는 사나운 오빠들로부터 해를 당할까 봐 김현을 숨겨 준다. 이윽고 오빠 호랑이 셋이 들어와 사람을 내놓으라고 행패를 부린다. 이때 하늘에서 이들을 벌하고자 하는 목소리가 들린다. 처녀는 그 벌을 자신이 대신 받아

전기傳奇 기이한 이야기를 전한다는 뜻으로 중국 당대에 나타난 소설을 일컫는다. 이후 우리나라에도 전해졌고 《금오신화》, 《삼설기》 등의 작품집이 대표적이다.

죽기로 작정한다. 결국 호랑이 처녀는 자결함으로써 부부의 인연을 맺어 준 김현에게 보답한다. 이 이야기는 서로 사랑했지만 다른 종이기 때문에 비극적 결말을 맞이할 수밖에 없는 안타까운 사연을 담고 있다.

아슬아슬한 사랑의 행로와 비극적 종말

우리 문학사에서 금지된 사랑을 보여 주는 대표적인 작품을 꼽으라면 〈운영전雲英傳〉일 것이다. 금지된 사랑은 남녀의 만남이 자유로워진 근대 이후에나 가능했을 법하지만 중세 봉건시대라고 해서 남녀의 만남이 어찌 없었겠는가. 하지만 〈운영전〉에서처럼 궁녀와 선비의 만남은 아주 드문 경우이다. 운영의 주인인 안평대군의 말처럼 "궁녀가 한 번이라도 궁문을 나가는 일이 있으면 그 대가는 죽음이다. 또 외부인으로 궁녀의 이름을 아는 자도 죽음을 면치 못할 것이다."라고 했으니 말이다. 그러기에 이들의 사랑은 죽음을 각오한 애절한 것일 수밖에 없었다. 자, 〈운영전〉의 이야기 속으로 들어가 보자.

무계정사 터
안평대군은 무계정사란 정자를 지어 시회를 열고 선비들과 교류하였다. 운영이 김 진사를 처음 만난 시회가 벌어지던 곳이 여기와 같지 않았을까? 사진은 현재 무계동이란 석각만 남은 무계정사 터이다.

안평대군이 기거하는 수성궁으로 찾아온 수려한 젊은 선비, 김 진사가 시를 짓는 자리에 궁녀들이 불려 나갔는데 먹물 한 방울이 운영의 손가락에 잘못 떨어지는 바람에 이들의 사랑은 시작된다. 서로 무엇에 홀린 듯 상대방을 그리워하고 결국 상사병에 걸리게 된다. 김 진사는 비교적 자유로운 처지였던 데 반해 수성궁의 궁녀인 운영은 그렇지 못했다. 궁녀는 살아서는 절대로 궁 밖으로 나갈 수 없었기 때문이었다.

궁녀의 처지는 새장에 갇힌 새나 화분에 심긴 화초와 같다. 주인의 눈과 귀는 즐겁게 해야 하나 정작 자신에게는 아무것도 할 수 없는, 풀려날 기약조차 없는 감옥에 갇힌 처지인 것이다. 운영과 그의 친구 자란·은섬·옥녀·비취의 거처가 서궁으로 옮겨지고 나서 운영이 "산 사람도 중도 아니면서 이렇게 깊은 궁에 갇혀 있으니 이야말로 장신궁長信宮* 과 다

장신궁長信宮 한나라 태후가 과부가 되어 홀로 살던 궁궐.

를 바 없구나."라고 한탄했을 정도이다.

이런 운영에게 해서는 안 될 사랑이 벼락같이 찾아온 것이다. '손가락에 잘못 떨어진 먹물 한 방울'이 열일곱 처녀의 마음을 뒤흔들었다. 어떻게 할 것인가? 궁녀의 처지를 자각하고 학문을 연마하며 마음을 잡는 방법도 있겠지만, 운영은 그러지 않았다. 타오르는 사랑의 불꽃 속으로 자신을 던졌다.

운영은 김 진사가 올 때마다 문틈으로 사랑하는 사람의 모습을 훔쳐보았고, 운영을 보지 못하는 김 진사 역시 몸이 날로 여위어 갔다. 서로를 그리워하다 상사병에 걸린 것이다. 어느 날 운영은 다음과 같은 시를한 편 써서 자신의 금비녀와 함께 김 진사에게 전해 줄 결심을 하기에이른다.

베옷 입고 가죽대 두른 선비	布衣革帶士
옥 같은 얼굴은 신선 같아라.	玉貌如神仙
날마다 주렴 사이 건너다보는데	每向簾間望
어찌하여 월하의 인연 맺지 못하는가.	何無月下緣
얼굴 씻으니 눈물은 물줄기 되고	洗顔淚作水
거문고 타면 한은 줄이 되어 우네.	彈琴恨鳴絃
끝없는 원망을 가슴속에 간직하고	無限胸中怨
머리 들어 호올로 하늘에 하소연하네.	擡頭獨訴天

애절한 사랑의 하소연이다. 왜 사랑은 늘 확인받고 싶다고 하지 않던가. 얼마나 사랑하고 그리워하는지를 시를 써서 전하려 한 것이다. 하지만 어떻게 전할지도 문제였다. 마침 달이 휘영청 밝은 저녁 안평대군은술잔치를 크게 열어 손님들에게 김 진사의 재주를 칭찬하고 그가 지은시를 보여 주는 자리를 마련했다.

운영은 옆방으로 가 벽 하나를 마주하고 기회를 기다린다. 그러고는

밤이 깊어지자 김 진사에게 자신의 존재를 알린다. 가슴 졸이는 그 부분을 보자.

밤이 깊어지고 손님들은 저마다 한껏 취했습니다. 저는 벽을 헐어 구멍을 조금 내고 들여다보았지요. 진사님도 제 뜻을 알고 구석을 향해 앉더군요. 제가 편지를 구멍으로 던졌더니 얼른 주워 숨기고 집으로 돌아가셨습니다. 집에 돌아와 편지를 뜯어 시와 사연을 읽어 보고는 슬픔을 이기지 못하여 도무지 편지를 손에서 놓지를 못하셨답니다. 그리운 마음은 전보다 더해 몸을 가누지 못할 지경이었답니다. 바로 답장을 쓴 다음 보내려고 했지만 전할 길이 없어 날마다 늘어 가는 것은 슬픔과 탄식뿐이었답니다.

얼마나 기막히고도 당찬 행동인가! 사랑의 열병은 이렇게 사람을 용감하게 만든다. 김 진사도 운영에게 소식을 전하기 위해 무녀巫女를 찾아가고 그녀의 도움으로 천신만고 끝에 편지를 전한다. 언제 어디서나 휴대 전화로 상대방의 목소리를 듣거나 문자를 보낼 수 있는 요즘에는 도저히 상상할 수도 없는 아날로그의 감동이다. 편지 한 장이 사랑하는 사람의 모습이자 목소리인 것이다.

이제 서로의 사랑을 편지로 확인했으니, 그 다음은 서로가 만나는 것이다. 이른바 '밀회'이다. 금지된 사랑에서 밀회는 얼마나 황홀하고도 위험한가. 공포 영화보다도 더 무서운 부분이 바로 이 밀회 장면이다. 무슨 일이 터질 것만 같은데 사랑하는 사람들은 오로지 상대방에게만 열중할 뿐 주변의 아무것도 보려 하지 않는다. 그러니 위험에 빠질 수밖에 없는 것이다.

사랑의 편지를 전해 주는 데 '무녀'가 있었다

면, 운영을 만나게 하는 데는 흉악한 하인 '특'이 있었다. 특은 김 진사의 재산과 운영을 차지할 욕심으로 김 진사에게 담을 넘는 방법을 일러 준다. 어쨌거나 김 진사는 수성궁의 높은 담장을 넘어 운영의 단짝인 자란의 안내를 받아 운영과 대면한다. 그 짜릿한 밀회의 즐거움이 어떻겠는가? 〈운영전〉은 그 부분을 이렇게 전한다.

등불을 끄고 우리는 곧 잠자리에 들었는데, 그 즐거움에 대해서는 따로 말씀드리지 않겠습니다. 밤은 금세 새벽이 되었습니다. 닭들이 날 새기를 재촉하고 있을 때 진사는 일어나 바로 돌아가셨습니다. 그 후부터는 날마다 어두울 때 담을 넘어와서 새벽에 돌아가시곤 했습니다. 나날이 사랑은 깊어지고 정은 두터워졌습니다. 우리는 이러한 만남을 멈출 줄을 몰랐습니다. 그러나 꼬리가 길면 자취가 남는 법. 눈이라도 온 날이라면 눈 위에 남는 발자국을 다 지우기는 어려웠겠지요. 진사의 출입을 알고 있는 궁녀들은 모두 위험하다고 입을 모았지요.

이 얼마나 아슬아슬한 사랑의 행로인가. 마치 줄타기 곡예를 하는 것과 같다. 하지만 작품에서도 이야기하고 있듯이 멈춰지지 않는다. 시한부 인생처럼 제한된 사랑 이기에 더욱 그렇다. 이렇게 서로를 불태우면서 비극적 종말을 향해 나아가는 것이다.

어느 날 김 진사의 시 중에서 "담장을 따라가며 몰래 풍류의 곡조를 훔치네."

라는 구절이 안평대군의 의심을 사게 되고, 운영 또한 "운영의 시에는 이상하게도 사람을 생각하는 뜻이 뚜렷하구나. 전에 지은 시에서도 그런 자취가 보이더니, 도대체 네가 따르고자 하는 사람이 어떤 사람이냐? 지난번 김 진사의 시에도 의심스러운 구절이 있었는데, 너 혹시 김 진사를 생각하고 있지 않느냐?"는 대군의 의심을 받게 되면서 이들의 사랑에 위기가 닥친다. 둘이 밤에 도망할 것도 생각했지만 차마 결행하지는 못하던 차에 김 진사의 하인 특이 재산을 차지할 욕심으로 서궁에 사람이 드나든다는 소문을 내기에 이른다. 화가 난 안평대군이 다섯 명의 궁녀들을 죽일 작정으로 문초를 하기에 이른다. 이에 다섯 명의 궁녀들은 자신의 생각을 글로 지어 올렸지만 모든 것이 드러난 운영은 결국 비단 수건에 목을 매 스스로 목숨을 끊는다. 이를 알게 된 김 진사도 운영의 뒤를 따르니 이들의 금지된 사랑은 이렇게 비극적인 종말을 맞는다. 하지만 어쩌랴, 그것이 운명인 것을……

봉건 윤리의 억압과 자유를 향한 절규

〈운영전〉은 이런 비극적인 사랑을 통해 폭압적인 봉건 윤리와 제도의 비인간적 측면을 문제 삼고 있는 작품이다. 왜 이렇게 아름다운 청춘남녀가 죽어야 하는가? 운영이 궁녀라는 신분이었기 때문이다.

이런 점에서 〈운영전〉은 〈이생규장전〉이나 〈주생전周生傳〉, 〈위경천전韋敬天傳〉 등과 비극적 사랑은 일맥상통하지만 애정이 파탄에 이르게 되는 과정에는 차이를 보인다. 〈이생규장전〉·〈주생전〉·〈위경천전〉은 애정의 파탄이 전란에 기인하지만, 〈운영전〉은 궁녀라는 처지와 안평대군의 완고한 태도에 기인한다.

운영은 사랑할 자유마저 빼앗긴 궁녀의 신분이지만 가혹한 봉건 제도에 굴복하지 않고 참된 사랑을 위해 생명을 바침으로써 인간이 당연히 가져야 하는 고귀한 자유 의지를 수호한 것이다. 김 진사 역시 봉건 윤리에 저항하는 이단자의 형상으로 진정한 사랑을 위해 담을 넘고 생명까지 바치는 비극적 인물이다. 김 진사는 젊은 나이에 재주가 뛰어나 안평대군의 신임과 사랑을 받으며 출세가 보장되었지만 참된 사랑을 찾아 자신의 모든 것을 바친다.

이렇듯 〈운영전〉은 운영과 김 진사의 금지된 사랑, 그 비극적 결말을 통해 봉건 윤리와 제도의 불합리성을 폭로하고, 그 청춘 남녀의 아름다운 사랑을 긍정한 작품이다. 아마도 이들의 사랑이 이루어졌다면 봉건 윤리와 제도에 대한 절규의 의미는 상당히 줄어들었을 것이다. 저 유명한 〈절규〉에서 다리 위의 한 사람이 손으로 얼굴을 부여잡고 절규하는 장면처럼 운영의 심정도 그런 것이리라. 인간의 자연스러운 감정을 불합리한 윤리와 제도로 옥죄는 사회를 향해 그렇게 소리치고 싶었을 것이다. 〈운영전〉에서는 그런 항변의 목소리가 서궁에 있는 다섯 명의 궁녀들을 통해 드러난다. 우선 은섬은 이렇게 당당하게 자신의 사연을 지어 올린다.

절규
핏빛으로 물든 하늘과 암청색 물결 무늬가 파장처럼 겹겹이 테를 두르고 있는 모습은 자연스러운 감정을 윤리와 제도로 억압하는 사회에 대한 강한 절규를 내포하고 있는 듯하다. 그림은 뭉크의 〈절규〉(1893).

> 남녀가 서로 그리워하고 사랑하는 마음은 귀하거나 천하거나 사람이면 누구나 가지고 있을 것이옵니다. …… 한 번이라도 궁궐 담장을 넘어가면 인간 세상의 즐거움을 알 수 있겠지만 저희들은 오래도록 궁궐 속에 갇혀 한 번도 궁궐 밖에 나가 보지 못하사옵니다. 이는 참으로 참기 힘든 일이오나 대군의 위엄이 두려워 불같은 마음을 억누른 채 시들어 죽어 갈 뿐이옵니다. 궁궐의 법도를 벗어난 죄를 지은 일이 없사온데도 저희를 죽이고자 하시니 참으로 원통할 뿐이옵니다. 저희들은 죽어서 저승에 가서도 눈을 감을 수 없겠나이다.

다음 운영의 단짝인 자란의 목숨을 건 하소연은 이렇다.

> 하늘나라의 선녀도 아니온데 남자를 그리워하는 마음이 저희들이라고 없을 수 있겠사옵니까? 옛날의 성스러운 임금도 천하를 호령하던 영웅도 다 여인을 그리워하였고 대군께서도 운영을 사랑하고 있다는 것을 저희들이 알고 있사온데 어찌 운영이라고 남자

를 그리워하는 마음이, 남자를 안아 보고 싶은 정욕이 없을 수 있사오리까?……
오랫동안 깊은 궁궐에 갇혀 달 밝은 가을, 꽃피는 봄이면 늘 마음이 아프던 운영이, 밤비
라도 내리는 날이면 애를 끓이던 운영이 준수하고 단아한 진사를 보고 목석처럼 그냥
앉아 있었으리라고 생각하셨나이까? 한 번 보고는 넋을 잃고 그리움의 병이 뼛속에 사
무쳐 아무리 좋은 약도 소용이 없게 되었사옵니다. 불쌍한 운영이 아침 이슬처럼 죽어
버리면 대군께서 비록 측은한 마음이 있어 돌보려고 하신들 무슨 소용이 있겠나이까?
저의 어리석은 생각으로는 대군께서 김 진사를 불러 운영과 만나게 해 주신다면, 그리
하여 운영의 한을 풀어 주신다면 대군의 선행은 하늘에 닿을 것이며 저는 죽어도 한이
없을 것이옵니다.

이들 궁녀들이 주장하는 것은 남녀 사이의 사랑의 감정을 인정하라는
것이다. 그것을 윤리와 제도로 억누르려고 하니 죽을 수밖에 없다는 것
이다. 따뜻한 피가 흐르는 인간인데 어찌 남녀가 서로 그리워하고 사랑
하는 마음이 없을 수 있겠는가. 그래서 젊은 여자로서 남자를 그리워하
고 남자를 안아 보고 싶은 정욕은 당연한 것이라고 당당히 주장한다.

그러나 현대인들에게는 너무나 당연한 인간의 자연스런 감정이 중세
봉건 시대에는 이처럼 윤리와 제도의 틀 속에 갇혀 있었던 것이다. 그런
점에서 〈운영전〉은 인간의 개성이 얼마나 소중한 것인지를 봉건 윤리와
제도에 의해 죽어야만 했던 남녀의 애달픈 사랑을 통해 보여 주고 있는
것이다. 이들이 말처럼 "바닷물이 마르고 돌이 녹아 없어져도 우리의 사
랑은 사라지지 않을 것이며, 땅이 갈라지고 하늘이 무너져도 우리의 원
한은 지우기는 어려울 것"이라 했다. 정말로 처절한 사랑이 아니고 무엇
이겠는가?

인용 작품

심화요탑 189쪽
작가 미상
갈래 설화
연대 신라 시대

운영전 192, 194, 195, 197쪽
작가 미상
갈래 고전 소설(한문)
연대 17세기

4 험난한 사랑의 길

사랑하면 늘 즐거운 일만 있는 것이 아니다. 사랑을 방해하는 일들이 일어나니 고통도 찾아오는 법이다. 그래서 늘 '사랑의 기쁨'보다는 '사랑의 슬픔'을 얘기하지 않던가. 사실 두 남녀가 서로 사랑하여 결혼하고 아들딸 낳고 행복하게 살았다고 하면 이야기가 매력적이지 않다. 그래서 반드시 애정을 방해하는 인물이나 사건이 등장하게 된다.

신분에 따른 사랑의 수난

춘향은 기생이니 천민인 셈이다. 반면 이몽룡은 양반이다. 춘향이 양반 집 도령을 만나 사랑을 이루었다는 것은 흔한 일이 아니다. 신분을 지고의 척도로 삼았던 중세 봉건 시대에는 꿈도 꾸지 못했을 일이다. 물론 기생이 양반의 첩으로 들어가는 것은 가능하지만 동등한 자격으로서 부부가 되는 것은 아님을 명심할 필요가 있다.

아름다운 기생을 놓고 한량들이 서로 차지하려고 다툰 '미기담美妓談' 혹은 '탐화담探花談'은 조선 후기 문학 작품에 수없이 등장한다. 어느 고을에 원님으로 부임한 양반이 그곳의 아리따운 기생과 사랑을 나누었고, 임기가 다하여 서울로 올라간 양반은 기특하게도 자신을 위해 절개를 지킨 그 기생을 첩으로 삼았다는 이야기가 일반적이다. 어찌 보면 아름다운 사랑 이야기가 아니냐고 할지 모르지만, 이것이 과연 동등한 인간으로서의 사랑인가는 곰곰 생각해 봐야 한다.

이런 이야기의 제목으로 많이 등장하는 '탐화探花' 혹은 '절화折花'라는 표현도 바로 그런 의미이다. 여기서 주체적으로 행동하는 여성의 모습은 어디에도 없다. 게다가 정식 부인이 아닌 첩으로 삼았다는 대목에서 여성이 단지 남성의 노리개에 불과했음을 알 수 있다. 그래서 기생을 가리켜 '말을 알아듣는 꽃' 혹은 '말하는 꽃'이란 의미의 '해어화解語花'라 부르지 않았던가. 그런데 〈춘향전春香傳〉의 춘향은 기생이지만 양반의 노리개가 되는 것을 거부하고 주체적인 여성으로 살아가고자 했으니 여기에 따르는 사랑의 길이 얼마나 험난했겠는가.

그네 뛰는 춘향이의 아름다움에 취한 이몽룡도 처음에는 기생의 딸인 춘향을 잠깐 즐기는 대상으로밖에 여기지 않는다. 〈춘향전〉에서 확인해 보자.

"저 건너 화류 중에 오락가락 희뜩희뜩 어른어른하는 것이 무엇인지 자세히 보아라!"
통인이 살펴보고 여쭈오되,
"다른 무엇 아니오라, 이 고을 기생 월매 딸 춘향이란 계집아이로소이다."
도련님이 엉겁결에 하는 말이,
"장히 좋다. 훌륭하다!"
통인이 아뢰되,
"제 어미는 기생이오나 춘향이는 도도하여 기생구실 마다하고 백화초엽白花草葉에 글자도 생각하고, 여공女工 재질이며 문장을 겸하여 여염집 처자와 다름이 없나이다."
도령 허허 웃고, 방자 불러 분부하되,
"들은즉 기생의 딸이라니 급히 가 불러오라!"

기생의 딸이니 데리고 놀아도 별 문제가 없다는 말이다. 물론 춘향은 이런 이몽룡의 초대를 매몰차게 거절함으로써 자존심을 지킨다. 결국 사또 자제인 이몽룡이 "내가 너를 기생으로 앎이 아니라, 들으니 네가 글을 잘한다기로 청하노라."고 자신의 태도를 수정하기에 이른다.

춘향과 이몽룡의 사랑이 처음으로 난관에 부딪힌 것은 첫날밤을 보낼 때이다. 이몽룡은 춘향의 미색에 반해서 '백년언약'을 맺고자 하지만 신분이 다르기에 쉽지 않다. 그래서 "내 저를 초취初娶[*] 같이 여길 테니 부모를 모시고 있다고 염려 말고 장가 전이라 해도 염려 마소. 대장부 먹는 마음 박대 행실 있을쏜가. 허락만 하여 주소."라고 재차 다짐한 뒤 불망기不忘記를 써 주고서야 허락받기에 이른다.

하지만 춘향은 "도련님은 귀공자요, 소녀는 천첩이라. 한 번 탁정托情[*] 한 연후에 인하여 버리시면 독수공방 홀로 누워 우는 내 아니고 뉘가 할

초취初娶 첫 번째 장가가서 맞은 아내를 일컬음.

탁정托情 정을 붙임.

고. 그런 분부 마옵소서."라는 데서 춘향이 자신의 신분 처지를 분명히 자각하고 있음을 짐작할 수 있다. 그러기에 둘의 사랑이 구체적인 부부 관계로 나아가기 위해서는 상당히 험난한 장애가 놓여 있는 것이다. '불망기'라는 것도 다만 신분을 뛰어넘어 서로에 대한 사랑을 문서로 확인하는 절차에 불과할 뿐, 당시의 관습으로 볼 때 사회적 구속력을 지녔다고 보기는 어렵다.

이런 불안한 사랑은 변학도가 내려와 춘향에게 수청을 강요하면서 본격적인 수난에 직면한다. 남원에 내려온 변학도는 만사를 제쳐 놓고 '기생 점고'부터 한다. 춘향이 이름이 왜 보이지 않느냐는 질문에 이 도령과 백년가약을 맺고 수절하고 있다고 대답하자, "이놈! 무식한 상놈인들 그게 어떠한 양반이라고 엄부시하嚴父侍下요, 장가도 안 든 도련님이 기생 작첩作妾하여 살자 할까, 이놈! 다시는 그런 말을 입 밖에 내어서는 죄를 면치 못하리라! 이미 내가 저 하나를 보려다가 못 보고 그저 말랴. 잔말 말고 불러오라!"고 지시하기에 이른다. 변학도는 춘향을 양반의 노리개인 기생으로 보고 이런 행위를 서슴지 않은 것이다.

춘향을 대하는 이몽룡과 변학도는 그 태도부터가 다르다. 동등한 인격체로 대하는 이몽룡과 우격다짐으로 수청을 강요하는 변학도의 차이는 춘향으로 하여금 변학도의 수청을 거부하게 하는 근거가 된다.

춘향의 수청 거부는 이몽룡을 위해 절개를 지킨다는 의미보다도 이런 무자비한 폭압에 저항하여 인간의 존엄성을 지키기 위한 몸부림이다. 그것이 춘향에게는 곧 자신의 사랑을 지키는 것이기도 하다. 변학도가 기생이 무슨 정절이 있냐고 조롱하자 춘향은 다음과 같이 대꾸한다.

충신은 두 임금을 섬기지 않고, 열녀는 두 지아비를 섬기지 않음을 본받고자 하옵는데, 수차례 분부 이러하니 사는 것이 죽는 것만 못하옵고, 두 지아비를 섬길 수 없으니 처분 대로 하옵소서. (중략) 충효 열녀도 위아래가 있소? 자세히 들으시오! 기생으로 말합시다.

기생 점고 기생의 명부에 일일이 점을 찍어 그 수를 조사하는 것이다.

춘향도 병풍
춘향전을 소재로 한 10폭 병풍 중 변학도가 춘향에게 수청을 요구하는 장면을 그린 그림이다.

춘향이 강변하는 것은 봉건적 덕목인 '열烈'인 것 같지만 사실은 자유 의지로 선택한 사랑을 지키고자 수청을 거부하겠다는 말이다. 곧 자신의 인간적 권리를 주장한 셈이다. 이런 춘향의 항변에 대해 "지나가던 새도 웃겠다."라거나 "기생이 정절이면 우리 마누라는 기절"이라며 단상에 있는 변학도가 비아냥거릴 정도로 당시 기생은 인간 대접을 받지 못했다. 그 때문에 춘향은 당시 실정법에 해당되는 '열'이라는 명분을 통해 자신의 행위를 정당화해야 했다. 당시의 봉건적 덕목이기는 하나 춘향이 강조하는 '열'은 실상 한 인격체의 권리나 인간의 존엄성을 지키기 위한 외피外皮 역할을 한다. 그러기에 춘향이 주장하는 '열'의 핵심은 봉건적 덕목과 상반되는 당당한 인격체로서의 자유 의지를 내포하고 있는 것이다.

춘향이 죽을 각오를 하면서까지 변학도의 수청을 거부한 이유는 무엇일까? 사건의 진행 과정을 보면 춘향은 매를 맞아 거의 죽을 지경에 이르고, 거지꼴로 내려온 이몽룡을 본 후로는 살아날 희망을 포기하고 사후처리까지 부탁한다. 독하게 마음먹고 여러 유혹도 뿌리친다. 이에 변학도는 이방을 보내 "네가 수청을 들면 관가의 창고 돈이 다 네 돈이 될 것이다."라고 하자, 월매는 "이번만은 눈 질끈 감고 수청 한번 들어라." 고 한다. 실상 양반의 노리개 역할을 해야 하는 기생이 수청 한번 드는 일이 그리 대단할 것은 없다. 하지만 춘향은 양반의 노리개가 되어 구차하게 사느니 차라리 죽는 게 낫겠다고 한다. 이런 당돌하고도 독한 모습이 춘향의 진면목이다.

춘향이 바라는 것은 사랑하는 남자를 만나 평범한 지어미로 한 가정을 꾸리고 행복하게 사는 것이다. 그러나 양반의 노리개가 되어야 하는 기생이라는 신분이 그것을 불가능하게 만든다. 이 신분적 굴레에 당당히 맞섰던 여자가 바로 춘향이다.

한편 이옥李鈺(1760~1812)의 〈심생전沈生傳〉은 양반과 기생의 관계가 아니라 양반과 중인 신분 여자의 이루어지기 어려운 사랑의 과정을 보여준다.

심생은 서울의 양반으로 운종가雲從街*에서 임금의 행차를 구경하고 오던 길에 아리따운 처녀를 보고 반하여 그녀의 뒤를 따라가 사는 집을 확인한 다음 매일 그 처녀의 집 담을 넘어 방문 밑에서 밤을 지새고는 새벽에 집으로 돌아온다. 이러기를 무려 30일. 30일이 되던 날 처녀는 심생을 방으로 들어오라 한 뒤 부모를 불러 그간의 사정을 얘기한 다음 심생을 따르겠노라고 한다.

운종가雲從街 조선 시대 서울의 거리 가운데 지금의 종로 네거리를 중심으로 한 곳.

제가 만일 도련님을 따르지 않으면 하늘이 반드시 싫어하시어 복을 제게 주시지 않을 거예요. 저는 마음을 정했습니다. 부모님께서는 근심하지 마옵소서. 아! 저는 부모님께서 연로하시고 동기간이 없으니 시집가서 데릴사위를 맞아 살아 계실 때에 봉양을 다하다가 돌아가신 뒤에 제사를 모시면 제 소망에 족하다고 생각하였습니다. 이제 일이 뜻밖에 이렇게 되었으니, 이 역시 하늘의 뜻이라. 말해 무엇하겠습니까?

처녀는 당당하게 말한 다음 심생과 동거 생활에 들어간다. 하지만 문제는 심생이다. 여자의 집에서는 사위로 여겨 의복을 마련해 주는 등 극진히 대접하는데 심생은 자기 집에 말도 못하고 밤에 나갔다 새벽에 들어오는 일을 반복한다. 집에서는 당연히 행실을 의심하여 절에 들어가 글을 읽으라고 명을 내리고, 심생은 책을 싸들고 북한산으로 들어간다. 결국 기다리던 처녀는 병이 들어 죽음에 이르고 유서가 된 편지를 심생에게 보낸다. 그 편지에는 신분 차이 때문에 이루지 못하는 사랑을 원망하는 여자의 세 가지 한을 담고 있는데, 내용은 이렇다.

소녀 본래 무남독녀로 부모님의 사랑하오심을 받자와 장차 부모님께서는 적당한 사위를 구하여 만년의 의지를 삼고 후일의 계책을 마련코자 하였더니 호사다마好事多魔라 뜻밖에 악연에 얽히었군요. 넝쿨진 풀이 외람되게 높은 소나무에 붙었으니 서로 혼인하는 것은 이제 바랄 수 없게 되었습니다. 이는 소녀가 아무 낙이 없이 시름하다가 마침내 병으로 죽음에 이른 까닭이옵고 이제 늙으신 부모님은 영원히 의지할 곳이 없게 되었사오니, 이것이 첫째 한이옵니다.

여자가 출가하면 비록 종년이라도 문에 기대어 손님을 맞는 기생의 몸이 아닌 다음에야 남편이 있고 또 시부모가 있겠지요. 세상에 시부모가 모르는 며느리가 있사오리까? 소녀 같은 몸은 남의 속임을 받아 몇 달이 지나도록 일찍이 도련님 댁의 늙은 여자 하인 하나도 보지 못하였사오니 살아서 부정한 자취를 남겼고 죽어서 돌아갈 곳이 없는 귀신이 될 것이라 이것이 둘째 한이옵니다.

공궤供饋 음식을 줌.

부인이 남편을 섬김에 음식을 장만하여 공궤*하고 의복을 지어서 입으시도록 하는 일보다 큰일이 있을까요? 도련님과 상봉한 이후 세월이 오래지 않음도 아니요 지어 드린 의복이 적다고 할 수도 없는데, 한 번도 도련님께서 한 사발의 밥도 집에서 자시지 못하였고 한 벌 옷도 입혀 드리지 못하였으며 도련님을 모시기를 다만 잠자리에서뿐이었습니다. 이것이 셋째 한이옵니다.

그 외 상봉하온 지 얼마 아니 되어 문득 길이 이별하옵고 병으로 누워 죽음이 다가왔으니 대면하와 영결하지 못하옵는 따위는 아녀자의 슬픔일지언정 어찌 족히 군자에게 말씀드리오리까. 생각이 여기에 이르러 창자가 이미 끊어지고 뼈가 녹으려 하옵니다. 비록 연약한 풀이 바람에 쓰러지고 시든 꽃잎이 진흙이 된다 하온들 끝없는 이 원한은 어느 날이라 다하리오. 아! 창 사이의 밀회密會는 이제 그만입니다.

그 세 가지 한은 늙으신 부모님이 의지할 사람이 없는 것, 시댁에서 인정받지 못한 일, 남편을 제대로 모시지 못한 일이다. 이 모두 정식으로 혼인을 하지 않았기에 발생한 일이다. 여자는 자신에 대한 애정을 가늠해 본 다음 심생을 적극적으로 받아들여 남편으로 인정하고 부모에게도 그렇게 하겠노라 선언했지만, 심생은 감히 부모에게 말도 못하고 머뭇거리다 여자를 죽음으로 몰고 간 것이다. 그런데 심생은 왜 여자와의 일을 집에 정식으로 말하지 못한 것일까? 그것은 바로 여자가 중인의 신분*이었기 때문이다. 그러니 심생은 혼인이 아니라 매일 몰래 만나는 밀회를 계속할 수밖에 없는 처지였던 것이다.

처녀의 신분 처녀는, 기술직인 호조戶曹에서 회계 업무를 맡아 보는 계사計仕로 있다 은퇴한 집안의 외동딸로 경제적으로는 부유했지만 양반과는 혼인할 수 없는 신분이다.

처녀의 죽음에 충격을 받은 심생은 붓을 던지고 무변으로 나갔지만 일찍 죽고 말았다 한다. 심생의 우유부단함도 원인이지만 이 둘의 사랑은 결국 양반과 중인이라는 신분 차이 때문에 깨지고 만 셈이다.

방해자의 등장

애정 수난 과정에서 등장하는 방해자는 서사를 성립시키는 중요한 요소이다. 〈춘향전〉에서도 변학도라는 방해자가 나타나 방해자로서의 역할을 다하자 애정 수난이 본격화된다. 그런데 여기서 방해자의 성격이 매우 중요하다. 〈춘향전〉에 등장하는 방해자인 변학도는 탐관오리의 전형이다. 따라서 변학도의 춘향에 대한 수청 강요는 부패한 봉건 권력의 횡포를 의미한다. 여기 〈춘향전〉 외에도 방해자가 나타나 적극적이고 교묘하게 활약하는 작품으로 〈춘향전〉과 비슷한 〈옥단춘전玉丹春傳〉이 있다. 줄거리는 다음과 같다.

평양 감사 김진희와 이혈룡은 죽마고우로 누구든지 벼슬을 먼저 하면 서로 돕기로 약속한 사이이다. 김진희가 먼저 과거 급제하여 평양 감사가 되자, 이혈룡은 그를 찾아간다. 그러나 냉대만 받고 친구인 김진희에 의해 죽을 위험에 처하게 된다. 이때 그 자리에 있던 기생 옥단춘이 뱃사공을 돈으로 매수하여 이혈룡을 살리고 자신의 집에서 기거하게 한다. 가까스로 목숨을 구한 이혈룡은 서울로 돌아와 옥단춘의 도움으로 가난한 신세를 면하고 풍족하게 살아간다. 옥단춘의 권고로 과거에 응시한 이혈룡은 장원 급제를 하여 평안도 암행어사로 제수된다. 걸인 복색으로 평양에 내려온 이혈룡은 옥단춘을 만나고, 이튿날 함께 평양 감사의 잔치 자리에 참석한다. 이들을 알아본 김진희가 옥단춘과 같이 한 배에 실어 죽이려고 하자 암행어사 출도를 외치고 상황은 역전된다. 이혈룡은 평양 감사를 처단하려 했다가 친구와의 정리를 생각해 용서해 주었으나 갑자기 하늘에서 번개가 치더니 감사를 없애 버린다. 그 뒤 이혈룡은 평양 감사가 되어 어진 정치를 펼치고 우의정에까지 오르고, 옥단춘은 정경부인이 되어 부귀영화를 누린다. (줄거리 요약)

이상의 줄거리를 통해 알 수 있듯이 〈춘향전〉에서 방해자 역할을 하는 변학도의 자리에 친구인 김진희가 있다는 점만 다르다. 여기서는 방해자가 통속적 흥미를 주는 장치로 나타난다. 평양 감사 김진희는 친구와의 우정을 저버리고 권세를 휘둘러 그를 죽이려 했고, 뒤에 그가 살아 있음을 알고 그를 살린 옥단춘까지 같이 죽이려고 한 인물이다. 〈춘향전〉에서는 방해자의 고난을 춘향 혼자 감당하는 반면, 〈옥단춘전〉에서는 두 남녀가 함께 겪는다. 또한 여기서는 방해자를 제거하는 것도, 변학도와 같은 탐관오리에 대한 징치懲治의 의미보다는 의리를 저버린 친구에 대한 징벌의 의미가 더 크다.

그러나 방해자가 부모인 경우에는 극복해 나가기가 더욱 더 쉽지 않다. 〈채봉감별곡彩鳳感別曲〉이 그런 경우이다. 우선 작품의 줄거리를 보자.

평양에 사는 김 진사의 딸 채봉은 후원에서 추색秋色을 구경하다 장필성을 만난다. 그 후 서로 좋아하게 되어 부부가 될 것을 약속한다. 채봉의 어머니인 이 부인도 기꺼이 승낙하고 혼약을 맺기로 약속한다. 한편 사위도 알아볼 겸 벼슬도 알아볼 겸 서울에 올라갔던 김 진사는 당시 세도가 허 판서에게 돈 만 냥으로 과천 현감 벼슬자리를 사고, 딸을 허 판서의 첩으로 주겠다는 약속을 하고 내려온다. 그래서 식구들을 데리고 상경하지만 채봉은 도중에 도망치고 김 진사 내외는 화적을 만나 재산을 몽땅 털린다. 김 진사가 딸도 잃고, 나머지 5000냥도 바치지 못해 허 판서의 옥에 갇히게 되자 이 부인은 채봉을 찾으러 평양으로 내려온다.

채봉은 재상가의 첩으로 들어가는 것을 한사코 거부하고 몸을 팔아 기생이 되어 몸값 5000냥을 이 부인에게 준다. 송이松伊로 이름을 바꾼 채봉은 장필성과 주고받은 한시

구절을 문제로 내어 장필성을 다시 만나게 된다. 채봉의 재능을 인정한 평양 감사 이보국은 채봉을 면천시켜 서기로 일하게 하고, 이것을 알게 된 장필성도 이방으로 들어오게 된다. 결국 채봉과 장필성은 감사의 주선으로 부모를 찾아 혼례를 올린다.

(줄거리 요약)

〈채봉감별곡〉은 봉건 시대 말기 부패한 세도 정권에 맞서는 젊은 남녀의 사랑을 그리고 있다. 그런데 채봉의 아버지인 김 진사는 부패한 세도가 허 판서에게 돈을 주고 벼슬을 사며 딸까지 허 판서에게 첩으로 주어 호강을 하겠다고 생각하는 파렴치한 인간으로 등장한다.

김 진사가 천만 뜻밖에 세도가를 만나 벼슬자리를 얻고 또 이같이 세도재상의 농간에 놀아나다 보니 헛된 영예에 불같은 욕심이 나는지라. 스스로 생각하길 채봉의 위인이 녹록지 아니한즉, 제 팔자가 세니 세도재상의 첩이나 시켜 호강이나 하게 하고, 나는 부원군 부럽지 않게 벼슬이나 실컷 하리라.

부모의 처사에 기가 막힌 채봉은 "차라리 닭의 입이 될지언정 소의 뒤되기는 바라는 바가 아닙니다."라며 세도가의 첩이 되라는 아버지의 요구를 당당하게 거절한다. 하지만 싸울 수도 없는 일이다. 오죽했으면 "여자의 마음이라 하는 것은 한 번 정한 일이 있으면 비록 천자의 위력으로도 앗을 수 없는데 부모는 어찌하신단 말이냐?"고 하소연할 정도이다. 그것이 단순한 가부장적 권위에서 비롯되는 것이라면 문제가 비교적 단순할 텐데 극도로 타락한 세도 정권과 맞물려 있기에 해결이 쉽지 않다. 채봉은 말하자면 가부장적 권위와 동시에 봉건 지배층의 횡포와도 맞서 싸우는 셈이다.

그 방법으로 채봉은 우선 서울 가는 길에 도망한다. 부모의 말씀에 따라 재상가의 첩으로 들어가는 길이 효라는 것은 낡아 빠진 봉건 윤리일 뿐이다. 그러기에 채봉은 첩이 되는 길을 거부하고 기생이 되는 길을 택한다. 돈을 벌기 위해 기생이 되는 것이다. 그래서 자신을 찾아온 어머니에게 "저는 기생이 될지언정 재상의 첩은 싫어요."라고 말한다. 채봉이 기생이 된 것은 돈 5000냥을 마련해 허 판서의 옥에 갇힌 아버지를 빼내기 위한 편법임과 동시에 재상의 첩을 피할 수 있는 유일한 방법인 것이다. 게다가 사랑하는 사람을 만날 수 있는 기회가 생길 수도 있다.

결국 채봉은 기생이 되어 장필성과 주고받은 시를 문제로 내어 사랑하는 임을 만난다. 여기서는 기생의 신분이 문제로 크게 부각되지 않는다. 애초부터 기생의 신분으로 있었던 것이 아니라 허 판서의 옥에 갇힌 아버지를 빼내기 위한 돈을 마련하고자 기생이 되었기 때문이다. 그래서 장필성도 채봉의 사연을 듣고 "정처正妻로 맞을 것이다."고 선언한다. 사회적 통념이 어떻든 정실로 맞이하겠다는 다짐이다.

채봉은 사랑의 방해자인 부모의 곁을 떠나면서까지 사랑을 적극적으로 추진해 나간다. 그래서 평양

평양성 전도
18세기 후반 평양의 모습을 그린 지도이다. 평양은 〈채봉감별곡〉의 주무대이자 채봉과 장필성이 다시 만나 사랑을 이어 가는 공간이다.

감사에게 자신의 몸을 빼내 주길 간청하여 평양부의 서기로 들어온다. 장필성 역시 채봉을 만나기 위해 평양부의 이방으로 들어온다. 이방은 대개 중인들이 하는 직이어서 양반들이 하지 않지만 장필성은 채봉을 만나기 위해 그 일을 자원한 것이다. 결국 이들은 평양 감사 김보국의 도움으로 사랑을 이루게 되는데 서로가 사랑을 이루기 위해서 부단히 노력했다는 점이 중요하다.

채봉과 장필성이 이루어 가는 사랑의 의미는 단순한 남녀의 애정 문제가 아니라 '개성 존중', 더 나아가서는 그릇된 가부장적 권위나 부패한 세도 정권과의 싸움으로 해석될 수 있다. 그만큼 이들이 추구하는 사랑은 값진 것이다.

이수일과 심순애
삼각관계는 사랑에 관해 근본적인
질문을 던지는 대신 두 여자(혹은 남
자) 사이에서 아슬아슬한 줄타기를
하면서 독자들의 흥미를 자극하는
장치로 많이 활용되었다. 사진은 현
대극 〈이수일과 심순애〉 포스터.

아슬아슬한 삼각관계

두 여자(혹은 남자) 사이에서 묘한 줄타기를 하면서 이러지도 저러지도 못하는 경우를 우리는 흔히 '삼각관계'라고 부른다. 삼각관계 또한 방해자처럼 진정한 사랑을 이루어 나가는 데 걸림돌이 된다. 방해자가 돈이나 권력을 이용해 힘을 행사하면 삼각관계는 주인공의 마음속으로 들어와 사랑의 대상을 혼란스럽게 한다.

신파극 〈장한몽〉에서 이수일과 심순애 그리고 김중배가 삼각관계를 펼치더니 이광수 소설 〈흙〉이나 〈사랑〉 등 애정이 개입된 작품에는 전매특허처럼 여지없이 삼각관계가 드러난다. 이런 삼각관계는 대중적인 작품에 많이 나타나 작품을 통속적으로 몰고 간다.

이렇듯 삼각관계는 실상 근대에 들어와서 대중적인 독자들을 사로잡기 위해 등장한 소설적 장치라 할 수 있다. 그래서 거기에는 분명 대중의 취향에 부합하는 요소가 있기 마련이다. 흔히 돈과 사랑, 신식 여성과 구식 여성 등이 단골 소재로 등장한다. 오늘날의 드라마를 보면 성공과 사랑, 돈과 사랑의 도식이 많이 등장한다. 그래서 시청자들은 삶에 관한 본질적인 물음을 던지는 대신 주인공이 과연 누구를 선택할까를 조마조마하게 지켜본다.

예전에는 남녀가 스스로 만나 자유로운 사랑을 나누는 경우가 드물었다. 그러나 서로 사랑의 약속을 하게 되면 그것은 도저히 깰 수 없는 맹세가 되었다. 그 때문에 사랑을 놓고 두 사람 사이에서 줄타기를 하는 일이 매우 드물었다. 우리 고전 가운데 이러한 삼각관계를 다룬 작품이 있으니 권필權韠(1569~1612)이 지은 〈주생전〉이 그것이다. 줄거리는 이렇다.

주생은 어려서부터 총명하여 태학에 다녔지만 연이어 과거에 낙방하자 과거를 포기하고 장사꾼이 되어 배를 사서 이곳저곳을 떠돌아다닌다. 어느 날 배에서 잠들었다가 깨어 보니 자신의 고향인 전당錢塘에 와 있다. 주생은 거기서 어릴 적 친구인 기생 배도에게 사랑을 느끼고 부부로 같이 살게 된다.

그러나 몰락한 양반인 주생과 기생인 배도의 사랑은 오래가지 않는다. 주생은 이웃에 사는 승상의 딸 선화를 보고 첫눈에 반해 애를 태우다가 선화의 동생 국영을 가르치게 되어 선화와 관계를 맺는다. 주생은 선화와 백년해로를 기약하고 매일 밤 밀회를 나누지만 배도에게 이 사실이 탄로 나서 다시 배도에게로 돌아온다. 주생이 배도의 집에 머무르는 사이 국영이 뜻하지 않게 죽고 배도마저 병으로 시름시름 앓다 죽는다.

갈 곳이 없게 된 주생은 호주湖州에 사는 친척 장 노인에게 몸을 의탁했는데 그의 주선으로 다시 선화를 만나 혼약을 맺게 된다. 하지만 꿈에 그리던 혼약을 손꼽아 기다리던 중 임진왜란이 일어나고 주생은 명나라 구원병으로 참전한다. 다음 해 봄 명나라 군사들은 왜적을 대파하고 경상도까지 추격했지만 주생은 병이 들어 송도 객사에 머물던 중 작자를 만나 자신의 이야기를 들려준다. (줄거리 요약)

대부분 고전 소설에서 남녀의 애정은 상호 독점적이어서 다른 상대가 개입할 여지가 없다. 때로는 다른 사람들에 의해 수난을 겪기도 하지만 두 사람의 애정에는 변함이 없다. 타인에 의한 수난이 극심해 더 이상 피할 수 없는 지경에 다다르면 여자 주인공이 죽음과 같은 극단적 방법을 선택하기도 한다. 그럼으로써 사랑의 약속을 지키고자 하는 것이다.

하지만 〈주생전〉에서는 방해자가 등장하는 것이 아니라 두 남녀의 애정에 문제가 발생한다. 새로운 상대가 나타나 애정의 대상이 바뀐 것이다. 배도의 입장에서 보면 방해자일 수도 있으나, 주생을 중심으로 놓고 보면 그 상대가 바뀐 것이다. 우선 주생이 선화를 만나는 장면을 들여다보자.

주생은 몸을 숨긴 채 다가가서 숨을 죽이고 엿보았다. 금빛 병풍과 채색 담요가 황홀하여 눈이 부시었다. 부인은 붉은 비단 적삼을 입고 백옥 방석에 기대어 앉아 있었다. 나이는 오십 정도 되어 보였으나 지그시 한쪽 눈을 감고 돌아보는 태도에는 아직 예전의 어

여쁜 모습이 남아 있었다. 나이가 열네다섯 살 정도 되어 보이는 소녀가 부인 옆에 앉아 있었는데, 구름처럼 고운 머릿결에는 푸른빛이 맺혀 있고 아리따운 뺨에는 붉은빛이 어리어 있었다. 밝은 눈동자로 살짝 흘겨보는 모습은 흐르는 물결에 비친 가을 햇살 같았으며, 어여쁨을 지어내는 아름다운 미소는 봄꽃이 새벽이슬을 머금은 듯했다. 배도가 그 사이에 앉아 있었는데, 배도는 그 소녀에 비하면 봉황에 섞인 갈까마귀나 올빼미요, 옥구슬에 섞인 모래나 자갈일 뿐이었다. 그 소녀를 본 주생은 넋이 구름 밖으로 날아가고 마음이 공중에 뜬 듯이 황홀하였다. 그래서 몇 번이나 미친 듯이 소리를 지르며 달려 들어갈 뻔했다.

바로 전날 배도와 부부가 될 것을 약속하고 "푸른 산이 늙지 않고 푸른 물이 영원히 흐르듯이 내 마음 변치 않으리라. 만일 나를 못 믿는다면 하늘에 떠 있는 저 달에 맹세하리라."고 했던 주생이 어떻게 하루 만에 사랑의 대상을 바꿀 수 있을까? 하지만 어쩌랴. 이런 것을 두고 첫눈에 반했다고 하지 않던가. 주생은 백년해로를 약속한 배도가 있음에도 불구하고 선화를 본 순간 사랑을 느낀 것이다. "한 번 선화를 본 후부터는 배도를 향한 마음이 이미 사라지고 없었다."고 한다. 그래서 선화의 동생 국영을 가르친다는 구실로 그 집에 기거하면서 담장을 넘어가 드디어 선화와 관계를 갖기에 이른다.

선화는 집짓 못 들은 체하면서 즉시 촛불을 끄고 잠자리에 들었다. 주생은 방 안으로 들어가 선화와 동침을 하였다. 선화는 나이가 어리고 몸이 허약해 정사를 감당하지 못했다. 그러나 엷은 구름 속에서 가랑비가 내리고 버들가지가 하늘거리며 꽃이 교태를 부리듯이 향기로운 울음소리로 속삭이는가 하면, 잔잔하게 미소를 짓거나 얼굴을 살짝 찌푸리곤 하였다. 주생은 벌이 꿀을 탐하고 나비가 꽃을 사랑하듯이 정신이 혼미하고 화락하여 날이 새는 것도 깨닫지 못하였다.

〈로미오와 줄리엣〉을 연상하리만치 이들의 첫날밤은 아름답고도 달콤

하다. 그 뒤로 "주생과 선화는 하룻밤도 빠지지 않고 날이 어두워지면 만나고 밝아 오면 헤어졌다."고 한다. 두 여자 사이에서 아슬아슬한 사랑의 줄타기가 시작된 것이다.

게다가 배도와 선화도 묘한 신경전을 벌인다. 주생이 배도에게 간 사이 선화는 주생의 소지품을 뒤져 배도가 주생에게 준 시詩를 발견하고 질투심에 못 이겨 그 시를 먹으로 새까맣게 지우고 나서 대신 자신이 쓴 시를 넣어 주고 온다. 그런데 배도도 주생의 소지품을 열어 보고 자신의 시에 먹칠이 된 것과 선화의 시를 발견하고는 화가 나서 선화의 시를 없앤다. 그러고는 주생을 추궁해 선화와의 관계를 실토하게 한다. 시는 요즘 같으면 연애편지에 해당한다. 자신의 숨길 수 없는 심정을 아름답게 적어 상대에게 준 것이니 두 여자가 서로 질투할 수밖에 없었을 것이다.

이 작품은 요즘 보아도 신선할 정도로 두 여자 사이에서 줄타기를 하는 주생과 그 상대역인 배도, 선화의 미묘한 감정이 섬세하게 드러나 있다. 주생의 오랜 친구였던 기생 배도와의 만남, 서로 간에 느끼는 사랑의 감정, 신분 차이를 극복한 백년해로의 약속, 재색을 겸비한 승상의 딸 선화의 출현, 선화와의 은밀한 관계, 두 여자의 질투, 사태를 알아차린 배도, 국영과 배도의 죽음, 어렵게 이루어 낸 선화와의 혼약, 조선으로의 파병과 와병, 기약 없는 만남 등 이루어질 듯하다가도 이루어지지 않는 사랑이 읽는 이의 마음을 안타깝게 한다.

처음 배도와 사랑을 나누었으나 새로운 대상인 선화가 나타나고, 두 여자 사이에서 줄타기를 하다 결국 배도가 죽고, 먼 친척에게 몸을 의탁했다가 다시 극적으로 선화와 인연이 닿아서 혼약을 약속하지만 주생이 조선으로 파병되고 병이 나서 앞날을 기약할 수 없게 되어 버린 것이다. 그러기에 이 작품은 통속적인 장치들을 활용하여 흥미와 동시에 아슬아슬하고도 안타까운 사랑의 행로를 보여 줌으로써 진정한 사랑을 이루기가 얼마나 어려운 것인가를 알려 준다.

이처럼 사랑의 길은 험난하기 짝이 없다. 신분이 다르기에 그 사랑이 이루어지기 어렵고, 방해자가 등장하여 사랑의 행로를 막기도 한다. 그런가 하면 사랑의 당사자들이 다른 사랑의 대상에게 혹하여 혼란을 겪기도 한다. 하지만 그렇게 사랑의 길이 험난하고 진실한 사랑을 추구하기가 쉽지 않기에 사랑이 가치 있는 것이 아닌가.

인용 작품

열녀춘향수절가(84장본)
202, 203쪽
작가 미상
갈래 고전 소설(판소리계)
연대 조선 후기

심생전 205쪽
작가 이옥
갈래 고전 소설(한문)
연대 19세기

옥단춘전 207쪽
작가 미상
갈래 고전 소설(국문)
연대 조선 후기

채봉감별곡 209, 210쪽
작가 미상
갈래 고전 소설(국문)
연대 조선 후기(추정)

주생전 212, 213, 215쪽
작가 권필
갈래 고전 소설(한문)
연대 16세기

5 낭만과 열정의 에로티시즘

남녀가 사랑을 하게 되면 늘 함께 있고 싶고 그 사랑을 확인하고 싶어 한다. 거부할 수 없는 사랑의 징표로서 '육체적 관계'를 갖길 원하는 것이다. 이른바 수많은 문학 작품과 예술에서 표현되는 '에로티시즘'이 바로 그것이다. 많은 소설과 영화에서 남녀가 서로의 육체를 탐닉하고 격렬한 사랑을 나누는 것을 볼 수 있지 않은가. 그만큼 성은 사랑을 확인하는 행위로서 중요한 징표가 된다.

가식 없는 남녀의 정과 성

이옥은 19세기 시정 여성의 풍속을 시로 쓴 《이언俚諺》에서 "천지 만물에 대한 관찰은 사람을 관찰하는 것보다 더 큰 것이 없고, 사람에 대한 관찰은 정情을 살펴보는 것보다 더 묘한 것이 없고, 정에 대한 관찰은 남녀의 정을 살펴보는 것보다 더 진실된 것이 없다."라고 하며 "대개 정이란…… 어느 것이 진실이고 어느 것이 거짓인지 모두 그 정의 진실됨을 살펴볼 수 없다. 그런데 유독 남녀의 정에 있어서만은 곧 인생의 본연적인 일이고, 또한 천도天道의 자연적인 이치인 것이다."라고 하였다. 남녀의 정이야말로 어쩌면 인간의 가장 가식 없는 모습일 것이다. 그러기에 사랑에 눈이 멀면 아무것도 따지지 않는 무모함과 용기가 생겨나는 것인지도 모른다.

이옥은 사랑에 관한 시를 '아조雅調', '염조艶調', '탕조宕調', '비조悲調'로 나누고, 그중 탕조에 남녀의 정이 핍진하게 그려져 있다고 하였다. '탕'이란 "규범에서 일탈하여 막을 수 없음을 이른다."고 하였는데, 자연 일반 여염집 여자들보다 기생들과의 사랑을 노래한 시가 대부분이다. 그중 한 수를 보자.

임이여 내 머리에 대이지 말아요.　　　　　歡莫當儂鬢
옷에 동백기름 묻어나요.　　　　　　　　衣沾冬栢油
임이여 내 입술 가까이 하지 말아요.　　　歡莫近濃脣
붉은 연지 윤기가 흐를 듯해요.　　　　　紅脂軟欲流

화장을 진하게 한 기생과 사랑을 나누고 싶어 하는 한량의 모습이 눈에 선하다. 겉으로는 임의 옷에 화장이 묻을까 봐 걱정하는 듯하지만, 이 시에는 남녀의 감정이 숨김없이 드러나 있어 당시 남녀의 정에 관한 풍속도를 잘 보여 주고 있다.

이옥의 《이언》에 나오는 앞의 시처럼 남녀의 감정을 숨김없이 드러낸 외국 작품으로 〈채털리 부인의 사랑〉을 들 수 있다. 영국 상류층 부인과 산지기의 사랑을 다룬 이 작품에서는 두 사람이 격렬한 사랑을 나누는 장면이 자주 등장한다. 파격적인 성 묘사로 인해 이 작품은 오랫동안 간행되지 못하였다. 그러나 현재는 지나치게 이성이 강조되어 인간의 감정을 경시하던 풍조를 꼬집으며 인간의 성이 얼마나 아름답고 건강할 수 있는지를 보여 준 작품으로 평가된다. 귀족 신분을 과감히 팽개치고 산지기를 따라 나선 채털리 부인의 행동 역시 인간의 자연스런 정감에 따른 것이라 할 수 있다.

진정한 인생의 즐거움

남녀의 사랑의 감정을 진솔하게 표현한 장르로 우리 문학사에서 가장 잘 알려진 것은 고려 가요일 것이다. 조선 시대 유학자들이 '남녀상열지사 男女相悅之詞'라 매도하였지만 남녀의 사랑의 감정을 진솔하게 표현한 것으로는 그 이상이 없을 정도로 빼어나다.

고려 가요는 잘 알려져 있다시피, 당시 유행하던 민요들이 궁중 잔치에 어울리는 궁중무악으로 전이되면서 생겨났다. 그래서 민요적인 소박함이 묻어나오는 노래가 있는가 하면 궁중의 화려한 잔치에 어울리는 노래도 있다. 격렬한 사랑의 감정을 드러낸 노래는 당연히 후자 쪽이 많다. 서경(지금의 평양)을 중심으로 이른바 '도시의 유행 민요'가 궁중무악으로 편입되면서 소박한 사랑보다는 적극적이고도 격렬한 사랑을 드러내게 된 것이다. 그 대표적인 노래가 〈서경별곡西京別曲〉이다.

서경이 서울이지마는
닦은 티 작은 서울 사랑하지만
이별보단 길쌈 베 버리고서
사랑한다면 울면서 좇겠습니다.

여음이나 후렴구를 빼고 나면 노래 가사의 내용은 이렇다. 서경이 비록 자랑스런 고장이고 '작은 서울'이지만은 사랑했던 임이 떠난다면 이별하기보다는 길쌈하던 베를 버리고서라도 나를 사랑해 준다면 울면서 따르겠다고 한다. 이동이 자유롭지 못했던 여자들에게 자신이 사는 터전과 길쌈은 생활의 전부였지만 자신이 누리던 이 모든 일상을 포기하고서라도 사랑하는 임을 따르겠다고 한다. 더할 수 없이 적극적이고도 강렬한 사랑을 느끼게 하는 표현이다.

그러한 사랑이 〈만전춘별사滿殿春別詞〉에 이르러서는 죽음조차 뛰어넘는 성性으로 바뀌어 다음과 같이 절실하게 바라기도 한다.

얼음 위에 댓잎 자리 보아
님과 나와 얼어 죽을망정
정 둔 오늘 밤 더디 새오시라.

얼어 죽더라도 임과 함께 정을 나누고 싶은 간절한 바람은 처절하기까지 하다. 그러면서 이 밤이 더디 가길 바라는 것이다. 죽더라도 오랫동안 사랑을 나누고 싶은 마음일 것이다. 사랑은 이렇게 서로를 탐닉하고 심지어 죽음도 뛰어넘는 것이다.

에로티시즘의 팽창

강렬한 에로티시즘의 한 단면은 사설시조에서 가장 잘 드러난다. 조선 후기 도시의 유흥 공간 속에서 여흥을 주도했던 가악 예술의 꽃으로서

사설시조는 에로티시즘을 적극적으로 수용했다. 전체 사설시조 500여 수 가운데 79수에 해당하는 작품이 사랑과 성性을 주제로 하고 있다고 한다. 그중 성을 적극적으로 노래한 작품을 보자.

각씨네 되올벼 논이 물도 많고 걸다 하되
병작을 주려하거든 연장 좋은 너게 주소.
진실로 주기만 한다면 가래 들고 씨 지어 볼까 하노라.

각씨네 더위들 사시오.

이른 더위 늦은 더위 여러 해로 묵은 더위 오뉴월 복 더위에 쟁情의 님 만 나이셔 달 밝은 평상 위에 츤츤 감겨 누웠다가 무슨 일 하였던지 오장이 번열 煩熱하고 구슬땀 흘리면서 헐떡이는 그 더위와 동짓달 긴긴밤의 고운 님 다리 고 따스한 아랫목과 두꺼운 이불 속의 두 몸이 한 몸 되야 그리저리하니 수 족이 답답하며 목구멍이 타올 적의 윗목의 찬 숭늉을 벌떡벌떡 켜는 더위를 각씨네 사려거든 소견대로 사오시쇼.

장사야 네 더위 여럿 중에 님 만나는 두 더위야 뉘 아니 좋아하리 남에게 팔지 말고 너게 부디 팔으시오.

앞의 노래에서는 '논'을 여자의 성기에, '가래' 혹은 '연장'을 남자의 성기에 비유하여 많은 '씨'를 뿌려 생산량을 높이겠다고 한다. 남녀의 성행위를 농작의 그것으로 비유하여 은근히 구애하고 있는 것이다.

뒤의 노래는 남녀의 성을 보다 적극적으로 드러내고 있다. 다양한 더 위를 늘어놓은 다음 성과 관계되는 그 더위는 누가 아니 좋아하겠냐고 반문하여 인간의 본능적인 욕구를 긍정하고 있는 것이다. 더욱이 다음의 시조에서는 이 성을 모든 소중한 것들과 비교하여 우위에 두고 있기도 하다.

고대 광실 나는 마다 비단옷 좋은 음식 더욱 마다

온금보화 노비 전택 비단 치마 대단 장옷 밀화주 닐갈 자지 향직 저고리 딴 머리 석웅황 모두 다 꿈자리 같으네

진실로 나의 평생 원하기는 말 잘하고 글 잘하고 얼굴 깨끗하고 잠자리 잘하는 젊은 서방이로다.

여자에게 소용되는 온갖 것들을 늘어놓은 다음 그 모든 것보다 잘생긴 젊은 서방이 더 절실하다고 말한다. 그 젊은 서방의 기준에는 "말 잘하고 글 잘하고 얼굴 깨끗한" 것에 "잠자리 잘하는" 요소가 추가되어 있다. 예전에 사람을 판단하는 기준으로 흔히 '신언서판身言書判'을 내세웠는데, 판단력 대신에 "잠자리 잘하는" 것이 들어간 것이다. 그만큼 인간의 본능적인 욕구인 성을 중시한 것이다.

여기서 우리는 중세적 예교와 도덕의 무거운 휘장을 뚫고 솟아나는 정감의 자유로운 발산을 발견하게 된다. 이른바 '에로티시즘의 팽창'이다. 분명 성性은 중세 시대의 무거운 예교의 휘장을 걷어 내는 역할을 했다. 그것은 곧 인간의 소중한 개성에 대한 발견이다. 허균은 "남녀의 정욕은 하늘이 준 것이요, 윤리의 분별은 성인의 가르침이니, 차라리 성인의 가르침을 어길지언정 하늘이 준 본성은 어길 수 없다."고 하였다. 인륜 도덕보다 인간의 자연스런 욕망을 긍정했던 셈이다. 여기서 조선 후기에 나타난 봉건 체제의 동요와 더불어 중세의 무거운 예교를 벗어버리고 정감을 자유롭게 발산하는 민중의 모습을 목격할 수 있다.

영혼과 육신의 아름다운 교감

성性을 다룬 작품 중의 백미는 단연 〈춘향전〉이다. 일찍이 신소설 작가였던 이해조는 〈춘향전〉을 '음탕 교과서'라 했으며 국문학을 개척했던 조윤제는 〈춘향전〉의 주석에서 그 첫날밤 장면을 삭제하기도 했다. 그 문제 많은 대목을 다시 보자.

춘향과 도련님이 마주앉아 놓았으니, 그 일이 어찌 되겠느냐. 사양斜陽을 받으면서 삼각산 제일봉에 봉학 앉아 춤추는 듯, 두 활개를 구부려 들고 춘향의 섬섬옥수 바드듯이 겹쳐 잡고 의복을 공교하게 벗기는데, 두 손길 썩 놓더니 춘향의 가는 허리를 담쑥 안고,

"비단 치마를 벗어라!"

춘향이가 처음 일일 뿐 아니라, 부끄러워 고개를 숙여 몸을 틀 때, 이리 곰실 저리 곰실 녹수錄水에 붉은 연꽃이 미풍을 만나 흔들리듯, 도련님 치마 벗겨 제쳐 놓고 바지 속옷 벗길 때에 무한히 실강이한다.

이리 금실 저리 금실 동해의 청룡이 굽이를 치는 듯,

"아이고 놓아요! 좀 놓아요!"

"에라 안될 말이로다!"

실강이 중 옷끈 끌러, 발가락에 딱 걸고서 끼어안고 진득하게 누르며 기지개 쓰니, 발길 아래 떨어진다. 옷이 활짝 벗어지니 도련님이 거동을 보려 하고 슬그머니 놓으면서,

"아차차! 손 빠졌다!"

춘향이가 이불 속으로 달려든다. 도련님 왈칵 쫓아 드러누워 저고리를 벗겨 내어, 도련님 옷과 모두 한데다 둘둘 뭉쳐 한편 구석에 던져 두고, 둘이 안고 마주 누웠으니 그대로 잘 리가 있나. 골즙骨汁 낼 때 삼승三升이불 춤을 추고, 샛별 요강은 장단을 맞추어 청그렁 쟁쟁, 문고리는 달랑달랑, 등잔불은 가물가물, 맛이 있게 잘 자고 났구나. 그 가운데 재미있는 일이야 오죽하랴.

사랑하는 두 남녀가 성性에 이르게 되는 전 과정이 자세하고 구체적으로 그려져 있다. 벌과 나비가 꽃을 탐하듯 저돌적인 이몽룡의 모습과 부끄러워 거부하는 듯하면서도 받아들이는 춘향의 태도가 대조를 이루고 있다. 그런데 〈춘향전〉은 이 정도에서 끝나지 않는다. '사랑가'에서 보여 주듯 사랑의 농도가 점점 짙어지며 성행위 또한 점점 대담해진다.

"그런 잡담은 말으시오."

"그게 잡담 아니로다. 춘향아 우리 둘이 업음질이나 하여 보자."

"애고 참 잡스러워라! 업음질을 어떻게 하여요?"

업음질 여러 번 하였던 듯이 말하던 것이었다.

"업음질이 천하에 쉬우니라. 너와 나와 훨씬 벗고 업고 놀고 안고 놀면, 그게 업음질이지야."

"애고 나는 부끄러워 못 벗겠소."

"에라 요 계집아이야, 안 될 말이로다. 내 먼저 벗으마."

버선 대님 허리띠 바지 저고리 훨씬 벗어 한편 구석에 밀쳐놓고 우뚝서니, 춘향이 그 거동을 보고 씽긋 웃고 돌아서며 하는 말이,

"영락없는 낮도깨비 같소."

"오냐 네 말이 옳다. 천지만물이 짝 없는 게 없느니라. 두 도깨비 놀아 보자."

"그러면 불이나 끄고 노사이다."

"불이 없으면 무슨 재미 있겠느냐. 어서 벗어라, 어서 벗어라!"

"애고, 나는 싫어요!"

도련님 춘향 옷을 벗기려 할 적에, 넘놀면서 어룬다. 만첩청산 늙은 범이 살진 암캐를 물어다 놓고 이는 없어 먹진 못하고 흐르릉 흐르릉 아웅 어루는 듯, 북해 흑룡이 여의주를 입에다 물고 오색구름 속에 넘노는 듯, 단산 봉황이 대나무열매 물고 오동 속에 넘노는 듯, 높은 언덕 청학이 난초를 물고서 고송간에 넘노는 듯, 춘향의 가는 허리를 후리쳐다 담쑥 안고 기지개 아드득 떨며, 귓밥도 쪽쪽 빨며, 입술도 쪽쪽 빨면서, 주홍 같은 혀를 물고 오색단청 수금장 속의 쌍거쌍래 비둘기같이, 꿍꿍 꿍꿍 으흥거려 뒤로 돌려 담쑥 안고, 젖을 쥐고 발발 떨며 저고리, 치마, 바지, 속옷까지 흠씬 벗겨노니, 춘향이 부끄러워 한편으로 잡치고 앉았을 제, 도련님 답답하여 가만히 살펴보니, 얼굴이 불그레하여 구슬땀이 송실송실 앉았구나.

"이애, 춘향아! 이리 와 업히거라!"

춘향이 부끄러워하니,

"부끄럽기는 무엇이 부끄러워. 이왕에 다 아는 바이니 어서 와 업히거라!"

춘향을 업고 추스르며,

"아따! 그 계집아이 똥집 장히 무겁다. 네가 내 등에 업힌 게 마음이 어떠하냐?"

"한끝나게 좋소이다."

"좋냐?"

"좋아요!"

만남이 계속되더니 이제는 춘향과 이몽룡이 성
을 즐기는 성희性戲의 단계까지 이르렀다. "하루
이틀 지나가니, 어린 것들이라 신맛이 간간 새로
워 부끄럼은 차차 멀어지고 그제는 기롱譏弄도 하고 우스운 말도" 했다고
한다. 처음엔 어색하고 부끄러웠던 행위가 이제는 자연스레 이루어지게
된 것이다. 그래서 '말놀음' 같은 외설적인 행위까지 이루어지게 된다.

춘향전

〈춘향전〉은 어쩌면 뻔한 사랑 이야
기인지도 모른다. 그러나 이 사랑
에는 신분을 넘어서는 진정함이 있
기에, 외설스러울 수 있는 육체적
사랑까지도 아름답게 보이는 것이
다. 이런 이유로 〈춘향전〉은 이제
까지 소설과 영화, 연극이나 드라
마로 제작되었으며, 시대가 바뀌어
도 영원한 리메이크의 소재로 활용
되고 있다. 사진은 육전 소설의 표
지(왼쪽)와 창극의 포스터(오른쪽).

"춘향아, 우리 말놀음이나 좀 하여 보자!"

"애고! 참 우스워라! 말놀음이 무엇이오?"

말놀음 많이 해 보았던 듯이

"천하 쉽지야. 너와 나와 벗은 김에 너는 온 방바닥을 기어다녀라. 나는 네 궁둥이에 딱
붙어서 네 허리를 잔뜩 끼고 볼기짝을 내 손바닥으로 탁 치면서, 이리 하거든 흐흥거려
퇴금질로 물러서며 뛰어라. 알심 있게 뛰게 되면 탈 승자乘子 노래가 잇나니라. 타고 노
자 타고 노자, 헌원씨는 군기 사용을 익히고 큰 안개를 지피던 치우를 탁록야에서 사로
잡아 승전고勝戰鼓를 울리면서 지남거를 높이 타고, 하우씨는 9년간의 홍수를 다스릴
적에 육행陸行함에 수레를 높이 타고, 적송자赤松子는 구름 타고, 여동빈呂洞賓은 백로
타고, 이적선李謫仙은 고래 타고, 맹호연孟浩然은 나귀 타고, 태을선인太乙仙人은 학을
타고, 대국천자大國天子는 코끼리 타고, 우리 전하는 연輦을 타고, 삼정승三政丞은 평교
자를 타고, 육판서六判書는 초헌 타고, 훈련대장은 수레 타고, 각읍 수령은 독교獨轎 타
고, 남원부사는 별연別輦을 타고, 일모장강日暮長江 어옹漁翁들은 일엽편주一葉片舟 돌
우어 타고, 나는 탈것 없었으니 금야 삼경 깊은 밤에 춘향 배를 넌짓 타고, 홀이불로 돛
을 달아 내 기개氣槪로 노를 저어 오목섬을 들어가되, 순풍에 음양슈陰陽水를 시름 없이
건너갈 적에, 말을 삼아 탈 양이면 걸음걸음이 없을쏘냐? 마부는 내가 되어, 네 구정을

넌지시 잡아 구정걸음 반부새로 뚜벅걸음으로 걸어라! 기총마騎驄馬 뛰듯 뛰어라!"
온갖 장난을 다하고 보니, 이런 장관이 또 있으랴! 이팔二八 이팔 둘이 만나 미친 마음,
세월 가는 줄 모르던가 보더라.

그야말로 '광란의 사랑'이다. 열여섯 살밖에 안 되는 청소년들(?)이
밤새 이런 짓(?)을 하니 이거야말로 '청소년 야동' 아닌가? 하지만 〈춘
향전〉에서는 건강한 성이 느껴진다. 사랑이 대상화되거나 수단이 되는
것이 아니라 온 존재로 이루어지고 목적이 되기 때문이다. 그야말로 영
혼과 육신이 교감하는 진정한 사랑이다.
〈춘향전〉의 '사랑가' 중에 이런 대목이 있다.

너는 죽어, 장안 종로 인경되고, 나는 죽어 인경마치가 되어…… 인경 첫 마디 치는 소
리 그저 뎅뎅 칠 때마다 다른 사람 듣기에는 인경 소리로만 알아도, 우리 속으로는 '춘향
뎅', '도련님뎅'이라 만나 보자꾸나.

이 세상 모든 것들이 사랑의 자장磁場 안으로 들어오는 그런 경지이다.
이러한 진정성이 있기에 이들이 벌이는 육체적 행위는 건강하고 아름다
운 것이다.
사랑을 다루는 숱한 문학 작품에서 흔히 성이 수반되는 것을 만나는
것은 이상한 일이 아니다. 게다가 작품 속에서 만나는 성은 천편일률적
이지 않고 그 작품 수만큼이나 다양하다.
무엇이 성을 아름답게 만드는가? 당연히 사랑의 '진정성'이다. 진정으
로 상대방을 사랑할 때 그 성은 더없이 아름다울 수 있는 것이다.

인용 작품

이언 219쪽
작가 이옥
갈래 한시(연작시)
연대 19세기

서경별곡 221쪽(위)
작가 미상
갈래 고려 가요
연대 고려 시대

만전춘별사 221쪽(아래)
작가 미상
갈래 고려 가요
연대 고려 시대

각씨네 되올벼 논이
223쪽(위)
작가 미상
갈래 사설시조
연대 조선 후기

각씨네 더위들 사시오
223쪽(아래)
작가 미상
갈래 사설시조
연대 조선 후기

고대 광실 나는 마다 224쪽
작가 미상
갈래 사설시조
연대 조선 후기

열녀춘향수절가(84장본)
225, 227, 229쪽
작가 미상
갈래 고전 소설(판소리계)
연대 조선 후기

애정 소설, 사랑에 울고 웃다

애정 소설은 남녀의 애정 문제를 중심에 놓고 이야기를 다룬다. 이미 소설사 초기에 한문으로 기록된 전기傳奇에서 애정이 소설의 중심을 차지했다. 남녀의 애정은 인간이면 누구나 한 번쯤 겪을 수 있는 일이고 관심을 갖는 이야기여서 소설의 주요 소재로 늘 거론되어 왔다.

그 진행 과정은 결연 과정, 수난 과정, 극복 과정으로 나눌 수 있다. 예전에는 남녀가 만나 서로 사랑을 확인하고 감정을 발전시켜 나갈 시공간이 여의치 않기에 남녀의 만남은 곧 결연으로 연결되었다(〈이생규장전〉에서 최랑과 이생의 첫 만남을 생각해 보라). 말하자면 '연애'를 할 수 있는 장소와 시간이 없었던 것이다. 그러기에 만남과 결연 과정보다는 애정 수난(혼사 장애)을 어떻게 극복하고 결혼에 이르게 되는가가 작품의 핵심으로 자리한다. 여기서 신분과 같은 애정의 장애 요소나 방해자가 등장하여 애정의 성취를 저해하는데, 이것이 소설의 흥미 요소로 작용한다.

애정은 전기의 소재로 많이 등장하여 이미 나말 여초의 전기에도 주요 소재로 등장했으며 15세기 《금오신화》의 〈이생규장전〉과 〈만복사저포기〉에 이르러 애정 전기의 완성을 보게 되었다. 김시습은 여자 귀신과 산 남자의 사랑을 통해 부당한 세계의 횡포에 의한 생의 단절을 거부하는 강한 의지를 보여 주고 있다. 이는 죽음을 뛰어넘는 사랑의 약속이

춘향도 병풍 〈춘향전〉을 소재로 한 민화 병풍이다. 춘향과 이 도령의 첫 만남에서부터 춘향의 고난, 두 사람의 재회까지 열 폭으로 구성되어 있다.

라고 할 수 있는데 이를 통해 '절의節義'를 드러내고 있는 것이다.

궁녀인 운영과 김 진사의 이루어질 수 없는 사랑을 다룬 〈운영전〉은 봉건적 인습에 저항하는 궁녀들의 처절한 목소리를 담고 있다. 운영의 사랑을 지지하는 궁녀들의 목소리에서 이를 확인할 수 있다.

최고의 애정 소설은 판소리계 소설이기도 한 〈춘향전〉이다. 신분이 다른 두 남녀가 당시로서는 도저히 넘을 수 없는 신분 격차를 극복하고 사랑을 이루어 냈다는 데서 그 의미를 찾을 수 있다. 더욱이 춘향은 기

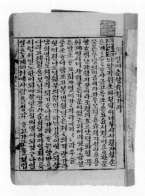

춘향전 〈춘향전〉은 폭넓게 사랑받은 탓에 다양한 이본들이 존재한다. 왼쪽은 〈열녀춘향수절가〉 오른쪽은 그 이후에 나온 〈별춘향전〉이다.

생의 신분으로 변학도의 수청을 거부하고 이몽룡과의 사랑을 지켜 냈다는 데서 양반의 노리개가 아닌 주체적 여성으로서 신분 해방의 의지를 보여 주고 있다. 이 때문에 〈춘향전〉은 최고의 고전으로서 수많은 작품을 파생시켰고 근대 이후에도 소설뿐만 아니라 시, 영화, 애니메이션, 음악, 미술 등으로도 끊임없이 재창작되었다.

〈숙향전淑香傳〉은 이선과 숙향이 기막힌 일들을 겪고 나서 결국 결혼하게 되는 이야기로, 봉건적 인습을 거부하고 서로가 사랑을 이루어 나가는 험난한 과정을 담고 있다. 〈숙영 낭자전淑英娘子傳〉은 공안公案적 요소가 강한 작품으로 사랑을 성취해 나가는 과정보다 죽은 아내 숙영 낭자의 살해 진상을 알아내고 환생시키는 데 역점을 두고 있다. 국내를 배경으로 사건을 해결해 나가는 과정이 흥미진진하다.

기생 옥단춘과 선비인 이혈룡의 사랑을 다룬 〈옥단춘전〉은 〈춘향전〉의 모방작이다. 비슷한 내용 전개에 무대를 평양으로, 방해자인 평양감사를 남자 주인공의 친구로 설정한 것이 다를 뿐이다. 〈윤지경전尹知敬傳〉은 온갖 박해에도 불구하고 심지어 임금의 명도 거스르며 사랑을 지켜 나가는 윤지경과 연화의 이야기를 다루고 있다.

1910년대에 등장한 신작 고소설 〈채봉감별곡〉은 부패한 봉건 관리와 세도가의 첩으로 딸을 주려는 아버지의 그릇된 욕심에 맞서 자신의 사랑을 지켜 나가는 당찬 채봉이의 이야기를 그리고 있는 작품으로 여자 주인공의 적극성이 돋보인다. 스스로 기생이 되어 사랑하는 장필성을 만나 사랑의 약속을 지키는 등 채봉의 근대적 성격이 두드러지는 작품이다. 당시의 애정 가사인 〈추풍감별곡〉을 소설의 모티프로 삼은 점이 특이하다. 애정 가사의 제목과 같은 〈추풍감별곡〉으로 출판되기도 했다.

4 세상과 관계 맺기

갈래 이야기 한시, 마음으로 읽는 감동의 서정

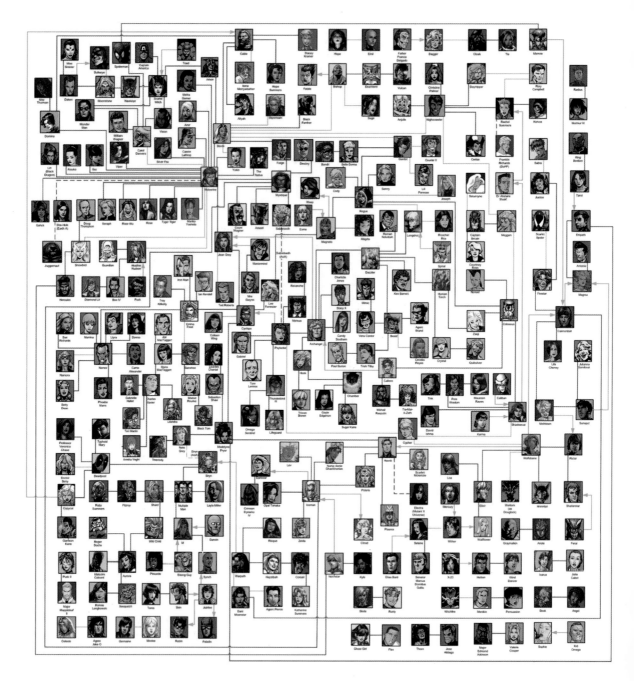

만화 〈엑스맨〉의 등장인물 관계도

우정과 환대의 관계 만들기

협사俠士였던 형가荊軻를 아는가? 그는 진나라 시황제를 암살하는 임무를 띠고 사지로 떠났던 자객이다. 중국 영화 〈영웅〉은 바로 그 자객 '형가'의 시황제 암살을 모티프로 한다. 이 영화는 형가의 비장한 삶과 영웅적 모습을 포착하여 드라마틱하게 구성함으로써 장안의 화제를 불러일으켰으며, 현대를 살아가는 우리에게도 강렬한 울림을 주었다. 〈영웅〉의 원형을 제공한 사마천은 《사기》의 〈자객열전〉에서 무엇보다 형가를 가장 강렬한 모습으로 포착하여 진나라 시황제를 암살하려 한 거사를 비장하게 그린다. 형가의 암살 기도는 결국 실패하고 장렬한 최후를 맞지만, 시황제의 암살을 둘러싸고 벌어지는 서사 전개는 손에 땀을 쥐게 할 만큼 역동적이며 감동적이다.

이러한 감동에도 불구하고 여전히 몇가지 의문이 생긴다. 진나라 시황제를 암살하는 데 도움을 준 사람들은 도대체 형가와 어떤 관계인가? 또 그들이 스스럼없이 자신의 목숨을 던지면서까지 형가를 도운 이유는 무엇인가? 진나라 시황제와 아무런 원한이 없는데도 연나라 태자를 위해 목숨까지 바친 형가의 행동을 우리는 어떻게 이해해야 하는가? 영화 제목처럼 그들은 과연 '영웅'인가? 영화가 주었던 감동에도 불구하고 〈형가전〉에는 이런 숱한 의문을 갖게 하는 요소가 잠재되어 있다. 자기를 인정하고 알아주는 사람을 위해서 목숨까지도 내던진 형가 같은 협객의 부류는 옛날의 관점에서는 영웅임이 틀림없지만, 오늘날의 관점에서 이런 협객들의 행위를 이해하는 것은 결코 쉬운 일이 아니다. 그럼에도 불구하고 〈형가전〉은 고대 동아시아 사회에서 인간을 둘러싸고 있는 다양한 관계를 무엇보다 절실하게 보여 주는 걸작임이 틀림없다.

인간은 태어나서 죽을 때까지 다양한 관계를 맺으며 살아간다. 좁게는 친구를 비롯하여 자신이 생활하는 집단 및 구성원과, 넓게는 자연과 관계를 맺으며 살아간다. 나와 너, 이곳과 저곳, 이 종족과 저 종족, 이 나라와 저 나라가, 나아가 지구와 다른 별이 서로 관계를 맺고 살아가는 것이다. 그런데 우리는 자신과 관계를 맺고 있는 타자와 소통하기보다는 자기중심적으로 사고할 때가 많다. 특히 자연 생태와의 교감은 더 말할 것도 없다. 그러나 타자와 교감하지 못하고 고립된 삶, 즉 자신을 중심에 놓고 사고하면서 타자를 배려하지 않는 삶이 참다운 삶도 진정한 삶도 아니라는 것을 우리는 너무나 잘 알고 있다.

그렇다고 해서 나와 타자의 관계가 자연스럽게 맺어지는 걸까? 나와 타자 사이에는 경계라는 게 존재한다. 얼핏 보면 경계란 이쪽과 저쪽을 구분하고 타자를 배제하는 것처럼 보인다. 그러나 실제로 많은 사람들은 그 경계를 넘나들며 살아가고 있다. 따라서 경계란 서로를 구분하는 선이 아니라 공생과 공존 그리고 서로 소통할 때 성립하는 것이다. 그럴 때 인간은 그 속에서 자기 존재를 발견할 수 있는 것이다. 즉 타자와의 관계에서 존재의 의미를 찾을 수 있는 것이다. 자기 자신에게만 사로잡히지 않고 타자를 향해 손을 내밀고, 때로는 함께 부여잡으며 열린 눈으로 바라볼 때 참다운 관계가 만들어지는 것이다. 무엇보다 자신을 낮추고 평등한 눈으로 타자를 이해하려고 할 때 진정한 관계의 의미를 알 수 있다.

고전 문학 작품을 읽노라면 인간이 타자와 관계를 맺고 살아가는 다양한 모습을 두루 만날 수 있다. 고전 문학 작품은 친구와 참다운 우정을 나눈 모습, 개인이 집단과 관계를 맺으며 사고하고 행동하면서 펼치는 장면, 개인이 국가와 관계를 맺으며 사유하고 행동한 모습, 그리고 인간이 자연과 관계를 맺으며 살아가는 모습 등을 담아내고 있다. 그런가 하면, 자연과의 관계를 사유하며 때로는 자연을 통해 나를 되돌아보기도 하고, 때로는 자연과 호흡하면서 그 속에서 자신의 존재를 확인하는 모습을 다루기도 한다.

이제부터 친구와의 만남에서부터 자연 속에서 숨 쉬고 호흡하면서 자연과 관계 맺는 모습까지, 인간이 타자와 관계를 맺으며 살아가는 모습을 고전 문학 작품 속에서 만나 보자.

1

벗, 또 다른 나

마테오리치는 벗을 '나의 반쪽'이며, '제2의 나'라 하였고, 연암 박지원은 '피를 나누지 않은 형제'라고 했다. 이렇듯 선현들은 벗과의 관계, 즉 우도友道를 중요시하였다. 우도를 나눌 수 있는 한 사람의 벗만 있어도 우리 인생은 따뜻하다. 또 그런 벗이 있어 저 험한 세상을 헤쳐 나갈 지혜와 힘을 얻으며, 잃어버린 나를 되살리기도 한다. 이렇듯 참다운 벗과의 우정이란 어떤 것일까?

참다운 우정이란?

누구나 가슴속에 지울 수 없는 벗의 모습과 그들과 나눈 우정을 간직하고 있을 것이다. 흔히 사회와 만나는 것은 벗과 관계를 맺으며 시작하는 경우가 많다. 전근대 사회에서도 벗과의 만남을 무엇보다 중요하게 여겼다. 선현들은 벗과 내면을 교감하거나 세속적인 이해관계를 넘어 벗과 관계를 맺고 우정을 나누었다. 벗과의 참다운 우정은 어떠한 모습일까? 《삼국사기三國史記》에 실린 장보고와 정년의 사귐을 통해 확인해 보자.

장보고는 이미 귀하게 되었지만, 정년은 벼슬을 버린 뒤에 당나라 사수泗水의 연수현에서 굶주리고 헐벗었다. 하루는 정년이 연수현을 지키는 장수 풍원규馮元規에게 말하였다.
"나는 우리나라로 돌아가서 장보고에게 의탁하겠네."
풍원규가 말하였다.
"그대가 장보고에게 밉는 것이 무엇이기에 스스로 그의 손에 죽으려 하는가?"
정년이 말하였다.
"여기서 굶주리고 얼어서 죽느니보다 차라리 장보고의 창칼에 죽는 것이 나을 것이오. 더욱이 내 고향 신라에서 죽으니 좋지 않겠소?"
정년은 그러고는 장보고에게 갔다. 두 사람이 술을 마시면서 매우 즐기는데 술이 끝나기 전에, 왕이 살해되고 나라가 어지러워졌다는 말을 듣게 되었다. 장보고가 군사 5000명을 정년에 나누어 주고는 정년의 손을 잡고 울면서 말하였다.
"그대가 아니면 나라의 환란을 평정할 수가 없다."

정년이 나라에 들어가서 반역자를 죽이고 왕을 세웠다. 왕이 장보고를 불러 재상으로 삼고 정년에게 장보고를 대신하여 청해진을 지키게 하였다.

장보고와 정년은 9세기에 당나라를 비롯하여 동아시아 지역을 넘나들면서 활동한 국제적 인물이다. 둘 다 출신이 한미하여 골품제 사회의 신라에서는 자신들의 이상을 실현할 수 없었다. 그래서 그들은 자신의 이상을 실현하기 위하여 벗이 되어 당나라로 간다. 이들이 함께 당나라로 갈 수 있었던 것도 나이 차이를 극복한 우정이 있었기 때문이다. 장보고와 정년은 겉으로 경쟁 관계처럼 보였으나 마음속에는 변치 않은 우정을 지니고 있었다. 주위의 만류에도 불구하고 정년이 장보고에게 의탁한 것 역시 우정 때문이다. 장보고 또한 벗과의 우정을 저버리지 않고 정년을 참다운 벗으로 대하였다. 장보고가 정년에게 군사를 주며 국난의 위기를 피할 길을 도모한 것도 벗에 대한 믿음이 있기에 가능했을 터이다. 이렇듯 벗과의 참다운 우정은 국난을 해결하는 데도 그 힘을 발휘하는 것이다.

대체로 벗과의 참다운 우정은 삶에 동력을 준다. 그래서 우리는 벗과 만나 어떻게 세상을 살아가야 하며, 어떠한 인생 목표를 가질 것인가를 묻고 답을 얻기도 한다. 인생에서 벗과의 우정이 이토록 소중하기에 선현들은 우정과 관련한 수많은 글을 남긴 바 있다. 그중 연암燕巖 박지원朴趾源(1737~1805)의 〈마장전馬駔傳〉을 보자.

송욱이 말하였다.

"당신 정도면 우도를 이야기할 수 있겠다. 내가 아까 그 한 가지만을 알려 주었는데, 당신은 두 가지를 아는구려. 천하 사람이 붙잡고 따르고자 하는 것은 형세요, 모두가 차지하려고 도모하는 것은 명예와 이익이지요. 술잔이 입과 더불어 약속한 것도 아니건만, 팔이 저절로 굽는 것은 응당 그럴 수밖에 없는 형세이며, 학과 그 새끼가 울음으로써 서로 화답하는 것은 바로 명예를 구하는 것이며, 벼슬을 좋아하는 것은 이익을 구하는 것이랍니다. 그러나 붙잡고 따르는 자가 많아지면 형세가 갈라지고, 도모하는 자가 여럿

이면 명예와 이익이 제 차지가 없게 되지요. 그러므로 군자는 오랫동안 이 세 가지를 말하기 꺼려 왔던 것이랍니다. 내 그렇기 때문에 은유적인 말로 그대들에게 알려 주었는데, 당신이 이 뜻을 알아차렸구려. 당신은 남과 더불어 교제할 때, 첫째, 상대방의 기정 사실이 된 장점을 칭찬하지 마시오. 그러면 상대방이 싫증을 느껴 효과가 없을 것이요. 둘째, 상대방이 미처 생각하지 못한 것을 깨우쳐 주지 마시오. 장차 행하여 거기에 미치게 되면 낙담하여 실망하게 될 것이요. 셋째, 사람 많이 모인 자리에서는 남을 제일이라고 일컫지 마시오. 제일이란 그 위가 없단 말이니 좌중이 모두 썰렁해지면서 기가 꺾일 것이요. 그러므로 사람을 사귀는 데에도 기법이 있는 법이지요. 첫째, 상대방을 칭찬하려거든 겉으로는 책망하는 것이 좋지요. 둘째, 상대방에게 사랑함을 보여 주려거든 짐짓 성난 표정을 드러내 보여야 하지요. 셋째, 상대방과 친해지려거든 뚫어질 듯 쳐다보다가 부끄러운 듯 돌아서야 하고, 넷째, 상대방으로 하여금 나를 꼭 믿게 하려거든 의심하게 만들어 놓고 기다려야 한답니다. 또한 열사烈士는 슬픔이 많고 미인은 눈물이 많은 법이랍니다. 그 때문에 영웅이 잘 우는 것은 남을 감동시키기 위해서지요. 이 다섯 가지 기교는 군자가 은밀하게 사용하는 방법이기는 하지만 처세處世에 있어 어디에나 통용될 수 있는 방법이랍니다.”

송욱, 조탑타, 장덕홍은 모두 광인狂人이다. 이 세 사람은 종로의 광통교에서 사대부들의 사귐에 환멸을 느끼고 새로운 우정의 가능성을 논한다. 이들은 ‘군자의 사귐’은 명예나 권세, 이익을 위해 다투며 군자들이 사귀는 방법은 모두 거간꾼의 술수에 지나지 않는다고 말한다. 그래서 이들은 거간꾼의 술수와 같은 사대부들의 사귐으로 어떻게 벗과 우정을 나눌 수 있겠느냐고 잘라 말한다. 세 사람의 방황은 비루한 것을 고상하게 위장하고, 거짓을 꾸며 대는 사대부들의 세속적 우정에 대한 준열한 꾸짖음이자 풍자이다. 작품 말미에서 조탑타가 “내 차라리 세상에 벗이 하나도 없을지언정 군자들과는 사귀지 못하겠다.”라고 단호하게 말하는 것도 진정한 우정에 대한 바람이자 박지원의 생각이기도 하다.

세 사람이 생각하는 벗과의 진정한 우정은 명예, 권세, 이익, 신분을 뛰어넘어 순수한 동기에서 우러나온 인간적 만남에 있다. 내면을 소통하는 우정, 신분이나 당파에 구애받지 않는 우정, 구차한 예절과 겉치레에 구속받지 않는 순수한 우정, 이것이 이들 세 사람과 박지원이 꿈꾸던 벗과의 우정˚이다.

그렇다면 어떠한 벗을 만나야 진정한 우정을 나누는 것이며, 삶에 도움이 되는 것일까? 벗과 사귀는 방법을 알아야 참되고, 그릇된 벗과의 사귐도 분별할 줄 안다. 성현成俔(1439~1504)의 《부휴자담론浮休子談論》의 한 작품을 보자.

> 사람은 벗을 잘 가리지 않을 수 없다. 친구는 자기를 도와 인과 덕을 키울 수 있게 하는 존재이다. 자신에게 이로운 자와 지내면 학문이 날로 밝아지고 하는 일이 날마다 진전이 된다. 하지만 해로운 자와 지내면 명성이 저절로 낮아지고, 몸도 저절로 천해진다. 이는 개와 개가 서로 서로 어울리면 자연히 변소를 찾게 되고, 돼지와 돼지가 어울리면 자연히 우리를 찾게 되는 것에 비유할 수 있다. 학문에 뜻을 둔 사람이 비록 매우 총명하고 지혜롭다 하더라도 장기나 바둑과 같은 잡기와 새 사냥과 같은 놀이로 그 마음을 빼앗기면 원대한 포부가 어지럽혀져 좋은 싹이 시들어 버릴 것이요, 돈과 재물로 유혹하면 언제나 마음이 바뀌게 된다.

성현은 만나는 벗에 따라 이해利害가 있다고 말한다. 그러므로 벗을 가려 사귀어야 한다는 것이다. 좋은 벗을 사귀면 학문과 명예를 드날리는 것은 물론 스스로의 마음을 다잡을 수 있는 반면 해로운 벗을 만나면 비천한 일도 마다하지 않을 뿐만 아니라 쉽게 잡기에 빠져들고 돈과 재물에 마음이 흔들려 원대한 포부를 실현시키지 못하며 공부마저 부진하게 된다는 것이다. 성현은 "학문으로 벗을 모으고, 벗으로서 인仁을 돕는다."라는 공자의 말처럼 어떤 벗을 만나야 하는지를 일러 주고 있다.

그렇다면 어떻게 사귀면 참다운 우정을 나눌 수 있는 것일까? 선인들은 이 문제에 하나의 기준을 제시하고 있다. 바로 '붕우유신朋友有信'이다. '붕우유신'은 오륜五倫의 한 항목이지만, 이때 벗과의 신의는 상하가 아닌 동등한 관계에서 발생한다. 벗과의 사귐에 '신의信義'가 중요한 것은 그것이 벗과의 관계를 유지하는 끈이기 때문이다.

시공을 뛰어넘은 만남

참다운 벗과 우정을 나누는 것은 한 나라에 국한된 것만은 아니다. 전근대 지식인들은 사행使行*을 통해 다른 나라의 지식인들과 만나 교유하며 우정을 나누었다. 이들은 다른 나라 지식인과 서로 만나 학술을 토론하고, 서적을 교환하거나 더러 내면을 소통하며 우정을 나눈다. 홍대용洪大容(1731~1783)과 중국 인사들의 만남이 대표적이다.

사행使行 사신 행차의 줄임말.

벗이 그린 홍대용의 초상
북학파의 선구자였던 홍대용의 학문 세계는 연경 방문을 계기로 큰 변화가 생겼다. 그림은 연경에서 만나 우정을 나눈 벗 엄성이 그린 홍대용의 초상이다.

홍대용은 아룁습니다. 초가을에 올린 글은 이미 받아 보셨는지요? 이슬과 서리가 벌써 내려 가을 날씨 날로 쌀쌀하여지니, 사모하는 마음이 해와 함께 깊어집니다. 형께서도 만 리 밖에서 이 마음 아시리라 생각합니다. 가을에 들어 상하가 다 무고하고 생활이 편안하신지 궁금하오며, 독서하고 강학하는 일 외에 체험하고 실천하는 공부도 날로 더욱 새로워지는 즐거움이 있는지 알고 싶습니다. 작별한 이래로 대체로 생각나지 않는 날이 없고, 생각하면 언제나 속이 상하고 오장이 맺히지 않은 적이 없습니다. 어찌 그러한 까닭이 한갓 구구한 아녀자의 정이며 생각과 같겠습니까? 형이 만약 재주 없고 덕도 없는 평범한 속된 사람이라면 애당초 생각조차 않았을 것이고, 그대가 만약 과거에 몰두하여 벼슬하는 것을 생명처럼 여겼다면 역시 생각하지 않았을 것이며, 형이 만약 초연하게 세속을 벗어나 옛날의 도를 좋아하여 성현이나 호걸이 되기를 스스로 기약하지 않았다면 또한 생각할 것도 없었을 것이고, 형이 만약 재주를 믿고 남을 업신여겨 나 보기를 범연하게 멀리하여 겉만 그럴싸하고 속마음이 달랐다면 역시 생각할 필요도 없었을 것입니다.

조선 후기의 실학자 홍대용이 청나라의 벗인 엄성에게 준 편지이다. 홍대용은 사행의 일원으로 참가하여 북경의 유리창에서 청나라 지식인

육비陸飛·엄성嚴誠·반정균潘庭筠을 만나 사귄다. 이들 세 사람은 항주에 사는 지식인으로 과거 시험을 보기 위해 연경(지금의 북경)에 왔다가 홍대용과 만난다. 홍대용은 이들과 국경을 넘어 사귀며, 귀국 후에도 우정을 지속한다. 이후 이들의 만남은 서로의 내면을 알아 주는 지기知己에서 의형제로까지 발전한다. 홍대용은 이들과 편지를 주고받으며 마치 친형제와 같이 서로의 건강을 묻고 서로를 진정으로 이해할 뿐만 아니라, 학술과 삶의 방향에 이르기까지 서로의 속내를 털어놓고 사귄다. 이는 세속적 만남을 뛰어넘는 만남이거니와, 시간과 공간을 넘어서 우정을 나누는 진면목을 보여 준다. 이해관계를 초월하여 인간적 순수함에서 우러나온 우정이 아니라면 볼 수 없는 장면이다. 이처럼 홍대용과 엄성은 국경을 초월하며 우정을 나누었던 진정한 지기였다. 국경을 넘어선 이들의 우정과 사귐은 당시 조선과 청나라 지식인 사회에 충격을 주었다.

이러한 우정의 사례는 당대 우정론의 전환점을 마련해 준다. 국경을 넘어 우정을 나누는 경향은 조선 후기에 더욱 확산되는데, 홍양호洪良浩 (1724~1802)와 청나라 기윤紀昀*(1724~1805)의 경우를 사례로 들 수 있다. 홍양호는 두 번의 연행燕行*을 통해 기윤과 만나 우정을 나누고, 이를 계기로 후손들까지 세교世交를 한다. 두 가문은 손자 대에 이르도록 만남을 지속시키거니와, 이들의 만남과 우정은 해내신교海內神交*로 일컬어진 바 있다.

기윤紀昀 기윤은 《사고전서四庫全書》 편찬 책임자로 연경 최고의 석학이며, 홍양호 역시 서울의 저명한 실학자였다.

연행燕行 조선 후기에 청나라 연경에 사신으로 가던 일.

해내신교海內神交 국경을 넘어선 정신적인 사귐.

사람이 서로 사귀는 것은 원래 안면에 있는 것이 아닐 터, 마음으로 사귀지 않고 낯으로 사귀는 것은 면교面交이고, 낯으로 사귀지 않고 마음으로 사귀는 것이 바로 신교神交입니다. 진실로 마음으로 서로 우애하면 천만 리 떨어진 곳도 집안의 마당과 같고, 천만 년 먼 시간도 아침저녁과 같을 것이니, 어찌 반드시 얼굴을 알고 모름과 모이고 흩어지는 것이 오래고 아닌 것에 얽매일 필요가 있겠습니까? 제가 그대와 겨우 한 번 얼굴을 본 사이인데 그래도 당신의 마음을 헤아림이 있었습니다.

위 작품은 홍양호의 손자인 홍경모洪敬謨(1774~1851)가 첫 번째 연행에서 기윤의 손자 기수유紀樹蕤와 만나 우정을 나눈 것을 기록한 〈여수석촌與帥石村〉이다. 2차 연행에서도 홍경모는 기수유와 우정을 나누고, 기수유의 소개로 솔방위帥方蔚를 만나 시공을 뛰어넘어 신교神交를 가진다. 이들의 국경을 넘어선 우정은 당대 학술과 문화에도 적지 않은 영향을 끼친다. 이들은 연경과 서울 학계와 문학계의 가교 역할을 하면서 지적 교류에 물꼬를 튼 것은 물론 두 나라 간의 지식인 교류에 적지 않은 기여를 했기 때문이다. 무엇보다 이들의 우정은 두 나라 간의 새로운 지식과 정보를 교류하게 만들어 학술과 문학에 기여하였다.

이밖에도 조선 후기에 오면 국경을 넘어 우정을 나누는 사례가 더욱 증가한다. 그 한 예가 추사 김정희와 청나라 석학인 옹방강의 망년지교忘年之交이다. 이들 역시 국경을 넘어 사귀면서 새로운 학술과 문화를 생성하는 데 크게 일조하였다.

생각과 신분을 뛰어넘은 사귐

이렇게 국경을 초월한 우정이 있는 반면 신분을 뛰어넘는 우정도 있다. 전근대 사회에서는 신분에 따라 친구와의 사귐도 결정되므로 인간 대 인간으로 만나 내면을 소통하는 경우가 드물었는데, 이러한 사회의 통념과 금기를 깨뜨리고 우정을 나눈 예가 있다. 허균許筠(1569~1618)이 그러하다. 1608년 허균이 공주목사로 부임해서 서얼 친구인 이재영李再榮에게 쓴 편지 〈여이여인與李汝仁〉을 보자.

나는 큰 고을의 원님이 되었다오. 마침 자네가 사는 곳과 가까우니 어머니를 모시고 이리로 오시게. 내 봉급의 반을 덜어 자네의 생활을 책임지리니 이제 자네가 굶주리는 일은 없을 것이오. 자네와 나는 서로 처지는 다르지만 취향이 같고, 자네의 재주가 나보다 열 배는 넘을 것이오. 그런데도 나보다 더 심하게 세상에 버림받고 있으니 참으로 기가 막히다오. 내 비록 운수가 기박하나 2000석짜리 벼슬을 몇 번 하여 달팽이 침 바르듯 스

스로 살아갈 수 있지만, 자네는 입에 풀칠하기 위해 사방으로 뛰어다니며 애써야 하다니! 이는 모두 우리의 책임이오. 나는 밥상을 대할 때마다 땀이 나고, 밥을 먹어도 목에 넘어가질 않소. 빨리 오시게. 내가 이 일로 비방을 받는다 해도 나는 개의치 않을 것이라네.

이재영은 글재주가 뛰어나 과거 때마다 남의 글을 대신 지어 주었는데, 그의 글을 받아 급제한 사람이 대여섯 명은 될 정도로 글솜씨가 뛰어난 인물이었다. 이런 그의 재능을 알아보고 허균은 신분을 뛰어넘어 격의 없는 우정을 나눈 것이다. 허균이 고을살이를 위해 공주에 이르러 궁핍하게 사는 벗을 부른 것도 기본적으로 인간적인 만남이기에 가능했다. 허균은 이재영에게 수시로 편지를 보내 속내를 털어놓기도 하고, 중국 사행使行에 함께 가기를 청하는 등 그와 깊은 우정을 나눈다. 또 다른 편지에서 "나는 이곳으로 옮기고 그대를 자주 만나리라 하여 기뻐하였는데 몇 달이 되도록 만나지 못하였네. 일이 있을 때마다 서글퍼지는데, 오직 자네가 찾아와 서글픈 마음을 해소하는 일이 더디어 하루가 천년같이 지루하네. 물줄기 하나만 건너면 되는 거리이니 급히 서둘러 오도록 하게."라며 내면을 공감하는 벗과 만나고 싶은 간절한 마음을 드러내기도 하였다.

허균에게는 이재영 외에도 서얼 친구가 더 있었는데, 심우영沈友英, 윤계영尹繼榮이 그들이다. 허균은 공주 감영에서 이들 서얼 친구를 불러 남다른 우정을 나누거니와, 당시 "공주 감영에는 세 영*이 있다."라는 비난을 들었다. 허균은 양반 사대부 가문에서 태어나 많은 혜택을 누릴 수 있음에도 불구하고, 신분과 처지가 전혀 다른 서얼을 친구로 삼아 깊은 우정을 나눈 것이다. 그가 〈홍길동전〉에서 서얼 문제를 제기한 것도 이러한 우정론의 반영임은 두말할 나위 없다. 그러나 그는 신분과 사회적 관습을 뛰어넘어 세속적인 양반 사대부들이 기피하던 인물과 어울리고, 지배층이 금기시하는 사유를 지녔다는 이유로 결국 형장의 이슬로 사라졌

세 영 허균의 서얼 친구, 즉 심우영, 윤계영, 이재영의 마지막 이름자가 '영'이기 때문에 붙은 별칭이다.

다. 이렇듯 당대의 사회 질서는 그가 꿈꾸었던 참다운 만남과 인간적인 우정을 가로막고 말았던 것이다.

여기 허균 못지않은 또 하나의 우정이 있다. 박지원은 똥을 쳐 나르는 역부를 '덕德'이 있는 선생으로 부르고 이러한 사람과 벗하는 것이야말로 참다운 우정을 실현하는 것으로 보았다. 《예덕선생전穢德先生傳》에서 박지원이 내세운 우정론을 만나 보자.

자목子牧이 선귤자에게 따져 물었다.

"예전에 제가 선생님께 벗의 도를 들었을 때, '벗이란 함께 살지 않는 아내요, 핏줄을 같이하지 않은 아우와 같다.'고 말씀하셨습니다. 그래서 벗이란 이같이 소중한 것인 줄 알았습니다. 세상의 이름난 사대부들이 선생님을 따라 그 아랫자리에서 노닐기를 원하는 자가 많았지만 선생님께서는 아무도 받아들이지 않았습니다. 그런데 저 엄 행수라는 자는 마을에서 가장 비천한 막일꾼으로서 열악한 곳에 살면서 남들이 치욕으로 여기는 일을 하고 있는 사람인데, 선생님께서는 자주 그의 덕德을 칭송하여 선생이라 부르는 동시에 장차 그와 교분을 맺고 벗하기를 청할 것같이 하시니 제자로서 심히 부끄럽습니다. 그러하오니 문하에서 떠나기를 원하옵니다."

선귤자가 웃으면서 말하였다.

"앉아라. 내가 너에게 벗을 사귀는 것에 대해 말해 주마. 속담에 '의원이 제 병 못 고치고 무당이 제 굿 못한다.' 했다. 사람마다 자기가 스스로 잘한다고 여기는 것이 있는데 남들이 몰라주면, 답답해하면서 자신의 허물에 대해 듣고 싶은 체한단다. 그럴 때 예찬만 늘어놓는다면 아첨에 가까워 무미건조하게 되고, 단점만 늘어놓는다면 잘못을 파헤치는 것 같아 무정하게 보인다. 따라서 잘하지 못하는 일에 대해서는 얼렁뚱땅 변죽만 울리고 제대로 지적하지 않는다면, 제아무리 크게 책망하더라도 화를 내지는 않을 것이니, 상대방의 꺼림칙한 곳을 건드리지 않았기 때문이다. 그러다가 비슷한 물건을 늘어놓고 숨긴 것을 알아맞히듯이 자신이 잘한다고 여기는 것을 은근슬쩍 언급한다면, 마치 가려운 데를 긁어 준 것처럼 진심으로 감동할 것이다. 가려운 데를 긁어 주는 것에도 방법이 있다. 등을 토닥일 때는 겨드랑이에 가까이 가지 말고 가슴을 어루만질 때는 목을 건드리지 말아야 한다. 뜬구름 같은 말을 하는 것 같으면서도 그 속에 결국 자신에 대한 칭찬이 들어 있다면, 뛸 듯이 기뻐하며 자신을 알아준다고 말할 것이다. 이렇게 벗을 사귄다면 좋겠느냐?"

자목은 귀를 막고 뒷걸음질치며 말하였다.

"지금 선생님께서는 시정잡배나 하인 놈들이 하는 짓거리를 가지고 저를 가르치려 하시는군요."

그러자 선귤자가 말하였다.

"그렇게 말하는 것을 보니 네가 부끄럽게 여기는 것이 전자에는 있지 않고 후자에만 있는 게로구나. 무릇 시장에서는 이해관계로 사람을 사귀고 면전에서는 아첨으로 사람을 사귀지. 따라서 아무리 친한 사이라도 세 번 손을 내밀면 누구나 멀어지게 되고, 아무리 묵은 원한이 있다 하더라도 세 번 도와주면 누구나 친하게 되기 마련이지. 그러므로 이해관계로 사귀게 되면 지속되기 어렵고, 아첨으로 사귀어도 오래갈 수 없다고 하더구나. 훌륭한 사귐은 꼭 얼굴을 마주해야 할 필요가 없으며, 훌륭한 벗은 꼭 가까이 두고 지낼 필요도 없지. 다만 마음으로 사귀고 덕으로 벗하면 되는 것이니, 이것이 바로 도의로 사귀는 것이란다. 위로 천고千古의 옛사람과 벗해도 먼 것이 아니요, 만 리나 떨어져 있는 사람과 사귀어도 먼 것이 아니라는구나."

이 글에는 선귤자와 제자, 엄 행수가 등장한다. 선귤자는 박지원의 다른 모습이며, 엄 행수는 서울의 민가에서 똥을 치우는 역부의 우두머리로 예덕선생이라 한다. 이 글은 선귤자의 제자가 평소 벗과의 우정을 소중하게 생각하고 역부와 사귀는 스승에게 항의하자, 선귤자가 제자의 항의에 답하는 내용이다. 제자가 선귤자에게 명사나 사대부와 사귀지 않고 하필 엄 행수를 벗으로 두느냐고 묻자, 스승인 선귤자는 세속적인 사귐을 버리고 참다운 우정을 추구하려면 엄 행수야말로 누구보다 훌륭한 벗이 될 수 있다고 설득한다.

박지원은 선귤자의 입을 통해 사대부의 고결성과 우정은 위선적임을 드러낸다. 반면에 똥을 치며 사는 엄 행수의 행동과 인생 자세야말로 본

받아야 하며, 이러한 사람과 참다운 우정을 나눌 수 있다고 한다. 엄 행수의 행동과 모습이 겉으로는 더러운 것처럼 보이지만 속으로는 고결한 반면, 사대부의 사귐과 행동은 겉으로는 고결한 것처럼 보이지만 속으로는 더럽다는 것을 박지원은 포착한다. 그래서 선귤자는 작품의 후반부에서 사대부와 엄 행수를 대비시켜 "고결한 것 속에 불결한 것이 있고, 더러운 가운데 깨끗한 것이 있다."고 언급하고 있는 것이다.

특이한 인연과 만남

벗은 또 다른 '나'이다. 그래서 어떤 이는 벗을 위해 목숨까지 버리기도 한다. 문경지교刎頸之交라는 고사성어는 그래서 나왔다. 《삼국사기》의 〈사다함〉이 전하는 신라의 사다함斯多含(?~?)과 무관의 우정이 그러하다.

문경지교刎頸之交 목이 잘려도 후회하지 않을 정도의 사이라는 뜻. 벗을 위해 죽음도 함께하기로 굳게 맹세한 조趙나라의 명신 인상여藺相如와 염파廉頗 장군의 고사에서 유래하였다. 생사를 같이할 수 있는 아주 가까운 사이를 일컫는다.

사다함이 가야국 국경에 이르러 총지휘하는 장수에게 요청하여 부하 군사들을 거느리고 먼저 전단량으로 들어갔다. 가야국 사람들은 뜻밖에 군사들이 들이닥치니 이에 놀라 동요하여 막지 못하였다. 사다함의 대군은 이 틈을 타서 마침내 그 나라를 멸망시켰다. 사다함의 군사가 돌아오매 왕이 사다함의 전공을 평가하여 가야 사람 300명을 주었으나 그는 받는 즉시 전부 보내 주어 한 명도 남기지 않았다. 다시 토지를 주었으나 굳이 사양하므로 왕이 받을 것을 억지로 권하니, 사다함은 알천에 있는 척박한 땅을 달라고 하여 그것을 받았을 뿐이었다. 사다함이 처음에 무관랑武官郎과 함께 삶과 죽음을 같이하는 벗으로 약속하였는데 무관이 병으로 죽게 되매 매우 섧게 울다 이레 만에 자기도 죽으니 그때 나이가 열일곱 살이었다.

사다함은 6세기에 활동한 화랑으로, 가야국을 명멸시키는 데 결정적 역할을 한 인물이다. 《삼국사기》는 어린 나이에도 불구하고 나라를 위해 죽음마저 두려워하지 않았던 화랑의 견결함과 굳센 기상을 그린다. 여기서 눈여겨볼 대목은 사다함의 행적 말미에 놓인 무관랑과의 우정과 그의 죽음을 다룬 부분이다. 사다함은 죽은 친구 무관랑을 그리워하다 슬픔에 빠져 결국 죽고 만다. 벗의 죽음에 삶마저 포기하고 만 사다함, 우리는 이러한 우정을 어떻게 이해할 것인가? 사다함은 우정을 인생에서 가장 소중한 가치로 여긴 것으로 보인다. 그래서 그는 벗이 죽자 더 이상 삶의 의미를 느끼지 못하고 따라 죽은 것은 아니었을까?

사실 우리는 전근대 사회의 우정을 생각하면 남성 간의 우정만을 떠올린다. 하지만 참다운 우정은 남성들만의 전유물이 아니다. 〈운영전雲英傳〉은 여성의 특이한 만남을 보여 준다. 운영과 그의 벗 자란은 죽음을 맹세할 만큼 남다른 우정을 나눈다.

소옥이 결심한 듯 말을 했습니다.

"나는 이미 가겠다고 했고 다른 몇 사람도 뜻을 따르기로 했는데 어찌 중도에 그만두겠어. 나는 두말 않고 운영을 위해 죽을 것이니 너희들도 의사를 분명히 밝히려무나."

"따르는 사람이 반이요 따르지 않는 사람이 반이니 안타깝게도 일은 다 틀린 것 같구나."

자란은 짐짓 실망한 듯 자리를 털고 일어났지요. 자란은 방문을 열고 나가다가 말고 뒤를 돌아보았지요. 눈치가 빠른 자란은 따라 나오는 사람들의 얼굴에서 뜻을 같이하고 싶기는 하지만 한 입으로 두말하기가 부끄러워 망설이는 표정들을 재빨리 읽었지요. 돌아서서 자란은 다그치듯 말했습니다.

"세상일에는 바른 길만 있는 것이 아니다. 비록 바르지 못한 방법이라도 맞게만 쓰면 그것도 결국 바른 길이 되는 것이다. 어찌 너희들은 융통성도 없이 먼저 한 말만 지키려고 애를 쓰느냐?"

그 말에 모든 궁녀들이 고개를 끄덕였다는군요.

"옛날에는 소진이란 사람이 말로 여섯 나라를 뭉치게 하더니 오늘은 자란이 우리 다섯 사람을 설득했구나. 과연 훌륭한 말솜씨로구나!"

비경이 칭찬을 하자 자란은 웃음을 머금으며 농담을 던졌지요.

"그래서 소진은 여섯 나라의 재상 자리를 차지했는데 그대들은 나에게 무엇을 주려하는가?"

"여섯 나라의 동맹은 여섯 나라 모두에게 이익이 되었지만, 오늘 우리의 동맹은 우리에게 무슨 이익이 되느냐?"

금련의 재치 있는 말대꾸에 다들 얼굴을 마주 보며 오랜만에 크게 웃었지요.

"남궁 사람들이 다들 착해서 죽어 가는 운영의 목숨을 다시 살렸으니 어찌 사례가 없으리."

다시 일어나 절을 하면서 자란은 다시 한 번 말다짐을 두었습니다.

"다섯 사람 모두 따르기로 한 거야. 위에서는 하늘이 보고 아래서는 땅이 보고 촛불이 보고 귀신이 보았으니 내일 가서 다른 말이야 없겠지?"

자란이 일어나 절하고 나가니, 모두 일어나 문밖까지 따라 나가 전송을 했습니다. 자란이 돌아와 저에게 말을 전했습니다. 저는 일어나 큰절을 올리며 고마움을 전했습니다.

"나를 낳아 준 사람은 부모이지만 나를 살려 준 사람은 바로 너로구나. 땅에 들어가기 전에 맹세코 이 은혜를 갚을 게다."

소옥과 자란을 비롯한 여러 궁녀들이 죽기를 맹세하고 운영을 도와주는 장면이다. 특히 자란은 김 진사를 사모하여 잊지 못하는 벗을 위하여 여러 궁녀를 설득하는 한편, 이들과 함께 목숨을 건다. 이어서 운영의 사랑을 실현시키기 위해 심혈을 다해 여러 궁녀에게 도움까지 요청한다. 또한 자란은 김 진사를 사모하고 있다는 사실을 숨기고 있는 운영의 처지를 위로하며 기어이 운영의 속내를 들으려 한다. 마침내 운영은 자란의 우정에 감동하여 자기의 속내를 털어놓고 만다. 남성 중심의 가부장제 사회에서 남성의 전유물이던 우정이 여성 간의 만남에서도 확인되는 순간이다. 마침내 운영과 자란의 관계는 목숨을 주어도 아깝지 않는 진정한 관계로까지 발전한다. 운영과 자란은 여성의 처지에다 궁녀 신분이다. 이들은 폐쇄된 공간에서 살아가면서도 인간적으로 이해하며 목숨을 걸고 끊임없이 도와주는 우정으로 발전한다. 이들처럼 인간 내면을 소통하는 것 역시 관계의 참다운 모습일 터이다. 그래서 작가는 "나를 낳아 준 사람은 부모이지만 나를 살려 준 사람은 바로 너로구나. 땅에 들어가기 전에 맹세코 이 은혜를 갚을 게다."라며 운영과 자란의 비상한 관계와 우정을 포착한 다음, 죽음도 마다하지 않을 이들의 관계를 관포지교管鮑之交*에 빗대어 묘사하고 있다.

우정이 남성들의 전유물이 아니라는 사례는 〈운영전〉 말고도 또 있다. 여성끼리 만나 벗이 죽자 따라 죽는 길을 선택한 우정이다. 이 역시 전근대 문학에서 보기 드문 경우이다. 임경주任敬周(1718~1745)의 〈매죽당 이씨전梅竹堂李氏傳〉을 보자.

> 매죽당 이씨는 종친인 완원군完原君의 후손이다. 그녀는 어려서부터 꽃과 화초를 잘 가꾸었다. 어느 날 '이는 부인네가 할 일이 아니다.'라 탄식하고 꽃과 화초를 모두 없애 버렸다. 이어 매화와 대나무 몇 그루만 남겨 두고서 자신의 호를 매죽당이라 지었다. 그날부터 그녀는 부녀자의 일을 부지런히 하였다. 성품이 총명하고 슬기로워 학문을 좋아하였다. 특히 《주역》에 능통하고, 노래와 시 또한 잘하였다. 이때 조옥잠趙玉簪이란 여성이 있었는데, 사람됨이 맑고 고상하며 문장에도 밝았다. 이 때문에 이씨와 옥잠은 벗이 되어 아주 잘 지냈다. 한번은 조옥잠과 고금古今의 인물·도술·이단異端 등을 두고 많은 논의를 하였다. (중략) 뒤에 옥잠이 죽자, 이씨는 벗인 옥잠을 잃고 병이 들어 몸조차 가누지를 못하였다. 이씨는 다음과 같은 사詞를 지었다.
>
> 하늘이 노쇠한 지 오래되어서/안회는 요절하고 도척은 수를 누렸네./달리 또 무엇을 말하리오./아아, 옥잠이여! 하늘을 어찌하며/운명을 어찌하리.
>
> 몇 년 후 이씨도 피를 토하고 죽었으니, 이때 나이 열아홉이었다. 그녀의 시문이 세상에 전하지만, 불행하게도 이씨가 단명하여 재덕才德을 펴지 못하였고, 세상에 남아 있는 시가 많지 않다. 옥잠의 시는 더욱 전하는 것이 없으니, 아! 슬프다.

죽은 벗을 따라 목숨을 버린 매죽당 이씨의 특이한 삶과 우정에 관한 이야기이다. 규방을 넘어선 여성끼리의 만남과 사귐도 특이하거니와, 매죽당 이씨가 조옥잠과 함께 우정을 나누는 것도 이채롭다. 이는 한 남성의 아내로 살아야만 했던 당시의 상식에서 벗어나 우정을 나눈 경우이다. 두 여성의 만남이 더욱 간절한 이유이다. 무엇보다 자신을 진정으로 이해해 준 옥잠이 죽은 뒤 곧 생을 마감한 이씨의 삶은, 규방 속에 매여 있을 수밖에 없던 처지에서 벗어나고자 한 당대 여성의 우울한 모습을 담아낸다. 남성과의 사랑이나 행복보다 내면을 주고받는 벗과의 진정한 우정을 인생에서 가장 소중하게 생각하고, 이것을 인생의 목표로 삼았기 때문에 가능한 일이다.

그런데 전근대 사회에서의 우정은 오륜과 관련이 깊지만, 우정은 기본적으로 다른 윤리에 비해 평등한 관계를 지향한다. 이런 점에서 참다운 우정은 전근대 사회에서 더 의미가 깊다. 사실 인생에서 참다운 벗을 만나기도 힘들지만, 벗과 참다운 만남을 유지하면서 지속적인 우정을 나누는 것은 더욱 힘들다. 관포지교가 지금껏 주목받는 이유도 여기에 있다. 배려와 존숭보다 경쟁과 배제의 소용돌이 속에서 사는 우리 가운데 관중과 포숙처럼 벗과의 소중한 만남을 기억하고 오랫동안 벗과의 관계를 유지하는 경우가 과연 몇이나 되겠는가.

인용 작품

장보고 239쪽
작가 김부식 갈래 전
연대 고려 전기

마장전 240쪽
작가 박지원
갈래 고전 소설(한문)
연대 18세기

부휴자담론 243쪽
작가 성현 갈래 한문 산문
연대 15세기

여철교서 244쪽
작가 홍대용
갈래 한문 산문(서간)
연대 18세기

여수석촌 245쪽
작가 홍경모 갈래 한문 산문
연대 19세기

여이여인 246쪽
작가 허균
갈래 한문 산문(서간)
연대 17세기

예덕선생전 249쪽
작가 박지원
갈래 고전 소설(한문)
연대 18세기

사다함 251쪽
작가 김부식 갈래 전
연대 고려 전기

운영전 252쪽
작가 미상
갈래 고전 소설(한문)
연대 17세기

매죽당 이씨전 255쪽
작가 임경주 갈래 전
연대 18세기

흔히 가르치지 못할 사람도 없고, 배우지 못할 사람도 없다고 한다. 사제 간을 두고 하는 말이다. 선생은 있어도 스승이 없다는 시대에 살고 있는 우리에게 스승과 제자의 만남은 어떤 의미를 지니는가? 인생에서 평생 잊지 못할 스승을 만난 경험이 있다면, 그 사람은 진정 행복한 사람일 터이다. 진정한 스승과 참다운 제자 그리고 사제 간을 그린 남다른 만남의 흔적을 찾아보자.

스승과 제자의 특이한 만남

경상도 가야산 밑의 합천에는 해인사 스님이 군수의 아들을 교육하여 출세시킨 이야기가 전해 온다. 그 이야기는 대략 이러하다.

합천 군수가 나이 육십여 세에 열세 살 되는 아들을 두었다. 아들을 너무 사랑한 나머지 공부를 놓쳐 말썽꾸러기가 되고 말았다. 군수와 친분이 있는 해인사 스님이 와서 안을 내었다. 자신의 지도 방법을 일체 간섭하지 않겠다는 각서를 써 주고 아들을 자신에게 완전히 맡기면 가르쳐서 성공시키겠다고 했다. 그래서 군수는 각서를 써 주고 아들을 절로 보냈다. 절에 온 아들은 4, 5일간 절에서 온갖 행패를 부리면서 모두 죽이겠다고 소란을 피웠다.

스님이 하루는 아침에 모든 중을 법당에 꿇어 앉게 하고 군수 아들을 부르니 오지 않았다. 그래서 중들을 시켜 아들을 묶어 와서는 군수의 각서를 보여 주고 쇠꼬챙이를 달구어 다리를 지지면서 말을 들으라고 했다. 기절했다가 깨어난 아이에게 또 불에 달군 쇠꼬챙이를 들이대니, 이제는 순순히 말을 듣겠다고 하기에 묶은 것을 풀고 엄하게 천자문부터 가르쳤다.

이렇게 하여 3년이 지나니 공부가 완성되었다. 이 아이가 주야로 열심히 하는 이유는 빨리 공부를 마치고 급제해 이 악독하게 구는 스님을 때려죽여 원수를 갚기로 결심하였기 때문이다. 어느 날 스님이 군수에게 공부가 끝났으니 아이를 데리고 가서 과거를 보게 하라고 말하였다.

이후 아이는 결혼을 하고 급제하여 여러 관직을 거친 다음, 오랜 세월이 지난 후 영남의 방백方伯*이 되어 경상도로 가게 되었다. 군수 아들은 이제야 해인사 스님에게 원수를

방백方伯 '도지사'를 예스럽게 이르는 말. 옛날의 관찰사.

갚을 기회가 왔다 하고는 힘센 형리 몇 명을 대동하여 스님을 때려죽이려고 해인사로 향했다. 해인사 입구에 이르니 스님이 모든 중을 거느리고 마중을 나와 길가에서 영접하니, 군수 아들은 자기도 모르게 가마에서 내려 스님에게 인사를 드렸다. 해인사로 들어가 저녁을 먹고 스님과 군수 아들이 옛날 공부하던 방에 같이 자기로 하고 누웠는데, 스님은 자기를 죽이려 했다는 사실을 미리 알고 있었다는 것을 모두 말하고 왜 죽이지 않았느냐고 물었다. 군수 아들이 말하기를, 스님을 보는 순간 그 마음이 다 사라지더라고 했다.

(줄거리 요약)

조선 후기의 야담을 요약한 것이다. 위와 같은 사제 간은 매우 독특하다. 어쨌든 스승인 스님이 망나니 제자를 가르치는 방법은 적중하였다. 스님은 극약 처방이 아니고서는 군수의 아들을 제대로 다잡을 수 없음을 누구보다도 잘 안다. 마침내 스님은 망나니 제자의 반감을 점차 공부에 진력하는 쪽으로 돌리고, 망나니 제자의 마음을 움직인다. 공부를 하기까지의 과정에서 보여 준 스승과 제자의 관계는 정상적이지 않다. 망나니 제자는 스승의 의도를 모른 채, 오직 입신양명해서 원수와 같은 스승에게 보복하려는 마음으로 공부에 진력한다. 그리하여 마침내 망나니 제자는 자신이 원하는 바를 이루어 입신양명하고 혼인까지 한다.

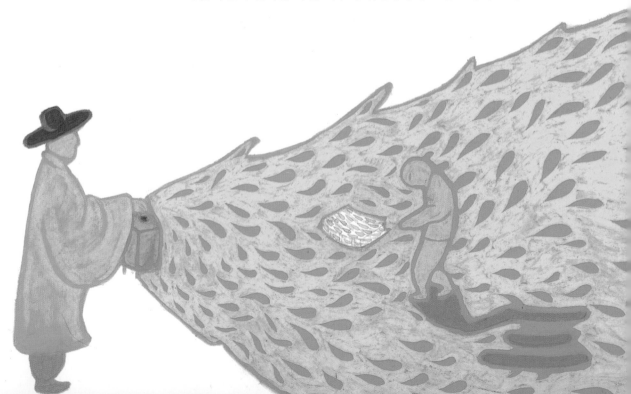

공자는 제자를 가르칠 때 제자의 능력과 처지에 따라 다양한 방법으로 가르쳤다고 한다. 스님 역시 정상적인 방법으로는 제자를 가르칠 수 없다고 판단하고 망나니 제자에 맞는 교육 방법을 택한 것이다. 그러나 이것을 알 리 없는 망나니 제자는 오직 스승에 대한 복수만 생각하며 공부에 진력한다. 이것이 바로 스님이 원하는 바이다. 스님은 이러한 제자의 마음을 읽고 이를 역이용하여 망나니 제자를 개과천선의 방향으로 이끈다. 눈높이 교육으로 망나니 제자를 훌륭하게 키워 낸 것이다. 매우 훌륭한 안목을 지닌 스님은 흔히 볼 수 있는 평범한 스승은 아니다. 이와 같은 스승과 제자의 만남이 보편적인 것은 아니지만 참다운 사제 간의 모습을 보여 주는 것임은 틀림없다.

손곡蓀谷 이달李達은 얼자孼子 로 허균의 스승이기도 하다. 허균은 학문과 문장으로 이름이 높았던 명문대가의 출신이다. 부친 허엽은 서경덕의 문하이며 형인 허성과 허봉은 동인의 맹주였다. 허균의 누이 허난설헌 또한 시재를 떨친 시인이었다. 이렇듯 가문의 배경과 문학적 능력을 지닌 허균. 그는 이달에게 시를 배우는 한편 스승의 학문과 인품, 시속의 예법에 구애받지 않는 정신을 이어받고 적서차별과 같은 사회적 모순을 듣는다. 그뿐만 아니라 허균은 이달의 탁월한 시적 재능을 십분 존경하며 진정으로 예를 다하여 스승을 섬긴다. 허균이 스승의 시를 "천년 이래 절조絶調"라 극찬한 것도 이달의 시적 능력을 존숭하였기 때문이다. 그래서 허균은 항상 스승에게 시에 대해 물었다.

뒷날 허균은 흩어져 있던 이달의 글을 모아 《손곡집蓀谷集》을 편찬하는 한편, 스승의 전기를 〈손곡산인전蓀谷山人傳〉에 담는다. 명문가의 후예가 서얼 신분의 스승을 전기로 창작한 것도 드문 사례이거니와, 스승이 남긴 글을 모아 편찬하는 것도 특이한 일이다. 이는 스승에 대한 존경과 남다른 기억이 아니라면 불가능했을 터이다. 허균이 없었다면 이달의 존재와 그의 작품은 전해지지 못했을 것이다. 마음 깊이 스승을 모신 허균과 스승 이달의 만남은 전근대 사회에서 보기 드문 스승과 제자의 만남임이 틀림없다.

손곡산인전蓀谷山人傳
허균이 지은 한문 소설. 손곡 산인은 이달이 강원도 원주 손곡에서 살았기 때문에 붙여진 제목이다. 적서 차별에 의해 관직에 나아갈 수 없었던 한 인간의 불우한 일생을 작품으로 형상화하여 모순된 사회를 비판하고, 불우한 시인의 특이한 일생을 그려 내고 있다.

삶을 바꾸게 만든 사표

이달, 허균과 같은 사제 간도 있지만 처지가 반대인 스승과 제자의 만남도 있다. 제자가 스승으로부터 지식을 배우는 것보다 소중한 것은 배운 내용을 실천하는 것이며, 스승의 삶을 따라 이를 실천하는 것은 더욱 소중하다. 더욱이 제자가 스승의 삶을 배워 새로운 인생의 길로 나아간 경우도 있고, 스승의 가르침과 삶을 평생 인생의 길라잡이로 삼는 경우도 있다. 이것이야말로 제자의 삶을 바꾸게 만드는 진정한 사표일 터, 강진 유배지에서 만난 다산茶山 정약용丁若鏞(1762~1836)과 황상黃裳(1788~1863)

의 관계가 그러하다.

다음은 황상이 스승인 다산을 회상하며 적은 글이다.

다산 선생님께서는 나에게 문사文史를 닦도록 권하였는데, 나는 머뭇머뭇 부끄러운 표정을 지으며 "저는 세 가지 부족한 점이 있습니다. 첫째로 둔하고, 둘째로 막혀 있고, 셋째로 미욱합니다."라고 대답하였다. 선생님께서 이르시기를 "공부하는 자에게 큰 병통이 세 가지 있는데 너는 하나도 해당되는 것이 없구나. 첫째 외우기를 빨리하면 그 폐단은 소홀한 데 있으며, 둘째 글짓기에 빠르면 그 폐단은 부실한 데 있고, 이해를 빨리하면 그 폐단은 거친 데 있게 된다. 무릇 둔하면서 파고드는 자는 그 구멍이 넓어지며, 막혔다가 소통이 되면 그 흐름이 툭 트이고, 미욱한 것을 닦아 내면 그 빛이 윤택하게 되는 법이다. 파는 것을 어떻게 하느냐? 부지런하면 되고, 소통은 어떻게 하느냐? 부지런하면 되고, 닦기는 어떻게 하느냐? 역시 부지런하면 된다. 이 부지런함을 어떻게 다할 수 있느냐? '마음가짐을 확고히 하는 것'이다."
이 무렵 선생님은 동천여사東泉旅舍에 머물러 계셨다. 나는 나이 열다섯 살 아동으로 관례冠禮를 올리지 않았는데, 마음에 새기고 뼛속 깊이 새겨 행여 잊을까 두려워하였다. 그때로부터 지금까지 61년이 되었는데, 간혹 책을 놓고 쟁기를 잡으면서도 계속해서 마음속에 간직하고 있다.

다산 정약용은 유배지였던 강진에서 향리의 자제인 황상을 제자로 맞는다. 다산은 아직 학문이 무엇인지 모르던 어린 제자를 기르며 학문의 황무지에 문학과 학술의 꽃을 일구어 갔다. 다산이 황상을 비롯한 이곳의 제자를 길러낸 다산학단茶山學團은 이렇게 탄생한다. 〈임술기壬戌記〉는 다산과 사제 관계를 맺은 지 61년이 지난 일흔다섯 살 되던 시점에 황상이 스승 다산을 회상하면서 지은 기문記文이다. 황상은 열다섯 살 어린 나이에 다산으로부터 '둔하고, 막혀 있고, 미욱한' 이 세 가지 결점을 들어 학문의 길로 나아가기를 주저하지만, 다산은 이 세 가지 약점을 장점으로 삼을 수 있다며 오히려 격려한다. 학문의 길에 '부지런함' 외에

다산의 편지
다산이 황상에게 보낸 편지이다. 다산은 강진 유배 시절에 많은 제자를 가르쳤는데, 이들 가운데 황상과 가장 인간적인 관계를 맺었다. 황상은 그가 강진으로 유배 온 뒤 처음 맡은 제자이다.

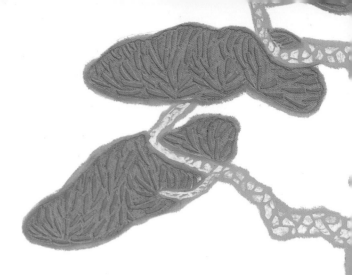

어떤 것도 소중하지 않음을 깨우쳐 준 스승의 애정 어린 격려는 어린 제자의 마음을 사로잡고 만다. 황상은 스승과 제자의 신분에서 오는 차이는 말할 것도 없고, 대학자의 문하에서 배운다는 사실을 감당하기 어려웠던 듯하다. 실제 이는 당대 현실에서 버티고 있던 엄연한 장벽이었다.

하지만 다산은 신분적인 차이를 넘어 인간적인 격려와 함께 스승으로서 참다운 삶의 깨우침을 주는 말로 이러한 어린 제자를 이끈다. 다산의 훈계와 격려는 황상의 가슴에 와 닿았다. 이후 황상은 스승인 다산으로부터 들은 이 '삼근계三勤戒'를 평생 삶의 좌표로 삼고, 이를 실천한다. 황상은 스승의 가르침에 따라 자신의 삶을 설계하여 실천하거니와, 새로운 인생의 길잡이를 만난 셈이다. 다산이 황상과 사제 관계를 맺은 것은 일반적인 학연과 그 차원을 달리한다. 다산은 인간적 신뢰를 바탕으로 어린 제자와 유대를 맺고 서로의 내면을 소통한다. 다산이 유배지 강진에서 학술적 대업을 이룬 데에는 황상과 같은 제자의 도움이 있었다. 이 점에서 이들은 사제 간이며 학문적 동반자이기도 하다. 황상이 생을 마칠 때까지 스승의 가르침을 실천하며 산 것이 말해 주듯 황상에게 다산의 가르침은 절대적이었다. 그런 만큼 스승을 사모하는 황상의 마음은 절실하였던 것이다.

황상은 예순여섯 살에 이미 15년 전에 돌아가신 스승을 꿈에서나마 만난다. 그는 잠에서 깬 뒤 이 일을 한 편의 시로 적어 스승에 대한 그리움을 표한다. 〈몽곡夢哭〉이라는 작품이다.

간밤에 스승님 꿈꾸었는데/나비 되어 예전 모습 모셨다네./마음이 기쁜 줄을 알지 못하였고/여느 때 모시던 것과 다름없었네/수염 터럭 어느새 하얗게 세고/얼굴도 고운 모습 시들어/아미산 눈 버린 산마루 아래/천 길 높은 소나무 기울듯/천행으로 이런 날 은혜롭구나./백 번에 다시 만날 기약 어려우리?/예전에도 꿈에 뵌 적 있지만/이처럼 모시긴 처음이었네./술과 국 차가운 제사상에는/제수 음식 이리저리 놓였다네./찬찬히 이리저리 보지도 않고/두 기둥 사이에서 넙죽 절을 올렸네./무릎 꿇고 조아려 애도하는데/곡성이 먹은 귀를 놀라게 하네./마음에 품고 있던 생각/그제야 겉으로 드러났네./때마침 옆 사람 흔들어 깨워/품은 정 다하지 못하였어라.

황상이 돌아가신 스승에 대한 사무치는 그리움을 노래하고 있다. 스승은 늙고 쇠한 모습이고, 앞에는 제사상이 차려져 있다. 황상은 아무런 생각도 없이 다시 뵌 스승을 위해 제사상에 절을 올리는데 갑자기 곡성이 진동한다. 그제야 스승이 이미 돌아가셨다는 사실을 깨닫고, 깊은 애도를 표한다. 마침 옆 사람이 흔들어 깨우는 통에 겨우 잠에서 깨어난다. 황상은 깨어난 뒤에도 비록 꿈에서나마 스승을 사모하는 마음을 다하지 못해 못내 아쉬워한다.

삶의 좌표였던 스승을 그리워하는 제자의 진정한 마음이 진하게 묻어난다. 아마도 꿈에서나마 마음의 스승이었던 주공*을 보고자 했던 공자의 간절한 마음도 같은 심정이었을 것이다.

주공周公 공자는 논어 술이편述而篇에서, "나도 많이 늙었구나, 이토록 오랫동안 꿈에서 주공을 뵙지 못하다니!子日甚矣吾衰也久矣吾不復夢見周公"라고 말할 정도로 주공을 숭배했다고 한다.

선배 같은 스승, 스승 같은 선배, 그 인간적 만남
사제 간의 만남에서 출발하여 학문적으로 벗이 되거나 한편으로는 스승이 되는 경우도 있다. 퇴계退溪 이황李滉(1501~1570)과 고봉高峰 기대승奇大升(1527~1572)의 관계가 그러하다. 퇴계와 고봉은 많은 나이 차에도 불구하고 학문의 선후배로, 혹은 스승과 제자로 관계를 맺는다. 다음은 기대승이 퇴계 이황에게 보낸 편지 〈상퇴계선생上退溪先生〉이다.

삼가 문안 올립니다. 건강은 어떠하신지요. 우러러 사모하는 마음 끝이 없습니다. 저는 선생님께서 염려해 주신 덕분에 겨우 목숨을 부지하며 지내고 있습니다. 다만 의지가 나약해서 몸이 나락으로 떨어지는 것 같습니다. 몸을 움직여 빠져나가 보려고 애쓰지만 그 끝이 어딘지 모르겠습니다. 지난 봄 선생님께서 보내 주신 편지를 보니, 저를 깨우치시고 위로하심이 그지없었습니다. 어서 서울로 가 선생님의 말씀을 받들고자 하는 바람을 하루도 거르지 않고 하고자 하였습니다. 그러나 가난 탓에 곧바로 길을 떠나지 못하고 앉아서 시간만 지체하고 말았습니다. 마침 인편이 있어 서둘러 답장을 올렸습니다만, 이미 선생님께서 남쪽으로 떠나신 뒤였습니다. 저는 되돌아온 편지를 잡고 길게 탄식하였습니다. 사월 초에 다시 힘을 내어 길을 나섰으나, 처음에 기대했던 즐거움을 얻지 못하고 창망한 마음만 더욱 아득히 가졌을 뿐입니다. (중략) 지난날 배운 것을 다시 익히고 깊이 연구하여야 거의 처음에 세운 뜻을 저버리지 않을 텐데, 번다한 일이 저를 얽매어 하루 종일 겨를이 없고, 또한 속마음을 털어놓을 만한 데도 없습니다. 어떻게 하면 좋은지요! 멀리 산마루 사이로 떠가는 구름을 바라보노라면 저도 모르는 사이에 선생님이 계신 곳으로 저절로 고개가 향합니다. 언제나 뵈옵고 가르침을 받을 수 있을는지, 탄식과 그리움뿐입니다. 이곳 상황을 편지로 다 말씀드리기 어렵고, 또한 제가 며칠 동안 감기를 앓고 있어서 자세히 적지 못합니다. 황공합니다.

이황
기대승과는 1558년에 서로 알게 되어 1570년에 퇴계가 세상을 뜰 때까지 13년 동안 100여 통에 이르는 편지를 주고받은 것으로 알려져 있다.

처음 벼슬길에 나선 기대승은 심한 면신례免新禮*를 겪고 벼슬길에 회의를 느낀다. 이 편지의 중간에서는 자신을 숲 속의 사슴에 빗대어 세상의 그물에 잘못 떨어진 신세로 비유하고, 이를 먼저 겪고 병을 핑계로 낙향한 이황에게 학문에만 전념하고 싶다는 바람을 털어놓고 있다.

이들이 처음 만난 것은 고봉이 과거 시험을 위해 서울에 왔을 때이다.

면신례免新禮 새로 부임한 관원이 선임자에게 음식을 대접하는 일.

당시 고봉의 나이 서른두 살, 퇴계의 나이 쉰여덟 살 때였다. 퇴계는 이 패기 넘치고 총명한 후배를 학자로 신뢰하고, 고봉이 제기한 문제를 무시하지 않고 편지로 답장을 주었다. 고봉 역시 때로는 존경하는 선배 학자로, 때로는 존경하는 스승으로 편지를 통해 학술 논쟁을 이어 갔다.

퇴계는 고봉이 벼슬길에서 물러나고자 하는 자세를 두고, "벼슬에 임하기 전에 충분히 준비를 했어야지, 무턱대고 벼슬에 올랐다가 이제는 돌아가고 싶다고 말하다니, 그대가 이토록 무책임한 사람이었단 말이오!"라며 매섭게 나무랐다. 그런데 고봉에게 쓴 다른 편지에서 퇴계는 "그대의 논박을 듣고 나서 나의 사단칠정四端七情*의 설이 잘못되었음을 알았습니다."라 하여 후배 학자의 견해를 받아들이기도 한다. 둘 사이에 벌인 유명한 사단칠정의 논쟁은 학술을 매개로 한 것이거니와, 이는 서로의 영혼을 교감하고 인간적 신뢰와 학술적 존경심을 주고받는 사이였기에 가능한 일이었다.

퇴계와 고봉의 관계도 흥미롭지만 추사秋史 김정희金正喜(1786~1856)와 우선藕船 이상적李尙迪(1803~1865)의 관계 역시 이에 못지않다. 이상적은 김정희의 고족제자高足弟子*로 박학다재博學多才한 인물이다. 이상적은 시와 글씨에도 능하여 김정희는 그를 아끼는 예술의 후배로 학문의 제자로 인정하고, 인간적인 만남을 가졌다. 추사 김정희가 제자인 이상적에게 준 〈세한도歲寒圖〉에 함께 적은 글 〈세한도발歲寒圖跋〉을 보자.

또한 세상은 세찬 물결처럼 오직 권세와 이익만 따르는데, 이토록 마음과 힘을 들여 얻은 것을 권세와 이득이 있는 곳에 돌아가 의지하지 않고, 바다 밖 초췌하고 고달픈 이에게 돌아가 의지하기를 세상 사람들이 권세와 이익을 추구하듯 하고 있다. 태사공太史公이 말하기를, "권세와 이익을 위해 합친 자는 권세와 이익이 다하면 성글어진다."라고 했다. 그대 또한 세상 속의 한 사람인데 권세와 이익 밖에 홀로 초연히 벗어나 있으니, 권세와 이익을 가지고 나를 보지 않은 것인가? 태사공의 말이 잘못된 것인가? 공자가 말씀하시기를, "추운 겨울이 온 뒤에 소나무와 잣나무가 시들지 않는 것을 알 수 있다."라

사단칠정四端七情 성리학의 철학적 개념의 하나. 인간의 본성에서 나온 4단과 인간의 자연적인 감정인 7정을 말한다.

고족제자高足弟子 학식과 품행이 뛰어난 제자.

고 하였다. 소나무와 잣나무는 사계절 내내 시들지 않아서 추운 겨울 이전에도 소나무 잣나무이고 추운 겨울 이후에도 소나무 잣나무일 뿐인데, 성인聖人이 특별히 추운 겨울 이후의 모습만을 칭찬하였다. 지금 그대도 내게 이전에도 더함이 없고 이후에도 덜함이 없다. 그러나 이전의 그대는 칭찬할 게 없다면, 이후의 그대는 성인의 칭찬을 받을 수 있을 것이다. 성인이 특별히 칭찬한 것은 한낱 추운 겨울이 되어서도 시들지 않는 곧은 지조와 굳센 절개뿐만 아니라, 추운 겨울이라는 계절에 느끼는 바가 있었기 때문이다.

이상적은 역관 가문의 후예이다. 그는 열두 차례나 연행한 중국통으로 당시 연경의 학술과 예술계의 흐름을 꿰뚫고 있었다. 그는 제주도에서 귀양살이하던 추사를 위해 수시로 청나라에서 들어온 서적과 예물을 보내어 스승의 외로운 마음을 위로하였다. 추사는 육지에서 멀리 떨어진 제주도에서 쓸쓸히 늙어 가는 처지에 청나라에서 가져온 최신 서적을 선물로 받고, 제자의 마음 씀씀이에 감격한다. 누구도 쉽게 올 수 없던 제주도를 방문하여 자신을 위로한 제자의 마음에 보답하기 위하여 추사는 오래된 송백나무 네 그루를 그리고, 이어서 한 편의 글을 지어 제자에게 선물로 준다. 이것이 그 유명한 〈세한도〉이다. 오직 스승을 위해 몸소 제주도까지 온 이상적에게 추사는 한 폭의 그림으로 보답한 것이다. 이들은 사제 간을 넘어 서로의 마음을 털어놓은 인간적인 만남을 나누었던

세한도
추사 김정희가 제주도 유배 중에 그린 문인화로, 제자 이상적에게 감사의 선물로 주었다.

것이다.

제주도에서 귀양살이를 하던 추사가 진심 어린 마음으로 그려 보낸 선물을 받은 제자의 마음은 어떠했을까? 그림과 함께 적어 놓은 글을 받아본 이상적은 수도 없이 읽고 또 읽었을 것이다. 가슴으로 준 스승의 선물을 마음으로 받은 제자는 벅차오르는 감정을 주체하지 못했을 터이다. 요컨대 이들의 만남은 사제지간을 떠나 세상이 추운 뒤에 절개를 보여주는 송백나무처럼 결코 세파에도 흔들리지 않은 참된 인간의 모습이라면 지나친 말일까?

사제 간의 참다운 행복

세파에도 흔들리지 않은 참다운 사제 간은 인간의 삶을 따뜻하게 만든다. 세상에 자신의 능력을 펼칠 수 있도록 도와주어 새로운 인생을 살게해 준 스승이 있다면 얼마나 행복할까? 당대 이름난 시인이던 석주石洲권필權韠(1569~1612)과 서출庶出 문인이던 송희갑宋希甲(?~?)의 만남은 이러한 사례에 부합한다. 권필의 절친한 벗인 조찬한趙纘韓(1572~1631)은 참다운 사제 간의 만남을 하나의 작품으로 남긴다. 그것이 바로 〈송생전宋生傳〉이다.

여러 학생과 생활하면서 해가 뜨기 전에 글을 읽고, 아침이면 물을 길어 와 불을 지펴 몸소 밥 지어 이들과 함께 먹었다. 밥을 먹고는 지게 지고 낫을 들고 산에 가 나무하여 섶을 지고 돌아왔다. 돌아와서는 또 책을 읽는데, 관솔불을 살라 해를 이어 이것으로 밤까지 읽었다. 학생 가운데 게으르고 태만한 자들이 격동되어 삼가 부지런하지 않음이 없었다. 얼마 후에 석주가 전염병에 걸려 거의 일어나지 못하게 되었다. 서로 왕래하던 여러 사람이 발길을 끊어 서로 오가지 않았다. 송희갑은 항상 밤에는 앉아 잠들지 못하다가 닭이 울기도 전에 가서는 집 밖에 있으면서 집안사람이 나오기를 기다렸다가 삼가 스승이 어떠한가를 물어보았고, 낮에 또 가서 약을 달였다. 저녁에 또 가서 잠자리 문안을 드리고는 밤이 되어서야 돌아왔다. 서재에서 집까지는 10리쯤 되었는데, 하루에 세

번 갔다가 세 번 돌아오곤 하였다. 이같이 한 것이 무릇 40여 일이었다. 잠깐씩 짬이 나면 새나 물고기를 잡아 날마다 그 먹을거리를 장만하곤 했다. 송희갑도 결국은 그 병에 전염되어 거의 죽다가 살아났다.

석주 권필은 임진왜란 이후 어지러운 세상을 등지고 서울을 떠나 강화도의 고려산 기슭에 초당을 지어, 학동을 가르치며 생활한다. 이때 권필의 명성을 듣고 멀리 충청도 회덕 땅에서 젊은 사람이 찾아와 제자 되기를 청한다. 그가 바로 송희갑이다. 송희갑은 어릴 적 시재詩才가 있었지만, 반쪽 양반이라는 자신의 처지를 비관하여 배움을 놓치고 있다가 뒤늦게 배움의 중요성을 깨달아 권필을 찾아온 것이다.

그런데 이들의 만남은 남다르다. 혼탁한 세속을 등지고 자신을 깨끗하게 지키려 한 스승을 찾아 나선 것이나, 멀리 강화도까지 직접 찾아가 제자 되기를 청한 것이 그렇다. 또한 직접 나무를 해서 밥을 지어 먹으며 나이 어린 학생들보다 더욱 열심히 공부한 것도 그러하다. 송희갑은 권필의 제자가 된 뒤, 지성으로 스승을 모시며 끊임없이 학문과 시를 연마한다.

이 과정에서 송희갑이 스승에게 보여 준 행동은 감동적이다. 다른 제자들이 모두 돌림병에 걸린 스승에게 등을 돌렸지만, 송희갑은 위험을 무릅쓰고 스승의 병구완에 힘을 쏟다 자신도 돌림병에 걸려 사경을 헤맨다. 그만큼 송희갑은 스승을 진정으로 존경하였고, 권필 역시 스승으로서 서출 제자인 송희갑을 한 치도 소홀하지 않고 정성을 다해 이끈다. 권필의 벗인 조찬한이 이러한 사제의 관계를 포착하여 작품으로 남겨 읽는 이의 가슴을 따뜻하게 만든다. 이들은 인생에서 가장 행복한 만남을 경험한 것이 아니겠는가?

어느 사대부와 기생도 우리의 상상을 뛰어넘어 사제의 관계를 맺는다. 대제학을 지낸 이정보李鼎輔(1693~1766)와 계섬의 만남이 그러하다. 심노숭沈魯崇(1762~1837)의 〈계섬전桂纖傳〉의 일부이다.

공이 죽자 계섬은 아버지의 장사를 지낼 때와 같이 공을 위해 곡을 하였다. 마침 나라에서 큰 잔치를 하기 위해 잔치를 주관하는 관청을 설치하고, 여러 기생은 날마다 관청에 모여 기예技藝를 익혔다. 계섬은 아침저녁으로 관청을 오가면서 돌아가신 이정보의 제사 음식을 마련하여 제를 올렸다. 그런데 관청이 이정보의 집과 멀리 떨어져 있어, 관청의 여러 담당관이 그녀가 힘들고 괴로울 것 같아 말을 빌려 주고 관청에까지 타고 오게 하였다. 게다가 그녀가 공의 장례 곡을 하다 목소리를 잃을까 염려하자, 계섬은 곡마저 못하고 흘쩍이기만 하였다. 장례를 마치자 그녀는 날마다 음식을 마련해서 공의 무덤을 돌보고, 술 한 순배에 한 곡조, 한 번 곡하는 것을 진종일하고 돌아오곤 하였다. 공의 자제들이 그 말을 듣고 부끄럽게 여겨 무덤 지키는 노비를 꾸짖으니, 계섬이 크게 그것을 한스럽게 여겨 이로부터 다시는 공의 무덤가에 가지 않았다.

이정보는 조선 후기에 시조를 많이 남긴 사대부 가운데 한 사람이다. 그는 여느 사대부와 달리 음악에도 조예가 깊어 예인의 후원자 역할도 마다하지 않는다. 특히 이정보는 다양한 사람을 명창으로 길렀는데, 계섬 역시 그가 길러 낸 제자 중 한 사람이다. 그는 사사로운 감정을 섞지 않고 오직 계섬의 음악적 자질을 보고 그녀를 당대의 명창으로 키운다. 이정보로부터 소리를 배운 계섬 역시 다른 어떤 것도 아닌 음악의 스승으로 그를 존경해 마지않는다. 그 당시 사대부와 기생의 만남은 애정을 나누거나 유흥을 즐기기 위한 경우가 대부분이고, 이들처럼 예인과 예인으로 만난 사제 간은 아주 드물다. 그런 스승이 죽자 계섬은 세속적 관례를 넘어 아버지의 죽음 이상으로 애도한다. 그러나 이정보의 자제들은 계섬의 애도를 거부한다. 스승과 제자의 만남에도 신분 문제가 개입했던 당대 현실 때문이었다.

어떤 관계나 그러하듯 요즘은 스승과 제자도 쉽게 만나고 쉽게 헤어진다. 지금은 누구나 '선생先生'이라는 말을 대수롭지 않게 사용하지만 전근대에는 '선생'이라는 단어를 쉽게 사용할 수 없었다. '선생'이란 학문과 인품으로 당대에 두루 인정받고 제자로부터 진정으로 존경을 받아야만 사용할 수 있는 용어였기 때문이다. 요즈음에는 참된 제자도 거의 없지만 참된 스승 역시 쉽게 찾아볼 수 없다. 우리가 마음 깊이 스승을 존경하는 제자와 제자를 진심으로 아끼는 스승의 만남에 깊은 감동을 느끼는 것은 이러한 사제 관계가 시대를 뛰어넘는 울림을 주기 때문이 아니겠는가?

3

나와 집단,
함께 살아가기 위하여

인간은 태어나면서부터 가족에서 국가에 이르기까지 다양한 집단과 관계를 맺으며 살아간다. 이러한 집단에 순응하며 사는가 하면, 집단과 더불어 더 나은 삶을 추구하기도 한다. 더러는 집단과 갈등하며 외톨이가 되는가 하면, 집단을 위해 삶을 희생하거나 목숨을 바치는 경우도 있다. 그뿐만 아니라 집단에서 벗어나 새로운 길을 모색하는 경우도 있다. 그렇다면 우리는 집단과 어떻게 관계를 맺을 것인가?

집단 속에서 사는 모습

자신이 옳은데도 불구하고, 집단과 맞서지 않고 자기 목숨마저 버려야 하는 경우가 있을까? 그렇다면 우리는 이것을 어떻게 이해할 수 있을까? 《삼국사기》의 〈열전〉에는 '검군劍君'이라는 인물이 나온다. 그는 하급 관리에 불과하지만, 김부식은 그를 기릴 만한 인물로 포착하고 있다. 그 이유는 무엇일까?

검군劍君은 대사大舍 구문仇文의 아들로 사량궁의 사인이었다. 건복建福 44년 가을, 8월에 서리가 내려 모든 곡식을 죽이자, 이듬해 봄과 여름에 크게 기근이 들어, 백성들이 자식을 팔아서 연명하기에 이르렀다. 이 무렵에 궁중의 여러 사인이 함께 모의하여, 창예창唱翳倉의 곡식을 훔쳐 나누는데, 검군만 홀로 그 곡식을 받지 않았다. 여러 사인이 말하였다.

"여러 사람이 다 받는데, 자네만 홀로 이것을 물리치니 어째서인가? 자네의 몫이 적어 싫어하는 모양이니, 더 주겠네."

그러자 검군이 웃으며 말하였다.

"제 이름을 근랑近郎의 무리에 두고, 화랑의 뜰에서 수행을 하고 있으니, 진실로 그 의로운 것이 아니면, 비록 천금의 이익이 있더라도 마음을 움직일 수 없는 것이라오."

이때 대일大日 이찬伊飡의 아들이 화랑이었는데, 이름이 근近이었다. 검군이 나와서 근랑의 집에 이르렀다. 사인들이 몰래 의논하였다.

"이 사람을 죽이지 않으면 반드시 말이 새어 나갈 것이다."

드디어 사인들이 검군을 불렀다. 검군은 그들이 모의하여 죽이려 하다는 사실을 이미 알고, 근랑에게 하직인사를 하며 말하였다.

"오늘 이후에는 다시 뵙지 못할 듯합니다."

근랑이 그 이유를 물었지만, 검군이 말을 하지 않았다. 두세 번 물으니 이에 대략 그 이유를 말하였다. 그러자 근랑이 물었다.

"어찌 관청에다 말하지 않는가?"

검군이 대답하였다.

"내 죽음을 두려워하여, 여러 사람을 죄에 빠져들게 하는 것은 차마 인정상 할 수 없는 일이옵니다."

그러자 근랑이 물었다.

"그렇다면 어찌 달아나지 않는가?"

이에 검군이 대답하였다.

"저들이 잘못되었고 내가 옳은데, 도리어 내 스스로 달아나는 것은 장부가 할 일이 아니옵니다."

드디어 말을 마치고 가니, 여러 사인이 술자리를 벌이고 검군에게 사례를 하는데, 몰래 약을 음식에 타 놓았다. 검군은 이를 알면서도 음식을 억지로 먹으니 곧 죽고 말았다.

검군은 동료들과의 신의를 지키기 위해 목숨마저 버린 인물이다. 검군은 신의를 저버린 동료의 잘못을 들추어내거나, 동료들의 음모를 폭로하는 방식으로 결백을 주장하지 않는다. 오히려 검군은 죽음을 담보로 동료들의 잘못을 덮고, 자신의 정당함과 동료들과의 신의를 지켜 낸다. 이러한 사례는 어리석고 비합리적인 행동으로 보일 수 있지만 인간 사회에서 흔히 있다. 더욱이 삼국 시대인 점을 감안하면 검군의 생각과 행동은 나와 동료(집단)의 관계를 여러 측면에서 생각하게 한다.

먼저, 주목할 것은 검군의 죽음이 가지는 의미이다. 검군이 죽음의 길을 선택하고 독을 든 성배를 마신 행위를 우리는 어떻게 이해할 것인가? 나와 함께 생활하는 동료들과의 갈등 관계 속에서 죽는 길만이 최선의 길이었을까? 나도 살고, 동료들도 불의의 길로 빠져들지 않게 하는 방법은 없었을까? 지금 시각으로 보면, 검군의 죽음을 이해하지 못할 수 있지만 당대의 시각에서 그 죽음의 의미를 재음미할 필요가 있다. 동료들과 생활하며 그들과 신의를 지키기 위해 자신의 목숨마저 버렸던 검군. 그는 고대인이 추구한 인간상과 가치를 구현한 인물로 이해될 수 있다.

개인이 자신이 속한 집단에서 임무에 충실해야 함은 어쩌면 상식적인 일인지도 모른다. 이것은 자신을 위해서는 물론 집단을 위해서도 반드시 필요할 것이다. 특히 나라를 다스리는 관리에게 이러한 덕목은 아무리 강조해도 지나치지 않을 것이다. 조선 시대에 관리로서 자신의 임무에 충실했던 인물을 조희룡趙熙龍(1789~1866)의 〈김수팽전金壽彭傳〉에서 만나 보자.

김수팽金壽彭은 영조英祖 때 사람이다. 호방한 성격에 절도가 높아, 옛 열장부烈丈夫의 풍도가 있었다. 호조의 서리가 되었는데 청렴결백으로 자신을 지켰다. 동생은 선혜청의 서리였다. 일찍이 그의 집에 들렀는데, 동이들이 마당에 줄지어 있고, 검푸른 흔적이 군데군데 있었다. 김수팽이 "무엇에 쓰는 것인가?"라고 묻자, 아우가 말하였다. "아내가 푸른빛 염색업을 합니다." 그러자 김수팽은 화가 나서 아우를 매질하였다. "우리 형제가 모두 후한 녹을 받고 있는데도 이 같은 것을 업으로 한다면, 저 가난한 사람들은 장차 무엇을 생업으로 하겠는가?"

이어서 아우에게 바로 동이를 엎어 버리게 하니, 푸른 염료가 콸콸 흘러 도랑에 가득 찼다.

한번은 김수팽이 공문서를 가지고 판서의 집에 결재를 받으러 갔는데, 판서가 마침 손과 더불어 바둑을 두고 있으면서, 그를 보며 머리만 끄덕이고는 전과 같이 바둑만 둘 뿐이었다. 몇 시간이 지나도 그치지 않자, 김수팽이 뜰을 지나 마루에 올라가 손으로 바둑돌을 흩어 버리고 내려와 말하였다.

"대감! 죽을죄를 지었습니다. 죽을죄를 지었습니다. 하오나 이 일은 국사國事라 늦출 수가 없습니다. 결재를 청하오니 다른 서리에게 주어 실행케 하시옵소서." 말을 마치자마자 곧장 사임하고 나가려 하였다. 그러자 판서는 바로 사과하고 그를 만류하였다.

청렴하고 강직한 성품에다 행정력까지 겸비한 호조戸曹의 서리 김수팽. 관료 조직 속에서 보여 준 그의 행동과 일 처리는 원칙을 넘어 경외심을 불러일으킨다. 개인과 조직의 관계에서 어떻게 처신해야 하며, 조직 속에서 자신의 삶을 어떻게 살아가야 하는가를 흥미롭게 보여 주고 있기 때문이다. 생활고에 시달려 부업을 한 동생의 행동을 관리의 자세에 어긋났다고 하여 매질하고, 공무를 위해서 판서가 두던 바둑돌을 흩고 결재를 요구하는 것은 전근대 사회에서 쉽게 볼 수 없는 행동이다. 또한 원칙을 지키려 한 곧은 모습은 통쾌함을 넘어 경외감까지 느끼게 한다. 무엇보다 김수팽이 삶의 목표로 잡고 걸어간 관료의 길은 집단 속에서 한 개인이 어떻게 사는 것이 참다운 모습인가를 잘 보여 준다. 집단 속에서 살며 집단이 지켜야 하는 원칙을 따르는 것은 상식이다. 이런 상식을 지키는 것이 특별하지 않을수록 사람이 많을수록 좋은 사회가 아니겠는가? 어느 시대이든 집단 속에서 참다운 삶을 사는 김수팽과 같은 인간이 항상 존재했기 때문에 한 사회가 유지되는 것이 아니겠는가?

앞의 경우와는 다르지만 집단이 믿는 신앙을 지키기 위해 목숨을 바친 모습은 집단과 개인의 관계를 새롭게 일깨워 주기에 충분하다. 천주교 신앙을 위해 목숨을 바친 종교 지도자를 그린, 홍양호洪良浩(1724~1802)의 〈최필공전崔必恭傳〉을 통해 집단과 개인의 새로운 관계를 만나 보자.

사교邪敎 사악한 종교를 말하는 것으로, 여기서는 천주교를 말한다.

여러 죄수가 모두 두려워하면서 감동하고 뉘우쳐 모두 사교邪敎 를 버리고 바른 곳으로 돌아오기를 원하니, 주상이 모두 풀어 주도록 명하였다. 그러나 유독 최필공만은 완강하게 뉘우치지 않고 버티면서 "사람은 살아가는 것이 곧아야 하는 법이오. 내 마음이 진실로 변하지 않았는데 어찌 거짓말로 죄를 면하고자 하겠소?"라고 말하였다. 형관이 묶어 뜰에 잡아다가 꾸짖기를 "여러 죄수는 모두 깨우친다는 한마디 말로 죽음에서 벗어났는데, 너만 유독 죽음을 두려워하지 않는구나?"라 하고 매에다 모진 고문을 가하였다. 살갗이 온전한 곳이 없었지만 최필공은 끝내 변하지 않았다. 형관이 사정을 보고하니 임금은 "참으로 모질구나! 이런 사람은 위압威壓으로 복종시킬 수 없겠구나."라 말하고 형관에게 조서를 내린다. 그 무리 중에 먼저 깨우친 자 가운데 글로 논변할 수 있는 자를 시켜 사邪와 정正, 화禍와 복福 등을 말하도록 하였다. 그리고 온갖 방법으로 최필공을 회유하였지만, 그는 끝내 변하지 않았다. 집안사람과 여러 친척이 며칠간이나 옆에서 눈물을 흘리며 배교背教를 권하였으나 그는 또 결코 배교하지 않았다. 사촌 동생은 달리 방법이 없자 하는 수 없이 공초를 대신 작성하여, "지금 이미 마음을 바꾸었다."라 적어 형관에게 바쳤다. 형관이 크게 기뻐하면서 불러서 진위를 물으니, 최필공은 놀라며, "소인은 참으로 모르는 일이오. 이는 어리석은 동생이 거짓으로 지은 것입니다. 어찌 감히 하느님을 속일 수 있겠소?"라 대답하였다.

18세기에 엄청난 정치적 파장을 몰고 왔던 천주교 문제와 서민 지도자 최필공을 다룬 작품이다. 이 작품은 최필공의 삶을 모두 그려 낸 것은 아니지만, 당시의 금기를 깨뜨리고 한 인간이 종교 문제로 갈등하는 국면을 객관적으로 포착하고, 이를 진지하게 형상화한 것이다. 주인공인 최필공은 "길거리와 광장에서 신앙을 포교할" 만큼 적극적인 활동을 한 서민 지도자이다. 그러나 그는 결국 당국의 회유 대상으로 지목받고, 갖은 협박과 고문으로 배교背教를 강요당한다. 이러한 생생한 모습을 작품은 비교적 사실대로 그려 낸다.

최필공은 천주교 신앙과 천주교도를 보호하기 위해 정부 당국의 압력에 온몸으로 맞선다. 그는 천주 안에서 평등을 체험하고, 이를 통해 신분을 넘어 평등한 삶을 바라는 사람들에게 희망을 줄 수 있다고 믿었다. 실제 천주학과 신앙은 신분제 사회와 전혀 다른 새로운 세상을 꿈꾸는 희망의 메신저였다. 그 때문에 최필공이 종교 집단과 신앙을 위해 자신의 목숨까지 버리려 한 것은 오히려 자연스럽다. 그는 잠시 배교를 하고 천주교에서 빠져 나오지만, 이후 배교를 번복하고 다시 천주교에 입교하여 1801년 신유박해 때 순교한다.

최필공의 사례에서 보듯이 비록 종교를 통해서이기는 하지만, 전근대 신분제 사회에서 새로운 가치와 질서를 꿈꾼다는 것은 의미가 있다. 우리는 간혹 최필공처럼 집단과 신앙을 지키려 한 인간의 모습을 역사에서 만날 수 있다.

이웃과 함께, 더불어 사는 삶

집단을 위해 사는 방법에 '희생'만 있는 것은 아니다. 이웃과 함께하는 삶도 있다. 이웃과 함께 나누는 삶은 인간을 성숙하게 만들고 삶을 살찌운다. 특히 마음을 나누는 삶은 나와 이웃이 공생 공락共生共樂하는 것이다. 정래교鄭來僑(1681~1759)의 〈임준원전林俊元傳〉에서 이웃과 더불어 사는 참모습을 만나 보자.

어느 날 임준원이 육조六曹 앞을 걸어가는데 한 아낙네가 관청 사람에게 끌려가고 있었다. 어떤 못된 녀석이 뒤따라가며 욕설을 퍼붓자 아낙네가 몹시 섧게 우는 것이었다. 준원은 그 이유를 묻고는 "하찮은 빚 때문에 여자를 이렇게 욕보일 수 있느냐?"라며 꾸짖었다. 임준원은 그 자리에서 아낙네가 진 빚을 다 갚아 준 다음 문서를 받아서 찢어 버리고 발길을 돌렸다. 아낙네가 뒤따라오며 물었다.

"공은 어떤 분이시며, 어디 사시는지요?"

"예법에 남녀 사이에는 서로 길을 비껴선다 하였소. 무엇하러 나의 이름을 묻는 것이오?"

아낙네가 계속 물었지만 그는 끝내 말해 주지 않았다. 마침내 이름이 백성에게까지 떨치자, 그의 사람됨을 사모해서 알고자 하는 사람의 발길이 문전을 이었다.

귀곡 최기남이 세상을 뜨자 초상을 치르기도 어려웠다. 그 문하의 제자들이 모여서 장사를 치르는데 관을 부조할 만한 사람이 없었다. 그때 임준원은 사신을 따라서 연경에 가 있었다. 좌중의 사람들이 한탄하며 "어허, 임준원이 여기 있었더라면 우리 선생님께서 돌아가셨는데 관도 없이 가시게 하지는 않았을 텐데."라고 말하였다. 이 말이 미처 끝나기도 전에 문밖에 관을 짤 나무를 운반해 오는 사람이 있었다. 물어보니 임준원의 집사람이었다. 임준원이 연경 길을 떠날 때 최공이 늙고 병든 것을 염려해서 집안사람들에게 미리 일러두었던 것이다. 사람들은 임준원의 높은 의리와 능히 앞

일을 생각할 줄 아는 데 대해 감복했다.

임준원이 죽자 조문객 중에는 부모님 상을 당한 듯이 통곡하는 사람들도 있었다. 늘 그의 덕을 보던 사람들은 한숨을 내쉬면서 말하였다. "우리는 이제 어떻게 살아갈 것인가?" 홀로 된 늙은 여인이 자청해서 바느질을 돕다가 성복이 끝나서야 돌아갔다. 바로 육조 앞거리의 그 아낙네였다.

임준원은 역관 출신의 부자이다. 그는 어려운 처지에 처한 이웃을 기꺼이 도와준다. 관혼상제를 제대로 치르지 못하는 어려운 이웃과 친지를 도와주는가 하면, 빚 때문에 곤경에 빠진 한 여성의 빚을 대신 갚아 주기도 한다. 하지만 그가 자신이 베푼 선행에 어떤 대가를 바란 것은 아니다. 단지 베푸는 것을 소중하게 생각할 따름이다. 주변의 많은 사람들이 부모처럼 존경한 것도 그가 보여 준 나눔의 철학에서 비롯한 것이거니와, 그는 돈을 흩어 이웃과 함께 사는 것을 무엇보다 소중하게 여긴다. 특히 임준원은 자신과 같은 중간 계층의 문인과 예술가를 끊임없이 후원했다. 위에서 임준원이 가난한 한 여항 시인의 죽음을 미리 예측하고, 장례에 필요한 경비를 때에 맞춰 보내 준 일화도 그러한 사례에 속한다.

임준원이 죽자 많은 사람들이 자기 부모의 상을 당한 듯이 슬퍼한다. 이것은 무엇을 말하는가? '정승집 개가 죽으면 문전성시를 이루지만, 정승이 죽으면 아무도 찾지 않는다.'는 세간의 인심과는 사뭇 다른 모습이다. 이는 자신의 재산을 흩어 이웃과 함께 더불어 산 자의 행복이 아닐까?

임준원처럼 나눔을 실천하여 이웃과 함께 산 전형적인 인물로 김만덕 金萬德을 빼놓을 수 없다. 김만덕의 삶을 채제공蔡濟恭(1720~1799)의 〈만덕전萬德傳〉을 통해 만나 보자.

만덕은 성이 김金으로 제주도 양민의 딸이다. 어려서 어머니를 여의고 의지할 곳이 없어 기생집에 의탁하여 살았다. 그녀가 성장하자 관청에서 이름을 기생의 문서에 올렸다. 만덕이 비록 머리를 굽혀 기생에 종사하였으나, 자신은 기생으로 처신하지 않았다.

그녀가 스무 살쯤 되자, 관청에 자신의 사정을 눈물로 호소하니, 관청에서 그 처지를 가엾게 여겨 기생의 문서에서 빼, 양민의 신분을 회복시켜 주었다. 만덕이 양민의 신분으로 살았으나, 탐라의 남정네들을 촌스럽게 여겨 남편으로 맞이하지 않았다. 만덕은 돈을 버는 재주를 가졌다. 특히 물가의 변동을 잘 알아 적절한 시기에 물품을 매매하여 수십 년 후에 이름이 날 정도로 돈을 모았다. 정조 19년 을묘년(1795)에 제주도에 크게 흉년이 들어 백성들이 계속 굶어 죽었다. 정조 임금은 곡식을 배에 싣고 가서 백성을 구제하라는 명을 내렸으나, 아득한 남해 바다 800리를 돛단배가 베틀의 북처럼 자주 왕래하더라도 제때에 도달하지 못하는 경우가 있었다. 그러자 만덕은 천금을 내어 육지의 쌀을 사 와서, 여러 고을의 뱃사공들에게 제때에 운반해 오도록 하였다. 만덕은 사 가지고 온 십분의 일의 쌀로 자신의 친척을 구휼하고, 나머지는 모두 관청에다 실어다 바치니, 굶주린 사람들이 그 소문을 듣고 관청의 뜰에 구름처럼 모여들었다. 관청에서 굶주린 정도에 따라 백성들에게 골고루 나누어 주었다. 남녀 모두 나와서 '우리를 살린 이는 만덕이다.'라고 하면서 만덕의 은혜를 칭찬하였다.

이웃과 더불어 살기 위해 나눔을 실천한 김만덕의 참다운 면모를 엿볼 수 있다. 그러나 당시 만덕의 행위를 세상 사람들은 매우 기이한 일로 받아들인다. 게다가 이후 나라에서 보여 준 만덕의 나눔에 대한 보상은 더 많은 화제를 몰고 온다. 정조는 제주목사를 통해 이러한 소식을 듣고 김만덕에게 상을 내리려 하나 김만덕이 이를 거부하고, 대신에 한양에서 임금님을 뵙고 금강산을 보고 싶다고 대답한 것이다. 이를 들은 정조는 '관의 허락 없이 제주도민은 섬 밖으로 나가지 못한다.'는 규칙을 깨고 김만덕의 소원을 들어주어 은혜에 보답한다. 이 때문에 김만덕은 장안의 화제가 되어, 작품의 주인공이 되고 세상 사람들의 입에까지 오르내린다. 어쨌거나 퇴기의 처지로 온갖 어려움을 겪으면서 치부한 돈으로 제주도 민중을 구제한 만덕의 행위는 아름답기 그지없다. 여기서 우리는 개인이 이웃과 어떻게 만나는 것이 바람직한 것인가 하는 물음에 대한 해답을 구할 수 있다.

나라를 위한 생각

이웃은 삶의 터전이지만, 이러한 삶의 터전을 확대하면 국가로 이어진다. '국가'하면 가장 먼저 떠오르는 단어가 아마 화랑花郎일 것이다. 이 화랑의 맹세를 담고 있는 것이 바로 〈임신서기석壬申誓記石〉이다. 비문의 내용은 다음과 같다.

> 임신년 6월 16일에 두 사람이 함께 맹세하여 기록한다. 하늘 앞에 맹세한다. 우리 두 사람은 지금 스스로 3년 이후에 충도忠道를 지키고 과실이 없기를 맹세한다. 만일 이 서약에 과실이 있으면 하늘에 큰 죄를 짓는 것이라고 맹세한다. 만일 나라가 편안하지 않고 세상이 크게 어지러우면 '충도'를 행할 것을 맹세한다. 또한 따로 앞서 신미년 7월 22일에 크게 맹세하였다. 곧 시경詩經·상서尙書·예기禮記·춘추전春秋傳을 차례로 3년 동안 습득하기로 맹세하였다.

임신서기석
6~7세기에 바위에 새겨진 74자로 된 화랑의 맹세문이다.

임신서기석에 기록된 내용은 두 화랑이 앞으로 인생에서 반드시 지켜야 할 약속이다. 곧 나라에 충성하고 학문 연마를 위해 노력한다는 맹세이다. 이 금석문에서는 화랑의 교육 과정을 엿볼 수도 있지만, 화랑의 맹세에서 가장 중요한 것이 바로 국가에 대한 충도忠道라는 것도 확인할 수 있다. 화랑은 어떤 경우라도 개인의 생명과 가족, 벗과의 우정과 연인과의 사랑에 앞서 국가를 우선시한다. 지금의 관점에서 보면, 개인의 희생을 강요한 두 화랑 간의 맹세는 상상조차 할 수 없는 것이다. 그러나 어떤 명분과 가치보다 국가를 위한 충성을 최우선에 둔 것은 전근대 역사에 등장하는 많은 예에서 확인할 수 있다.

《삼국사기》의 〈열전〉에 등장하는 많은 인물들은 그 시대에 국가와 개인이 어떻게 관계를 맺었는가를 잘 보여 주는 사례이다. 온달의 이야기를 살펴보자.

그때 후주後周의 무제武帝가 군사를 내어 요동으로 쳐들어오자, 평강왕이 군대를 거느리고 배산拜山의 들에서 막아 싸웠다. 온달이 선봉이 되어 날래게 싸워 적의 군사 수십여 명의 목을 베니, 고구려의 여러 부대가 승세를 타고 맹렬히 싸워 크게 이겼다. 이긴 공을 논할 때 온달을 제일로 치지 않는 이가 없었다. 이에 왕이 가상히 여겨 찬탄하며 "이 사람이야말로 내 사위로다!"라고 말하였다. 예를 갖추어 맞이하고 작위를 내려 대형大兄으로 삼았다. 이로 인해 총애와 영예가 더욱 높아지고 위세와 권위가 날로 두터워졌다. 양강왕陽岡王이 즉위하자 온달이 아뢰었다.

"생각건대 신라가 우리 한강 이북의 땅을 베어 가서 군·현으로 삼으니 백성들이 통분하고 한스럽게 여겨 한 번도 부모의 나라 고구려를 잊은 적이 없사옵니다. 원하건대 대왕께서는 저를 어리석고 어질지 못하다 하지 마시고 군사를 내주시어 한번 쳐들어가 반드시 우리 땅을 되돌려오게 하소서."

이에 왕이 출정을 허락하였다.

온달은 출정에 임해

"계립현鷄立峴과 죽령竹嶺 서쪽 지역을 우리 땅으로 되돌려오지 못한다면 돌아오지 않으리라."고 맹세했다. 온달이 드디어 출정하여 아단성阿旦城 아래에서 신라군을 맞이해 싸웠으나 날아오는 화살에 적중되어 전쟁터에서 죽고 말았다.

장사를 치르고자 해도 관이 움직이려 하지 않았다. 공주가 와 관을 어루만지면서 "죽고 사는 것이 정해졌으니, 아아! 돌아가십시다."라고 말하자 마침내 관을 들어 하관하였다. 대왕이 이를 듣고 비통해하였다.

이 장면은 평강 공주가 공주의 신분마저 버리고 궁을 빠져 나와 온갖 어려움을 극복하고 온달과 혼인한 이후의 대목이다. 후주 무제의 침략을 받은 고구려는 국왕이 직접 전쟁에 나설 정도로 위급한 상황에 처한다. 이때 온달은 위기에 처한 고구려를 위해 스스럼없이 전쟁에 참여한다. 더구나 그는 목숨을 돌보지 않고 선봉에서 과감하게 맞서 적의 예봉을 꺾어 놓는다. 고구려는 온달의 활약에 힘입어 승기를 잡고, 결국 외침을 극복한다. 국난 극복 과정에서 결정적인 역할을 한 온달은 마침내 정식

온달산성
충북 단양군에 있는 삼국 시대의 석성石城으로, 온달의 전설이 서려 있는 곳이다.

부마로 인정을 받고 국가적 존숭을 받는다.

국가를 위한 온달의 활약은 여기서 그치지 않고 한강 수복 전쟁을 수행한다. 그는 이를 위하여 신라와 전쟁을 치르는 데 주도적인 역할을 한다. 그런데 여기서 온달은 도리어 화살에 맞아 비장한 죽음을 맞이한다. 장수가 전쟁에 나가서 이기는 것이야말로 최고의 영예이지만, 싸우다가 장렬하게 전사하는 것 역시 장군다운 영예이다. 따라서 온달이 죽은 후 그의 관이 움직이지 않은 것은 승리를 간절히 바랐던 마음에 대한 상징적 표현이며, 출정에 앞서 군사들에게 맹세한 약속의 실천이기도 하다. 평강 공주 역시 남편의 죽음에 개인적 슬픔을 뒤로하고 의연한 자세를 보인다. 이들의 행동은 모두 국가를 위해 개인이 어떻게 대응해야 하는지를 잘 보여 준다. 이렇듯 《삼국사기》에 등장하는 인물들은 개인과 가족에 앞서 국가를 생각한다. 화랑 관창이 그러하고 백제의 계백 장군이 그러하다. 이들의 행동에서 개인과 가족을 희생시키면서까지 국난에 임하고자 했던 고대인의 한 모습을 엿볼 수 있다.

그렇다면 이들처럼 개인이 국가를 위해 목숨까지 버린 상황을 어떻게 이해해야 하는가? 무모한 죽음에 가까운 이들의 행동은 지금의 시각에서 보면 이해하기 힘든 점이 많다. 그러나 이들의 모습은 전근대 사회에서 개인이 국가와의 관계 속에서 보여 준 엄연한 모습이기도 하다. 다시 말해서 전근대 사회에서는 개인이 나라를 위해 기꺼이 목숨까지 버리는 것을 당연하게 여겼던 것이다.

나라가 남긴 개인의 아픈 사연

개인이 국가를 위해 목숨을 바친 경우, 남겨진 가족들은 가슴 저민 사연을 간직한다. 망부석도 그중의 하나이다. 망부석은 사랑하는 남편을 애

아차산성
서울시 광진구에 있는 삼국 시대의 산성. 온달이 신라군과 싸우다가 이곳에서 전사했다는 설도 있으나 《삼국사기》 기록과 싸움터가 달라 사실 여부는 불확실하다.

타게 기다리다가 결국 보지 못하고 돌로 변한 아내의 슬픈 사연을 담고 있는 이야기이다. 돌아오지 못하는 임을 한없이 기다리는 여성의 애절한 사연도 비극적이지만, 기약 없이 떠난 임의 심정 또한 마찬가지였으리라. 신라의 충신 김제상 역시 망부석 설화를 낳았다. 김제상은 신라의 충신이지만 '충신'이라는 이름 뒤에는 개인의 애절한 사연과 비극이 숨어 있다. 국가는 부부 사이의 애절한 사연과 비극을 낳게 만든 장본인이다. 김제상의 슬픈 사연을 따라가 보자.

그들이 급히 달려가 왜왕에게 일러바치니, 왕이 말 탄 군사를 시켜 미해를 뒤쫓게 하였으나 따라잡지 못하였다. 이에 김제상을 잡아 가두고 죄를 물었다.

"네가 어찌하여 몰래 네 나라 왕자를 빼돌렸느냐?"

김제상이 대답하였다.

"나는 계림의 신하요, 왜국의 신하는 아니다. 나는 우리 임금의 뜻을 이루고저 할 뿐이니 구태여 그대에게 더 무엇을 말하랴."

왜왕이 성이 나서 말하였다.

"네가 이미 내 신하가 되었는데 그러면서도 계림의 신하라고 하니 응당 갖은 형벌을 해야겠지마는 왜국의 신하라고만 말한다면 반드시 높은 벼슬로 상을 주리라."

김제상은 말하였다.

"차라리 계림의 개나 돼지가 될망정 왜국의 신하는 되지 않을 것이다. 차라리 계림의 매를 맞을지언정 왜국의 벼슬이나 녹봉은 받지 않을 것이다."

왜왕이 김제상의 발바닥 가죽을 벗기게 하고 갈대를 벤 그루터기 위를 달리게 하였다. 왜왕이 다시 물었다.

"네가 어느 나라의 신하냐?"

김제상이 여전히, "나는 계림의 신하다!"라 하였다.

왜왕은 더 노발대발하여 다음은 뻘겋게 단 쇠 위에 김제상을 세워 놓고 물었다.

"어느 나라 신하냐?"

"계림의 신하다!"

김제상은 역시 같은 대답을 하였다. 왜왕은 그를 굴복시키지 못할 것을 알고 목도라는 섬에서 불에 태워 죽였다.

《삼국유사》에 실린 김제상 이야기˙이다. 김제상은 눌지왕의 어명을 받고 사지死地인 왜로 간다. 그의 임무는 볼모로 가 있던 눌지왕의 동생을 신라로 무사히 귀환시키는 것이다. 국가의 명을 제대로 수행하는 데 필요한 것은 왜를 설득하는 외교와 필요에 따라 적을 속이는 지혜, 그리고 목숨을 건 과감한 행동이다. 마침내 김제상은 왜를 속여 눌지왕의 동생인 미해를 무사히 탈출시키고 자신은 대신 인질로 남는다. 왜에 남은 김제상은 갖은 고문과 회유로 고통을 받는다. 하지만 김제상은 왜왕의 혹독한 악형과 협박에도 굴하지 않고 과감하게 목숨을 버린다. 죽으면서도 "차라리 계림의 개나 돼지가 될망정 왜국의 신하는 되지 않을 것이다."라고 당당하게 외치는 모습은 국가에 충성을 다하는 충신의 모습이다.

그런데 신라에 남아 있던 그의 처는 어떠한 심정이겠는가? 김제상의 처는 오지 않는 남편을 기다리다가 결국 그리움에 지쳐 망부석으로 변하고 만다. 이 얼마나 가슴 아픈 사연인가? 전근대 국가에서는 이처럼 간혹 충忠을 내세워 개인에게 엄청난 시련과 아픔을 주었던 것이다. 김제상의 처와 관련된 망부석 설화는 지금까지도 구비 전승되어 여러 변종이 생겨날 만큼, 애틋한 사연을 남기고 있다.

한편 개인이 죽음을 무릅쓰고 자발적으로 나서 국가의 난제를 직접 해결하기도 한다. 개인이 의병에 참여하여 국가에 헌신하는 것과 달리 하층의 개인이 외교가로 자임하여 타국의 간교를 물리치고 외교 문제를 해결한 예는 대단히 흥미롭다. 안용복이 그러한 경우다.

태수가 그것을 허락하자 안용복은 편지에다 대마도 사람들이 울릉도를 빼앗으려는 일을 자세하게 적었다. 그뿐만 아니라 대마도 사람들이 왜관에 머물면서 벌이는 작태

김제상 이야기 《삼국사기》에는 동일 인물이 박제상으로 되어 있다.

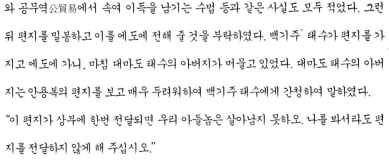

백기주 지금의 일본 혼슈의 돗토리 현.

와 공무역公貿易에서 속여 이득을 남기는 수법 등과 같은 사실도 모두 적었다. 그런 뒤 편지를 밀봉하고 이를 에도에 전해 줄 것을 부탁하였다. 백기주 태수가 편지를 가지고 에도에 가니, 마침 대마도 태수의 아버지가 머물고 있었다. 대마도 태수의 아버지는 안용복의 편지를 보고 매우 두려워하여 백기주 태수에게 간청하여 말하였다.

"이 편지가 상부에 한번 전달되면 우리 아들놈은 살아남지 못하오. 나를 봐서라도 편지를 전달하지 않게 해 주십시오."

백기주 태수가 그의 처지를 불쌍하게 여겨 마침내 관백에게 고하지 않았다. 백기주 태수가 돌아와 안용복에게 그 사실을 말하고 설명하였다.

"사실 나는 대마도 태수가 형벌 받는 것을 차마 볼 수가 없었소. 그대는 속히 대마도로 돌아가 보시오. 지금부터 대마도는 반드시 스스로의 잘못을 징계하고 두려워할 것입니다. 그대가 담당한 임무는 울릉도와 관련한 일이지요. 만약 대마도 사람들이 다시 분쟁을 일으킨다면, 우리 백기주도 잘못이 있는 것입니다. 혹시라도 다시 분쟁이 발생한다면 그대는 여기까지 올 필요는 없습니다. 사람을 보내 저에게 편지를 준다면, 제가 그 즉시 관백께 보고 드리겠습니다."

마침내 백기주 태수는 안용복을 잘 대접하고 은과 폐물을 여비로 주었지만, 안용복은 모두 받지 않고 말하였다.

"내 비록 울릉도에 관한 일로 여기까지 왔으나 사사로이 은과 패물을 받는 것은 예의가 아닙니다. 지금부터 귀국의 사람들이 다시 울릉도에 온다면 저는 마땅히 적으로 죄를 물어 바로 베어 살려 보내지 않을 것입니다."

울릉도
경상북도에 속한 섬으로 조선 후기 공도정책으로 사람이 살지 않았다. 어류가 풍부해서 왜인들이 자주 출몰하여 이득을 얻고 울릉도를 차지하려 하자 안용복이 두 번이나 일본으로 건너가 민간 외교를 통해 이를 해결하였다.

무반 가문의 중인인 원중거元重擧(1719~1790)의 〈안용복전安龍福傳〉이다. 그는 1763년 계미 통신사의 일원으로 참여하여, 일본의 소식을 학계에 전한 바 있으며, 박지원 등은 그를 선배 학자로 존경했다고 한다. 조선 조정도 당시 울릉도를 자국 영토로 편입하려는 일본의 음모를 몰랐던 상황에서 양반도 관리도 아닌 하층민이었던 안용복은 이 사실을 간파하고 일본에 두 번이나 건너간다. 그는 일본의 행동에 부당함을 제기하고 국가적 난제를 직접 해결한다. 동래수군에 속한 군졸에 지나지 않았지만 일본말을 하며 국제적 안목과 외교적 능력을 소유한 그는 일본의 태수에게 일본이 울릉도에 월경한 사실과 대마도가 울릉도를 차지하려는 간교를 거론하며 외교적으로 문제를 제기한다. 마침내 그는 일본 관리로부터 사과를 받아 내고 울릉도 문제를 해결하는 데 결정적 역할을 한다.

국가를 위한 아무런 의무도 없는 무명 소졸無名小卒의 안용복. 국가의 난제를 목숨 걸고 해결한 민간 외교관 안용복. 그는 스스로 나서서 국가의 난제를 해결하고 일본의 대접을 단호하게 거부하며 조선인의 기상을 보여 준 대단한 국가적 영웅이다. 하지만 국가는 이러한 영웅에게 보상은커녕 법을 어기고 외교 문제를 일으켰다는 이유로 죄를 묻는다. 목숨 걸고 국가적 난제를 해결한 그는, 끝내 유배지에서 쓸쓸하게 생을 마감하고 만다. 그의 죽음은 역사적 아이러니가 아닐 수 없다.

개인이 국가와 관계를 맺는 방식은 다양하다. 스스로 자신의 삶을 희생해 가며 사회에 자신의 모든 것을 바치는가 하면, 국가가 개인에게 희생만을 강요하기도 한다. 지금의 관점에서 보면 분명 비정상적이지만 전근대에는 이러한 일들이 자주 일어났다. 개인과 국가의 관계를 겉으로만 읽고 말면, 그 너머에 국가를 위해 고투하던 개인의 고뇌를 놓치고 만다. 국가에 대한 개인의 고뇌는 어떤 경우 시대를 넘어서도 유효한 것일 수 있기 때문이다.

인용 작품

검군 273쪽
작가 김부식
갈래 전(설화)
연대 고려 전기

김수팽전 275쪽
작가 조희룡
갈래 전
연대 19세기

최필공전 276쪽
작가 홍양호
갈래 전
연대 18세기

임준원전 278쪽
작가 정래교
갈래 전
연대 18세기

만덕전 279쪽(아래)
작가 채제공
갈래 전
연대 18세기

임신서기석 282쪽
작가 미상
갈래 한문 산문(묘지명)
연대 신라 시대

온달 283쪽
작가 김부식
갈래 전
연대 고려 전기

김제상 286쪽
작가 일연
갈래 전
연대 고려 후기

안용복전 287쪽
작가 원중거
갈래 전
연대 18세기

4 자연을 벗하며
만물과 함께 살기

1854년 당시 미국의 대통령이었던 프랭클린 피어스가 인디언 부족에게 조상 대대로 살아온 땅을 팔라고 강요하자, 인디언 추장은 이렇게 답한다. "우리는 땅의 한 부분이고 땅은 우리의 한 부분이다. 향기로운 꽃은 우리의 자매다. 사슴, 말, 큰 독수리들은 우리의 형제이다." 인간과 땅이 서로의 한 부분이라는 이 말이야말로 인간과 자연이 관계 맺는 참모습일 터, 이러한 생태적 발상은 우리의 고전 문학에서도 확인할 수 있다.

선인들의 생태 인식

선인들은 산수 자연을 어떻게 생각했는가? 천리天理를 탐색하는 대상으로, 호연지기浩然之氣를 기르는 공간으로, 또는 '처사處士'의 공간으로 인식한 바 있다. 더러는 여기에 그치지 않고 관념적인 것을 넘어, 인간과 만물이 공존하며 사는 공간으로 인식하기도 한다. 인간과 다른 사물이 함께 사는 '공존'의 미학, 여기서 우리는 선인들의 생태 사상을 엿볼 수 있다. 김시습金時習(1435~1493)의 〈애물의愛物義〉를 살펴보자.

어떤 사람이 나에게 물었다.

"생물을 사랑하는 이치는 어떤 것인가?"

나는 답하였다.

"저마다 그 본성을 따르게 하는 것에 불과하다. 《주역》에 이르기를 '천지의 큰 덕을 생生이라.' 한다고 말하였다. 무릇 낳고 또 낳는 것은 천지의 큰 덕이요, 살고자 하는 것은 생물의 본성이다. 그러므로 생물이 살고자 하는 본성에 근거하여, 천지의 낳고 또 낳는 큰 덕을 본받아서 생물에게 저마다의 본성을 이루게 하여, 깊은 애정과 두터운 은택 속에서 생겨나고 성장하도록 할 따름이다."

그 사람이 더 자세하게 논해 주기를 요구했다. 그래서 이렇게 논하였다.

"사람과 생물은 천지의 대화大化 사이에서 함께 생겨났으니 '백성은 나와 동포요, 생물은 나와 함께한다.' 그러므로 사람이 가장 먼저요, 만물은 그 다음이다. 군자는 사람에 대해서는 사랑하되 어질게 대하지 않고, 생물에 대해서는 어질게 대하되 사랑하지 않는 법이다."

김시습은 이 글에서 자신의 생태 사상을 논리적으로 제시한다. 즉 만물이 지닌 본성을 따르며, 자연의 이치에 순응해서 길러야 하고, 중요한 것을 우선시해야 한다는 것이다. 그는 만물보다 사람을 우선시하지만, 둘 간의 소통도 염두에 두고 있다. 김시습이 제시한 생태 사상의 핵심은 생물을 어질게 대하고, 그것을 절제해서 써야 한다는 것이다. "생물에 대해서는 어질게 대하되 사랑하지 않는 법"이라는 의미는 생물을 죽일 수 있다는 것이 전제가 되어 있다. 인간을 위해서라면 금수나 초목도 적당한 선에서 희생을 감수할 수밖에 없다는 논리이다. 적당한 선에서의 희생은 공의公義라는 개념 위에서 성립한다. 공의는 일시적이거나 사사로운 이익이 아니다. 이를 위해 김시습은 인간의 사적인 욕망을 줄이고 공공公共을 위한 이재理財를 제시한다. 그래서 그는 〈생재설生財說〉에서 이재를 논하면서 "인仁으로써 재물을 낳고, 의義로써 사용을 절제해야 한다."라고 한 바 있다. 이것이 공공을 위한 이재이다. 이렇듯 김시습은 인간과 만물을 구별하는 가운데, 인간 중심의 관점에서 만물을 사유하고 있는 것이다.

이와 달리 인간과 자연이 공존하는 사유의 발상을 상촌象村 신흠申欽 (1566~1628)으로부터 읽을 수 있다.

꽃 지고 속잎 나니 시절도 변하거다.

풀 속에 푸른 벌레 나비되어 나네난다.

뉘라서 조화造化를 잡아 천변만화 하는고.

이 시조는 경이로운 자연의 조화를 포착한다. 자연 속에서 꽃, 풀, 벌레, 나비는 제각기 절로 존재하고, 절로 생겨나고 절로 변하고 절로 늙어 간다. 절로 그렇게 되는 것, 이것이 자연이다. 여기서 자연은 무엇을 의미하는가? 하늘이기도 하며, 혹은 도道이기도 하다. 끊임없이 생성하고 변화해 가는 천지만물의 모습이 자연이다. 만물이 절로 생겨나서 절로 변화하고 절로 늙어 가는 것은 조화이다. 이 조화는 누가 시키거나 주재자가 있어 그리 만드는 것은 아니다. 인위적으로 만들지도 않았는데 절로 그렇게 된다. 이것은 도이다. 자연은 인간과 함께 하나의 세계를 이루며, 만물이 나고 살아가는 거대한 장소이다. 자연에서 보면 인간은 하나의 작은 사물에 지나지 않는다. 그래서 인간 역시 다른 사물과 관계를 맺는 것은 중요하다. 자연 속의 인간도 모든 것이 절로 변화하는 흐름 속에 존재하는 하나의 사물이다. 인간은 다른 사물과 교섭하거나 그 속에 들어가기도 하고, 다른 사물과 하나가 되기도 한다. 여기서 신흠은 자연의 안과 밖을 두루 성찰하는 생태적 사유를 보여 주고 있다.

'자연의 조화'에 따라 살려는 것이 전통적인 자연 인식이며 생태 사상이다. 여기에는 즐거움이 존재한다. 이러한 생태적 즐거움은 아마도 자연의 아름다움을 깊이 느끼는 데서 우러나온 것일 터, 이러한 생태적 사유는 홍대용의 언급에서 잘 드러난다. 홍대용은 〈의산문답醫山問答〉에서 인간 중심의 자연관을 비판적 시선으로 바라본다.

> 땅이란 움직이는 물체이다. 맥락脈絡과 영위榮衛가 실상 사람의 몸과 같은데 다만 그 몸뚱이가 크고 무거워 사람처럼 뛰고 움직이지 못할 뿐이다. 이 때문에 조그만 변이 일어나도 사람은 반드시 괴이하게 여겨, 재앙이니 상서니 하고 함부로 추측한다. 그 실에 있어서는 수화水火와 풍기風氣가 두루 유행하다가 막히면 지진이 일어나고 격하면 밀어 옮기기도 하나니, 그 형세가 그렇게 되어 있는 것이다.

홍대용은 지구 전체를 사람의 몸과 같은 하나의 생명체로 이해한다. 그는 우주적인 차원의 생명체로 바라본 것이다. 홍대용은 만물이 조화를 이루는 것이야말로 우주의 본래 상태이자, 태평스러운 모습이라고 여긴다. 하지만 기가 쇠퇴함에 따라 인간의 욕심이 생겨나고, 인물이 증가하면서 우주의 조화가 깨어진다고 본다. 이어서 그는 "대개 천지의 변함에 따라 인물이 많아지고, 인물이 많아짐에 따라 물아物我가 나타나고, 물아

가 나타남에 따라 안과 밖이 구분된다."라고 제시하고 있다. 여기서 인간
이 만물을 비롯하여 우주 전체와의 유기적 연관성을 망각하고, 오직 인
간의 이익과 욕망을 위하여 자연을 정복하거나 지배하려 들면, 자연과
우주의 조화가 깨어지는 것이 필연적이라는 그의 생태 사상의 단면을 명
확하게 볼 수 있다. 조화가 깨진 상태가 되면 자연에서 아름다움을 얻는
것도, 자연에 순응하면서 산다는 것도 애초에 불가능하다.

　특히 홍대용은 "사람의 관점에서 물을 보면 사람이 귀하고 물이 천하
지만, 물의 관점에서 사람을 보면 물이 귀하고 사람이 천하다. 하늘이 보
면 사람이나 물이나 마찬가지이다."라고 말한다. 이는 인물균人物均의 생
태 사상, 즉 사람과 생명체는 균등하다는 생각이다. 여기서 홍대용은 생
명 있는 모든 것은 서로 멸시하거나 침범할 수 있는 것이 아니라는 점을
일러 준다. 그래서 생명체는 서로 도움을 받으며 살아갈 수밖에 없다는
것이다. 그 안에는 사람의 눈으로 다른 생명을 보지 말고, 하늘의 눈으로
생명의 움직임을 살피며 더불어 살아가는 것이 옳다는 사유가 담겨 있
다. 여기서 우리는 인간 중심의 폐쇄적 생각에서 벗어나 생명이 있는 모
든 것과 더불어 살아야 한다는 선인들의 생태 사유를 읽을 수 있다.

산수 자연의 신비, 그 경외감

이러한 생각 때문에 선인들은 산수 자연의 이치를 거스르지 않고 조화를
이루며 살거나 자연에 순응하며 삶을 가꾸고자 했다. 그래서 선인들은
산수 자연에 사는 즐거움이나 그 신비경과 경외감을 글로 남긴 바 있다.
먼저 정철鄭澈(1536~1593)의 〈관동별곡關東別曲〉을 보자.

　　소향로 대향로 눈 아래 굽어보며,

　　정양사 진헐대에 고쳐 올라 앉아 하는 말이,

　　여산廬山 진면목이 여기서야 다 보인다.

　　아! 조화옹이 야단도 야단스럽다.

날거든 뛰지 말거나 섰거든 솟지 말거나.

부용芙蓉을 꽂은 듯, 백옥白玉을 묶은 듯,

동해를 박차는 듯, 북극北極을 괸 듯.

높을시고 망고대 외로구나 혈망봉이,

하늘에 치밀어 무슨 일을 사뢰려고,

천만 겁 지나도록 굽힐 줄 모르는가.

아, 너로구나. 어리석은 이 또 있는가.

개심대 고쳐 올라 중향성 바라보며,

만 이천 봉을 역력히 헤어 보니,

봉마다 맺혀 있고 끝마다 서린 기운,

맑거든 깨끗지 말거나 깨끗커든 맑지 말거나.

저 기운 흩어 내어 인걸을 만들고파.

형용形容도 끝이 없고 체세體勢도 많기도 하네.

천지天地 생기실 때 저절로 되었건만,

이제와 보게 되니 유정도 유정하네.

비로봉 상상두에 올라본 이 그 누구인가.

정철은 내금강에 펼쳐진 부드러운 토산에 어우러진 기괴한 봉우리들의 눈부신 자태를 아름다운 옥부용과 백옥에 빗대어 생생하게 전달한다. 일만이천 봉의 빼어난 광경에 도취한 시인은 더 이상 철학적 이치를 깨우치거나 풍류나 휴식의 공간으로, 혹은 유선遊仙 지향이나, 연군戀君의 자취를 떠올리지 못한다. 그러한 관념은 끼어들 틈이 없다. 그저 내금강 산수 자연의 경이로움에 빠져 물아일체物我一體를 넘어 조물주가 만든 자연 그 자체에 그저 신비로움과 경외감을 느낄 뿐이다. 〈관동별곡〉을 읽으며 당장 그곳에 있을 수는 없더라도, 시인과 더불어 산수 자연이 주는 경이감에 취하는 재미, 이것이 누워서 유람한다는 와유臥遊가 아니고 무엇이겠는가.

금강산의 경이로움은 이미 알려진 것이지만, 국토 산하의 신비는 조선 후기에 재발견된다. 지도 제작의 발달로 채색 지도가 등장하면서 산수의 진경을 직접 기행할 수 있는 기회가 많아졌기 때문이다. 이 시기에 기행은 붐을 이룰 정도였다. 일부 지식인들은, 지리산과 한라산은 물론 이전에는 상상도 하지 못하던 백두산을 기행하고 그 신비경을 작품에 담아낸다. 서명응徐命膺(1716~1787)은 백두산 정상과 천지의 웅장함을 산수유기山水遊記로 묘사한다. 〈유백두산기遊白頭山記〉를 보자.

봉우리를 굽어보면 어떤 것은 높고 어떤 것은 낮으며, 어떤 것은 뾰족하고 어떤 것은 둥글어 마치 파도가 부딪히고 운무가 피어오르는 것 같고, 저 만리에 있는 푸른 것을 서로 이끌고 와서 두르는 듯하다. 몸을 돌려 두 봉우리의 틈에 서면 봉우리 아래 땅과의 거리는 오륙백 장이나 되는데, 텅 비고 평평한 대택이 가운데 있다. 주위가 사십 리인데 물이 깊어 아래의 푸른빛은 위의 하늘과 같은 색이다. 대택의 동남쪽 언덕에는 정황석산이 있는데, 세 봉우리의 높이가 하나같다. 그 바깥에 있는 봉우리 세 개는 사람의 혀가 입안에 있는 듯하다. 그러나 대택 뒤로 열두 봉우리로 사방이 둘러싸여 있어, 마치 못에 성을 쌓은 듯하며, 신선이 쟁반을 이고 있는 듯하고, 대붕이 부리를 치켜든 듯하며, 기둥으로 바쳐 든 듯하고 우뚝 솟아 있는 듯하다. 속은 모두 깎아지른 듯한데 벽에는 단황분벽이 끼어 있다. 찬란하여 수놓은 비단을 펼쳐 놓은 듯하며, 무늬 있는 비단을 둘러놓은 것 같다. (중략) 사슴들이 무리를 이루어 물을 마시기도 하고 지나가기도 하며 누워있기도 하고 달리면서 무리를 짓기도 한다. 검은 곰 두세 마리가 벽을 타고 오르내리며, 이름 모를 괴이한 새 한 쌍은 날다가 물에 사뿐히 앉는데 마치 그림 속의 광경 같다.

만폭동도萬瀑洞圖
금강산 내금강의 만폭동을 그린 겸재 정선의 그림이다. 드넓고 경이로운 자연 앞에 서면 상념이 모두 사라진다. 어느새 자연과 하나 된 나만 남을 뿐.

하늘과 맞닿을 것만 같은 높은 봉우리, 저 멀리 펼쳐지는 대지의 광활함, 거대한 호수와 같이 잔잔한 천지의 모습은 그야말로 대자연에서나 느낄 수 있는 감동이다. 서명응은 백두산 정상에 올라, 그 아래에 펼쳐 이어진 봉우리를 직접 보고, 백두산 천지 주변의 신비경에 감탄하며, 그 장관을 아름다운 시선으로 그려 낸다. 특히 그는 백두산 명승지에 각기 이름을 붙이고, 봉우리가 위치한 방향과 주변의 봉우리에도 적절한 이름을 붙인다. 산수 자연에 이름을 붙여 거기에 인격을 부여한 것은 산수 자연에 대한 경외감의 표출이기도 하며, 산수 자연을 존중하는 의지의 소산이기도 하다.

위에서 "그림 속의 광경"과 같다는 언급은 전혀 과장이 아니다. 마치 살아 있는 생명체와 같이 움직이는 듯하며, 동물 역시 낙원에 온 것처럼 노닌다. 작자는 마치 대작의 생동한 산수화를 보듯이 신비롭고 웅대한 백두산의 경관에 압도되어 절로 경이로움과 감탄을 쏟아 내며 대자연을 예찬한다. 결국 개인은 오직 대자연의 일부로 존재한다는 사실을 자연스럽게 받아들일 수밖에 없다는 사실을 보여 준다. 사실적인 묘사 수법을 한껏 동원하여 표출한 예찬 저 너머에 바로 산수 자연에 대한 작자의 애정이 가로놓여 있다. 국토 산하의 최정상에 올라 확인한 백두산 주변의 자연 경관은 실로 무엇으로 표현할 수 없는 절경이다. 바라만 보아도 경외감이 절로 난다. 이 때 개인이 자연과 대립한다는 것은 상상조차 할 수 없다. 본래 자연은 그런 것이기 때문이다.

부모와 같은 대지, 자연과 벗하며

퇴계 이황은 〈도산십이곡陶山十二曲〉에서 "청산은 엇뎨하야 만고애 푸르 르며 / 유수난 엇뎨하야 주야애 긋디 아니난고"라고 읊조렸다. 퇴계는 연기와 노을로 집을 삼고 풍월로 벗을 삼기를 바랐고, 만고에 푸른 청산과 주야로 흘러 그치지 않은 물을 노래하며 자연과 벗하고자 하였다. 청산을 바라며 흐르는 물을 노래한 것은 대자연에 대한 예찬이다. 이 예찬은 자연과 더불어 살 때 생긴다. 목은牧隱 이색李穡(1328~1396) 역시 〈육우당기六友堂記〉에서 자연의 여섯 친구와 사귀어 벗하며 자연을 예찬한다.

산은 본래 어진 자가 즐겨하는 것이다. 산을 보면 나도 어질어지고, 물은 우리 지혜로운 자가 즐겨하는 것이라 강을 보면 나도 지혜로워진다. 눈이 추위를 덮어 따뜻해지니 나의 기운을 알맞게 보존해 주는 것이요, 달이 밤에 나와 밝으니 나의 몸을 편안하게 보존하는 것이로다. 바람이 팔방八方에서 각각 때를 따라 이르니 내가 망령되지 않게 하는 것이요, 꽃은 사시四時로 각각 종류대로 모이니, 나의 차례를 잃지 않게 하는 것이로다. 하물며 김경지는 가슴속이 맑아 한 점의 티끌이나 찌꺼기도 없고, 또 그가 사는 곳은 산이 푸르고 물이 맑아 밝은 거울이나 비단 병풍과 같다고 일컬어지는 곳이다. 눈은 외로운 배 위의 도롱이와 삿갓에 덮인 것이 더욱 아름답고, 달은 높은 다락과 술잔에 비친 것이 더욱 아름답도다. 바람은 낚싯줄에 부니 더욱 맑고, 꽃이 책장 위에 있으니 그윽한 것이 더욱 그윽하다. 네 가지로 사시의 경지가 각각 더욱 지극한데 강산 사이에서 조화를 이루도다. (중략) 그러나 김경지는 강·산·눈·달·바람·꽃 여섯 벗(六友)만이 있으니, 아마도 한세상에 남이 따를 수 없는 뛰어난 재주로다. 천지는 부모와 같고 만물은 나의 동류同類이니, 어디로 간들 나의 벗이 아닐까 보냐.

이색은 강·산·눈·달·바람·꽃과 사귀는 벗의 지혜를 "한세상에 남이 따를 수 없는 뛰어난 재주"로 보았다. 부모와 같은 대자연, 나와 동류인 대자연은 나와 남으로 구분할 수 없다. 자연 속의 사물과 벗하며 사는 것이야말로 나와 산수 자연 사이에 벽이 없음을 말한다. 이 작품에서 이색은 개인을 중심에 놓고 산수 자연을 보지 않는다. 그래서 나와 산수 자연 사이에는 갈등이 없다. 개인과 자연이 만나 벽을 만들면 그것은 참다운 벗이 아니다. 더구나 강·산·눈·달·바람·꽃 등과 벗하는 개인은 산수 자연에 있는 하나의 작은 존재에 지나지 않는다. 산수 자연 속에 존재하는 모든 만물은 인간과 동등하다. 서로 동등하기 때문에 인간은 산수 자연 속의 만물을 해쳐서는 안 된다. 무엇보다 자연의 여섯 벗은 어진 마

음과 지혜, 때로는 편안함을 주기 때문에 더욱 소중하다. 또한 산수 자연은 만물을 낳아 가르는 부모와 같은 존재이기 때문에 늘 공경하고 받들어야 한다. 부모가 자식을 낳듯이 자식은 또 후손을 낳는다. 이처럼 산수 자연은 만물을 낳는 모태이자 만물이 자라는 공간이다. 그러므로 누구든 모태를 훼손해서는 안 되는 것이다. 있는 그대로 물려주어야 한다. 산수 자연이 만물의 모태인 이상, 인간만이 사는 공간의 의미를 넘어서기 때문이다.

윤선도尹善道(1587~1671)의 〈오우가五友歌〉 역시 흔히 보는 사물과 벗하는 방식으로 자연 속의 일원이 된다. 그는 산수 자연에 마음을 열고 다가가 손쉽게 자연과 벗이 된다.

> 내 벗이 몇이냐 하니 수석水石과 송죽松竹이라.
> 동산東山에 달 오르니 긔 더욱 반갑고야.
> 두어라 이 다섯 밧긔 또 더하야 무엇하리.

묵죽

소나무·대나무·매화나무는 추운 겨울의 세 벗이라는 뜻의 세한삼우 歲寒三友라 불린다. 선비들의 시와 그림에 많이 등장해 선비들의 벗이라 할 만하다. 그림은 이수문의 작품으로 대나무와 수석을 그린 것이다.

윤선도는 수석과 송죽, 그리고 달과 하나 되어 살아간다. 자연을 벗하고 그것에 순응하여 살아가는 모습은 산수 자연과 더불어 사는 참다운 모습이다. 윤선도가 벗한 수석과 송죽, 그리고 달은 일상의 주변에서 항상 볼 수 있는 산수 자연의 일부이다. 마음만 먹으면 누구나 어디서든 손쉽게 벗할 수 있기 때문에 굳이 독차지할 필요가 없다. 윤선도는 산수 자연과 벗하면서 자연과 더불어 사는 이치를 깨닫는다.

생명의 탄생, 자연 속의 일부

자연의 공간에서 사는 생명과 인간은 적대적인 관계가 아니라 더불어 살아가는 존재이다. 인간도 자연 속 생명체의 일부에 지나지 않기 때문이다. 일부 신화는 생명체가 탄생하고 자연 속에서 생명체들이 공생하는 내용을 담고 있는데, '목도령형 홍수설화'는 인류의 탄생 기원과 곡물, 그리고 농경 등에 관한 복합적인 의미를 담고 있다.

천상의 선녀가 지상에 내려와 목신木神의 정기에 감응하여 잉태한다. 아이가 일고여덟 살이 되었을 때 선녀는 천상으로 돌아가고 지상에는 홍수가 발생한다. 강풍에 넘어진 교목喬木이 목도령木道令을 태우고 표류한다. 목도령이 표류 중인 개미와 모기를 구해 준다. 그런데 구하지 말라는 교목의 말을 듣지 않고 목도령은 표류 중인 동년배의 남아를 구해 준다. 교목이 목도령에게 나중에 후회할 일이 있을 거라고 말한다. 이후 목도령과 그 일행은 두 처녀(한 명은 노파의 친딸, 한 명은 하녀)와 노파가 살고 있는 조그마한 섬에 표착漂着하게 된다. 세월이 흘러 이들 두 쌍의 소년 소녀가 성년기에 이르자 노파는 친딸과 결혼시킬 청년을 고르고자 한다. 그러자 '구조된 청년'이 노파의 친딸과 결혼하고자 계교를 꾸며 노파에게 다음과 같이 말한다.

"목도령은 세상에 없는 재주를 가졌습니다. 한 섬一石의 좁쌀을 사장砂場에 흘려 놓고라도 불과 수식경數食頃에 그 한 섬의 좁쌀을 모래 한낱 섞지 않고 도로 원래의 섬에 주워 넣을 수가 있습니다. 그러나 그 재주는 좀처럼 친한 사람이 아니면 보이지 아니합니다."

이에 노파가 신기하게 여겨 그 재주를 시험하고자 목도령에게 청하지만 목도령은 그런 재주가 없다며 거절한다. 노파는 '구조된 청년'의 말을 신용하였으므로 목도령이 자기를 멸시하는 것이라 생각하여 그것을 시험하지 않으면 딸을 주지 않겠다고 말한다. 그래서 할 수 없이 시험에 응한 목도령은 개미들의 도움으로 과제를 해결한다. 노파가 친딸을 목도령에게 주고자 하였으나 '구조된 청년'이 불복하므로 일계一計를 안출案出하여 배필을 정하고자 한다. 즉 동서東西 두 방에 두 처녀를 넣어두고 복지복福之福대로 각자의 배필을 취하게 한다. 모기의 도움으로 목도령은 노파의 친딸과 결혼하게 되고, 소년은 하녀와 결혼하게 된다. 지금 세상 사람들은 이 두 쌍 부부의 자손이라고 한다.

자연 속에서 인간과 동물을 공생하는 존재로 보는 전통은 상당히 뿌리 깊고, 그 이야기의 갈래도 많다. 〈목도령형 홍수설화〉와 같은 이야기에는 현생 인류의 탄생에 관한 원초적 이야기를 담고 있다. 이 〈목도령형 홍수설화〉는 노아의 방주 이야기처럼 대홍수 설화의 성격을 지닌다.

그 내용은 이렇다. 나무와 선녀 사이에서 태어난 목도령이 온 세계가 물바다가 되었을 때, 물에 떠내려가는 개미와 모기, 아이를 차례로 살려 준다. 그런데 자기가 살려 준 아이는 자신을 모함하여 해치지만 개미와 모기는 자신을 도와준다는 것이다. 여기서 중요한 것은 지금 세상의 사람들은 모두 목도령과 이 아이의 후손들이라는 점이다. 또한 세상의 착한 사람은 다 목도령의 후손이고, 악한 사람들은 구해 준 아이의 후손들이라는 것이다. 이는 사람의 후손들은 악하되 나무아들의 후손들은 착하다는 것을 상징한다. 사람은 생명을 죽이지만 식물은 생명을 살리기 때문이다. 생태학적 관점에서 보더라도 나무가 가장 선하고 사람이 가장 악하다.

생명의 탄생과 지속을 생각할 때 가장 소중한 것은 식물이다. 식물은 모든 생명의 원천이다. 하지만 인간으로부터 가장 피해를 많이 입는 것 역시 식물이다. 풀과 나무가 있어야 생명체가 존재하고 인간도 존재할 수 있다. 식물은 인간이나 동물처럼 다른 생명을 잡아먹지 않는다. 다른 생명을 죽이지 않고 생존할 뿐 아니라, 자기 생명을 제공하여 다른 생명을 살린다는 점에서 선하다. 그럼 점에서 식물은 생태계의 생명줄을 쥐고 있다. 동물 역시 인간보다는 선하다. 인간보다 다른 생명을 덜 죽이고 자연을 덜 파괴하기 때문이다. 흔히 동물의 보은담만 보더라도 인간에게 동물은 서로 살리는 상생相生 내지 공생共生의 관계를 보여 준다. 동물은 이러한 공생 관계에 맞게 살아가지만 인간은 이 원리에서 벗어나는 경우가 많다. 인간 중심의 생각을 버리고 인간과 동물, 인간과 자연이 공생하는 관계로 나아가야 한다는 점을 동물 보은담은 잘 보여 준다. 모든 생명체는 자연의 일부이므로 모두 소중하다.

자연의 질서를 어지럽히고 인간의 편의를 위하여 자연의 생리를 인위적으로 바꾸는 행위, 이 역시 인간 중심적이다. 이규보李奎報(1168~1241)의 〈괴토실설壞土室說〉을 보자.

시월 초하루에 이자李子가 밖에서 돌아오니, 아이들이 흙을 파서 집을 만들었는데, 그 모양이 무덤과 같았다. 이자는 어리석은 체하며 말하였다.

"무엇 때문에 집 안에 무덤을 만들었느냐?"

아이들이 대답하였다.

"이것은 무덤이 아니라 토실土室입니다."

다시 이자가 물었다.

"무엇 때문에 이런 것을 만들었느냐?"

아이들이 "겨울에 화초나 과일을 저장하기에 좋고, 또 길쌈하는 부인들에게 편리하니, 아무리 추울 때라도 온화한 봄 날씨와 같아서 손이 얼어터지지 않으므로 참 좋습니다."라고 하였다. 이 말을 들은 이자는 더욱 화를 내며 말하였다.

"여름은 덥고 겨울이 추운 것은 사계절의 정상적인 이치이다. 만일 이와 반대가 된다면 곧 괴이한 것이다. 옛날 성인이, 겨울에는 털옷을 입고 여름에는 베옷을 입도록 마련하였으니, 그만한 준비가 있으면 충분할 것인데, 다시 토실을 만들어서 추위를 더위로 바꿔 놓는다면 이는 하늘의 명령을 거역하는 것이다. 사람은 뱀이나 두꺼비가 아닌데, 겨울에 굴 안에 엎드려 있는 것은 너무 상서롭지 못한 일이다. 길쌈이란 할 시기가 있는 것인데, 겨울에 할 필요가 무엇이더냐? 또 봄에 꽃이 피었다가 겨울에 시드는 것은 초목의 정상적인 성질인데, 만일 이와 반대가 된다면 이것은 괴이한 물건이다. 괴이한 물건을 길러서 때가 아닌데 구경거리로 삼는 것은 하늘의 권한을 빼앗는 것이니, 이것은 모두 내가 하고 싶은 뜻이 아니다. 빨리 헐어 버리지 않는다면 너희를 용서 없이 때리겠다."

그러자 아이들이 두려워하여 재빨리 그것을 철거하여 그 재목으로 땔나무를 마련했다. 그러고 나니 나의 마음이 비로소 편안하였다.

이규보가 어느 날 밖에서 돌아와 보니, 아들이 집 안에 흙을 파고 무덤 모양의 토실을 만들어 놓았다. 토실은 지금의 온실과 같다. 토실은 삶의 편리를 위해 고안해 낸 것이다. 하지만 이규보는 이 참신하고 실용적 발상을 칭찬하지 않고, 오히려 버럭 화를 내며 꾸짖는다. 어째서일까? 이는 인간의 삶을 편리하게 할지는 모르지만, 자연의 섭리인 계절을 바꿔 놓기 마련이고 이는 곧 하늘의 명령을 거역하는 것이기 때문이다. 초목이 봄에 피고 겨울에 시드는 것은 자연의 본성을 따름인데, 이를 어기니 이는 계절을 어긴 꼴이다. 더욱이 이를 구경거리로 삼는 것은 하늘의 권한을 빼앗는 것이므로 토실을 해서는 안 된다는 것이다.

위에서 '토실'은 두 가지 시선을 보여 준다. 편리함을 위해 하늘의 권한을 빼앗는 것과, 계절의 순환과 자연의 이치를 존중하며 그것에 순응하며 살아야 한다는 시선이 그것이다. 이규보는 이 두 가지 시선을 대비시켜, 순順 자연의 생태관을 드러낸다. 토실은 겨울에도 온실의 역할을 하여 화초나 과일을 저장할 수 있으며, 길쌈하는 부인네들도 손이 얼어 터지지 않는 편리함을 제공한다. 삶의 편리함만을 생각한다면 그것은 두말할 나위 없이 참신하고 실용적인 발상이다. 하지만 이러한 '토실'이 제공하는 편리함은 자연을 거스르고자 하는 욕망의 다른 모습이다. 이는 자연에 순응하지 않으려는 인간의 이기적인 마음가짐일 뿐이다. '토실'을 구축하여 실용만을 추구하는 사고와 행위는 삶의 편리만을 추구하는 인간의 이기적인 욕망에 지나지 않는다. 이러한 욕망은 인간 역시 자연이라는 공간에 사는 생물의 일부에 지나지 않는다는 사실을 망각한 것이다.

인간은 자연의 주인이 아니다. 인간이 자연을 소유하거나 사고팔 수 있는 것도 아니다. 인간은 자연 속에서 잠시 살다가 사라지는 존재에 불과하다. 따라서 자연은 있는 그대로 후손에게 물려주어야 한다. 이와 달리 인간이 욕망을 충족시키기 위해 자연에 맞서는 것은 그야말로 인간이 하늘의 권한을 빼앗는 격이다. '하늘의 권한'을 빼앗는 인간의 어리석은 행동이야말로 생태계를 교란한다.

오랫동안 인간은 자연에 순응하고 만물과 공생하면서 살아왔다. 그러나 인간이 자신을 중심으로 사고하며 자연을 지배하려고 하면서 많은 문제가 발생하였다. 인간이 '하늘의 권한'을 빼앗는 순간, 자연은 인간을 거부한다. 지금 우리가 숱하게 당면하고 있는 온난화와 이상 기온, 그리고 예측 불가능한 자연재해 등은 생태계의 교란과 파괴로 일어나는 문제로 인간은 그 대가를 치르는 중이다. 더구나 인간은 이제 안전조차 위협 받는 상황에 놓여 있다. 자연은 인간과 유기적으로 연결되어 있으며, 인간이 사는 지구 역시 하나의 생명체다. 오랫동안 자연은 인간에게 항상 손을 내밀었지만, 인간이 그 손을 제대로 맞잡지 못했다. 그리고 지금 그 대가를 톡톡히 치르고 있다. 이제는 인간이 따뜻한 손길을 먼저 내밀어 자연과 함께하는 삶을 꾸려 나갈 차례이다.

한시, 마음으로 읽는 감동의 서정

신라의 금관을 보고 그 아름다움에 감탄하지 않을 사람이 없다. 금관의 아름다움은 보는 이의 눈을 통해 금방 마음으로 전해지기 때문이다. 그러나 같은 문화유산인 고전 작품을 읽으면 어떨까? 고전은 그 아름다움이 눈에 잘 익지 않는다. 하물며 한시는 더 말할 나위 없다. 한시는 한문이어서 익히기도 힘들 뿐 아니라, 익히더라도 마음에 와 닿기는 어렵기 때문에 한시를 감상하며 감동을 받는 것은 더욱 어렵다. 하지만 우리 선조들은 이런 한시를 눈으로 익히고, 때로는 읊조리며 그것에 감동하고 그 감동을 다른 이에게 전해 주기까지 하였다.

한시는 정제된 짧은 형식이 대부분이다. 이 짧은 형식 속에 깊고 넓은 시인의 정서와 생각을 담아낸다. 시인은 내면의 울림을 한시로 표출하고 빼어난 한시는 마음에 여운을 무한하게 남긴다. 여기에 한시를 읽는 묘미가 있다. 그런데 한시에는 단형이 아닌 장형도 있다. 장형 한시의 경우 더러 소설처럼 등장인물과 서사가 결합된 것이 있으며, 길이 또한 웬만한 단편 소설보다도 길다.

일반적으로 한시는 크게 고체시와 근체시로 나뉜다. 근체시(주로 절구絶句와 율시律詩)는 당나라 때 성립된 한시로 구수句數, 자수字數, 운율韻律 등의 규칙이 엄격한 시를 말한다. 반면에 고체시는 근체시가 성립되기 이전의 시를 말하는데 고시古詩라고도 한다. 근체시는 독특한 시상의 전개 방식을 가지고 있는데 먼저 시상을 일으키고 시상을 발전시킨 다음 이어서 시상을 전환시키고 시상을 마무리하는 경우가 일반적이다. 또 한시에는 압운법이라는 게 있어서 특정한 구의 끝자리에 운韻이 같은 글자를 맞춘다. 이때 압운한 글자를 운자韻字라고 한다. 이때 운자는 한글 발음으로 초성 이외에 중성과 종성의 발음이 서로 비슷한 한자이다. 한자는 소리의 높낮이에 따라 평성平聲, 상성上聲, 거성去聲, 입성入聲으로 나눈다. 평성을 제외한 나머지 상성, 거성, 입성을 측성仄聲이라고 한다. 그런데 정형화된 한시인 근체시는 평성과 측성의 규칙적인 배열을 통해 높낮이가 일정한 운율을 이룬다. 한시가 노래처럼 들리는 이유가 여기에 있다.

한시의 감상법은 먼저 시인의 처지와 시가 지어진 배경을 연상하면서, 시의 형식과

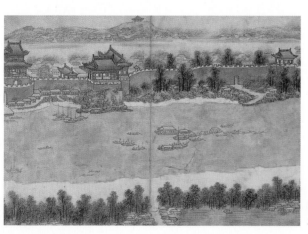

대동강변 정지상의 시상을 일으킨 대동강변의 모습이다. 그림은 〈관서명구첩關西名區帖〉 가운데 평양 연광정 부분이다.

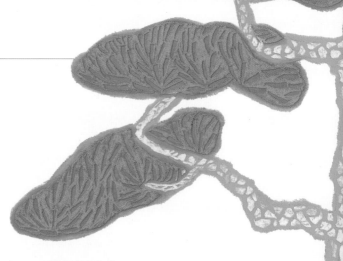

시상 전개를 짚어 가며 읽는다.

먼저 정지상鄭知常의 〈송인送人〉을 보자.

비 개인 뒤에 긴 둑에 풀빛 짙어지는데	雨歇長堤草色多
남포에서 임 보내니 슬픈 노래 일어난다.	送君南浦動悲歌
대동강 저 물은 어느 때나 마를 건가.	大洞江水何時盡
해마다 이별의 눈물이 푸른 물결에 보태는 것을.	別淚年年添綠波

시인은 대동강에서 남녀 간의 이별을 보고 작품을 짓는다. 이별 중에서도 강가에서의 이별이 가장 슬픈 것은 강물은 한번 흘러가면 다시 돌아오지 않기 때문이다. 기구起句는 봄비 그친 대동강 둑에 풀빛이 짙은 경물景物을 보여 주며 시상을 일으킨다. 승구承句는 봄날에 남포에서 사랑하는 이와 이별하는 모습이다. 만물이 소생하는 봄날의 이별이라니, 그야말로 역설적이다. 봄비 내린 뒤의 이별은 애잔한 마음이 더욱 커지고 극적이다. 경치를 묘사하는 기구의 객관적인 시상 전개와는 달리 승구는 이별의 슬픔이 노래로까지 이어진다. 사랑하는 사람과 헤어지는 이별가이다. 그 이별 노래는 전구前句에 들어서서 이별하는 여성으로 화자를 바꾼다. 노랫가락이 울려 퍼지면 사람의 마음까지 움직이니 이별의 여운은 더욱 애절하다. 이어지는 결구結句에서 시인은 이별의 눈물이 대동강의 푸른 물결을 보태기 때문에 결코 마를 날이 없을 것이라 한다.

비 온 뒤에 남포 둑의 짙은 풀빛, 넘실대는 대동강 푸른 물결, 강 근처에 울려 퍼지는 이별가 등이 서로 하나의 장면처럼 떠오른다. 이 시를 읽으면 마치 현장에서 이별하는 장면을 보는 듯하다. 한시의 높낮이를 이해하고, 시구의 끝에 있는 다多, 가歌, 파波의 운자를 음미하여 읽노라면 마치 이 시가 하나의 노랫가락처럼 들린다. 그래서 이 한시는 지금까지 절창絕唱인 것이다.

참 고 문 헌

이 책에 실린 작품의
원문은 다음의 문헌들을 참고해
독자들이 이해하기 쉬운
현대어로 옮겼다.

1. 나를 찾아서

원천강본풀이 신동흔 지음, 《살아있는 우리신화》, 한겨레출판, 2004.

최고운전 최삼룡 외 역주, 《유충렬전·최고운전》(한국고전문학전집 24), 고려대학교 민족문화연구소, 1996.

홍길동전(경판본) 권순긍 편, 《선생님과 함께 읽는 한국고전소설》, 숨비소리, 2006.

구복막동 이우성·임형택 역편, 《이조한문단편집 중》, 일조각, 1973.

배비장전 권순긍 옮김, 《절개 높다 소리 마오 벌거벗은 배비장》, 나라말, 2007.

병세재언록 민족문학사연구소 한문분과, 《18세기 조선 인물지》, 창비, 1997.

예덕선생전 이우성·임형택 역편, 《이조한문단편집 하》, 일조각, 1973.

장끼전 권택무·최옥희 옮김, 《토끼전·두껍전·장끼전》, 보리, 2004.

박씨전 권순긍 옮김, 《선생님과 함께 읽는 한국고전소설》, 숨비소리, 2006.

검녀 이우성·임형택 역편, 《이조한문단편집 중》, 일조각, 1973.

2. 가족의 재발견

가난한 여인이 어머니를 봉양하다 일연 지음, 이재호 옮김, 《삼국유사》, 솔출판사, 1997.

주몽신화 이규보 지음, 김상훈·류희정 옮김, 《동명왕의 노래》, 보리, 2005.

유리왕 김부식 지음, 이강래 옮김, 《삼국사기》, 한길사, 1998.

무덤에 나무를 심다 심노숭 지음, 김영진 옮김, 《눈물이란 무엇인가》, 태학사, 2006.

생계를 잘 가꾸어 허공이 부자가 되다 이우성·임형택 역편, 《이조한문단편집 중》, 일조각, 1973.

연암에서 돌아가신 형을 그리다 박지원 지음, 김명호·신호열 옮김, 《연암집 중》, 돌베개, 2007.

3. 사랑은 나의 힘

운영전 조현설 옮김, 《손가락에 잘못 떨어진 먹물 한 방울》, 나라말, 2002.

채봉감별곡 권순긍 옮김, 《달빛 아래 맺은 약속 변치 않아라》, 나라말, 2005.

이언 이옥 지음, 실시학사 고전문학연구회 역편, 《완역 이옥 전집 2: 그물을 찢어버린 어부》, 휴머니스트, 2009.

4. 세상과 관계 맺기

마장전·예덕선생전 박지원 지음, 신호열·김명호 옮김, 《국역 연암집》, 한국고전번역원, 2005.

부휴자담론 성현 지음, 이종묵 옮김, 《부휴자담론》, 홍익출판사, 2002.

여철교서 홍대용 지음, 김동기 외 옮김, 《국역 담헌서》, 한국고전번역원, 1974.

여이여인 허균 지음, 김명호 외 옮김, 《국역 성소부부고》, 한국고전번역원, 1982.

군수 아들의 복수 김현룡 지음, 《한국문헌설화 2》, 건국대학교 출판부, 1998.

상퇴계선생 기대승 지음, 성백효 외 옮김, 《국역 고봉집》, 한국고전번역원, 2007.

송생전 정민 지음, 《미쳐야 미친다》, 푸른역사, 2004.

김수팽전·최필공전·안용복전 진재교 역편, 《알아주지 않은 삶》, 태학사, 2005.

임준원전·만덕전 진재교 지음, 《조선 후기 인물전》, 현암사, 2005.

김제상 김부식·일연 지음, 리상호 옮김, 《거북아 거북아 수로를 내놓아라》, 보리, 2006.

육우당기 이색 지음, 권태영 외 옮김, 《동문선》, 한국고전번역원, 1968.

목도령형 홍수신화 손진태 지음, 최인학 역편, 《조선설화집》, 민속원, 2009.

괴토실설 이규보 지음, 권태영 외 옮김, 《동문선》, 한국고전번역원, 1968.

찾 아 보 기

312

찾 아 보 기

살아있는 고전문학 교과서

3 고전문학, 나를 깨우다

지은이 | 권순긍 신동흔 이형대 정출헌 조현설 진재교

1판 1쇄 발행일 2011년 3월 14일
1판 2쇄 발행일 2011년 4월 4일

발행인 | 김학원
편집인 | 선완규
경영인 | 이상용
편집장 | 위원석 정미영 최세정 황서현
기획 | 나희영 임은선 박인철 김은영 박정선 김희은 김서연 정다이
디자인 | 김태형 유주현
마케팅 | 이한주 하석진 김창규
저자 · 독자 서비스 | 조다영 함주미 (humanist@humanistbooks.com)
스캔 · 출력 | 희수 com.
용지 | 화인페이퍼
인쇄 | 청아문화사
제본 | 정민제본

발행처 | (주)휴머니스트 출판그룹
출판등록 제313-2007-000007호(2007년 1월 5일)
주소 | (121-894) 서울시 마포구 서교동 378-8, 9호 동현빌딩 3층
전화 | 02-335-4422 팩스 | 02-334-3427
홈페이지 | www.humanistbooks.com

ⓒ 권순긍 신동흔 이형대 정출헌 조현설 진재교, 2011
ISBN 978-89-5862-391-5 03810
      978-89-5862-392-2(세트)

만든 사람들

기획 | 황서현(hsh2001@humanistbooks.com) 김은영 김희은
편집 | 강봉구 이영란
일러스트레이션 | 박문영 임양 김혜리
본문디자인 | 씨디자인(조혁준 김진혜 고은비 김가영)
표지디자인 | 김태형
사진제공 | 국립안동대학교박물관 국립중앙박물관(중박201103-146) 권태균 최진욱